关于邻居有『公主病』这件事情，我无可奉告

下册

寒光里 著

青岛出版集团 ｜ 青岛出版社

第七章
谢源一直陪在蒋意身边，在她假装自己不痛苦的时候

蒋吉东原定要出席 H 市的商业峰会，却在出发去机场的路上晕倒，不省人事，立马被送至六院救治。

蒋沉听到这个消息，被吓了一跳，以为是自己前段时间投资失利的消息终于传到父亲的耳朵里面，父亲急火攻心才导致了这样的情况。

他第一时间赶到医院，杜应景守在门口。

"董事长已经醒了。"杜应景说，"董事长吩咐过，您来了可以直接进去见他。"

人醒了就好，蒋沉闻言松了一口气，但是很快心脏又猛烈地跳个不停。

他前段时间主导投资了两个区块链技术的项目。他本以为这是大显身手的机会，想要证明给蒋吉东看自己有能力做蒋氏的接班人。

投资需要很好的眼光，也需要一点儿好运气。蒋沉不知道自己欠缺哪一项，以至于别人做都能赚钱的项目，等到他带着资金信心满满地杀进去时，区块链的流动性危机"嘣"地爆发了。父亲怎样看待他这次投资失利呢？父亲会对他很失望吗？蒋沉想着，走进病房里。

病房里面，蒋吉东半坐半躺在床上，旁边好几台生命体征监护仪器正在运作。蒋沉觉得父亲的健康状况似乎比自己预想的要糟糕。不过，蒋吉东的目光仍然很犀利，说话的中气也很足，他对蒋沉说的第一句话是："你现在认清自己的能力了吗？"

蒋沉的瞳孔骤然一缩——父亲是……已经知道了吗？

蒋吉东动了动手指，指着手边摆着的两沓文件，说道："第二、三这两个季度，公司赚钱的速度差点儿没赶上亏钱的速度。第四季度还没结束，但目前为止的亏损已经比第二、三季度加起来都高了。蒋沉，你说说看，年底股息分红，我这次能收多少？"

蒋沉动了动嘴唇，冷汗从额头上滚下来。

"你也不用紧张，"蒋吉东缓和了一些语气，"投资的事情有盈就有亏。我自己经手投资的项目，也没有说都是稳赚不赔的。"

蒋沉没料到父亲居然这么轻易地就翻过这一篇，马上表忠心："爸，我会做出成绩给您看的，您再给我一次机会，我想我可以——"

蒋吉东摆摆手，不想听这些话。他告诉蒋沉："我现在不需要你做出成绩给我看。我不觉得这是给你的机会或者考验，因为就算你一直赢，结果也不会有任何改变。"

蒋沉听到了那个关键词：结果，什么结果？是继承权的归属吗？

蒋吉东很快就给出答案："我会把我在公司的股权都留给蒋意。在我去世之后，蒋意就是公司持股最多的股东。"

蒋沉盯着父亲——为什么？

蒋吉东："你是不是很想问，既然如此我为什么还要教你做生意。因为我觉得，一个父亲是有责任教给他的孩子一些生存的本事的，只有教会孩子本事，他们日后才不至于在社会上饿死。授人以鱼不如授人以渔。

"蒋意这孩子平时娇滴滴的，但其实比你争气很多。我可以很自豪地说，她在B市的工作和生活从来都没有依靠我或者她妈妈、她外祖父的名字和影响力。但是蒋沉，我对你不太放心。没有我的庇护，你未来会过成什么样子，我不敢想。我教你做生意，本来是想把你培养成公司的经营者。毕竟比起外面来的职业经理人，总归还是自己家的孩子能够对这份生意更加有责任感吧，不至于糟蹋了。

"你妹妹做大股东，吃股息分红。你在公司里面工作，拿高管薪酬。用这种方式保障你们两个日后的生活费，你们两个继续把蒋氏作为我们家里的生意持续地经营下去，这是我一直以来的想法。"蒋吉东话锋一转，"但是，现在看来，你好像连替你妹妹打工的能力也没有。闯了祸、投资失利，还要觍着脸去求你妹妹出面帮你，你不羞愧吗？"

蒋沉的脸瞬间涨红了，原来父亲都知道。

"蒋沉，你让我有些失望。"

蒋吉东递给蒋沉一个文件袋，让蒋沉现在就打开看。

蒋沉打开文件袋，看见里面装着一份白纸黑字的劳动合同。

"这份合同是我留给你的东西。你可以认为，这是我留给你的遗产。在我死后，你可以继续从蒋氏领取薪资——每年税前不低于两百万元的现金收入，待遇等同于行政九级的员工，直到你退休或者主动离职为止。从今往后，你就在你妹妹的公司里面好好工作吧。"

蒋沉的神色一凛。他觉得他还有好多问题没有得到解答，可是蒋吉东已经示意他可以离开了。

父亲为什么现在拿出这份合同给他？为什么父亲摆出了一副如同交代后事的模样？究竟发生了什么事情，为什么他此刻感觉整个世界都像是突然改变了？蒋沉浑浑噩噩地下楼，坐进车里。他的助理跟着他上车："蒋总，高和那边给了消息，投资的项目有救了！"助理难掩喜色。

什么消息值得他这么高兴？蒋沉淡淡地瞥了自己的助理一眼："你说吧，我在听。"

助理告诉蒋沉，高和那边的资金池里流入一股强势的资本，信盛投资旗下的子公司正式宣布进场，布局区块链领域。这是一个大利好，原本已经降到最低的投资者信心预期触底反弹，之前还压在所有人头上的阴云霎时消散。蒋氏投资的两个项目也大概率能够摆脱困境，重新回到正轨上。

这个消息此刻却不能让蒋沉高兴起来。信盛投资属于蒋意的外祖父赵宗明名下主要的商业版图。赵宗明的信盛投资进场，这是不是意味着蒋意其实最后还是帮他递话了？她为什么要帮他？蒋沉只能感到羞愧和耻辱。她选择帮他，仿佛更加印证了父亲所说的话——蒋意让父亲感到骄傲，而他让父亲感到失望。他好像真的是一个可笑的失败者。

助理看蒋沉的脸色仍然不好，也不知道发生了什么事，只好小心翼翼地问道："蒋总，我们去哪儿？回公司吗？"

蒋沉应了一声。

车子刚发动，他的手机响了，是姑妈蒋安南打来的电话。

"蒋沉，你爸在哪家医院？"

"六院。"蒋沉倍感疲惫，伸手按上额头，"您现在要过来？"

蒋安南压着脾气："你知不知道你爸确诊了胰腺癌晚期？他有没有告诉你？"

蒋沉的大脑瞬间一片空白。

"他没告诉你？"蒋安南确认了一遍，然后说，"他也没告诉我。他脑子里到底在想什么？你现在去医院守着你爸，公司的事情你别管了，让明训他们盯着。我马上给蒋意打电话，让她也快点儿赶回来。"

蒋沉都不知道自己是怎么挂掉这通电话的。

"蒋总？蒋总？"助理又轻声提醒他。

蒋沉如梦初醒，拿起手机打开通讯录，找到蒋意的名字，然后发现自己的手指在抖。他强装镇定地按下拨号键。

"您好，您拨打的电话正在通话中……"

他差点儿糊涂了——蒋意早就把他的联系方式全部拉黑了。

蒋沉问助理借了手机，按下一串电话号码给蒋意打过去。

接到这通电话的时候，蒋意正在从原视科技去 Query 公司的路上。她刚下班，谢源坐在她旁边的副驾驶座上睡得正熟。她怕吵醒他，所以连刹车都不会踩得太重，尽量把车子开得平稳一些，让他能多睡一会儿。

他这两天一下班就到 Query 公司的办公室里待着，跟那边的工程师一块儿排查问题。他们目前确认问题来自外界的大规模恶意 FDIA 攻击，但是尚未破解对方的攻击技术。他已经整整熬了两个晚上了。

不知道的人肯定以为他是 Query 公司的员工，而不是原视科技的员工。

蒋意还特意看过员工手册，确认谢源这样做没有违反原视科技的员工守则。毕竟，他投资 Query 公司的行为在第一时间向原视科技做过申报，而目前原视科技与 Query 公司之间也不存在任何形式的竞业关系，他在原视科技的工作效率也没有受到影响——暂时还没有。蒋意不确定谢源继续这么熬夜干活，他的身体能不能吃得消。

她现在越发意识到，人的身体其实是很脆弱的，不可以掉以轻心。

所以刚刚下班前，蒋意直接上了八楼，拦住谢源，没让他把一杯加了双份咖啡液的美式咖啡灌下去，跟他说待会儿她开车，他在车上睡一会儿。

她从来没有想过，有一天她能愿意为一个男人做这么多的事情。

蒋沉的电话在这个时候打了进来。

蒋意只看到一个陌生号码，挂掉没接。过了一会儿，手机上面跳出来一条短信，来自这个未知号码："我是蒋沉。父亲好像确诊了胰腺癌晚期，姑妈跟你联系了吗？希望你速回，父亲需要你在。另外，这次你帮我的事情，谢了。"

蒋意利用等红灯转绿的间隙扫了一眼这条短信。她只能说短信的内容让她非常无法理解——蒋沉直到现在才知道蒋吉东的病情吗？还有，姑妈蒋安南可没有跟她联系过。蒋意上一次跟蒋安南说话，好像还得追溯到蒋吉东过生日的时候吧。以及，她帮蒋沉什么了？他为什么要跟她道谢？

前面的车子突然按了两下喇叭,副驾驶座上的谢源睁开眼睛,眼神非常清醒。

"到哪儿了?"他的声音有点儿沙哑。

"快到了,还有两千米。"蒋意回答。

谢源忽然没由来地轻笑了一声。

蒋意愣了:"你笑什么啊?"她还在看前面的车流为什么在绿灯时也不动,难怪有车子等不及,甚至在市区里面按喇叭。

谢源没说话,怕她骄傲。他之所以笑,是因为觉得此时此刻他和她之间的照顾与被照顾关系好像颠倒过来了。怎么突然变成她在宠着他、照顾他了?这样的事情放在以前,他可真的是连做梦都不敢想啊。

"没什么。"谢源的声音里面闪过一丝愉悦,他目不斜视,只看着前面的道路,"就是觉得你开车开得挺好的。慢慢开,不着急。"

"怎么又不着急了?付志清那个资本家刚刚已经给你打了三个电话了,我看他急得要死。那他就不能多花点儿钱,租个好一点儿的云服务器,非得用这种这么容易就被人攻击的破烂玩意儿?明明现在几家大型的云服务器平台的安全防护都做得很好。"

蒋意对付志清非常有意见——他凭什么这么使唤她的男朋友?

谢源却说:"不是付志清不肯花钱,而是这次的网络攻击就是冲着 Query 公司,冲着他现在正在做的产品来的。"

蒋意愣了一下,瞥了一眼谢源,明白了他的意思——有人在针对 Query 公司。但 Query 只是一家刚刚诞生一个月的初创公司而已,离盈利都还差得很远。为什么有人要攻击 Query?

谢源沉着声音:"当然是 Query 正在做的事情令人害怕了,所以哪怕它尚在襁褓中,有人也一定要发狠掐死它。"

谢源一到 Query,运维这边的人马上进入严阵以待的状态。他们知道谢源出现之后的第一件事情,就是检查目前为止的进展——他给每个人都分配好了各自的任务。通过这两天与谢源共事,Query 的员工已经充分意识到,如果有谁能够做好却没有做好,谢源一定会骂人。但是今天谢源没有立刻察看所有人的进度,因为他带了一个小尾巴需要照顾。

蒋意好奇地打量这家公司。这是她第一次来 Query,前两天都是谢源先把她送回家,给她做好晚饭,然后才出门到这边跟这群人一起通宵加班。

今天蒋意主动提出由她开车送谢源过来,而且跟着他一块儿上来。毕竟，在车上听完谢源的话之后，她不免有些好奇：Query 公司究竟在做什么？为什么谢源会说 Query 正在做的事情令一些人感到害怕，一定要把它摁死在襁褓期？

谢源看出蒋意有点儿感兴趣，想来她应该不会急着回家。

他问蒋意："你留在这边吃晚饭？想吃什么？"

旁边的行政人员马上接过话题："我们帮忙订餐吧，小姐姐喜欢吃什么类型的餐食？"

付志清也走过来，一边笑眯眯地主动接待蒋意，一边让谢源放心："没事，你放心去搞你的东西，我带着蒋意参观一下我们的公司，然后给她安排一个舒服的隔间休息。"他又跟蒋意说："我们这边网速超快，那边的体验空间里有各种游戏设备，还有 VR 设备，都可以玩。"

谢源却似乎不乐意把蒋意交给其他人，尤其是眼前最不靠谱的付志清。

谢源问蒋意："你要不要和我一块儿帮他们看系统里面的漏洞？"

蒋意想也没想，直接说"不要"——她已经下班了，才不要帮人加班呢。谢源只好眼睁睁地看着蒋意跟付志清走了。

蒋意在 Query 公司里面参观了一圈。她现在知道了，付志清他们正在做的是智能视觉辅助决策系统，这种系统的应用场景很多。

"你们具体做哪块儿？自动驾驶？"

付志清神神秘秘地摇头说："我们的硬件平台不是智能车，而是人。"他给蒋意演示了他们的核心概念，"假设你的车子在高速公路上爆胎了。你之前从来没有遇到过这种情况，驾校教练也没有教过你怎样更换轮胎。你戴着我们的智能外设，它会直接为你分析眼前的场景，一步一步地指导你完成换胎的每一个步骤。它能够具体情况具体分析，当你做错的时候，它甚至会纠正你，给出非常详细的细节，而不是那种笼统的、千篇一律的教程。再比如，你正在制作一个陶罐，没有想好要怎样制作它的细节，比如它的形状是怎样的、它的直径该选多大、它上面需不需要雕刻花纹。你戴着我们的智能外设，跟它说出你的大致想法，例如，你想要一个能够用来做花瓶的陶罐，希望陶罐简洁大气，是你准备送给闺密的结婚礼物。这时候它会给出不同的方案，并且随着你的制作，会不断地给出新的灵感，帮助你能够最终做出令人满意的作品。我们的算法理解视觉场景，自动为你识别和推理其中包含的信息，并且自动为你生成多个可选择的决策方案。"

蒋意轻轻地笑了下："听起来很酷。你们还想要投资吗？我也可以投资你们的。"她现在有点儿理解为什么谢源会说有人要摁死 Query 了。付志清举的例子都比较温柔，事实上，如果这个技术能够突破目前的难点，它的应用场景可以是非常广泛的。

将智能视觉辅助决策系统应用于机器人，那么机器人就可以在脱离人类干预的情况下执行很多高度智能化的任务。机器人的钢铁之躯比起人类的血肉之躯而言，更加耐损耗。这可以是 Query 的最终目标，他们也许要花几十年的时间去达成；也许该领域会出现技术爆炸，几年以后就能达成这一最终目标。这应该就是谢源所说的，Query 正在做的事情具有的价值。

付志清把蒋意带到一间会议室里面。他们公司没有独立办公室，连他这个 CEO 都是和大家一块儿坐在外面的大厅里面办公。他只能用会议室来招待蒋意——很多初创企业都是这样的作风。

"好啦，蒋意，你先在这里休息一会儿。我跟 Adam 说过了，待会儿晚餐到了，他会拿进来给你。我先去看看他们那边进展如何。"

蒋意说了声"好"。

付志清出去了。蒋意留在会议室里面，拿出手机，先把蒋沉用陌生号码发过来的那条短信删除，然后打开浏览器搜索 Query 公司，但互联网上能够找到的有用信息很少。她现在比较想知道，为什么谢源没有加入这家公司，是因为他不想创业吗？

过了一会儿，付志清又出现了，把会议室的门拉开一条缝，然后把脑袋塞进门缝——看起来不太聪明的样子。

他告诉蒋意："谢源在那边骂人。"所以他立马躲出来了。

付志清应该是一个乐观主义者。他的公司如今出了这么大的麻烦，他居然还有心思站在这里聊八卦。他笑嘻嘻地问蒋意："谢源和你谈恋爱也是这副烂脾气吗？"

蒋意抬眼瞥他，像在看傻子——当然不是了。

付志清在长桌旁边坐下来，主动给蒋意讲了几个谢源高中时候的故事。

他很会讲故事，挑的都是那种有意思的典型事件，而且暗暗地还把谢源的形象塑造得特别优秀、特别可爱。最后他重点强调，谢源在高中时没有任何感情经历，属于一张爱情白纸。

付志清又说："之前你们两个还没有在一起的时候，他天天都在思考应该怎样向你表白。他是真的很喜欢你。"

蒋意说："我知道啊。"

她完全是一副有恃无恐的态度。谢源一直都让她知道，他对她有独一无二的偏爱。她扬起唇角，眼睛里面闪着非常自信、非常明亮的光。她告诉付志清:"我也特别特别喜欢谢源,喜欢他很久了。"

付志清一愣,随即笑着说:"放心,我会替你保密的。"

蒋意脸上的笑容弧度加大了,她眨了眨眼睛:"不保密也没有关系。"

付志清笑开了花:"天哪,蒋意,你好可爱啊!我都要爱上你了——我这么说会不会被谢源揍啊?"

晚上九点半,谢源终于从那间"作战会议室"里面走了出来。

他第一眼就看见了蒋意。她还没走,就坐在大厅里面,占用了某个人的工位,坐在那里跟付志清聊天儿。而付志清靠着办公桌,衬衫的袖扣解开,袖子挽起,衬衣领口也开得很低。谢源无视了付志清。

她在等他——谢源顿时觉得此刻没有那么疲惫了。他走过去,把蒋意的椅子微微往后拉了一下,刚好够他站在蒋意和付志清中间。

"解决了。"他言简意赅,眉宇间透着淡淡的倦色。蒋意有点儿心疼他。

付志清问:"既然大问题解决了,要不要一块儿喝一杯,放松一下?"

蒋意以为谢源肯定会拒绝,但是出乎意料,谢源说"好"。

"可以吗?"他转头询问她的意见。

蒋意伸手捏了捏他的侧腰:"你都答应了,我还能说'不好'吗?"

谢源的眼睛里面骤然闪过一丝笑意。说得好像他在家里是一言堂似的。他还不是什么都得听她的?谢源已经见怪不怪了,她总是喜欢在外面表现得很乖巧,殊不知她的本性最是霸道。

付志清带着一班人杀到酒吧。

谢源没点酒,只要了一杯苏打水。蒋意喜欢酒。她让付志清给她推荐,付志清难得遇到这么志同道合的姑娘,简直恨不得跟蒋意做兄弟——或者姐妹也行。他指着酒水牌,正要给蒋意推荐一款金酒特调,就接收到谢源淡淡地投过来的眼神,立马改了说法:"这里的威士忌很不错。"

威士忌也没好到哪里去,谢源冷哼一声。

付志清感觉额头上冒出汗,连忙打哈哈:"没事没事,让他们多放点儿冰块就好了……"

谢源心想:这跟加多少冰块有什么关系?

付志清也点了一杯威士忌。

酒送了上来。蒋意和付志清聊得热火朝天,谢源坐在中间喝他的苏打水,并不加入一左一右两个人的热聊中。

蒋意把杯子里的酒喝掉一半,然后开始脸红。谢源微微转头看她,她已经把外套脱掉了,里面是一条非常贴合身材的羊毛裙。她整个人由内而外冒着暖暖的潮气,白皙的肌肤上染着一层浅浅的红晕。

谢源移开眼神,无言地继续喝苏打水。

蒋意拍拍他的胳膊:"谢源——"

"嗯?"谢源用的是鼻音,显得很温柔。

蒋意:"你能不能跟付志清换个位子?你坐在这里,真的很挡着我们说话。"她满脸认真,很显然她是在逗谢源。

付志清默默地在心里给蒋意比了一个大拇指——好样的,谢源这样的家伙,就得由蒋意这样的姑娘镇住。

谢源站起身。

付志清真以为他要跟自己换位子,于是也傻愣愣地跟着站起来了。他看着谢源把玻璃杯从蒋意的手里面拿走,然后仰头把酒喝完。

谢源放下玻璃杯,随后单手揽上蒋意的腰,另一只手替她拿包包、外套还有手机。

付志清后知后觉:"你们要回去啦?"

谢源"嗯"了一声。

蒋意揽着他的手臂站稳。她其实离喝醉也远着呢。她被他搂在怀里,伸手指闹腾他:"我还要玩一会儿。"

"太晚了。"谢源轻声对她说,低下头,柔软的嘴唇几乎贴着她的耳朵,"乖,回家再玩。"

付志清眼睁睁地看着这两个人在他的面前打情骂俏。

走之前,谢源提醒付志清:"你记得看一眼本地日志。"

听到他突然说 Query 的事情,付志清一愣,然后说"好"。

蒋意被谢源半搂半抱地带着出去,谢源还顺便买了个单。

"他现在穷得都快揭不开锅了,"谢源戳穿付志清如今捉襟见肘的财务状况,"他的钱还是留着吃饭吧。"

蒋意有好多问题。

坐在车里等代驾过来的时候,蒋意问谢源:"你其实很看好 Query 的发展方向吧?那你为什么没有跟付志清一块儿创业?他说他邀请了你很多次,但是你每次都拒绝他,搞得他很伤心。"

谢源"嗯"了一声。他感觉,她好像和付志清聊了特别久。

"付志清这人不靠谱,做事情经常只有三分钟热度。"谢源淡淡地说,然后把目光转过去,盯着蒋意,似乎要用眼眸把她的长相印在心里,"我不喜欢跟不靠谱的人扯上太多关系。当你以为你和他是怀着同一目标前进的战友，结果他轻易地半途而废说要退出——我不想应付这种情况。"

蒋意说："但你投资他了。"

他既然觉得付志清不靠谱，那为什么还要把钱投资给付志清？他的钱也不是大风刮来的——反正肯定没有她账户里面的钱来得那么轻而易举。

谢源回答道："理想主义者也需要给人开工资，他的公司如果只靠画大饼，肯定是留不住员工的。"

谢源知道 Query 在做的事情是技术发展的大势所趋，无非是 Query 起步得比很多人都要早。他希望付志清能够真的有毅力把脑子里所想的东西做出来，哪怕这条路要走很久，他也希望付志清能坚持走下去，投资代表他的支持。

蒋意忽然觉得谢源对付志清很好。

谢源不想听她继续念叨付志清的名字，把手掌落在她的膝盖上面。

"晚点儿再说 Query 的事情。"他说。

蒋意感到他的掌心有点儿烫。可能是刚才她剩下的半杯威士忌在发挥作用，对于他这种平时很少喝酒的人来说，酒精的效果可能更加明显。

谢源把她的手心翻过来，按上去。

"听说，你特别特别喜欢我？喜欢我很久了？"

蒋意弯起眼尾，很开心。她垂下眼睫毛，视线从膝盖的位置上一飘而过。谢源的手指慢悠悠地搭在那里，并不越线，也不安分。

喜欢一个人很久很久，如此心迹被当事人看透，她脸上却没有惊慌失措的模样。

"是付志清告诉你的？"她扬眸看他。

谢源不置可否。

实际上不是付志清告诉他的，而是他自己偷听到的。当时蒋意和付志清聊到这个话题时，他刚好就在会议室的门外，然后就听见了。谢源不打算承认自己是靠偷听知道的，这毕竟不是什么光明磊落的行径。

他看她满脸写着骄傲，一点儿都没有害羞的神情。

他心思一动，俯身，手指贴得离她更近了。

"是不是真的，嗯？"

当然是真的，哪里有假？蒋意摸摸他的耳朵，眼眸含笑："你猜呀！"

她明明都已经把正确答案写在脸上了，可是笨笨的谢源还要问她是不是真的。有时候她真想把他的脑袋敲开来，看看里面到底在想什么傻傻的

· 326 ·

事情。

谢源故意正话反说："我觉得是假的。"

"谢源！"

谢源听见蒋意气急败坏的撒娇声音，终于忍不住低低地笑出声，然后伸手捞起她的小腿，把她按在怀里，不再继续逗她玩。

"嗯，我知道了，宝贝喜欢我很久很久了，是真的。"

温热微潮的呼吸落在蒋意的颈窝里，他轻柔地唤她"宝贝"。

蒋意的心软得一塌糊涂。

他不轻易叫她"宝贝"，但是每次在他叫她"宝贝"的时候，她永远都能感受到其中浓烈的爱意。

这样好的谢源，她当然会愿意喜欢很久很久。

蒋意捧起他的脸颊："你现在终于知道啦！"

谢源由她摩挲："嗯，知道了，但没完全知道，我还想听听细节。"

谢源的手掌很大，他能够直接圈握住她白皙纤细的脚踝。事实上，他正是这么做的。她的皮肤凉凉的，他知道她怕冷，但是冬天依然不喜欢穿得很厚很多，所以她单穿着羊毛裙没有打底，作为外套的羊绒大衣此刻搁在旁边的座椅上。

他用掌心的温度焐热她。与此同时，他揽在她腰间的手臂逐渐有了收紧的意图。

谢源说："不妨展开说说？"

这个男人怎么有这么多的要求呀？蒋意扭来扭去，不肯讲细节。她才不上当呢。如果她一不小心讲得太多，那么谢源就要得意死了。

她越是不肯讲，谢源越是缠着要她讲。渐渐地，他们的重点已经不在"讲细节"这件事情上面了。谢源眸色渐深，手指抚上她的长发，低头想吻她。蒋意满脸愉悦，仰起头主动迎上来，却在谢源即将要吻到她的时候，笑眯眯地用指腹堵住他的唇。

"代驾小哥到啦。"她示意他看车窗外面。没等蒋意收回手，她的指腹忽然被人不轻不重地舔咬了一下。

蒋意险些没坐住。

谢源意味深长地看她一眼，然后才把她的小腿放下去，又替她理好裙摆和头发。

蒋意的脸颊不受控制地变红了。

谢源！这个男人不就是喝了半杯威士忌吗？她怎么感觉他都快要变成

大灰狼了？

代驾小哥坐上车。车子驶上道路，车内一片安静。

蒋意望着车窗外面的世界，慢吞吞地打了个哈欠，满眼泪花。

谢源低声哄她："累的话就先睡一会儿。"

蒋意眼带泪花地瞪他。她倒是想睡呢，可是他牵着她的手，他的手掌那么热，时不时地还要捏捏她。她感觉自己手心都快出汗了，哪里还能睡得着？

她跟他说悄悄话："那你不要拉我的手了。"

谢源故作不解："为什么不行？"

蒋意咬唇："你这样我睡不着。"

谢源满脸无辜："我哪样了？"

他们不就是牵着手吗？他们甚至都不是十指相扣。

蒋意扭头："反正就是不行。"他肯定不知道她的脑子里面在想什么。

喜欢一个人时，当他牵着你的手指，耐心地从指根摩挲到指尖然后再回到指根，将每一根手指都这样温柔地照顾到，你就会忍不住想要抱上去，然后跟他这样那样。

蒋意觉得，如果今晚谢源再不变成大灰狼，她就要变成大灰狼了。

车子进了小区，代驾小哥把车停好。

"麻烦给个五星好评，谢谢！"代驾小哥戴好头盔，骑着电动小单车飞快地溜了。

谢源在手机上确认订单完成，顺手点了一个五星好评。

然后他的视线来到蒋意的身上。车窗和车门都关得很紧，他终于可以吻她——在代驾小哥上车之前他就想这么吻她了。

谢源倾身，托起她的脸颊，温柔地咬上去，然后由轻变重，辗转吻得更深更急。他有偏好的节奏，她的颈项不自觉地配合着扬高再扬高，颈椎却完全不觉得受累。

谢源将手臂撑在车窗上。

"接着说喜欢我很久很久的事情？"

蒋意听见耳边落下他克制的喘息声，轻轻闷哼一声，想瞪他，但是湿漉漉的眼眸瞪人根本就凶不起来。

"不想说？"他瞄她，洞察到她不肯服软，随即自顾自地轻笑一声，"不要紧。"

不要紧？什么意思？

蒋意这会儿已经被吻得有点儿缺氧。她倒在座椅上，长发凌乱地铺散开，大脑几乎无法执行任何逻辑思考工作。

谢源摸摸她的脑袋，把她的长发拢起来。然后他打开车门，没等蒋意反应过来，直接捞起她，把她抱在怀里，并将外套盖在她的腿上。他稳稳地抱着她往电梯间走过去。

蒋意理智回归："我的手机，还有包！"

那些东西都在车上，他没给她拿。

谢源："明天再拿。"

他怎么能说明天再拿？万一有小偷儿把车窗玻璃砸了，把东西偷走怎么办？

谢源妥协："待会儿我去拿。"

待会儿？待会儿是什么时候？

电梯到十七层。

电梯门打开，随后家里的大门也跟着开了。蒋意才被谢源放下，脚刚刚沾地，谢源就把她摁在门上。热吻铺天盖地地落下来，她甚至来不及回应他。

从玄关到卧室，最后蒋意坠进柔软蓬松的被子里面，终于能够看全谢源的脸。

"你喝醉了吗？"她问他。

谢源俯身："没有。"

她望向他的眼睛——他确实很清醒，不像在逞强说假话。

既然没有喝醉，那他为什么这会儿跟平时正经禁欲的模样判若两人？

谢源像是看出她的疑惑。他一边摘腕表，一边咬着她的胳膊，低低地喘着扔出两个字："装的。"

平时他伪装得好，有时候连他自己都能被骗过去。可是世上哪儿会有不吃肉的狼？假正经的男人倒是数不胜数。他早就想咬她了。

蒋意用手肘撑着床垫，稍微坐起来一点儿，也开始飞快地摘掉佩戴的饰品：手链、腕表、耳环……她边摘耳环边哼："酒壮怂人胆。"

她这时候甚至还敢嘴硬。

她还记得上一次，那次明明都已经……可是谢源最后还是刹住了。她希望他今天能说话算话，不要做行动上的矮子。

不过，谢源好像确实不是说说而已。他蓄势待发。

他随手把腕表放在床头柜上，俯身打算继续，却看见蒋意坐在床上摘

329

耳环摘了很久都没有摘下来。她的一缕头发挂在耳环上面，缠得有点儿紧，眼看着耳环是摘不下来了。

谢源忍不住想笑：真是小笨蛋。

谢源让她别动了："我来拿。"

他耐着性子，一手按着她的脑袋，护着发根，另一只手细致地把她的头发丝一根根地解下来，然后取下这侧的耳环。

蒋意没让自己闲着。她在捏他的后腰，手还隐隐有继续作乱的意图。

谢源放下耳环，扣住她的手指："想要？"

她抬起头："可以吗？"

谢源笑了——这个问题应该由他来问。

不过不要紧，他和蒋意谈恋爱，就是要做好不走寻常路的心理准备。

谢源抱住她的腰，一下下地吻她，继续找到节奏。

过了一会儿，蒋意忽然从他的怀里冒出脑袋："我们在哪里啊？你家还是我家？"

谢源无奈，只好停下来，随手给她披上毯子，怕她着凉。

他家还是她家，这有区别吗？他们刚刚从电梯出来，他就近开了她家的门。他们这会儿是在她家，1702室。

蒋意没管毯子，翻了个身到床边，拉开床头柜，翻出一个小盒子。

"给，"她理直气壮地说，"保护措施还是得做好。"

谢源没想到她居然能当场拿出这一盒东西。他接过来瞥了一眼，留意到盒子上面印着的生产日期——他算是看出来了，她对他图谋不轨确实已经不止一天两天了。

他拆了盒子，然后拍拍她的腰。

两个人继续接吻。

凌晨两点，谢源抱蒋意去洗漱。他的要求总是特别严格，幸好他很擅长照顾她，所以她这时候根本不需要花任何精力。她趴在他的怀里，处于半睡半醒的状态，凭着本能抬起胳膊揉了揉眼睛，娇声娇气地抱怨这里也酸痛那里也酸痛。

谢源让她坐稳，耐着性子试图哄她自己乖乖刷牙。蒋意不肯。

"蒋意，你看看，牙膏泡沫都要掉下来了。"他虽然嘴上这么说，表情却只有宠溺没有嫌弃。他伺候她把牙膏沫吐掉，然后把她抱回床上。

她歪头看他："不用漱口吗？"

谢源给她盖上被子："这样不容易蛀牙。"

蒋意乖乖地"哦"了一声，然后龇牙朝他骄傲地说："我没有蛀牙！我的每一颗牙齿都特别好，我连矫正都没有做过，你看，多整齐。"

谢源揉她的头发："嗯，我知道了。现在要睡觉了，快点儿闭眼。"

他让她睡觉，自己却套了一件T恤，然后转身就要往外走。

蒋意拖住他的手腕："你去哪里？"

她有点儿不高兴。这会儿他难道不是应该留在这里陪着她吗，怎么转身就走了？他该不会是什么无情的大渣男吧？

谢源戳了戳她的脑袋，觉得好笑：她在胡思乱想什么？

但他仍然心甘情愿地解释："我到楼下去拿你的包包还有手机，我们的电脑也在后备厢里面。"

包包——他现在怎么也跟她一样爱说叠字了？装可爱的男人。

蒋意不让他走。电脑放在后备厢里挺安全的，至于车里她的手机和包包，要是真被偷了就被偷了吧，反正现在谁也别想把谢源从她身边弄走。

她发号施令："你现在就抱着我睡觉，不许走。"

"好吧。"谢源在她的身边躺下，但是倒有点儿不敢抱她。毕竟他这会儿还有些许"难凉热血"。

可是蒋意不高兴，翻身闹他，一定要他紧紧地抱着她。

谢源叹了一口气，只好乖乖地抱住她。

他觉得自己今晚别想睡觉了。前两天熬夜给Query公司修系统不睡觉，今天熬夜陪蒋意不睡觉，这样他会猝死吗？

而且偏偏蒋意特别喜欢把脑袋枕在他的胸口上睡觉，美其名曰这样她能够离他的心脏很近很近。谢源谨慎地把蒋意的脑袋移至右侧，见她没有因此生气，才松了一口气。

从他把她装进心里的那天开始，他的这颗心脏的负担就很重了。

蒋意只安静了一小会儿，然后忍不住动了动脑袋，仰起头，从她的角度只能看见谢源的下巴——这个男人没有双下巴。

"谢源——"

"嗯？"

"你睡着了吗？"

很显然谢源还醒着。

蒋意凭着肌肉记忆很熟练地撩起他的T恤。按理说谢源这个时候应该制止她，但是他没有。恰恰相反，他压住她的手指，手掌随之箍住她的细腰两侧,把她整个人往身上提过来。他的喉结上下一滚,他面不改色,唯独眼底的暗色表明他此刻的欲念,他的意图非常明显。

他现在已经彻底不考虑是否会猝死的问题了。人生苦短,及时行乐——谢源没想到有朝一日他居然会把这句话奉为信条。

蒋意却退缩了,慢吞吞地把手指从他的腹肌旁边挪开,还不忘把他的T恤下摆拉回去。

谢源往她的耳朵里面吹气:"不继续了?"厚脸皮的男人。

"不要了,我不行的。"蒋意满脸趾高气扬,却说出这样的话。

那他们就只能纯聊天儿了。

"谢源……"蒋意现在没有底气轻易碰他,怕不小心触到他变成狼的开关,于是只好捏着自己的发尾打着圈,抛出诱饵,"你知不知道,我是从什么时候开始喜欢你的?"

谢源低头看她:"你刚刚不是还不肯说吗?"

在车上的时候,他压着她问她细节。可是无论他怎么哄,她都咬着唇不肯说。现在她怎么自己主动要把答案送给他了?

她让他先猜猜看。

"读研究生的时候吧。"谢源不假思索地说。

他猜得有理有据——既然她说她已经喜欢他很久很久了,那么至少肯定是在他们读书的时候,而不是工作以后。

"不对。"她示意他继续猜。

谢源思忖:不是读研究生的时候,那就是本科的时候了?

那么早吗?他想都不敢想。

谢源语气里面藏着一点儿惊喜,以及一点儿迷茫:"本科的时候?"他心里忽然升腾起一股犹如彩票中奖的错觉。

蒋意轻轻地"嗯"了一声。她这会儿忽然冒起害羞的劲,抱住他的胳膊,一个劲往他怀里钻,想把脑袋埋起来。她怎么像一只小鸵鸟似的?

谢源捏捏她的脖颈,仍在享受这张"彩票"带给他的强烈的幸福感,但是已经从最初那股蒙住的状态里面缓过来了。

他俯身逗她:"噢,原来宝贝喜欢我这么久吗?但是我怎么还是有点儿不相信呢,宝贝是在哄我开心吗?嗯?"

"宝贝"这个称谓突然像是免费了似的,接二连三地从他的喉咙里面冒出来。

她的脊背又是一颤。

蒋意没想到，自己居然还能被谢源肉麻到手脚蜷缩、耳根发痒。她好想捂住他的嘴巴，不许他叫她"宝贝"了。

谢源跟她翻旧账："你那会儿明明使唤我使唤得很不客气，我还以为你看我不爽……"

傻瓜，笨蛋，蠢狗狗……蒋意埋头咬他。打是亲骂是爱，他难道还不懂得这个道理吗？虽然她既不打他也不骂他，但是她表达喜欢的方式就是使唤他。她变着花样让他给她做各种各样的事情，这样她和他就能每天都待在一起，每天都可以讲很多话。

他非但没有领悟到她的真心，居然还以为她讨厌他！果然不同的人有不同的思维，很难彻底对上。

还好，他们没有错过彼此。

蒋意咬着咬着，发现谢源的呼吸骤然变沉。他拉着她的手腕，手掌贴上她的细腰。蒋意察觉到他的变化，想躲，但是被他一手摁住了。

"别闹。"他说，然后又俯身吻了上去。

究竟是谁在闹啊？

蒋意整个人再一次透着红，由里到外都快熟了。

他埋头在她的颈窝里。

她说的话，他全部都相信，有什么特别的理由吗？好像也没有，只要是她说的，他都愿意奉为圭臬。

蒋意伸手拥住谢源的肩膀，随后温柔地抚摸着他的头发，像在抚摸一条热情的大狗。她说："包括我租住在你的隔壁，做你的邻居，这也是我蓄谋的。我给中介塞钱了，中介信誓旦旦地说我绝对能够和你做邻居。"

谢源就知道这不是巧合。

蒋意声音闷闷的："我应该早点儿让你知道，对不对？"

谢源抚着她的头发："小傻瓜，现在也不晚。"

他开始重重地抱她，也轻柔地抱她。直到她挂上可怜兮兮的泪花，呜咽着要他抱她抱得更紧，他再把这些眼泪全部都吞掉。

"我的喜欢超级值钱的。谢源，我只喜欢过你。"

他知道。

谢源眸光温柔，眼角红红的。他捧起她的脸颊，封住她的声音。

一觉睡到中午，蒋意说什么都要出门——她不要待在家里跟谢源单独相处了。

谢源失笑。他昨晚好像没有太过分吧？而且他自认为已经非常轻柔非常缓和了，要不然她现在还能这么颐指气使地坐那儿跟他说话，还能有多余的体力出门逛街吗？

"行，那就出门吧。"他有言在先，"到时候如果你走不动，我可不会抱你。"谢源在说这话的同时，其实已经做好了待会儿得抱她回家的心理准备了。

他们去了商场。商场四楼有一家猫舍，一间间玻璃小房子布置成温馨的模样，一只只可爱漂亮的品种猫各自待在自己的玻璃小房子里面，有的在懒洋洋地睡觉，有的在慢悠悠地舔毛，有的在精力旺盛地上蹿下跳，还有个别的小坏蛋正在伸爪子欺负同住的小室友。

谢源觉得那只小坏蛋猫很像蒋意，又娇气，又凶横。

谢源问蒋意："我们要养一只吗？"

他记得她提起过，她想要养一只小猫咪，给它起名叫作"三三"。

店主小姐姐看出他们有购买的意图，于是热情地给他们介绍店里面这些正在等待主人的小家伙。

蒋意在店里转了好几圈，然后轻轻地叹气——这里的猫猫都很漂亮、很可爱，但是她觉得她没有遇到属于自己的那只小猫咪。

她捏了捏谢源的手背，问他："你有喜欢的吗？"

谢源："我喜欢的在这里。"他上手揉乱她的头发。

蒋意无语——现在可不是让他说情话的时候。

谢源笑起来，揽住她的腰："既然没有遇见喜欢的小猫，那就再等等。我们的小猫说不定在其他地方等着我们去接它。"

但是他们并没有空着手离开这家店——蒋意和谢源没有忘记养在谢源的姥姥姥爷家里的一一和二二两只猫咪，以及养在谢源爸妈家里的狗狗茉莉。他们给它们买了小零食，然后开车往两家送过去。

到了谢源爸妈家，谢源他爸表现得很有意思，在招待蒋意的时候完全是一副好爸爸的模样，对着亲生的儿子却满是警惕。他偷偷质问谢源："你是不是要把茉莉领走？"

谢源看着老爸一脸防备的模样，感觉他爸完全是把他当成"狗贩子"看待了。

"没有，您就放心养着茉莉吧，我不跟您抢。"谢源打包票，谢兆慷才稍稍放心。

谢兆慷又补充道："你也不许跟你姥姥姥爷抢一一和二二。"

"您放心，我不跟姥姥姥爷抢。"他再次承诺。

谢兆慷这才彻底放松下来，开始热情地招待儿子。

谢源的母亲薛玉汝在阳台上打理花花草草，蒋意走过去陪她。

薛玉汝给蒋意介绍这边养着的每一盆植物。

蒋意有点儿不好意思："我只会养仙人球。"而且她养得也不怎么样。

薛玉汝"哈哈"笑起来："没事，谢源小时候连仙人球都养不好，这小子大概只会养杂草吧。"

蒋意不相信。她记得谢源以前帮她养过花，好像养得还很不错呢。

薛玉汝笑眯眯地说："因为他喜欢你，所以想要在你面前把什么事情都做得很好。小男孩儿就是这么幼稚。"

果然在妈妈的眼睛里面，儿子永远只是那个幼稚的小男孩儿。

薛玉汝又说："但是这样的男孩子很真诚，很可爱吧？"

蒋意的脸上露出笑容。

薛玉汝："意意你笑了，这说明不是谢源惹你不高兴。但是阿姨觉得你好像有不开心的事情，可以跟阿姨说说吗？"

蒋意一怔，没想到薛玉汝能够看出她的心事。她真的把心事藏得很深很深，以为别人看不出来。

她没什么不能说的，把蒋吉东的病情告诉了薛玉汝。

薛玉汝一下子就明白了，握住蒋意的手："你感到有点儿难过，但是觉得自己不应该那么难过，因为这样做就好像是背叛了妈妈，对吗？"

对，蒋意轻轻点头。

薛玉汝让她靠在自己的怀里。

"阿姨也是妈妈。如果是我，我会希望我的女儿不要把她自己逼入痛苦的境地。"薛玉汝说，"有的时候，爸爸和妈妈之间的矛盾，仅仅只是爸爸和妈妈之间的事情。孩子如果在其中遭受痛苦的折磨，无论是爸爸还是妈妈看了应该都感到很心疼和自责吧。"

薛玉汝抚着蒋意的额头："意意，你所有的感受都是你内心最真实的反应。你的经历、你的三观、你的性格，这些东西叠加起来使得你形成这样的感受。如果压抑它，你或许会觉得很痛苦。体验它，理解它，尝试与它共存，尝试与它和解，也许这样你会觉得舒服一些。"

薛玉汝又继续说道："母亲和孩子之间永远有着最紧密的纽带。孩子会体谅母亲，母亲也会体谅孩子。所以我们永远都是站在同一边的，母亲和孩子之间永远都不存在'背叛'两个字。

"所以,意意,不要担心,不要有顾虑。"

蒋意和谢源在谢源的爸妈家里吃过晚饭之后才离开。
谢源预料的没错,蒋意刚到楼下就喊累,走不动了。
谢源问:"要抱还是要背?"
他对这个流程熟练得让人心疼。
蒋意要他背她。
那就来吧,谢源蹲下,蒋意趴上去。
"谢源——"
"嗯?"
"你真好。"
谢源微微勾起嘴唇笑了,将她的腿揽得更紧了一些。
"我以为我对你的喜欢已经到顶端了,因为我真的已经很喜欢很喜欢你了。"蒋意的呼吸落在他的耳朵后面,她说,"但是我发现,我好像每天依然会再多喜欢你一点点。"
谢源的心柔软得一塌糊涂,他捏着她纤细的小腿。她怎么这么会说情话?三言两语就能把他撩得心房塌陷。
"跟你在一起好开心,"蒋意说,"我想要永远都这样。"
这也是谢源想要的。
他们开车回家。
蒋意把谢源拦在她家门外,不让他跟她进去。
谢源挑眉:"今天就不想要我陪你睡觉了吗?"
她之前那么黏他,恨不得一天二十四小时两个人都形影不离。结果昨天晚上他们刚刚来过真的,她就对他厌倦了?
"你先回你自己家里去,我待会儿去找你。"蒋意把他往1701室的方向推。
谢源心里想笑,但表现在脸上的时候却故作深沉地冷哼两声:"不要后悔。"
蒋意仍然推他。
谢源只好回到1701室,琢磨着这样下去可不行,是不是应该把一间公寓退租……但他随即又把这个念头否定掉。如果真的把其中一边的公寓退租,万一哪天蒋意跟他生气把他赶出家门,他都没地方睡觉,只能睡大街去,还是得留着这间公寓。

半个小时之后,蒋意出现在 1701 室。

谢源正坐着看书,见到她过来,自然而然地抬起手臂让她趴过来。

"你去了很久。"他就是在抱怨,抱怨她不应该冷落他。但是他脸皮比较薄,所以不好明着抱怨,只能这样含蓄地索要关注。

蒋意没有察觉他的小心思。她趴在他的怀里,闻到他身上沐浴露和洗发水的味道,很清新,像柚子又像柑橘。蒋意自己很喜欢柚子这种水果——难怪她总是下意识地想要张嘴咬他。蒋意不知道谢源是不是故意选了这种味道的沐浴露和洗发水。嗯,这是一个有心机的男人。

蒋意问他:"你已经洗完澡啦?"

当然。谢源等她等了好久她都不来,只好先把自己洗干净。

蒋意面露遗憾:"好可惜啊,我本来还想让你舒舒服服地泡一个玫瑰牛奶浴呢。"

她摊开手,手里真的拿着两袋玫瑰牛奶浴盐。

她刚刚该不会就是在翻箱倒柜找这两袋浴盐吧,还找了整整半个小时?谢源记得这些浴盐就放在她卧室洗手间的边柜里面,右边从上往下数第三个抽屉。

谢源有些无奈。她难道觉得他是那种会泡玫瑰浴、牛奶浴的人吗?

蒋意举着手机一定要给他看玫瑰浴和牛奶浴的功效:"泡这个可以放松身心,缓解疲惫。你之前帮 Query 查漏洞查得那么辛苦,而且——"她顿了顿,脸上稍微有点儿害羞,"而且,你昨天晚上好像也没怎么睡觉,得充分地休息。"

她将重音咬在"休息"一词上面。

谢源很容易就听懂了她的言外之意:她想要休息。看来他昨天还是把她折腾得太累了。

谢源忍住笑,继续陪她玩文字游戏:"还好,我没觉得很疲惫。你疲惫吗?要不你去泡个牛奶玫瑰浴吧,我帮你放半个浴缸的水?"

后面这句话完全是出于他的肌肉记忆跟着冒出来的。

蒋意说:"我是让你泡呀。"

她这会儿出现骄蛮的劲了。

谢源放下手里的书:"但我已经洗过澡了。"

他努力让自己显得很遗憾。

遗憾就对了,蒋意就等着他流露遗憾的表情。她坐直,盯着他,拉着他的手指摇了几下:"谢源,那你要不要再去洗一遍?"

谢源不敢相信自己听到的,觉得她在开玩笑。

事实上蒋意没有在开玩笑——她很认真。她不仅让他再去洗一遍澡,甚至还说要给他洗头发。

谢源对她这股莫名其妙的热情有些招架不住,再次强调:"我刚刚洗澡的时候也顺带洗过头发了。"

但是他的抗争没有用,蒋意开始撒娇加胡搅蛮缠,等到反应过来的时候,他已经被她半拖半拉地带进了浴室。

这都是什么事啊?再爱干净的人,也受不住在半个小时之内连续洗两次澡、洗两次头发吧?但谢源偏偏就还真的鬼迷心窍地由着蒋意胡来。

蒋意开了热水,说要先给他洗头发。

谢源无奈,既然打不过,那就只好加入了。在蒋意把水浇到他的头上之前,他先伸手试了一下水温——果然太烫。他把水温调合适,庆幸自己有先见之明,否则皮肤要被烫红了。

蒋意站着,谢源也站着。他的手臂撑着浴室的墙壁,她站在墙壁和他之间,在手心挤了很多的洗发露,正在揉搓成泡泡。

谢源低着头,迁就她的身高,感觉到她的手指在他的头发之间穿过来、穿过去。哪怕他没有看见也能感觉到,她给他洗头洗得很认真。她正在试图把手里的泡泡均匀地涂在他的头发上面。但是就因为她太认真了,所以谢源不得不保持低头的姿势很久,脖子几乎要痛死了。而且他稍微一动,水就顺着他的T恤领口往里面流。

他都想直接把T恤脱了,但是这样不合适。

蒋意一直问他:"有没有很舒服?"

她每隔几十秒钟就要跟他确认一次。

没有很舒服,可谢源不忍心打击她的积极性。

但是他也不能无条件地迁就她。在必要的时候,谢源还是会试图挽救一下自己。

谢源:"宝贝,你刚刚差点儿戳到我的眼睛。"

谢源:"宝贝,你可不可以给我一条毛巾裹在脖子上?"

谢源:"宝贝,我可以稍微把脖子抬起来一会儿吗?"

不过,蒋意的手指柔软地穿梭在他的发间,她时而轻轻地揪起他的短发,时而毫无章法地摁上他略感酸涨的头顶穴位,谢源就觉得这种感觉其实还不算差。

她在用她自己的那一套可爱而又笨拙的方式对他好,他都知道。

等蒋意宣布洗完,谢源身上的T恤已经彻底湿透了。幸好浴室里面萦绕着层层的雾气,开着暖风,湿透的T恤贴在身上,倒也没有让他感觉很凉、很不舒服。

这下他真的有必要再洗一次澡了。

而且谢源严重怀疑,蒋意并没有把他头发里面的泡沫冲洗干净。

谢源轻咳一声,揽着蒋意的腰把她往外面推。

"好啦,宝贝,你可以出去等我了。我冲个澡,很快出来。"他拍拍她的腰。

蒋意却抱住他的腰,仰起脑袋,漂亮的眼睛眨呀眨:"可是我想和你一起泡牛奶浴。"

这才是她的居心所在。她的铺垫很长很长,就是为了这一刻的惊喜,她想要跟他一起泡牛奶浴很久了。她想要和他亲密地抱在一起,想要让他闻起来跟她一模一样,从里到外都是相同的气味,这证明他们是这个世界上彼此最亲密的另一半。他再也不能找到另一个像她这样的人……所以他一定只可以和她在一起。

谢源的喉结上下一滚。然后他听见自己的声音变得很低哑:"真的吗?"

他还以为她今天不想要和他……

蒋意毫不犹豫地点头——她想要他,这没什么好害羞的。

没等她开口说话,她的唇迅速地被男人低头堵住。

"唔……"

很快,满室荒唐。

S市。

蒋吉东的病情不断恶化。短短数周的时间里,他的情况已经发展到必须住院的程度。止痛剂一针接着一针地往身体里面打,对于疼痛的缓解却是见效甚微。

蒋意没有来过。

蒋沉问过,蒋安南也问过,要不要马上叫蒋意回来,蒋吉东都摇头说"不用"。

"小意有工作。她和你们不一样,刚刚工作没多久,总是请假也不好。"

即便到了这个时候,蒋吉东的心都是偏的。

蒋安南冷着脸不想说话,蒋沉也同样沉默。

蒋安南私下告诉蒋沉："你要做好准备，如果你爸真的撑不过这一关，很有可能把他名下的财产都留给蒋意。你想想你到时候还能拿到什么？"

蒋沉没有告诉蒋安南，蒋吉东已经做好了财产分配的决定——他的父亲只打算留给他一份每年税前两百万元的雇佣合同。

到了十二月底，距离元旦还有几天的时候，蒋吉东的情况急转直下，他开始昏迷不醒。

十二月的最后一天，蒋吉东苏醒过来。他醒过来的第一句话，问的是小女儿蒋意。

"让小意回来。"蒋吉东说，"跟她说，爸爸想她了，想要见见她。"

蒋沉说了声"好"。

蒋吉东又说："不要你通知她，你去让……杜应景通知她。让她坐最早的飞机回来，马上回来。"

蒋沉沉默良久，最终吐出了一个"好"。

蒋意在上班的时候接到杜应景的电话。手机放在会议桌上，发出"嗡嗡"振动的声音。蒋意正在主持 GraphLink 的周会，所以把电话摁掉没有接，但是她的余光瞥到了来电显示，是杜应景。

杜应景挑这个时候给她打电话。蒋意马上就想到了可能性最大的那种情况——蒋吉东的身体快要撑不住了，是吗？

周会开了一个多小时。会议结束之后，蒋意走到楼梯间里，难得主动给杜应景打了一通电话。

杜应景很快接听，在电话那边告诉她，董事长可能快要不行了，想见她。

"您能尽快回来一趟吗？越快越好。"

蒋意挂掉电话，扶着墙壁在台阶上面坐下。

从她得知蒋吉东患癌，直到今天杜应景给她打这通电话，在此期间，她只回去了那么一次。

就是那次，她记得她在医院撞破了蒋吉东的病情，他的脸上流露出尴尬而又无助的表情。她也记得那次从医院回去以后，蒋吉东亲自下厨给她做了晚餐。然后他站在蒋家别墅的门口送她出门，她坐在车里，微笑着鼓励他要开开心心地过好每一天。

在那之后她就再也没有回去看望过他。

微笑是假的，鼓励也是假的，在那一天她已经做出决定，她不要再回去了。

楼梯顶上忽然传来防火门被推开的声响，"嘎吱"一声，紧跟着是脚步声由上往下。谢源从八楼走楼梯下来。

她仰头望着他。

谢源看到她，他脸上的担心终于稍稍散去一些。他问她："没事吧？"

蒋意轻声回答："还好。"

但她其实不好。她说："谢源，我爸可能快不行了，我想回去。你帮我买机票吧，我现在就走。"

谢源走到她面前，蹲下来，视线与她齐平。他说："意意，别怕，我和你一起。"

蒋意和谢源什么行李都没有拿，直接从公司出发去机场，马不停蹄地坐了最早的航班飞抵S市，在S市的机场杜应景派来的人接上他们。一路都很畅通，飞机没有误点，道路没有堵车，他们抵达六院。

杜应景等候在医院楼下，看到车子驶过来，连忙上前开门。但是靠近道路内侧先下车的是谢源，杜应景之前从来没有见到过谢源，不免一愣。蒋意随后下车，谢源伸手搀了她一下。

蒋意的目光落在杜应景的脸上，她平静地启唇："这是谢源，我的男朋友。"

杜应景恭恭敬敬地向谢源点头致意："谢先生，您好。"

他说完，眼神却像不受控制似的往远处瞥过去。

蒋意注意到杜应景的动作，若有所思。

谢源不适应这种由阶级和地位引起的上下分明，因此向杜应景回以点头的动作，然后看向蒋意。

蒋意接收到谢源询问的眼神。他们两个人之间现在已经形成了一种独特的默契，只需要一个眼神，她就明白他没有说出口的话是什么——他在询问她杜应景的身份。

"这位是我爸的助理，杜应景。"蒋意说，"杜助很可靠。"

这后半句是她随口加上的，却让杜应景产生一种受宠若惊的感觉。他没想到自己竟然能够得到来自蒋意这位眼高于顶的大小姐的肯定。

蒋意说："杜助理，你确实很可靠，不用妄自菲薄。"

然后她往杜应景刚才看的那个方向望过去，看见了一辆黑色的奔驰豪华商务车。

蒋意的眼睛里面闪过一丝复杂的情绪。话到嘴边,她下意识地语气带上了一点儿嘲弄:"妈妈也来了?"

那是赵宁语的车。

杜应景顶住寒冬的冷风,冷汗一阵阵地透在背上,表情冻僵了也还得再努力暖起来。他说:"赵总应该还在车上吧,可能不会下车。"

蒋意的心由内而外地冷透了。既然赵宁语都来了,想必蒋吉东应该确实是撑不了多久了,她却还没有想好究竟要用怎样的心情去见父亲。

蒋意扯了扯嘴角,她的话是对谢源说的:"要去见一下我妈吗?"

谢源低头看她,漆黑的眼瞳里面清晰地映出她的身影。蒋意看到她自己虚张声势的模样,明明心里忍不住想要逃避,却还要强撑着装出一副无所谓的样子,在这里说一些不合时宜的玩笑话。她觉得自己真是既可笑又可怜。

谢源把她的手掌包在他的手心里面。暖意自他的掌心源源不断地输送给她。

谢源说:"我们选一个更合适的时间,再正式地把我介绍给阿姨认识吧。"

蒋意想要对谢源露出一个笑脸,但是她的嘴角太沉重了,所以并没能笑起来。

她的手指动了动,他把她牵得更紧了。

蒋意想:原来谢源看出来了她在逃避呀。而他刚才的话,就是堵住了她想要逃跑的道路,他是让她不要逃避想要去见父亲的心吗?

蒋意压下混乱的思绪,回握住谢源的手。她让杜应景带路。

"蒋小姐,这边。"

他们跟着上楼。

蒋吉东还是住在上次的那个 VIP 病房里面,七楼,712 病房。

蒋意有些意外。她原本以为,蒋吉东的病情可能已经严重到需要住进 ICU 的程度,但是他现在居然还是住在常规病房。

杜应景说:"董事长在昏迷之前提过要求,他说已经到了最后关头,他不再接受任何侵入式的抢救手段。"

他已经到了最后关头吗?

蒋意敛眸,有点儿走不动了。

蒋沉守在病房里面,杜应景把他叫出来。蒋沉看见蒋意,神情复杂。

杜应景问蒋沉："蒋总，董事长现在怎么样？大小姐来了。"

蒋沉摇摇头，幅度并不大，但是足以让在场的每个人都心情沉重。蒋沉说："父亲又昏迷过去了。张医生刚刚来看过，说情况不太乐观……"

蒋意站在谢源的身后，蒋沉说的每一个字都像是从她的耳朵里面轻飘飘地穿过去，再从另一边的耳朵里面飘出来。她盯着蒋沉一张一闭的嘴巴，盯得久了，眼睛开始有点儿酸涩发痛。

蒋沉的视线穿过杜应景和谢源，落在蒋意的脸上。他终于看见她的脸色有了动摇的迹象。

可是她早干什么去了？

蒋沉说："父亲上午短暂地醒过一次。"

这句话他是说给蒋意听的。

蒋意接话："是吗？"

蒋沉回答："是啊。"

蒋意问："他说什么了吗？"

他听着她那种像是无所谓的语气，忍不住怒火中烧。他的表情骤然变得很凶狠，他一把拉开杜应景，想要闯到蒋意的面前，但是谢源先他一步挡在了蒋意的身前。

蒋沉冷笑了一声，然后主动往后退了两步。

他说："父亲说了什么，蒋意你真的在乎吗？如果真的在乎他，如果真的还把他当作你爸，你就不会这些天一次都没有回来过。"

他的脾气很冲，但是蒋意反而往前走了几步。她示意谢源没关系，她和蒋沉面对面，中间没有隔着任何一个人。

蒋沉说得对。她不在乎蒋吉东，真的一点儿也不在乎蒋吉东……是吗？

蒋意平静地说："我现在回来了。"

蒋沉的眼睛里面闪过很多情绪，愤怒、不甘、压抑、憋屈、可怜……他咬咬牙，一字一顿地低吼着说："他只问起你！他醒过来，只问了你。他说他想见你，他想见他的小女儿，他让我们把你叫回来。"

短暂的苏醒期间，蒋吉东只字不提其他人，只提蒋意。

"蒋意，你问问你自己的良心！你不会觉得痛吗！"蒋沉只差戳着她的心脏质问她了。

"……"

病房里间的门打开，张医生走了出来。

张医生装作没有看出眼前蒋意和蒋沉之间的对峙，温和地示意蒋意可以进去："小意，进去见见你爸爸吧。陪陪他，和他说说话，他能听见的。"

张医生将手掌按在蒋意的手臂上，轻轻地拍了拍。

张医生是蒋吉东很多年的朋友，清楚老友家里这些剪不断理还乱的事情，也明白这个时候，蒋吉东会希望蒋意陪在身边。

"张叔叔，我爸他……"蒋意忽然间说不下去了。

张医生温和地笑了下，鼓励她："小意，没事的。我们迟早都会经历这样的时候，不要难过。你爸爸说过，当这一刻真的要来临的时候，唯独不希望你太伤心，进去吧。"

谢源也轻柔地捏了捏蒋意的手心，用眼神告诉她：去吧，他会在这里等她。

蒋意独自走了进去。

蒋吉东躺在那里，闭着眼睛，很安静。他身边放着很多医疗设备。蒋意只认识其中那台生命体征监护仪，还好，液晶屏幕上面还显示着读数。他还活着。

蒋意坐下来。

张医生刚才说，她现在说的话蒋吉东都能听见。真的吗？昏迷不醒的人，真的还能听见家人在他身边说的话吗？

应该是真的吧，蒋意记得自己也曾读到过类似的文章，医学研究表明，人在临死前也许可以听见身边人说的话。

蒋意盯着生命体征监护仪上的数字——如果这个数字归零，那她就没有爸爸了。

她要和蒋吉东说什么呢？

"我上次跟您说过，我有了喜欢的人。我现在已经把他追到手了。我现在还是很喜欢他，而且越来越喜欢他。也许在不久的将来，我会和他结婚，组建一个家庭。

"爸爸，你知道吗？你和妈妈离婚的时候，其实我不是自愿要跟你的。

"我妈她……她不想要我的抚养权。她问我，能不能主动要求跟你。

"小时候，我最喜欢的人是爸爸，这不是假话。

"但是后来我一直都恨你。我恨你为什么要毁掉我最快乐的回忆，为什么要毁掉我最喜欢的爸爸。

"如果谎言能骗一辈子的话，其实也就不算骗了，对吗？"

仪器上的图线轻微地波动了一下。

蒋意咬牙，眼泪接二连三地掉下来。

"对不起。"

蒋意从病房里面走出来，没看蒋沉，没看刚刚抵达的蒋安南，径直走向谢源。

她声音不大："陪我下楼走一走，好吗？"

当然可以。

蒋意无视蒋沉一脸有话要说的表情。她让谢源牵着她的手，两个人到了楼下。

医院里，赵宁语的车还停在原来的地方，静静的，车门车窗都没有打开，车上像是没有人似的。

蒋意往那个方向看了一眼，然后就收回了视线。她挽着谢源的手臂，把他带到相反的方向。

谢源看出她在回避。

这很反常，蒋意一直都是迎难而上的挑战者。谢源很少看到她露出躲闪的意图。但是她在她的家庭里面，不再是那个骄傲张扬的姑娘了。

蒋意轻声说："你知道吗？其实我没打算让你现在就见我妈。"

谢源低头看她。

蒋意一点点地摩挲着他的手背。

原因呢？当然不是因为谢源不够好。

"因为我不知道她会怎样对待你。我的妈妈是一个很不按常理出牌的人，所以总是能稳操胜券。她很擅长让人措手不及。"

就像今天，赵宁语居然亲自来了医院。她为什么要来？她和蒋吉东之间的事情明明在很多年前就已经结束了。

可她还是来了，但没有上楼去见蒋吉东，而是选择坐在楼下车里等，这种事情在她的眼里本该等同于浪费时间。

母亲是在等待蒋吉东的死讯吗？蒋意不知道。

"谢源，我觉得你说的对。我们应该找一个其他的时间，做好充足的准备，然后再去正式见她。"

谢源说了声"好"，将她的手指牵得更紧了。

蒋意和谢源在楼下逛了一会儿，之后在医院旁边的面馆里面坐着吃了一点儿东西。蒋意没什么胃口，只勉强吃掉两个小馄饨，就把碗推给谢源。

谢源接过她的调羹，把碗里的小馄饨吃完。

蒋意托着脸看他,眼神终于慢慢地温柔下来,表情也放松下来。

"回家以后你再给我做一次鲜肉月饼吧,"她说,"我想吃。"

谢源望着她:"好。"

他们又在店里坐了一会儿。谢源起身坐到她身边来,让她靠在他的肩膀上。他握着她的手,与她十指紧扣。蒋意闭上眼睛,安静地一动不动。

谢源的手机响了起来,他很快把电话摁掉。是付志清打来的电话,但是现在没有任何事情比蒋意更重要。谢源给付志清回了一条微信,告诉他有事发短信或者微信讲。

消息窗口上方很快显示"对方正在输入中"。

谢源等着付志清的消息。

不过,付志清打字的速度似乎很慢,或者他想要发的内容很长,谢源等了一会儿,但始终没看到有微信消息进来。

他把手机锁屏,放回桌上。

然后手机又响起来。这回是蒋意的手机在响,不停地响,像是在催促她。

谢源把蒋意叫醒。

蒋意接起电话,杜应景的声音在电话那头响起——

"蒋小姐,董事长去世了。"

尘埃落定,蒋意的心骤然失重。

蒋意回到医院。

蒋吉东死了。

他白天那会儿短暂的苏醒大概只是回光返照。他拖着一口气,说想要见见小女儿。可是等到蒋意回到他的身边,他却没能睁开眼睛再看她一眼。

律师在走廊里面等她。在杜应景和律师的陪同下,蒋意见到了蒋吉东的遗体,然后签了几张纸。

办完医院的手续,律师让蒋意再等一会儿:"蒋小姐,师父马上到。您在这里稍微等一下可以吗?师父那边说也有文件需要您尽快签署。"

杜应景向蒋意点点头。

蒋意坐下来。

她的魂像是飘在身体外面。她看到谢源从走廊的那一头往她这边走过来,她的一颗心都落在自己的事情上面,所以没注意到谢源的脸色也有点儿不太好。

"他们让我再等一等。"她仰起头跟他说。说话的时候喉咙很干燥很紧绷，她开始不由自主地抿唇。

谢源蹲下来，这样他的位置就比她低，她得微微低头看他。他递给她一杯热柚子茶，是他刚刚在医院楼下的咖啡店买的。

"宝贝，喝点儿热饮。"

"谢谢。"

蒋意以前不跟他说"谢谢"。谢源藏起眼睛里面的担忧。

律师口中的"师父"很快到了——林义民律师，是蒋吉东的朋友。林义民并不在蒋氏集团的法务部门里面担任职务，不过他和蒋吉东的私交甚好。这样看来，他的徒弟会在蒋氏集团得到信任和重用，也就不足为奇了。

蒋意小时候见过林义民几次，蒋吉东要她称呼对方为林叔。

林义民走到蒋意的面前。

"小意。"

"林叔。"

林义民打量了蒋意几眼，然后温和地说："你应该和你妈妈一样，不需要我说'节哀'吧。"

蒋意一怔。

林义民又说："我刚才在楼下遇到你妈妈了，跟她打过一声招呼。你们是一起来的吗？"

"不是。"

林义民从公文包里拿出一只文件袋交给蒋意，这才是他此行最重要的目的——他带来了蒋吉东生前所立的遗嘱。

"这是你爸爸留给你的东西。"

文件袋里面有一份公证过的遗嘱原件，还有一封亲笔信。

林义民说："先打开看看遗嘱吧。你爸爸写给你的信，你可以回家再看。"

遗嘱的内容不算很长，蒋意很快就读完了。

蒋吉东把他名下的所有财产都留给了蒋意，包括公司、股票、房产、古董字画、现金……

她捏着手里的纸张，突然间觉得这事荒诞不经：一个男人，三十多岁的时候把私生子领回家；到了五十多岁的时候，又指定把所有的财产都留给婚生的女儿。蒋吉东还真的是没打算要家宅和睦。

蒋意问林义民："他有说过为什么做出这样的决定吗？"

林义民答:"他最疼爱你,所以才会把所有的财产都留给你——"

蒋意打断:"骗人。他肯定是害怕了,害怕我妈会在他死后把他的公司整垮,毁掉他毕生的心血。他把所有的东西留给我,只是为了保住他这辈子的心血,仅此而已。"

蒋吉东有很多理由可以使得他决定把公司留给蒋意。

林义民说:"你却唯独不相信,你爸爸最疼爱你,这就是唯一的理由。"

蒋吉东的遗嘱很快正式对外公布。

蒋安南第一时间找上蒋沉。

蒋沉站在露台上面抽烟。蒋安南的高跟鞋落在大理石地面上,每一步的声响都显得铿锵凶猛。蒋沉感觉到手里的分量骤然一轻,蒋安南把他手里的香烟抢走扔掉。她满脸都写着恨铁不成钢。

"废物,"蒋安南骂道,"你爸那么有钱,蒋意从他那里得到了那么多的财产,但是你只有每年税前两百万块钱。你爸是在打发叫花子吗?"

蒋沉没有说话,捏着手里的打火机,"咔嗒"一声,指间的火光一明跟着一暗。很快,他又点着一根烟,把这根烟递给蒋安南,蒋安南没接。

"你还有闲情逸致躲在这里抽烟,私生子果然没用。"蒋安南说话又凶又毒,美艳的面孔上面尽显鄙夷和愤怒之色。她肆无忌惮地贬低着蒋沉,随意地使用言语暴力来对待她这个侄子。

她说:"会哭的孩子有奶喝,会撒娇的孩子是父母的心头肉。你呢?你会什么?慢着,我想起来了。你确实是会一些东西的。你会投资嘛——"蒋安南拍拍蒋沉的脸,"你会挑出那些最烂的投资项目,然后把钱一股脑儿地扔进水里面,连个响声都听不着,到头来还得让蒋意的外公赵老爷子来捞你。蒋沉,你真是把蒋家人的脸都丢光了。难怪你爸只肯留给你每年两百万元。我要是他,我也怕你这个黄鱼脑袋把家底都赔干净呢。"

蒋沉说:"姑妈,每年两百万对于普通人而言已经是很多很多钱了。"

但是对于含着金汤匙出生的蒋家人而言,并非如此。两百万元在蒋安南的眼里可能只不过是一条手链、一副耳环的价钱。

"所以呢,你就这样认输了?"蒋安南眯起眼睛。

蒋沉神情复杂。

他不知道,除了认输,他难道还有别的路可以选吗?

从小到大,蒋沉一直都很羡慕蒋意。蒋吉东偏心很明显,蒋意和蒋沉都是由他养大的,但是他更疼爱蒋意,明眼人都能看出来。

蒋意是女孩儿，在撒娇这项技能上面比起蒋沉有着先天优势。再加上没有蒋沉这种尴尬的并不光彩的身世，她黏在蒋吉东的身边，大家只会当面夸蒋吉东有这么一个宝贝小公主，很有福气。

直到蒋吉东同意让蒋沉进公司做事。那时候蒋沉以为，他终于有机会靠实力博得蒋吉东的欢心了。他很想做出一番事业，让他父亲看到，他也可以是让父亲感到骄傲的孩子。

然而蒋沉不久前才明白，父亲把他放在公司里面培养他，不过是想要栽培一个可靠的经理人来打理这些产业而已，好让他的宝贝女儿能够有时间和资本去做她真正喜欢的事情。

蒋沉无话可说。

他想：姑妈蒋安南应该是无法理解他的感受吧。蒋安南是天之骄女，把谁都不放在眼里，必然跟蒋意是一模一样的人。

蒋吉东葬礼那天，是一个艳阳天，没有西北风。太阳把草地照得暖融融的，湿气从土壤里面蒸腾出来。这样的好天气里，冬日的寒意似乎都被驱散了，给人以一种错觉，仿佛春天已经来临。

蒋意仰头望着明媚的阳光。她在想：蒋吉东是否会觉得他自己终于得到了解脱呢？

谢源陪同她一起参加葬礼。他第一次见到蒋意的父亲的面容，虽然是通过灵堂里面悬挂的遗像。

室内的仪式结束，众人来到户外。

蒋吉东的墓碑立在一片草地上面，草地前面有一条河流，旁边栽种了大片大片的花丛。

蒋沉走在蒋意的前面，转头告诉她，河流旁边种的那些花是勿忘我，到了春天的时候就会开放，成片成片连在一起显得非常好看。

"父亲选的，"蒋沉问，"你知道他为什么选这种花吗？"

蒋意摇头。她确实不知道。

很难得她能够有此刻这般与蒋沉和平相处的时候。

"也许他想让我们永远记得他。"她说。

蒋沉弯了弯嘴角。

蒋意看着蒋吉东的墓碑。

人到最后都会被装在一个小小的盒子里面，然后长眠于黑暗中，生前所有的爱恨情仇仿佛都没有了痕迹，如同从未来过这个世界似的。

蒋安南撑着一把黑伞走过来。黑伞大概是为了遮阳,她在草地上面穿着细跟高跟鞋走路,每一步都走得相当从容,完全没有出现鞋跟陷进泥土里面的窘境,也没有走得一脚深一脚浅。

蒋意猜想,姑妈蒋安南也许会说一些令人难堪的话。于是她让谢源去车上等她。

谢源说"好"。

蒋安南来到两个小辈的面前。

蒋沉移开视线,像是有意没看蒋安南。蒋意注意到他们这两个人之间莫名其妙的不对付,但明明蒋安南一贯和蒋沉走得更近。

蒋意不在乎。

蒋安南盯着蒋吉东的墓碑看了一会儿,然后说:"我哥的审美还是一如既往的差劲。"

她指的是墓碑的样式。

蒋吉东在病重的时候亲自安排好自己的后事,所有的细节都由他定夺,连最后告别仪式要播放哪首歌曲他都考虑到了。

蒋意不知道他那会儿究竟是怀着怎样的心情去做这些事情的。蒋沉陪着他吗?杜应景陪着他吗?还是说他是孤零零一个人去做完所有事情的?

蒋意不再继续想下去。

蒋安南把墨镜从发顶拉下来,准备走了。她对蒋意说:"真好,虽然你爸是个混蛋,但至少不重男轻女。"

蒋安南也许意有所指。

蒋意平静地纠正蒋安南的用词:"虽然我爸不重男轻女,但这不妨碍他是一个混蛋。"

蒋安南勾唇笑了笑:"你这是身在福中不知福。"

说罢,她撑着黑伞扬长而去。

蒋意知道姑妈为什么会这样说。蒋安南和蒋吉东有一位重男轻女的父亲,也就是蒋意的祖父。虽然那位老人家已经过世多年,但是他的铁腕手段至今仍在蒋氏集团内部发挥着强大的影响力。

蒋安南曾经也是父母的掌上明珠,来自父母的宠爱让她以为她有资格进入继承权争夺战。但是其实根本就没有什么继承权争夺战,他们的父亲只考虑让儿子蒋吉东做自己的接班人。

所以蒋安南在很长的一段时间里面都是义愤填膺的斗士,用无礼而蛮横的手段对抗着这个重男轻女的家庭。

蒋沉开口道:"昨天姑妈找过我。"

蒋意不感兴趣,所以没接话。

蒋沉又说:"我没有别的意思,只是想让你知道,我不会作妖,不会跟你对簿公堂,不会为了争夺家族财产而跟你撕扯到法院。"

是吗?

蒋意指出:"其实你也没有多少发挥的空间。"

蒋吉东把遗嘱办得非常周全,排除了任何可能存在的漏洞,确保继承能够顺利完成。

蒋沉有点儿无奈:"是啊,父亲什么都替你考虑到了。"

这样就越发显得蒋吉东对蒋沉的无情。

蒋沉说:"我还是想要跟你说一声谢谢。那两个项目的事情,谢了。"

蒋意没懂。

蒋沉看出她的疑问,简单解释了一下:"上次我跟你提过的,公司的项目遇到流动性风险,问你能不能找你外公帮帮忙。"

他这么说蒋意就有印象了。

"信盛投资前段时间进场,宣布进军区块链领域,我们公司投资的两个项目也终于回到正轨上了。"

蒋意听懂了。信盛投资是她外公的产业,蒋沉以为信盛投资肯进场,是因为她私下替他找外公说话求情了。

他为什么会有这样幼稚的想法?他难道还没有认清吗?她怎么会在这种事情上面帮他呢?蒋沉还是低估了她的冷漠和无情。

蒋意澄清:"我没有帮你说话。"她从来不认领这种并非是她的功劳,"应该是我外公出于投资利益而做出的商业决定吧,跟我无关。你不需要因此感谢我。"

蒋沉愣住。

不过,蒋意确实没有兴趣继续和蒋沉玩彼此讨厌的游戏。蒋吉东已经死了,她和蒋沉之间没有必要再有交集。

她说:"蒋沉,我们停战吧。"

不是暂时休战,而是永久停战。

"爸爸在遗嘱里面提到每年要给你两百万元的年薪,少是少了点儿。我想也一定会有人说我心狠手辣,不肯给你这个哥哥活路。"

不过她不在乎。

"你就在公司里面待着吧。父亲去世之前你的日子是怎样的,以后还是怎样。哪怕你要离开公司,每年两百万的钱还是会打到你的卡上。如果有通货膨胀的话……那就以后再折算吧。"

蒋意一下子把条件放得很宽松,这证明她的确不想再和蒋沉继续扯皮。她愿意给出更为宽松的待遇,以此结束她和蒋沉之间任何可能的纠纷。

她要迅速地整理好这边的事情,然后回到正常的生活里面去。

蒋意没想到她的外公会来参加蒋吉东的葬礼。

赵宗明亲自到蒋吉东的墓前放了一枝花。

"小意。"

"外公。"

蒋意抱了抱赵宗明,赵宗明摸摸她的脑袋,一脸和蔼亲切的样子。

赵宗明很关心她的情绪:"哭了很久吧?"他看着她略微显得浮肿的眼圈,"你爸爸也不希望看到你这么伤心难过。小意,你要尽快振作起来。"

蒋意说了声"好"。

赵宗明又问她继承的相关手续有没有办完,问她接下来是否打算学着打理生意,还是想做一个只拿分红而不参与企业经营的大股东。

蒋意回答:"我还是想做我本来的工作。"

赵宗明点点头:"如果你在经营公司方面有任何问题,欢迎随时来找外公。你来见外公,永远都不需要预约,知道吗?"

蒋意轻轻地笑了下,说"知道"。

赵宗明和外孙女说完"再见",便离开墓园,回到车上。

宾利欧陆的后座上,赵宁语穿着一身浅紫色的套装,面无表情地坐在那里。

赵宗明看见女儿这副冷酷的样子,抑制不住地觉得恼火:"你真应该亲眼看看小意现在是什么模样。你的女儿为她爸爸哭得眼睛都肿了。她在心疼她爸爸了,你懂这是什么意思吗?

"我真不明白你当初为什么死活不肯要她的抚养权。我劝过你,淑珍也劝过你,可你就是不听。

"你既然恨蒋吉东,就应该把自己女儿的抚养权要到手里,让我们赵家把她养大。你完全可以给她改姓,让她姓赵,让她和蒋家从此以后没有任何关系。顾家的顾晋西就是这么做的,你难道学不会吗?"

赵宁语无动于衷,看着车窗外面的草地和天空,像是根本没有在听赵宗明的话。

赵宗明恨铁不成钢:"你真是被我和你妈宠坏了。"

赵宁语的表情有了一丝轻微的裂痕——父亲的话戳到了她最厌恶的地方。然后她轻描淡写地回答:"我不要蒋意的抚养权,是因为我那时候没有精力和时间亲自养女儿。"

赵宁语在离婚后有很多事情要做。她把这些事情列在自己的计划表里面,然后一桩桩、一件件地去完成。她知道自己并不会有多余的时间分给女儿。

赵宗明说:"可笑,我们家难不成还养不了一个外孙女?"

他们确实能养,这个世界上很少有用钱办不到的事情,恰好赵家特别有钱。他们当然能养蒋意,而且还能养得非常好呢。

但是赵宁语不想要这样。

"我当时没有精力养蒋意,不想把她扔给保姆照顾,也不想把她交给您和我妈来养。毕竟,我就是你们养出来的孩子——我不想让我的女儿再经历一遍我的生活。"

当年在离婚的时候,赵宁语想的是:蒋吉东应该会养好蒋意吧,至少他的事业已经成型,他能给孩子很多陪伴,把很多的时间都花在孩子身上。

不过,那时候谁都不能打包票,毕竟蒋吉东刚带回家一个私生子,而当父母的有时候很难把一碗水端平。

所以赵宁语当初默默地观望过一阵子,然后确定了蒋吉东在好好地照顾蒋意,尽到了作为父亲的责任。于是她就放心地去做自己的事情了。

她告诉赵宗明:"我的能力有限,我不是什么很厉害很强悍的人。我只能选择一件事情把它做好,所以只好放下母亲的身份。"

这样或许很自私,但是赵宁语从来也不认为自己是一个无私的人。她做不到像别的母亲那样把女儿放在自己人生的第一位。那时她还很年轻,她的未来可以是各种不同的模样,而不必只是蒋意的妈妈。

"您看,我现在做生意确实很成功。所有人都夸您生了一个好女儿,您不也非常骄傲和自豪吗,父亲?"

她这样说着,眼睛里面却流露出悲哀——自己好像永远也无法让父亲感到满意,他始终都能找出不满意的理由。她怎么能够放心让她的女儿在这样的家庭里长大呢?

蒋意待到葬礼结束。她等到所有人都离开之后,蹲下来触摸蒋吉东的墓碑,并没有什么特别的感受——冰凉的石头不会传递任何情感。

"再见了。"她轻声说。

然后她站起身,准备往墓园出口的方向走去。这时候她忽然听见有小猫在叫。

一只小小的狸花猫从草丛里面探出脑袋。它脸蛋黑乎乎的,应该是流浪的时候不小心沾上了脏灰。它很年幼,但身边没有猫妈妈,瘦得可怜,是一个小不点儿。

蒋意弯腰,抱着膝盖。她朝它伸出手指,学着猫咪叫的声音轻轻地"喵喵"了两声逗它,它就竖起尾巴跌跌撞撞地跑了过来。

蒋意顿时觉得,这只小猫应该就是她的三三了。

她抚着小狸花猫的脑袋:"你要和我回家吗?我家里有猫罐头,有柔软的小窝,还有很勤劳很贤惠的铲屎官。"

很勤劳很贤惠的铲屎官指的当然是谢源,而不是她。

小猫乖乖地卧下来。

蒋意认为它这是答应了,揽着它的肚子将它轻柔地抱起来。直到她把它整个托抱在怀里,才发现它比她想象的还要瘦——她甚至能隔着肚皮摸到它前胸的肋骨。

蒋意抱着她的小猫往外走,然后看见谢源站在草地边上等她。他刚才没有听她的话直接回到车上,而是一直这样隔着一段距离遥遥地看顾着她。

她走向谢源,把怀里的小猫给他看。她说:"这是我们的三三,我们以后就养它了。"

谢源说了声"好",从她的怀里接过小狸花猫:"很可爱,不过有点儿轻,我们得好好养它。"

蒋意微微一笑:"嗯。"

谢源捞起她的手,装进他的大衣口袋里面。

"谢源,我们回去吧,回 B 市。"

"好。"

由于小猫三三没有打过疫苗也没有检疫证明,所以不能被托运。

好在杜应景很快就安排了蒋意和谢源坐私人飞机回 B 市,这样三三也可以跟着他们一起进客舱。

他们走 VIP 通道,但是忽然有一个穿黑西装的年轻男人走过来拦住了他们。

蒋意觉得这人看着有些眼熟。

男人恭恭敬敬地说:"蒋小姐,赵总在等您。"

赵总——还能有哪个赵总?只能是她的妈妈赵宁语。

说实话,蒋意并不意外母亲会想要见她。恰恰相反,如果母亲没有任何举动的话,她才会感到比较失落。

蒋意正要跟谢源说话,西装男再一次恭恭敬敬地开口道:"赵总只见蒋小姐。"言外之意,谢源不在受邀的范围里面。

蒋意看不惯母亲这样对待谢源。她的眼神冷冷地扫过去,西装男下意识地低头回避。其实他也只是听从吩咐做事情而已,怪不到他的头上。

谢源抱着三三,示意她去。

"我和三三在这里等你。"他说。

但是蒋意不愿意和谢源分开。她记性很好,一下子就想起很久之前,赵宁语曾经来她的公寓楼下找她。

赵宁语当时提出要蒋意跟着她离开这里去国外生活。虽然那时候她的态度并不强硬,蒋意也没有答应跟她走,可是现在她不一定就彻底打消了这个念头。如果她再次提出这个要求,蒋意觉得自己依然会拒绝她。

蒋意想和谢源在一起,不会和他分开。

西装男带着蒋意去见赵宁语。

VIP休息室的门被推开,蒋意看见了赵宁语的背影。母亲穿了一身浅紫色的套装,背对着门口,站在落地窗前面。她应该正在看窗外的停机坪,看着一架架飞机滑行着起飞,另一些飞机快速地贴地降落,来来又往往,像是永远都不会长久地停留下来。

"妈。"

赵宁语听见动静回头,让蒋意坐下:"坐吧,我不会耽误你很长时间,更不会影响你待会儿的行程。"她看了一眼手上戴的钻扣腕表,"你是坐四点半的飞机回B市,对吧?"

蒋意回答说:"我不清楚这些,谢源会替我留意这些时间表。"

她直接点出谢源的名字。她很确信,母亲知道谢源是谁。

赵宁语的视线落在蒋意的脸上,其中并没有体现出多少温情。

"是吗?"赵宁语轻"呵"一声,"全心全意地依赖一个男人——我没想到我的女儿居然也会做这种愚蠢的事情。"

蒋意的表情一点点地冷下来。

母亲总是这样。在蒋意看来,她的母亲是一个非常自大的人,在了解事情的全貌之前就会直接主观臆断,然后不再继续深入了解。可是,蒋意明明记得,小时候她的母亲不是这样的一个人。

"我不是来跟你吵架的。"赵宁语继续说,全然不顾女儿脸上的反应,"蒋意,跟我出国吧。你可以和你的那个男朋友一起来。"

她为什么能够如此轻而易举地说出为难人的话,而且优越感十足?蒋意不懂。她觉得自己很开明吗?难道允许蒋意和谢源在一起,一起去国外,这样就足以展现她是一个开明的母亲吗?

蒋意觉得母亲高高在上,嘴里说着一些施舍的话。她讨厌这个样子。

"我不要。"蒋意说。

她已经不是三岁的小孩子了,早就已经过了母亲说什么她就要做什么的年纪。她有自己的生活,有自己的事业,有自己的感情。她不想由母亲摆布她的生活。

赵宁语的表情犹如结起一层冰霜,她说:"随便你。"

蒋意把这句话视作退场的许可。她朝赵宁语微微点头,紧绷着脸,说了一声"再见",然后转身扬长而去。

蒋意离开之后,赵宁语站起身走到落地窗前面。她又默默地看了一会儿停机坪上来来往往的飞机和工作车辆。

直到她看到一架小型湾流飞机缓缓转向起飞点位——那是蒋吉东的私人飞机,现在属于蒋意。

赵宁语给顾晋西打去电话。

顾晋西正在国外旅行采风,当地跟国内有七个小时的时差。

电话接通后,赵宁语省略掉寒暄的步骤,直接问顾晋西:"你当初是怎么跟你儿子说的?"

赵宁语的话没头没尾,顾晋西一下子没反应过来。

"我是想问,你当初是怎么把你的儿子争取到你这一边,让他同意跟你走的?"

顾晋西回答说:"这没什么难的呀!"她又问赵宁语,"慢着,我倒是有点儿好奇,难道蒋意没同意跟你走吗?这不应该啊!我觉得她很在乎你。特别是现在蒋吉东已经去世了,她完全应该会选你,不是吗?"

赵宁语沉默片刻,抬手抚额,再开口的时候语气有点儿无奈,又有点儿无力:"我感觉我好像搞砸了……"

她确实在蒋意的生活里缺席了太久,以致遗忘了要怎样和孩子相处。

"慢慢来,"顾晋西说,"你们太久没有一起生活了,所以需要磨合。你和孩子都需要有这样一个适应期。不用着急，心急反而会适得其反。"

蒋意走到登机口，看见谢源抱着猫在等她。

真好，她又见到他了。

刚刚赵宁语开口的时候，她真的有点儿害怕了，害怕母亲想要强行拆散她和谢源，然后把她带走。

母亲说，她可以和谢源一起去国外。

蒋意猜想，母亲大概认为她已经做出了相当大的让步。可是母亲似乎并不能够明白，她没有办法掌控蒋意的人生，更没有办法掌控谢源的人生。

谢源有他自己的家人和朋友。母亲凭什么认为，她给出的东西，谢源就要感恩戴德地接受？

谢源看着她，开口问道："还好吗？"

蒋意点点头，然后微微地笑了下："刚刚有一点点不好，但是现在应该没事了。"

谢源觉得她脸上的笑容一点儿也不真实，她在假笑。

真难得，蒋意也学着用假笑来隐藏真实的表情了。他宁愿她是以前那个样子，有什么情绪都写在脸上，直截了当地丢给他，不管他能不能接受、愿不愿意接受，都依然我行我素。

现在她这样，像是一瞬间成长了，却也会让他心疼。

谢源的手机响了，手机在他大衣的口袋里面。他本来两只手抱着三三，就在他准备腾出一只手去拿手机的时候，蒋意径直把手塞进他的大衣口袋里面，替他把手机拿了出来。

谢源感受到她的手指隔着大衣内衬和毛衣，从他的腰侧骤然滑过。

她看了一眼手机屏幕——她向来不给谢源什么隐私权。

"是付志清，"她告诉他，"要接吗？"

谢源点头。蒋意按了接通键，然后把手机举起来，贴在他的耳朵旁边，替他拿着手机。谢源把猫给她，然后接过手机。

他当着她的面跟付志清沟通。他在听这通电话的时候表情里面隐隐闪过一丝不耐烦，说的话很少，更多时候都在听电话那边的付志清讲，偶尔做出几句回应。

"你现在做得越多，可能后续惹上的麻烦就会越多……这不是在开玩笑……付志清，你应该停下来，至少这段时间你不应该再继续。"

机场的工作人员走过来提示他们可以登机了。

谢源告诉电话那边的付志清："等我回去吧，到时候我给你打电话。"

谢源挂掉电话。

蒋意看着谢源。她听出来谢源刚才和付志清说话的语气非常严肃，甚至可以用严厉来形容。

"怎么了？是 Query 又遇到什么问题了吗？"

谢源简单概括了整件事情："准确来说，是付志清遇到麻烦了。付志清在回国创业之前，曾在塔克山谷的 Tanami 公司工作。两天前 Tanami 公司正式起诉付志清犯商业机密盗窃罪，指控付志清违反知识产权法规和公司保密协议，将 Tanami 公司内部的一项计算机视觉项目的核心机密内容应用于他如今的创业公司。"

"如果指控属实，会怎么样？"

谢源看过去："如果指控属实，付志清或许要面临长达十年的监禁以及缴纳巨额罚款。"

十年监禁……

蒋意忍不住问道："付志清他真的做了这个事情吗？"

谢源把三三接过来，手指陷进猫咪背上的长毛里面，随意地抚了几下："他说他没有。"

他说他没有——这确实像是能从谢源嘴里听到的话。他从来不会无缘无故地相信某个人，除非有足够多的事实和证据摆在他的面前。

"走吧。"谢源揽过蒋意的肩，带着她走向登机通道，强行结束了有关付志清的话题，"宝贝，不需要为付志清操心，待会儿在飞机上好好休息一会儿吧，我感觉你这几天都没睡过安稳觉。"

然而蒋意还是很在意付志清的事情。她知道谢源拿钱投资了 Query，如果付志清出事，那么一定会影响 Query。

她希望谢源的事业能够一帆风顺，这不是因为她需要他为她创造怎样的物质条件，而是因为她不想看到谢源受挫。她喜欢他在工作的时候身上那股傲气又强势的劲。

"我们要不要给他找律师——"她话只说了一半。谢源俯身盯着她看。他盯她盯得很专注，以至于蒋意莫名其妙就脸红了，声音也停住了。

谢源的眼里闪过一丝浅浅的笑意，然后他慢悠悠地捏了捏她的脸："放心，没事的。"

蒋意还想说什么，但谢源直接搂住她的脖子，手指按上她的眉毛，把她皱眉的小表情一点点抚平。他说："我发现你现在变得越来越有责任心了。"

蒋意没觉得他这话是在夸她，觉得后面肯定还跟着一个转折。

谢源接着说："以前你从来不肯管别人的事情。"

何止如此，她经常连她自己的事情都不肯管，还得由他给她收拾妥当。可是现在她忽然变得事事上心。

"你怎么这么有责任心了？"谢源声音低低的，"还是说，你特别关心付志清的事？"

他这话明显就是故意在冤枉她。

"我哪有？"蒋意果然不服气，立刻娇嗔着反驳，"如果不是因为你，我才懒得管付志清呢，他是谁呀？"

她的话毫无疑问能够伤付志清的心，但是很能安抚谢源的脾气。

谢源笑了下。

这样就很好，她撒娇的模样显得生龙活虎。这段时间以来她愁眉苦脸的频率太高了，他希望她能够开心一些。

蒋意因为她父亲去世的事情而难过，谢源知道自己无权干涉。可是至少，他不想让她由于付志清的官司和 Query 公司而郁郁寡欢。

几个小时之后，蒋意和谢源抵达 B 市。

付志清就等在机场的到达口。他看见蒋意和谢源走出来，立马朝他们挥手。他存在感如此强，让人想不注意到都很难。

谢源一手抱猫，一手推着行李箱。即便如此，付志清还想把他手里拿着的那些法律文件全部都塞给谢源。

授权书、起诉状、禁制令……这些全英文的法律文件展现出 Tanami 公司的来势汹汹。

谢源说："待会儿再说。"

付志清欲言又止，这副模样显得有点儿可怜："真的等不了。"

谢源没有接话，带着蒋意往外走。事到如今，付志清没有别的办法，只好追上去。

谢源的车就停在机场的停车场里面，他径直拉开副驾驶座的车门，先让蒋意上车。

"把三三给我吧。"蒋意说。谢源照办。蒋意接过猫咪，忍不住往付志清身上瞄。谢源摸摸她的脑袋，低声说了句："没事的。"

然后谢源把车门关上，转身盯着付志清的眼睛："你有侵犯他们的知识产权吗？"

事实上，这个问题谢源前两天在电话里面已经问过付志清一次了。当时付志清说"没有"。

付志清与谢源对视，眼神很坚定、很清澈。

"没有。"此刻付志清仍然给出了不变的答案。

谢源往付志清的背上重重地按了一下："不要在蒋意面前再提这些事情，"谢源说，"最近她的心情已经很差了。"

付志清后知后觉。

谢源绕行到驾驶座那一侧，把手按在门把手上面，但是没有马上拉开车门。他看着付志清，说："我先送蒋意回去，然后我和你一块儿商量一个对策吧。"

付志清先是一怔，随即心里涌起一股强烈的暖流——谢源这是答应要帮他了吧？

"谢神，我就知道你不会见死不救的——"付志清恨不得当场飙泪给谢源看，以表感激。

谢源冷冷地扫了他一眼，没好气地开口道："闭嘴，你待会儿在车上最好做一个锯嘴葫芦。还有，你有必要好好反省一下，别人创业最多亏钱，你创业倒好，直接打算把自己送进去是吧？"

谢源三言两语就把付志清说得脸色涨红、无言以对。谢源骂人的功力还真是一点儿都没有退步啊。

谢源把蒋意送回家，替她开好夜灯，替她把浴缸的水放好。

"泡一个玫瑰牛奶浴，"他俯身跟她说，"但是得看好时间，不要泡太久了。"

蒋意搂住他的脖子，用鼻音"嗯"了一声。

谢源揽着她的腰，想了想，又说："算了，你把手机放在旁边，过二十分钟我给你打电话，你要接，知道吗？接完电话就不能继续泡在水里面了。"

蒋意点头说"好"。

"我去帮付志清处理一些问题。不用等我，你自己睡。"

蒋意继续点头。

"还有，今天三三不能上你的床睡觉。它还没有打过疫苗，也没有做过驱虫。我把它隔离在我家里。"

蒋意仰着脸蹭他的脖子。

谢源将手掌落在她的脑后,温柔地摸了摸。

"去吧。"他拍拍她的腰。

蒋意钩住他的小拇指。

谢源的目光落在她的身上,他以为她在撒娇,不想让他走:"怎么啦?"

蒋意在他的耳边轻声细语:"不要对付志清太凶。"

谢源一愣。

"你觉得他是无罪的,对吗?"蒋意问道。

她从谢源对待付志清的态度能够看出来,其实谢源相信付志清没有做过那样的事情。尽管付志清没有拿出什么强有力的证据,可是谢源还是偏向付志清。

这说明谢源把付志清当作朋友。既然是朋友,谢源就应该态度好一些。尤其付志清现在心里应该很难受吧,只不过是习惯摆出一副天性乐观的模样,表现得不明显而已。

谢源把手臂撑在两侧,逗她说:"你这样我会吃醋的。"

"你不能只对我好。"蒋意一本正经地说,"你要对大家都好。"

她喜欢的谢源是一个超级棒的人,有一颗非常温柔的心,但他总是用那副脾气不好的模样面对其他人。蒋意希望他的好能够被大家都知道。

谢源问:"我如果对大家都很好,你不会生气吗?不会有意见吗?"

"……"

他倒是很懂她的脾气嘛。

蒋意贴住他的脸:"那还是算了,你就当我没说过吧。"

谢源失笑。

"你赶紧出门吧,付志清在楼下大概已经等得急死了。"她催促他。可是她一边催促他,一边却在慢悠悠地解自己的扣子。

谢源无奈,明知道她在使坏,却拿她一点儿办法都没有。

"记得接到我的电话就别继续泡澡了。"他又叮嘱了一句。

蒋意满口答应。

蒋意其实没有泡玫瑰牛奶浴。

她刚刚站在落地镜前面把领口的纽扣解开几颗,临时想起包里有一板榛果巧克力,这是谢源怕她低血糖,放在里面备着的。

她想着待会儿泡澡的时候可以吃一块，于是披上浴巾走出去，把客厅沙发上的包包打开，然后就从包里看见了信封的一角。
　　那是蒋吉东写给她的亲笔信，在医院随着遗嘱一道交到了她的手上，她还没看过。当时她把这封信对折起来塞进包里，像是有意遗忘它。直到这个时候，尘埃落定，她觉得自己稍微从整件事情里面恢复过来了一些。并且她现在在 B 市的公寓里面，已经回到了正常的生活里。于是她才把这封信拿出来摆在面前，第一次直面它，然后生出想要阅读的决心。
　　蒋意打开信封，拿出里面的纸。
　　蒋吉东写了一页纸，蒋意已经快要认不出他的字迹。

　　　　小意，我的女儿，我不知道你会在什么时候、什么地点开始阅读这封信。但我希望此时此刻的你愿意坐下来花上几分钟的时间，看看你的老爸这辈子都没有勇气说出口的话。
　　　　爸爸留给你很多东西，你妈妈肯定觉得我是在给你添麻烦。她向来都不希望你把时间浪费在你不喜欢的事情上面，比如打理公司，比如陪我吃饭、过节。
　　　　但是请原谅爸爸还是要把公司留给你。我的决定有点儿自私，因为爸爸希望所有人都知道，我最喜欢的孩子是你，不希望他们觉得我对你的疼爱只是嘴上说说而已。有的时候，情感就是得通过庸俗的形式展现出来才能让人深信不疑。我把所有的东西都留给你，他们才会知道，蒋吉东确实很爱他的女儿。
　　　　留给你的东西，就是你的了，怎样处置也是随你自己乐意。你想进家里的公司做事也好，想留着股票吃分红也好，想卖掉股票直接套现走人也好，觉得这些股票看着碍眼，想全部捐掉也好。
　　　　这些年我们父女之间一直缺乏一次坦诚的对话。
　　　　如果你恨爸爸，爸爸能够理解。
　　　　小时候，爸爸妈妈答应过你，我们会永远都是最幸福的一家人，爸爸违背了当初的承诺。
　　　　爸爸请求小意以后不要再恨爸爸了，可以吗？因为爸爸已经没办法做更多的事情来为自己赎罪了。
　　　　如果有可能的话，请替我向你的妈妈说一声"对不起"。
　　　　小意，爸爸也欠你一句"对不起"。
　　　　小意，你永远都是爸爸独一无二的宝贝。

你要做你自己喜欢的事业，过你想要的生活。爸爸永远支持你。

　　一行行的文字像是烙印在蒋意的大脑里面，直到手机的铃声打断她与父亲这段最后相处的时间。

　　谢源打来电话告诉她二十分钟到了。

　　蒋意拿着手机走进浴室，蹲下来，摸到浴缸里的水已经凉透。她再摸自己的脸，湿漉漉的指尖同样摸到一片潮湿。

　　读完这封信，她感觉父亲在她的生命里留下的痕迹才终于变得完整。

　　她现在知道了，父亲临终前想要亲口告诉她的话，是"对不起"。

　　好巧，她在父亲的病床前说的最后一句话，同样也是"对不起"。她还记得那时生命体征监护仪上的线轻轻地波动了一下……

　　她愿意相信父亲听见了。

　　父亲请求她以后不要再恨他。

　　她还要继续恨他吗？蒋意不知道答案，而答案似乎也没有那么重要了。

第八章
蒋意只在乎谢源的未来

　　蒋意不知道当晚谢源是什么时候回来的。她很早就睡下了，而且睡得很熟、很沉，甚至感觉自己已经很长时间没有睡过如此安稳的一觉了。从某种意义上来说，一直纠缠着她的事情突然就结束了，她终于能好好睡觉了。
　　第二天早晨她醒过来的时候，身边的位置没人，但是手掌摸上去是暖的。谢源应该刚刚离开不久。
　　她翻身把脑袋拱过去，脸埋在谢源的枕头里面。
　　她真的好喜欢他。她为什么会这么喜欢他呢？
　　她该起床了。谢源推门走进来，正巧目睹她赖床的模样。他故意轻手轻脚地走过去，然后蓦地俯身把手掌抚在她的头顶上面。
　　他没能把蒋意吓一跳——她早就听见他开门的声音了。
　　"早安！"她扑进他的怀里，甚至先发制人。
　　谢源弯唇笑了下，看起来某位姑娘今天早上很有活力。
　　"早安。"他温热的呼吸落在蒋意的耳畔，他说，"起床吃早饭了。"
　　他在她的腰上抚了一下。
　　蒋意坐起来，视线落在床头柜上——蒋吉东写给她的亲笔信就摊开放在床头柜上。她昨晚临睡前把信纸放在那儿，跟她电量即将耗尽的手机以及半管护手霜摆在一块儿。
　　一觉醒来，她的手机连着充电线搁在桌上充电，护手霜被拧好盖子摆在收纳柜里。谢源替她给手机充电，替她收拾好护手霜，但是唯独没有动

・364・

她父亲写给她的信。

蒋意自从遇见谢源以来,心一直都是温热的,此刻也是。

她伸手把那封信拿过来,然后拉了拉谢源的手指。

"替我保管吧,"她对他说,"你知道的,我一点儿也不擅长保管东西。我怕把它弄丢。"

这只是一个次要的理由,而且更接近一个借口。

蒋意已经决心要彻底放下蒋家的事情。就像蒋吉东说的,她要去过自己喜欢的生活,做自己喜欢的事情。她的人生,她只要往前走,不要回头看。

她读完这封信,所有的事情就画上句号了。她不想自己保管这封信。她怕她看到它,忍不住还是会想起以前的事情。所以她决定把它交给谢源。

谢源蹲下来,与她的眼睛高度平齐。他说:"好。"

蒋意把信纸交给谢源,然后下床去吃早饭,感觉自己的脚步都变得轻松起来。

这样才对嘛!她要活得像自己,愁云惨雾的模样才不应该出现在她这张漂亮的脸蛋上。

走到餐厅,蒋意发现谢源做了鲜肉月饼。六只鲜肉月饼盛在白瓷盘里,热气腾腾。

蒋意满眼惊喜,问他:"你怎么知道我想吃鲜肉月饼了?"

她坐下来咬了一口,鲜肉月饼果然还是一如既往的好吃。

谢源抽了两张纸巾递给她,语气有点儿无奈:"你前两天跟我说过,说你回B市想吃这个,要我给你做。你自己说过的话都不记得了,忘性怎么这么大?"

蒋意回想了一会儿,好像是有这么一回事。

"那你肯定起得很早。"她用纸巾擦手,边擦边说,"其实你不用早上就做给我吃啊,可以下午做。这样,你就可以陪我多睡一会儿了。"

谢源想笑。

什么叫他可以陪她多睡一会儿?她还真是一个自私鬼。

"还好,我昨天回来之后就把材料都弄好了。"他说,"早上只需要把生坯刷上蛋液,放进烤箱里面,一会儿的工夫。"

他总是把这些麻烦的事情形容得很简单,仿佛对他来说不费吹灰之力。

说到昨天,蒋意问他付志清的事情怎么样了:"付志清要怎么办?你们得给他找律师吧,要找那种专门打知识产权官司的律师,而且得是做跨境诉讼的律师。"

谢源"嗯"了一声。事实上,找律师反而是这件事情里面最简单的一个环节。重要的是,Query 这家公司怎么办?

蒋意留意到谢源安静下来,心里忽然有点儿局促不安:他为什么不说话了?付志清的事情很难办吗?

她站起来,走到他面前,拉开他旁边的凳子,坐下来。她一本正经地对他说:"谢源,没事的,我超级有钱的。你们不用担心律师费的事情,我肯定不会眼睁睁地看着你的朋友去坐牢,我们给他请最好的律师,一定没事的。"

谢源看到她满脸操心的表情,忍不住笑了。

他很难得见到她替别人操心,而且居然还是在替付志清操心,真是便宜那家伙了。

"我们已经想好对策了。"谢源说,他的手指有一下没一下地碰着她腰侧软软的肉。他倒不是故意的,只不过有点儿肌肉记忆的意思,很顺手就做了,都没经过大脑:"只不过——"

蒋意怕痒,想躲,又怕一动会打断谢源想说的话,只好咬着唇默默地忍着,把脸扭过去:"只不过什么?"

谢源的手停下来,他说:"只不过,我还没想好应该怎么跟你说。"

他要说什么?为什么跟她说这件事情让他感到为难?能有多为难?

"你跟我还有什么顾虑啊?"蒋意不高兴了,"我难道不是你在这个世界上最亲密的人吗?谢源,我可是你的宝贝啊。"

她说完就把脑袋耷拉下去了,满脸不开心。谢源伸手把她的脸颊抬起来,她却自己再把脸垂下去。谢源又抬,她又转开脸。反复几遍,谢源终于确认了她没真生气,而是在跟他撒娇、使性子。

"好啦好啦,我跟你说。"谢源永远都是先妥协的那一方,把他昨晚和付志清商量出来的方案原原本本地告诉蒋意。

"首要的事情,是付志清得从 Query 公司的运营管理里面退出来,把他在公司里面投进去的钱都撤出来,他做的那个项目——计算机视觉辅助决策系统——也必须暂停。这样做是为了把 Query 和付志清切割开,确保 Tanami 不能继续针对和打压 Query。"

但是与此同时,这也意味着彻底把付志清摆上唯一的被告席。Tanami 碰不了 Query,那么势必会把所有的火力都集中起来炮轰付志清。对于付志清而言,这简直与螳臂当车无异。

"付志清同意吗?"蒋意问谢源。

谢源:"他同意。尽最大限度保全 Query,这也是付志清最大的诉求。"

蒋意抿唇。因为从小耳濡目染，她对于这些商业战争并非一窍不通。听完谢源说的话，她看出了其中的一些风险。她有点儿犹豫，不知道该不该说。

谢源理了理她的长发："想说什么？"

"付志清他自己不担心吗？一旦他和Query脱钩，Query的投资人就不一定会保他啊。假如——我是说假如——他被当成弃子怎么办？"

谢源说："这可能就是付志清最天真也是最幼稚的地方吧，他选择相信我们。"

付志清之前四处奔走拉投资，几乎磨破了嘴皮子才给自己找到了一群投资人。现在付志清选择相信他的这些投资人。哪怕会有蒋意描述的那种最差的后果，他也坚持相信下去。

"那他离开Query，他主导的项目也停了，Query接下去要怎么办呢？Query是创业公司，总不能就这么停着……"

蒋意话说了一半，突然就停下来，因为她已经知道了，知道自己后半句话会说什么，也终于意识到谢源为什么会觉得对她开口很难。

她声音一下子轻了下来："你要去Query了，是吗？"

谢源注视着蒋意的眼睛。

是的，他会加入Query，接替付志清原来的职位。他会主导重新调整Query的业务链，在短时间内尽可能抹去付志清的痕迹，以避免Query和付志清一起被Tanami送上被告席。然后他要带领着Query继续往前走，这是他和付志清共同做出的决定。

"宝贝，你怎么想？"谢源抚着她的脊背。

蒋意抬眸望着他。既然他刚刚觉得很难开口，就说明他其实已经预估到她的反应大概是不赞成。

蒋意说："你之前说过，付志清不靠谱，你不想和他一起创业。"

他确实说过类似的话。

"如果你想创业做自己的公司，其实我们可以从头开始。不一定要接着Query的班子做下去，我们可以开自己的公司啊。"

蒋意很有钱——她之前已经很有钱了，现在只会比以前更有钱。她不想让谢源被扯进这些麻烦里面。

谢源想要跟她说，不是这样的，他想要帮付志清一次。

可是还没等谢源开口，蒋意就先说下去了："可是这些事情不能这样算，对不对？这个世界上有很多事情，都有最简单最直接的解决办法，可是我们往往不情愿那样做，宁愿绕远路，走很远很远的距离，付出很大很大的努力,到头来可能什么都没有,落得一场空,但是我们依然这样不撞南墙不回头。"

她嘴上说的是付志清的事情,心里却不由自主想起了她的父母——她的话,何尝不是蒋吉东和赵宁语的写照呢?还有她自己也是。

他们那个家里的事情,明明可以有更直接的方式去处理妥当,可是偏偏谁都没有那么做。于是他们越走越远,也越来越偏离他们心中所想要的样子。

就好比赵宁语现在要求蒋意和她去国外生活。

蒋意难道会不知道,这是母亲在向她示好、试图弥补自己当初作为妈妈的缺席吗?可是她不能简单地同意母亲的要求——或者说请求。她们有各自的诉求。这些诉求有着相同的终点,却在过程中相互阻碍和制约,从而变成了解不开的矛盾。

蒋意抬头看着谢源。

"你想要帮付志清守住Query,对吗?"

"那就去做吧。谢源,我支持你呀。"

谢源很快就向原视科技递交了辞职信,随后正式加入Query,从付志清的手里接过了CEO的位子。而付志清则卸下他在公司所担任的全部职务,同时将他持有的股份转让给谢源。

由此,从明面上看,付志清与Query这家公司再无任何关联。他现在必须全力迎战Tanami的诉讼官司。Tanami的法务团队来势汹汹,打定主意要让付志清脱一层皮。

蒋意没有参与Query的事情。她把手头的假期休完,其间又飞去了S市,把蒋家余下的事情处理好,然后就回原视科技上班了。

闺密屠令宜跟她开玩笑说,像她这样的亿万富婆就应该躺在钱堆上享受人生,干吗想不开非要继续做计算机打工人。

"我真是搞不懂你们这些有钱人的脑子里面在想什么。"

"天天旅游逛街花钱也是很无聊的。"蒋意把玩笑话扔回去,"你就让我再多体验体验每年辛苦赚几十万元自己花的感觉吧。"

屠令宜表示自己想吐血:"我要得红眼病了。"

蒋意知道,自己喜欢跟算法、模型打交道,所以还不想离开这行。

然而,事情也并不都是在往好的方向发展。

比如说,谢源现在很忙,比以前在原视科技的时候还要忙。Query的工作占据了他绝大多数的时间,而且不分工作日和休息日,不分上班时间和下班时间。他恨不得一天能有二十五个小时供他使用。

因此，蒋意开始自己开车上下班，晚餐也经常点外卖解决。如果偶尔错过了晚餐的时间点，恰好也没有饥饿感的话，她甚至就不吃晚饭了。

蒋意觉得自己像是回到了和谢源谈恋爱之前的生活状态——作息不太健康，饮食不太规律，明摆着是在糟蹋身体。

蒋意马上联想到自己父母糟糕的健康状况。

这样下去可不行，她还想要和谢源一起长命百岁呢，不能拖后腿。

蒋意甚至开始考虑，是不是应该给自己找一个做饭的阿姨，再找一个开车的司机……

付志清的事情对 Query 造成的影响不小。原本付志清在任的时候已经谈好的投资方，突然表示要终止合作，宁愿赔付合同上的违约金也要走。

公司在研发上的投入很大，投资中断，直接给公司的资金链带来严峻的挑战。

谢源不得不开始接触新的投资公司。

好在他很快有了进展，一家名为宁和万申的公司向 Query 抛出橄榄枝。表示希望可以亲自登门拜访，目的是考察 Query 的项目前景、业务价值以及经营能力。这个要求很正常，Query 这边也同意了，很快和对方定好了见面的时间。

前来考察的当天，宁和万申来了五个人，为首的是一位中年女性，气势看着锐利不凡。她走在最前面，其余四个人跟在她的后面。

"这位是赵宁语——赵总。"

谢源伸手与那位女士握手："您好，赵总。"

"谢总客气了。"

宁和万申的考察团在 Query 待了两个多小时。等到所有的展示和报告结束，这位话事人赵宁语提出，能否与谢源单独聊两句。

当然没问题。

其他人出去，谢源和赵宁语留在会议室里面，赵宁语的助手往外走的时候把玻璃门关上了。

赵宁语不紧不慢地把手上戴的腕表转正，目光落在谢源的脸上，从容地开口道："我觉得我有必要重新介绍一下自己。"她再次向谢源伸出手，"我是赵宁语——蒋意的妈妈。"

这是他们两个人第一次打照面。在此之前，谢源从来没有见过赵宁语本人，反而赵宁语已经通过多种途径了解过谢源了。她看过他的照片；上次在六院楼下，她坐在车里，也隔着遥远的一段距离看见过谢源本人。

谢源没想到会在这种情况下见到蒋意的母亲。他从座位上站起身，握住赵宁语伸出来的手。

"您好，您希望我称呼您为'阿姨'吗，还是仍然像刚才那样称呼您为'赵总'？"

赵宁语示意谢源坐下来。她现在坦诚身份之后，看起来要比之前更加从容。她回答谢源刚刚的问题："都可以。叫我阿姨也可以，叫我赵总也可以。甚至如果你乐意的话，你跟着蒋意叫我妈妈都可以。"

她慢悠悠地笑了下，做这个表情的样子简直和蒋意如出一辙。谢源质疑自己刚刚怎么没能看出来赵宁语和蒋意之间的相似点。蒋意虽然没有在赵宁语的身边长大，但她们母女俩有太多的微表情几乎可以说是一模一样。

赵宁语端起桌上的咖啡，眼睛里面溢出调侃的神情："谢总，或者说，小源——我可以这样称呼你吗？我感觉你好像有点儿意外，这应该不是我的错觉吧。你是以为我会棒打鸳鸯吗？不过很遗憾，我没有这样的打算——"

她的目光悠悠地扬起，没有聚焦在谢源的脸上，而是空空地飘着，她像是在大脑里面回想着某些记忆。

"因为我的女儿好像很喜欢你，那我也没有必要再来反对你们。毕竟，我和她之间的关系已经有点儿紧张，都是因为她的爸爸死得太突兀了。而且，她想要跟谁结婚都可以，都是无所谓的。"

赵宁语说完这些，目光重新凝聚在谢源的脸上。

"感觉你和传闻中的样子并不一样。"她说。

谢源扯了扯嘴角："是吗？"

在她听到的传闻里面，他是什么样子的？而此时此刻他又给她留下了怎样的印象？

"他们好像都说你的脾气不大好。"赵宁语说，"不过我倒是觉得你很有礼貌呢。而且，我们家小意想想也不太可能跟脾气差劲的男人在一起，对吧？她自己的脾气就不太好——这一点随我。"

谢源听着。等赵宁语说完停下来，他笑了笑："所以您不是过来扔给我支票，要我离开您的女儿，对吗？"

赵宁语也笑了："我确实打算给你钱，但不是像偶像剧里面演的那样，扔给你五百万元，让你永远离开我的女儿。我会给你比五百万元还要多很多倍的钱，并且同意你继续和我的女儿交往以及结婚。"

赵宁语明显对 Query 正在做的事情毫无兴趣。她选择他们，只是因为谢源在这里，而谢源的身边站着她的女儿蒋意。

这不是谢源要找的投资方，他想要真正与他们有着一致目标的投资方。

可以承认吗？他其实这会儿心里有点儿不爽，或者更坦诚地讲，他现在已经感觉到一阵隐隐的火气在冒上来。

这位赵女士——暂且不提她是蒋意的妈妈这件事情——她带着她公司的考察团过来，是认真地想要考虑投资 Query 吗？还是说，她只是走一个过场而已？

Query 做什么并不重要，他们正在努力地想要创造怎样的科技愿景也不重要，甚至他们这家公司的项目能不能盈利都不重要。对于他眼前的这位赵女士而言，也许唯一真正重要的是她女儿的男朋友正在这家公司试图力挽狂澜，所以她闻风而来。

谢源自认脾气不算好，此刻尽量维持住脸上的礼貌表情，抬眸："赵总，您想要从我们这里得到什么作为交换条件？"

天下没有免费的午餐。

赵宁语笑起来："我发现关于你的资料里面有一点说得很对，你确实非常聪明，是世界上很罕见的那种绝对的聪明人。你要不要来我公司上班啊？不管你能不能成为我的女婿，我都可以培养你接班。"

谢源此刻连敷衍的笑都懒得挂起来。

赵宁语直到此时才说出她的目的："我需要一个愿意替我说好话的孩子留在蒋意的身边，也许还能够偶尔帮我揣摩一下蒋意的心思，让我不至于继续做愚蠢的事情，破坏我和她的母女关系，仅此而已。你们如果爱得很深的话，想必你很了解她，而她也很在乎你，这样的条件一点儿也不难。对吗？"

谢源觉得，蒋意真的和她妈妈很像——蒋意也爱像这样自说自话，不顾及他人的想法，只按照自己想要的方式去达成目的。

当这些特质——准确来说是缺点出现在另一个人身上的时候，谢源终于意识到他对蒋意的滤镜究竟有多么重、多么离谱。他居然完全不讨厌蒋意这样，甚至觉得她这样是可爱的。可是换了另一个人，他真的觉得很火大。

"您说得对，这些条件确实不难。"谢源说。

赵宁语露出满意的笑容，以为他就要答应了。

"但是我拒绝。"

什么？赵宁语的脸色骤然阴沉下来。

"我不会接受您的'好意'。"

"为什么？"

"我如果收下您的好意，恐怕就不能再坦然地面对蒋意了。如您所说，蒋意很在乎我也很信任我。如果我这么做了，您有想过蒋意她会有多么伤心吗？我拒绝背叛她。"

"这怎么会是背叛呢？"赵宁语停下来，盯着谢源看，"算了，你还是接受我的投资吧。我也不要求你替我做任何事情，就当是我投了一个风投项目。"

但是谢源仍然没有接受这份"好意"。

"为什么？"赵宁语问道。她自认为已经做出了非常大的让步，可是他们这个年纪的年轻人好像都很特立独行，不肯领情。蒋意是这样，谢源也是这样，他们总是对大人的好意不屑一顾。

"你们公司很需要这笔投资，不是吗？我很怀疑，如果你拒绝我公司的投资，你们现在账上的钱还能撑到下个季度吗？你们到时候要关门歇业吗？"

谢源说："我们也在接触别的公司。"

他强调 Query 并不是非要依靠宁和万申来救场。

"别的公司？你指的是鲸智科技吗？你难道觉得他们的老板凌聿是什么好人吗？"赵宁语觉得可笑，"你不知道吗？他当年从他们公司的联合创始人手里抢走了所有的股权。你确定他投资你们公司，真的是来帮你们的？"

谢源没有采纳赵宁语的劝谏。该说的话都已经说过了，他起身准备送客。

"谢谢您，赵总。不过我还是比较习惯用我们年轻人的方式来解决问题，不劳您费心了。"

当晚，谢源开车回家。

他到家的时候，蒋意正窝在沙发上面看电视。

谢源没跟蒋意提起赵宁语白天到 Query 公司的事情。

"今天下班路上堵车吗？"他边脱外套边问她，"我记得五六点钟的时候下雨了。"

"还好，"蒋意说，"我今天一整天都居家办公，没去公司。"

谢源没听出她语气中的不对劲。

"你在看什么？"他走向她，坐下来，自然地伸出手臂搭在她背后的沙发靠背上面。

"我在看我小时候的录像带，"蒋意拿着遥控器按下暂停键，"杜应景把它们都寄给我了。你要和我一起看吗？我小时候超级可爱。"

"行啊，让我看看你是小时候可爱一点儿，还是现在可爱一点儿。"

蒋意重新按下播放键，对他说"啊"，顺手拿起调羹往他的嘴里塞了一口吃的。

很冰——谢源这时候才留意到蒋意的怀里抱着一大桶冰激凌，是朗姆酒口味的。他把嘴里的冰激凌咽下去，想提醒她晚上不要吃这么凉的东西。

"这是我妈妈，你看到了吗？"蒋意再次按下暂停键，又往他的嘴里喂了一勺冰激凌。

"嗯。"

"我小时候我妈妈超级爱我，"蒋意说，"我幼儿园所有的家庭作业她都陪我一起做。我记得妈妈很会画画，剪纸也剪得很好。她晚上会陪我一起睡觉。我晚上闭眼睛之前看到的最后一个人是她，白天睁开眼睛看到的第一个人也是她。"

谢源随口说："你如果想她的话，可以和她多见面。"

蒋意看着电视屏幕，扬起唇角笑了一下，然后转头看他："这就是她给你开的条件吗？"

谢源停住。

"我今天看到了，"蒋意伸出手指点了点自己的眼睛，"我妈妈她带着员工去 Query 了，对吧？她怎么会白白地给你投资呢。我就知道，她一定是有目的的。"

蒋意想到今天中午，她带着自己努力了一整个上午做的米饭和菜，开车到 Query 公司，想要给谢源一个惊喜，顺便向他证明她现在已经可以把自己照顾得很好，他可以不用再担心她，他可以全身心地投入到 Query 公司的经营里面——

然后她就看到了赵宁语站在 Query 公司的门口，和谢源谈笑风生。

他到家之后就开始帮赵宁语说话了，她感觉自己像是被当头泼了一盆冷水。

她跨坐过去，攀上谢源的肩膀，俯身含住他的唇舌，然后品尝到朗姆酒冰激凌的味道。

"我不是已经跟你说了吗？谢源，我愿意让你去创业。"她微微地退开一点儿，然后再度吻上去，"如果 Query 需要投资的话，你完全可以找我啊。我们是最亲密的人，不是吗？"

她歪着脑袋，满脸无辜地看着他。

谢源捕捉到她话里的重点。

"你今天去 Query 找我了？"男人的声音听起来甚至有几分愉悦，他掐着她的细腰迫使她完全坐下，"什么时候去的？上午？中午？"

他这副游刃有余的嘴脸让蒋意火气更甚——她什么时候去的 Query 公司，这是重点吗？重点明明是她妈妈要投资他的公司，所以他现在完全帮着她妈妈说话。

他到底有没有意识到，她正在跟他吵架啊？不然他以为她在干吗？她在撒娇吗？

蒋意想都没想，直接摁住他的头，扑上去重重地一口咬在他的嘴唇上面。

她把她的破坏欲完全释放出来，不许他说话，一而再再而三地张着唇把他的话都吞咽掉。她每一次吻上去的时候都恨不得把他咬伤、咬坏。

谢源眼里的暗色愈演愈烈。他放任她肆意横行，却在她没有察觉的情况里与她彻底相拥相依。

蒋意坐直，抬手扯掉了绑头发用的丝巾，柔顺的长发瞬间落在她的肩头和胸前。

她向前压住他的手腕，双眼充斥着侵略性，居高临下地俯瞰谢源的脸。她像一头准备进食的狮子，正在挑选最适合下口的位置，用手中的丝巾灵巧地缚住他的腕骨，然后顺势打了一个死结。

谢源好整以暇，全然接纳她的撒野，目光落在她的脸上，像是想要知道她究竟能继续往下做到哪种程度。

或者说，他钟爱她撒野的样子。只要对象是他，她想做什么都可以。

谢源整个人靠在沙发上，显得慵懒又清醒。他的手腕被控制住了，人也被控制住了，但是他的表情仍然笃定得很。他的眼神慢悠悠地滑过她的脸颊，然后再往下，一直往下。

"我没有接受你妈妈的投资，"他说，同时由着蒋意拽他的衬衫，"所以，宝贝，别对我生气——哑……"

谢源倒吸一口凉气，喉结猛地一沉。他下意识地想要伸手扶稳她的腰，手腕拉扯了一下，然而第一下没有挣脱她用丝巾绑的结。

难道她打的是死结吗？谢源瞥了一眼，无奈地笑了——还真是死结，不过这个死结已经被他扯开了。

谢源的目光回到蒋意的身上。他看到她咬着唇红着眼圈，显然是一副快要气疯了的模样。

要不还是忍忍吧，如果他这会儿把这个死结扯开的话，无异于火上浇油。谢源很了解蒋意，她怎样跟他闹腾都没关系，他唯独最怕她气到极点然后开始跟他玩冷战。

蒋意还没发现谢源手上绑的丝巾已经被扯松了，恨恨地说："我当然要对你生气。你没拿我妈妈的投资，那为什么还要替她说话？"

在谢源看来这就属于没道理却硬要讲道理。

没等他说话，蒋意就把他推倒，然后说："我最讨厌你不站在我这一边了，你只能站在我这边。你要是做不到，我们就一拍两散好了。"

她说的是气话，但唯独最后这句话让谢源动真格的了——"一拍两散"这四个字让他很不满意。

他随手扯掉手腕上绑的丝巾，之后很流畅地接上一个翻身。两个人的位置瞬间颠倒过来。

谢源俯身，把蒋意的手腕扣住、拉高，仍旧用那条丝巾缚住她瓷白纤细的手腕，打了一个货真价实的挣脱不开的死结，然后埋头吻了上去。

不可以说分手，这是他的底线。

许久之后，两个人偃旗息鼓。

这会儿蒋意彻底没力气了，终于不再有想要继续吵架的念头。她也知道自己不占理，毕竟谢源没接受她妈妈的投资，她刚才冤枉他了。

既然理亏，那么蒋意就很自然地不提茬儿，省得给自己添堵。她歪了歪脑袋，几乎要把谢源的腹肌当成枕头用，就这样还嫌他那几块腹肌太硬、太硌。

谢源靠着床头，微微眯起眼睛，垂眸望着她，她棕黑色的长发铺散开，丝巾经过这段漫长的时间之后已经转移到她的左脚脚踝上，松松垮垮地扎成一个蝴蝶结。

她似乎浑然不知自己此刻看起来有多么——艳丽，像一朵不败的玫瑰。

"好神奇啊，我们居然连吵架都可以吵成这个样子。"她微微喘着气。

谢源随手替她把长发梳开，没说话。

她捕捉到他脸上的表情："怎么了，不喜欢吗？"

她还真是一如既往的直白啊……

谢源捏了捏她的腰："我喜欢这样，但是不喜欢吵架。"

蒋意用手指钩住他的浴袍："可是我都喜欢，超级喜欢。"

谢源弯了弯嘴角，微微靠过去，伸手捂住她嫣红的唇："宝贝，我们偶尔也可以矜持一点儿,那样也会很可爱的。"

蒋意却不要。为了证明她的决心,她又仰起脸开始亲他,完全忘记了刚刚自己百般求饶躲着谢源的模样。

谢源体谅她更多。他玩着她的头发,试图把注意力转移开。

蒋意撑起脸,又提起她妈妈赵宁语:"我妈一定给你开条件了吧?她让你说服我跟她去国外?"

这倒没有,赵宁语自始至终没跟谢源提起过去国外的事情,只是提出让谢源替她在女儿的面前多说说好话。

谢源问:"阿姨让你跟她出国?"

他总能捕捉到关键信息。

蒋意面露苦恼:"何止呢,她还要把你也带上。"

谢源笑了笑:"阿姨真是贴心啊。"

蒋意生气地捶他:"喂!"

谢源抚着她的脑袋。他发现,她好像没有察觉到,其实她特别在意她妈妈的看法,不自觉地就会把她妈妈的话放在心里很重要的地位。

蒋意似乎经常在家人的问题上面后知后觉。关于要怎样和她妈妈相处,她好像没有特别丰富的经验。

蒋意很好奇,感觉谢源听到赵宁语想要带她出国的事情之后,没什么特别的反应。

为什么?

明明他刚刚听她说分手的时候反应那么激烈,她还以为他很离不开她呢,结果现在他又这么沉着冷静。

蒋意问:"就算我陪我妈妈出国待一段时间,这样也没关系吗?你没有危机感吗?不怕我把你踢走吗?"

谢源的眼神悠悠地往她的方向一瞟。

蒋意下意识地停住——她是不是刚刚一不小心又触发了一次"分手"这个关键词?

好在谢源顾及她体力有限,没有再来一次。

谢源回答她的问题:"那当然得做一些预防措施,避免某个姑娘见异思迁,一脚把我踹了。"

蒋意顿时来了兴趣,翻身滚进他的怀里,眼睛亮晶晶的:"比如说?"

比如说——谢源捏捏她的无名指,意图不言而喻。

蒋意的表情软和起来——他想要和她结婚啊!

虽然她感觉他们在一起还没多久，可是他这么一讲，她的心里也跟着冒泡泡。

他们结婚会是怎样的呢？他们会跟现在有什么不一样的地方吗？

谢源的眼神好，他刚捏完蒋意的无名指，忽然眼尖地发现蒋意的手背上面有几道红红的印子，和旁边完好细腻的肌肤形成鲜明的对比。

"这是怎么弄的？刚刚被我压到的吗？"他用拇指抚过，眼神里带着几分心疼。

"不是啦，"蒋意说，"这是我做饭的时候不小心弄到的。"

做饭？谢源简直怀疑自己的耳朵是不是出毛病了。他有生之年还能听见蒋意说她在做饭？

蒋意看出他满脸质疑，不服气地说："干吗呀？我上午非常认真地跟着菜谱以及网上的视频学做菜的。"

谢源是真没想到。

不过，她今天做了这么多的事情，怎么能够忍住不跟他炫耀呢？谢源都忍不住想夸夸她。

"这当然是因为你没有给我炫耀的机会啊。你到家的时候我正在生你的气，那我怎么跟你炫耀啊？我总不能生气生到一半，然后跟你讲我在学做菜吧？后来我一边生气，我们就……"后来她就一不小心忘记了。

谢源问："做得怎么样？还有剩的吗？给我尝尝看？"

蒋意忍不住扯下丝巾扔到他脸上。

他真的应该好好照照镜子，看看他现在这副不值钱的样子。连剩饭剩菜都抢着吃，他是无家可归的猫猫狗狗吗？

蒋意朝他翻了一个白眼："我都扔掉了，你现在回公司扒拉一下你们公司外面的那个垃圾桶，说不定保洁阿姨还没有来得及清运走呢。"

她起身下床欲走，被谢源一把抱回来。

他说："哦，我听懂了。所以你中午去 Query 是去给我送爱心午餐的，对不对？"

后来因为看见他和她妈妈站在一起说话，她以为他们达成了什么秘密协议，所以一生气就把饭菜都扔了。

蒋意扭过头不肯承认。

她哪里需要给他做爱心午餐？她明明就只是想要让他试试看好不好吃而已，他充其量就是个试菜员。

谢源说："浪费粮食是不对的。"

蒋意气得想挠他。

"真的都扔掉了？"

谢源仔细地端详蒋意的表情。几秒钟之后，他得出结论：她在说谎。

他起身往外走，径直走进厨房，打开冰箱，看到了几个玻璃保鲜饭盒放在冷藏室里面。

嚯，她还做了好几个菜呢——番茄炒蛋、咖喱土豆牛肉、红椒炒黄椒。这些菜颜色看着还不错，不知道味道怎么样。

蒋意跟过来。

谢源拍拍她的腰："去把衣服和拖鞋穿好。"

她却不要，踮起脚搂住谢源的脖子，像一只树袋熊挂在他的身上。谢源怕她往下滑，伸手托住她，然后她顺势借力把长腿也缠上来，看起来如同一条美人蟒。

"我饿了。"她在他的耳边缓缓地低语，"运动好累啊。"

妖精。

"想吃什么？"

他肯定舍不得让她吃剩菜。

蒋意说要吃他煮的面条。

等到谢源煮好面条端出来，她吃掉了面里放的溏心蛋，吃了两筷子面，就说吃不下了。谢源替她吃完，顺便把冰箱里她做的菜也放进微波炉加热，然后一并吃掉。

在谢源吃饭的时候，蒋意问他："你真的要拿凌聿学长的投资吗？"

谢源点点头，他们现在是这样决定的。

蒋意噘着嘴："反正我就是不喜欢凌聿学长。谢源，你别拿鲸智科技的投资嘛，让我投资你们吧。我觉得你一定会成功的。这钱与其让别人赚，你还不如让我赚呢。这叫肥水不流外人田，对吧？"

谢源失笑，原来她还在纠结这个问题呢。

"你确定吗？投资很麻烦的，你要写投资计划书，要进行市场调研，还要说服蒋氏集团的董事会。"

蒋意没听完就已经皱起脸——好像真的很麻烦。

"那，要不然我拿我自己的小金库投资你们？那些完全是我自己的钱，我不需要说服任何人，也不用做什么计划书。"

谢源没忍心打击她，说："可以。不过这样的话，你就得向原视科技申报这笔投资，同时需要向你的直线 VP（副总裁）级主管进行汇报陈述，提供相应的文件用于证明你和 Query 之间的投资关系不会引起你在公司职位上的不正当行为。"

谢源对这一套流程很清楚，因为他之前个人出资给 Query 的时候就走过一遍这套流程，很烦琐。

蒋意顿时不想说话了。

她想投资 Query 的事情只好暂且按下不提。

吃完饭，两个人没回卧室，而是坐在客厅里面看了一部电影。三三跳上沙发，坐在这对黏黏糊糊的情侣身边，用智慧的目光安静地打量着他们——他们闻起来好甜腻。

谢源对电影的情节不怎么感兴趣，有一句没一句地打搅蒋意："今天怎么突然想到去 Query 了？想我了吗？"

蒋意的情话张口就来，她说："对啊，我超级想念你。你呢？你有没有想我？"

谢源低低地应了一声。

他当然也超级想念她——

早上开车的时候他在想她有没有乖乖吃早饭，有没有安全抵达公司；上午开会的时候在想她有没有被公司里年轻热情的男实习生缠着问东问西；中午吃饭的时候在想她有没有按时吃午饭；下午工作的时候在想她有没有空腹喝很多咖啡；晚上加班的时候在想她有没有到家，路上有没有堵车。

他们已经很久没有像最近这段时间这样分开了，他怎么可能不想念她呢？

谢源抚着她的脊背，忽然说："宝贝，你有没有考虑去 Query 上班？"

蒋意没有立刻答应或者拒绝，说自己要考虑一下。

谢源听她这么说，压下心里那股不知名的情绪。他以为她像他一样，希望每时每刻都能够和对方在一起。

谢源脸上的表情没有破绽，他说："好，那你认真考虑一下。"

然而蒋意没有下文了。谢源等了好几天，可是蒋意如同完全忘记了这件事情。

他亲眼看着她每天忙忙碌碌地上班下班。她回到家里也只是按部就班地亲亲、抱抱他，仅此而已。每当他想要继续做一些别的事情的时候，她就一脸无辜地把他推下去："抱歉，亲爱的，上班好累，今天我想早点儿睡觉。"

"……"

她之前上班的强度有这么大吗？

好不容易熬到周末，谢源把手头所有的事情都赶在周末之前弄完，剩下的事情他也叮嘱过员工等他周一上班再来处理。

可是蒋意依然不陪他玩:"我约好明天要和辛迪一起去做肩颈正骨。"

谢源不死心:"那周日呢?"

蒋意:"周日我们要带三三去打疫苗,难道你忘记这件事情了吗?"

他真的忘记了。

三三跳上凳子,尾巴尖悠悠地搭在爪子上面,然后"喵呜喵呜"地做出回应。

但是打疫苗也用不着花一整天的时间吧?至少谢源是这样安慰自己的。

蒋意很轻地笑了下,说:"但是,周日过后的周一就又是工作日了呀。我周一上午有一场很重要的会议,所以前一天必须要早点儿休息,养足精神。"

谢源顿时觉得她看起来蔫儿坏,偏偏她找的理由都这么一本正经,他根本出不了气。

他摁住她的腰,贴着她的耳边,咬牙切齿地说:"我提前跟你预约时间。下个周末,把两天全部都空出来,留给我。"

虽然蒋意其实差不多猜到了谢源会说什么,然而听完之后,瞳孔还是下意识地颤了一下。

整整两天,谢源知道他自己在说什么虎狼之词吗?怎么办,她好像一不小心把他压抑得太凶了。按照这个情况,他吃得消吗?不对,应该说她吃得消吗?

应该没事的吧……毕竟谢源最舍不得看她难受的模样。到时候实在不行她就努力挤两滴眼泪出来,谢源总归会心软的。

蒋意怀着这种侥幸心理,有恃无恐地过了周末愉快的两天,而谢源几乎独守空房。

周一,Query 唯一的产品经理兼行政主管路非来找谢源。

路非趴在谢源的办公桌旁边,用胳膊肘捅了捅他,问道:"谢神,我们现在招不招新员工啊?"

谢源盯着显示器屏幕正在写代码,头都懒得转:"不招,没钱。"

路非不死心:"如果这位应聘者的履历特别漂亮呢?"

谢源头都没抬:"你家里哪位亲戚请你帮忙找工作了?七大姑家的女儿?八大姨家的儿子?"

路非锲而不舍:"欸,真不是我亲戚。人家把简历投到我们公司的邮箱里。我审过一遍,她这履历真的很不错呢。这员工本来就是贵精不贵多,像这样的好人才，我们不能随随便便地放过。谢神，你说是不是？"

谢源停下手里的活，转头瞥了一眼路非。他很怀疑路非这话的可信度，问路非要这人的简历。路非早就打印出来了，马上给谢源递过去。

谢源接过简历，低头第一眼就看到了名字——蒋意。

路非还在旁边软磨硬泡："谢神，要不咱们面试一下？"

谢源冷哼一声：这当然得面试了。

他想起今天早晨起床的时候，蒋意抱着他的腰，脸颊蹭啊蹭，一副不舍得让他去上班的模样。结果实际上她背地里瞒着他连简历都投好了。

他该说什么好呢？这确实就是蒋意能做出来的事情。

"行，面试吧。"谢源拍板。

路非兴高采烈地走了，没一会儿又抱着电脑兴高采烈地回来："定了定了，这周三上午面试。"

谢源勾了下嘴唇，似笑非笑。

"谢神，你到时候要参与面试吗？"路非多问了一句。

谢源回："嗯。"

谢源没跟蒋意捅破窗户纸。既然她没跟他提这事，那么他干脆道貌岸然地装作不知道。

周三早晨，谢源出门的时候还故意问了她一句："今天要我开车送你去上班吗？"

蒋意正在满屋子找手机。听见他这么说，她停下动作，看着也没那么着急了，冲他挑了挑眉："今天你也能接我下班吗？"

谢源颔首——这还用得着问？

蒋意盯着他看了一会儿，然后皱了皱脸，说："还是不要了。"

她心虚了。

谢源的目光在她的身上扫过，他意有所指："那你自己慢点儿开车，不用着急。"

两个人这会儿都是揣着明白装糊涂，谁都不肯先把事挑明。

Query 公司。

上午十点半，路非说面试者已经到了，在小会议室里。

谢源"嗯"了一声："我的咖啡外卖到了吗？"

"到了，在前台放着呢。"路非不懂这时候谢源提起咖啡外卖干什么，

"你现在要喝？"

谢源没回答路非的问题，起身拿走了桌上的笔记本电脑："面试去了，待会儿再说。"

他没有直接进小会议室，而是先到前台把他的咖啡外卖取了，然后一手夹着笔记本电脑，一手拎着咖啡袋子，这才往小会议室走去。

刚推开玻璃门，谢源就看见了坐在椅子上的女人。蒋意穿着暗橘色的西装裙，耳朵上戴着一对澳白珍珠耳钉，完全是一副富家乖乖女的打扮。看见谢源进来，她先是俏皮地朝他眨了眨一只眼睛，然后才从座位上站起来，温文尔雅地跟他问好："谢总，您好。我是蒋意，今天来应聘算法工程师的岗位。"

她很乖，但谢源心知肚明，她是装的——不过她装得挺好，他很喜欢。

谢源随手关门。蒋意安安静静地看着那扇磨砂质地的玻璃门在谢源的身后慢悠悠地合上，然后她唇边的笑意不由自主地加深。

呵。

谢源把手里的咖啡纸袋放在会议桌上，从里面拿出来两杯咖啡和一只欧包。他没跟她装陌生人，直接问她："我做的早饭吃了吗？"

他好亲密的口吻啊，还好这里没有其他人，要不然他们肯定都大跌眼镜。

蒋意两手合起来，手背抵着脸颊，身体微微前倾。谢源都闻到她身上的香水味道了。

"嗯，我吃过了。"她回答得特别轻柔，仿佛这是什么见不得人的秘密似的。然而她狡黠又活泼的眼神证明，这对她而言只是一场好玩的游戏。

谢源把欧包放在旁边。既然她出门前已经吃过早饭了，那么现在肯定没有胃口再吃这个欧包了。欧包本来就是给她买来垫肚子的，省得她一早上就空腹喝咖啡。

谢源示意她挑一杯咖啡："一杯是冰美式，另一杯是冰拿铁。"

蒋意要了冰美式，谢源拿走剩下的那杯冰拿铁。

然后蒋意又恢复了先前那种甜甜的乖乖的嗓音和语调："谢总，我现在要做什么？做自我介绍？"

谢源"嗯"了一声，抱起手臂，眼中含着几分笑意，就这么看着她。

蒋意坐正，开始做自我介绍，说话的声音很从容、很自信。她说了很多，不过谢源一句都没认真听进耳朵里面。他非常了解她，不需要通过她的自我介绍再重新认识她一遍，更何况自我介绍能提供多少内容？

谢源正在考虑，蒋意进了 Query 之后应该具体负责做哪块工作。

"谢总，您在听吗？"蒋意忽然发问，满脸无辜，还带着一点儿被无视之后的小脾气——她倒是把小白花的形象拿捏得很准确。

谢源睁着眼睛说瞎话："我在听，你继续。"

蒋意："可是我已经讲完了。"

她一脸"你明明就没有认真听"的表情。

"……"

她这个态度在其他地方可能已经得罪面试官了。

蒋意继续给自己提流程："谢总，我现在是不是该写算法题了？"

写吧写吧，谢源给她随便找了一道题。蒋意很快写完，测试用例全部都通过，而且内存占用和时间复杂度都优化得很好。以她的技术水平，她确实有资格得罪面试官。

谢源把蒋意的那台笔记本电脑合上，刚想开口说话，这时候会议室的玻璃门被人敲了敲。

"请进。"

路非把脑袋探进去，正要说话，忽然看见蒋意的脸——

"慢着，看着好眼熟，你是不是老付的朋友，之前来公司参观过的，对吧？就上次我们公司的服务器和数据库被人攻击的那阵。"

谢源无语。

路非这两只眼睛怎么长的？蒋意什么时候变成付志清的朋友了？他这么大一个人，帮 Query 修服务器那次也是他和蒋意一块儿来的，路非看不出他和蒋意是什么关系吗？

蒋意勾起眼尾，爽快地认领了关系："是的，我和付志清是好朋友。"

她的重音落在"好朋友"一词上面。

路非连忙点头："对对对，我有印象。上次你也和我们一起去酒吧了，对吧？你一直在和老付聊天儿，老付陪你一块儿喝的威士忌。"

谢源黑脸——路非这混蛋怎么还越说越暧昧了？

谢源快要压不住脾气了。上次他也在酒吧，就坐在蒋意和付志清中间，而且还和蒋意喝同一杯酒呢，合着路非是一点儿都没看见呗。

路非冲谢源使眼色，还拿手机给谢源发微信消息。

路非发来的消息是："谢神，听见没，这是老付的朋友，说不定其实是咱们的前任老板娘呢。再说了，你也是老付的朋友，四舍五入一下，这姑娘也是你的朋友，对不对？你对人家友善一点儿，别黑着脸，多吓人啊。"

谢源：很好，他甚至还得靠四舍五入才能和蒋意算是朋友。

谢源忍无可忍，径直走向门口，面无表情地把路非那颗碍眼的脑袋摁出去。

"闭嘴。"他咬牙切齿地说。然后他没有再给路非眼神，直接把会议室的门重新拉上。

路非吃了一个闭门羹。

会议室里，谢源站在蒋意的面前，低头凝视她，问她："你什么时候跟付志清变成好朋友的？我怎么不知道？"

然而蒋意的脸上依然挂着甜甜的笑，她似乎没有察觉到眼前男人打翻醋瓶的心思。

谢源看她规规矩矩地坐在椅子上，手指乖乖地压在膝盖的裙摆边缘，浅色的眼瞳里面半点儿同他促狭亲昵的神情都没有。她把她的"狐狸尾巴"在裙底下藏得很好，是真的一门心思想要跟他玩面试官和应聘者的角色扮演是吧？

她眨眨眼睛回想着："就那次喝酒的时候呀！"

是啊，付志清是烦人的酒鬼，她是可爱的酒鬼，酒鬼和酒鬼总是有特别多的共同话题。

蒋意觉得差不多了。她这会儿不跟他装陌生人了，伸着食指去碰触他。她仰着脸，嗓音又轻又甜："不要生气嘛，付志清是好朋友，但你是男朋友呀。"

果然，她的一句话瞬间让谢源心情大好。

她哄好谢源其实很简单。某位谢姓男朋友弯腰俯身捏了捏蒋意的耳朵，随口问道："跟原视科技那边提辞职了？"

"嗯。"

"为什么没有告诉我？"他捏着捏着，手指就很自然地落在她的后颈上，貌似特别体贴地替她捏着颈椎放松。

蒋意怕痒。被捏耳朵还好，但是被捏颈椎她真的会很痒。她下意识地缩起脑袋，轻轻地"噫"了一声，然后猛地咬唇忍住了。

"我就是想要给你一个惊喜嘛……"她说，"我……我没有坏心思，你不要再惩罚我啦。"

她小声地求饶。

大坏蛋！

谢源哼笑。这份惊喜他确实收得挺开心。他勉强放她一马，最后捏了一下她脖颈上的细皮嫩肉，然后终于停手。

话题回到正经事上面，谢源问她："今天能入职吗？"

"当然可以，我连通勤的包包都拎来了。"

谢源勾唇笑起来，眼神里面荡漾着浓浓的宠溺："看起来你很有把握自己能过面试。不错，有自信，这又是一个加分项。"

他这话说得好像他这个面试官真的在给她打分似的。

谢源提起蒋意今后的工作内容："我打算让你进来之后负责模型竞赛这块。目前公司里面没有人比你更有能力胜任这个工作。不过你进来以后究竟做什么，还是看你的意愿。你自己有什么想法？有什么特别想做的东西吗？"

蒋意回答："我可以啊，看你现在哪块最需要人手支援。"

听到她这么说，谢源觉得心里非常踏实。

"行，那你就负责模型竞赛这块的工作。Query 是一家新公司，我们得靠这些机器学习领域的顶级赛事来打响业界知名度。后续我们应该还会跟李恽教授的团队合作，把影响力提高。"

蒋意一贯很强，谢源一直都知道。如果她进 Query，绝对是一员猛将。

蒋意又问："不过，付志清之前的那个项目，我们是彻底决定不再继续做下去吗？"

她觉得稍微有点儿遗憾。毕竟上次她在 Query 公司参观的时候，付志清意气风发地向她描绘了他想要通过技术实现的未来时代的图景。她还挺喜欢他的描述里出现的那个未来产品。不过，据她所知，Query 现在停下了这个项目。

谢源给了她一个明确的答案："要等两个条件达成，我们才会重启计算机视觉辅助决策系统这个项目。"

"什么条件？"

"一个条件是付志清的诉讼顺利结束，另一个条件是我们目前正在做的这个项目赚够资金。"

他们能够达成这两个条件吗？一股笃定而踏实的感觉油然而生——他们一定可以的。

蒋意："谢源，你有我，我们一定能成功。"

她的底气来自她相信谢源和她自己的实力。

谢源也为她这股强大的自信所感染，扬起唇角笑了笑。

面试圆满结束，谢源让她今天直接留下来上班，蒋意却示意他稍等。

她带上了小狐狸般的精明狡诈："谢总，我们是不是得先谈谈薪酬的问题呀？"

385

她的高跟鞋慢悠悠地擦过他的腿边。

他开多少钱能打动眼前的富婆蒋意？

蒋意眨眨眼："公司的账面不宽裕吧？"

Query 这点儿家底确实没有必要瞒她。

蒋意戳戳他的手背："要不我们谈谈投资入股的事情？"

她现在已经不是原视科技的员工了，所以可以直接投资他们，不需要再担心那些职权界限、正当性调查的问题。

谢源看穿了眼前这只小狐狸心里打的算盘。她今天哪里是来面试求职做打工人的？她明摆着要来坐上 Query 老板的位置。

路非在门外焦灼地等了半天，无奈会议室的门怎么等都不开——他发现谢源居然把会议室的门从里面反锁了。他望眼欲穿。

午饭前，会议室的门终于"喀嗒"一声开了。谢源走出来，但是应聘者没有跟着一块儿出来。路非好奇地往里面瞥了一眼，看见蒋意坐在桌边，正在撕着欧包小口小口地吃着。她这吃面包的姿态，堪比在米其林餐厅吃西餐——优雅，真是优雅。

这么好的人才，没道理不留下吧？路非满脸期待地看着谢源，想知道下文。

谢源冷冷地扫了路非一眼——他还记着路非刚刚提的那句"前任老板娘"。

谢源问："你没活干了是吧？"

路非顿时感受到从脑袋、脖子到脚脖子由上而下蹿过的一阵凉意。

谢源这是录用了蒋意，还是没有录用？

谢源指着自己办公桌对面空着的位置："蒋意以后坐那儿，负责领导模型竞赛这块的算法工作。给她开一个公司内网账号，所有权限都开给她。"

路非忙不迭地答应："没问题！"

谢源跟路非交代了一些事情。但是路非等啊等，唯独没等到最重要的事情。他伸长脖子往会议室里面又瞥了一眼，看见蒋意还坐在那儿吃欧包呢。然后他拉了拉谢源的胳膊，小声地说："工资呢？咱们给她开多少工资，这我得跟财务那边说清楚。"

对于他们打工人来说，工资可是头等大事。总不能人人都跟谢神似的，不拿钱，白干活，就等着猴年马月的股息吧？

谢源笑了下："她不拿工资。"

路非下意识地"欸"了一声，等反应过来谢源说了什么之后，立马瞪大眼睛——不拿工资？这是又来了一个免费工作的壮士？

路非更加坚信不疑，蒋意和付志清一定是关系特别好的那种朋友，她一定和谢神一样，是来替付志清挽救公司的。

午饭时间到了。谢源没跟大家一起出去吃午饭——他有一个跟 B 端客户公司的会议。新来的算法工程师蒋意也没有抓住吃午饭的机会马上融入大集体。她说她要留在公司里面调试自己的工作电脑，安装一下环境。

路非：不愧是两位免费工作的大佬，这思想觉悟就是不一样，连午休时间都不要。

吃一顿午饭的工夫，路非嘴巴比腿还快。他热情地为大家介绍公司新来的这位漂亮姑娘："那是蒋意，过来担任算法工程师，T 大计算机系本科生和硕士研究生。她是老付的好朋友。"

有人点头："对对对，你这么一说我是有点儿印象。上次公司服务器被攻击的时候，蒋意好像是跟着付总一块儿来的吧？"

当某些错误的记忆在群体中占据上风的时候，那么那些拥有正确记忆的人也会开始怀疑自我。

吃饭这会儿，就有人摸着脑袋觉得困惑：他怎么觉得上次蒋意是跟着谢神一块儿来的呢？后来她好像也是跟谢神一块儿走的。是他那天喝多了，然后把谢神和付总给记混了吗？这脑袋摸着摸着，他就被路非带偏了。

有人好奇："我们公司不是不招新员工吗？"

路非答："你懂什么？这说明人家的实力摆在这儿。你以为是在招应届生呢，说 hiring freeze（冻结招聘）就真 hiring freeze 啦？咱们公司越是不对外招聘新员工，这就越是说明能进来的那都绝对是大神级别的人物。"

Query 公司内，谢源坐在位子上戴着耳机开会，蒋意就站在他的对面调试电脑。公司给她配了一台笔记本电脑和一台台式电脑。她先把笔记本电脑放在桌上，然后蹲在地上摆弄台式电脑的主机。

谢源忍不住看她，轻咳一声，把他的外套递给她，示意她遮遮腿。

蒋意没要，冲他做口型："我穿了安全裤。"

"……"

行，他知道了。

过了一会儿，谢源开完会，摘掉耳机，走过去陪她一块儿蹲着。

"卡在哪一步？"他问她。他印象里大学的时候她应该没有多少装机的实操经验，研一那会儿配主机的时候，她就是坐在桌子上指挥他给她装主机的。

谢源还没碰她，她忽然人一歪，"哎呀"一声，直接失去平衡栽进他的怀里了。她这个投怀送抱，谢源是完全没有意料到的。

蒋意瞪他："你想什么呢，我怎么可能装不来主机呢？"

她纯粹是因为蹲得太久，腿麻到站不起来了而已。

谢源忍不住操心："就你这点儿可怜的腿部力量，你居然穿着高跟鞋蹲在地上弄电脑。"

蒋意满眼怒意地盯着他，真要生气了。谢源只好赶紧边哄着边把人给搀扶起来。

蒋意示意谢源把她弄好的主机搬到办公桌底下，谢源顺手给她把显示器的连接线也插上了。

蒋意坐下，一边摆弄笔记本电脑，一边问谢源："公司用的服务器是什么配置？GPU（图形处理器）买了多少块？多少个核心？"

谢源答："应该是够的，服务器都放在楼下，我带你去看看？"

机房是公司重地，整个 Query 也就少数几个人的工卡能够刷开楼下机房的密码门。

蒋意默默地把已到嘴边的话咽下去——Query 这么一个小小的初创公司，居然有钱租两个楼层吗？蒋意作为公司目前持股份额很高的股东，下意识地感到一阵肉痛。

好陌生的体验，果然人花自己的钱最容易心痛。

"行，你带我去看看。"

路非吃完午饭最早回办公室，没等楼下那些排队买咖啡的人，路过便利店的时候还替蒋意和谢源买了寿司、饭团和酸奶。他觉得自己真是贴心，无愧行政主管的职责，切实照顾到了公司每一个人的职场体验。

到了楼层，电梯门一开，他看到两个熟悉的人影——

谢源揽着蒋意的腰把她推进楼梯间里。防火门在他们的身后"咔"一声关得严严实实。

路非下意识地捂住嘴——天哪！为什么这种事情要被他撞见？谢神这是在挖老付的墙脚吗？这……他要装作没有看到吗？

谢源把蒋意带到楼下的机房，刷工卡开门。

蒋意捏了捏他的胳膊，满眼期待："我的工卡也会有这个权限吗？"

谢源弯了弯唇——那是当然。

蒋意用手机充当手电筒，仔细地查看机架上面安装的硬件单元。

"这些机架服务器都是相同的配置。"谢源告诉她，"Query 一开始配了 16 台，现在已经增加到 128 台，未来我们还会考虑再进一步采购。"

蒋意说："难怪你们这么烧钱。"她把手电筒关掉，"如果付志清听见你这么说，一定会超级感动。"

付志清的那个项目需要依赖强大的计算资源。谢源现在仍然在计划继续增加服务器的数量，这说明谢源相信付志清能够顺利打赢官司，回归 Query。

谢源微微笑了一下，没有否认。

蒋意把他的反应都看在眼里。

怎么办？谢源太好了，难怪当初付志清死缠烂打都想要拉谢源入伙，出事之后又第一时间把公司托付给谢源。谢源就是很可靠啊，所以身边才会有像她和付志清这种不怎么靠谱的家伙缠住他不放。

蒋意心想：还好付志清是男的，要不然她拿下谢源的难度可能还有点儿大呢。

从机房出来，两个人下楼去吃午饭。

谢源带着蒋意去吃附近的一家片皮烤鸭店。不过，在蒋意看来，谢源挑烤鸭店吃午饭，完全就是在给他自己增加工作量。毕竟，只要是有谢源在的场合，她从来都不需要亲自动手包卷饼，一直都是谢源为她服务。

今天也是一样——谢源按照她的喜好，给她包烤鸭卷饼，她拿起一个，他就接着给她再包一个。

蒋意很快就吃不下了，看着谢源吃。

谢源忽然抬眸看了她一眼："话说回来，你好像不想让其他人知道我们的关系。"

这个男人的直觉好敏锐。

但是蒋意矢口否认："没有，是你想多了啦。"

谢源的视线停在她的脸上，随即他溢出哼笑——他才不信。

蒋意解释理由："可是，如果我们表现得太高调的话，会不会给大家一种我们在开夫妻店的错觉呀？毕竟，我听说，好像现在的雇员都不太乐意在夫妻店里干活呢。开夫妻店的感觉好奇怪。"

她真的是这样想的，之前还看到过类似的新闻报道。

谢源睨了她一眼："从哪儿听说的？出处的可信度高吗？做过科学的调查研究吗？做的是抽样调查？样本的分布足够均匀吗？"

"……"

这个男人好讨厌，但同时又好可爱，真烦人。

谢源忽然别开脸："算了，就听你的吧。"

他为什么看起来是一副委曲求全的模样啊？他这样会让她良心不安的啊！这个男人是故意的吧？

谢源扣住她的无名指，轻轻地捏了捏："如果你想在公司里面低调一点儿，那我们就低调一点儿吧。但是——你不许再介绍自己是付志清的朋友，最起码也得说是我的朋友，知道吗？"

蒋意发现她好像完全抗拒不了谢源向她提要求。

"好。"

谢源看着她满口答应的模样，忍不住抬唇笑了下——她好乖。

他要不要提醒她，其实上次他给 Query 排除网络攻击的时候，她已经跟他来过一次公司了？那会儿公司里面不少人都见过她和他一起过来，应该很容易就能看出他们两个之间的关系吧？

然而，谢源不知道的是，路非刚刚已经热心地宣传过一轮蒋意和付志清的好友关系了。再加上当初 Query 遇到网络攻击的那几天，大家都在焦头烂额地修复网络服务、追查模型 bug、维护数据库，根本没有多余的工夫八卦。

蒋意和谢源吃完午饭回到公司。谢源带着蒋意在办公区里面转了一圈，让她认认脸，顺便也让大家认识一下这位新来的算法工程师。

于是 Query 的工程师们难得见到谢源一脸温和的样子。

蒋意嗓音很甜："我是蒋意。我是新来的算法工程师，接下来我会负责模型竞赛这块的工作。"

当大家好奇她加入 Query 的原因的时候，蒋意在谢源的目光注视下微笑着回答说："当然是看我的好朋友谢源——谢总的面子啦。谢总有需要，我肯定是无条件加入的。"

谢源满意了，身心俱是熨帖。

旁边，路非正襟危坐，全神贯注地盯着电脑屏幕，实则竖起两只耳朵，一动也不敢动。他心里想的是：蒋意，如果你被谢神绑架的话，就请眨眨眼呗，我努力通知老付来救你。

一周后的周二，Query 骨干员工出席例会。

谢源在会上宣布："Query 本周获得了来自个人投资者的资金入股。"

会上有人对于个人投资者入股的事情有所好奇。

Query 的数据库和网络安全负责人汤知行，举起手提问："我记得之前我们在接触鲸智科技，之后我们还会得到来自鲸智科技那边的投资吗？"

谢源："不会。公司的几位股东一致认为，保持 Query 的独立性很重要。所以我们在个人投资者与鲸智科技之间选择了前者。另外，蒋意其实就是这位个人投资者。"

这没有什么好隐瞒的，任何人查询 Query 的股权结构都能看到投资人的增补说明。

会议室里，大家对蒋意肃然起敬——最近年轻人都这么有钱吗？蒋意一个人投进来的资金就能够让 Query 不再需要继续洽谈来自鲸智科技的投资，这还真是富有啊。

汤知行还有一个问题："我们不接受鲸智科技的投资，会影响我们后续和鲸智科技的深度合作吗？按照他们原本给出的投资条款，里面有一条说，我们现在正在开发的这款物理引擎完成之后，会最先应用在他们的新游戏项目里面。"

路非插嘴回答："不会影响。我们周一已经和鲸智科技签约了一份协议，明确了他们下一个游戏项目会在我们的物理引擎上面进行开发。"

这天下班后，蒋意在车上跟谢源聊起鲸智科技的事情。

蒋意说："我本来还以为，我们不拿鲸智科技的投资，他们就不用我们的物理引擎。"

谢源回答："不会。鲸智科技清楚，我们的这款物理引擎具有很多领先于市面上的游戏物理引擎的优点，而且我们基本上可以说是针对游戏开发人员目前的工作过程里面的实际需求在提供解决方案，他们不会放弃和我们合作的机会。"

不过嘛——鲸智科技在行业里面的形象一贯不是这么温良，投资失败就打压的事情，鲸智科技之前也不是没有干过。以往遇到这种情况，鲸智科技多半就不会和对方保持合作了。

谢源说："凌聿学长或多或少还是给 Query 卖了一个人情面子。"

至于是谁的人情面子……蒋意想了想："我们是不是应该感谢一下师姐？"

谢源捏捏她的耳朵："你安排吧。"

周五，Query 公司晚上要组织聚餐。路非作为公司的行政主管，简直为晚上这顿聚餐操碎了心。他忙得口干舌燥，把人体工学椅往后一滑，端起杯子猛地站起来，走向茶水间准备倒水解渴。

他走到茶水间外面，听见了里面人说话的声音。

谢源正在制裁蒋意，不给她喝咖啡："不许喝了，这已经是你今天的第四杯咖啡了。"

谢源举高手里的纸杯，仗着自己的身高，不让蒋意拿到纸杯。

蒋意气得跺脚，压着声音："谢源，你变不变态？居然数我一天喝几杯咖啡！"

谢源冷笑："是啊，我就是变态，你不知道吗？"

路非看看地板，又看看天花板，不知道该说什么好。几番挣扎纠结后，他最终端着空空如也的杯子，带着干得快要冒烟的嗓子，尴尬地退回工位上坐下，一直等到蒋意和谢源一前一后从茶水间里出来才敢溜进去接水。

他这一天天过的都是什么悲惨日子啊！

当晚，公司聚餐。

一群人浩浩荡荡地从公司杀去餐馆——其实拢共也就不到二十个人。

从停车场去往餐馆的路上，谢源拎着一个白色的羊皮包包走在后面，正在跟汤知行说事情。

路非顶着一副纠结的表情，目光如炬地紧紧盯着谢源手里的包——如果他没记错的话，这好像是蒋意的包包吧？

进了包间，众人纷纷入座，叫着要看菜单。

有人关心："蒋意坐哪儿？"

蒋意在外面走廊上打电话，还没进来。

谢源也不在。

汤知行很自然地接道："让蒋意和老谢都坐我们这桌呗，这两个位子留给他们。"

他随手指了指两个挨着的座位。

路非欲言又止。

汤知行瞥他一眼："有什么问题吗？"

路非："没问题。"

走廊上，蒋意打完电话，然后回头看到谢源也在窗台边上打电话。她走向他。

谢源在和付志清打电话。

聊完，谢源把手机收起来。

"付志清找你什么事？是有关他的诉讼案子的事情吗？"

谢源点头："付志清约我周末详谈。我听出来，他似乎有些事情不太好办，想问问我的意见。我跟他约了在家里见面。"

这种情况下，确实还是家里比较安全。

蒋意说"好"，也难得流露出担忧的情绪："会没事的吧？你跟付志清好好谈谈。看他现在这个情况，我真的有点儿担心他。实在不行的话，我也可以跟他谈的，总归我们要把这个问题给解决了……"

路非出门找洗手间，结果不慎听见蒋意最后的这几句话，又产生了一些错误的理解。

他真的只是想出来上个厕所而已，不是故意要知道这么多细节啊。

隔着一段距离，谢源问路非："怎么了？"

他的神情很自然。

路非答："我找洗手间。"

蒋意贴心地给他指路："这边。"

路非说："呃，谢谢。"

路非说完"谢谢"就走远了。然后蒋意把刚才那句话说完整："毕竟多一个人就是多一条思路嘛，也许你们两个都不小心走进死胡同里了，需要我把你们救出来。"

谢源点头："嗯，那就得靠你了。"

他勾唇笑了下。

当晚聚餐的氛围很轻松，有人好奇蒋意的感情状况，礼貌地问她有没有在谈恋爱。

谢源放下筷子，看似漫不经心，其实特别在意她的答案。

蒋意把谢源的反应尽收眼底——傲娇鬼。

她爽快地承认："我有男朋友的，他和我是大学同学。"

大家一阵羡慕。

同样的话题很快"烧"到了谢源的身上。

谢源平静作答："我的女朋友和我也是大学同学。"

乍一听，他的语气似乎很淡定，然而听者仔细一琢磨，就会发现谢源带着一股骄矜的劲。

路非正忙着转桌夹菜，但留了一只耳朵旁听桌上的对话。听着听着，他终于意识到事情有些不对劲。

蒋意是 T 大毕业的,但付志清是在国外读本科的,这两个人不可能是大学同学。也就是说,蒋意的男朋友其实不是付志清吗?

路非嚷嚷起来:"等等,你们该不会是同一个女朋友吧?啊,不对——"他一时嘴快口误,险些咬到舌头,"我的意思是,你们两个该不会互为男女朋友吧?"

他指着蒋意和谢源,眼睛里逐渐升腾起一种难以置信的光。

他记得这两个人都是 T 大毕业的……不会吧?

谢源看向蒋意。他还记得她那套夫妻店的理论。所以,他把要不要公开的决定权交给她。

蒋意朝他俏皮地眨眨眼。

谢源忽然间安心了。他就知道她会承认他的。于是,他淡定地拿起桌上的杯子喝水,等着认领身份。

蒋意笑嘻嘻地从谢源的身边探出脑袋,把左手搭在谢源的脖颈上,然后回答路非的问题:"对呀,谢神就是我的男朋友。"

谢源握住她的手指,亲昵地捏了捏,没出声,但是眼底的宠溺多得快要溢出来。

两个人这么一承认,大家顿时兴奋起来,七嘴八舌地讨论着——

"好厉害!"

"我要投诉,这边在虐待'单身狗'!"

"果然嘛,我就说你们两个之间的氛围很不一样。"

"那你们两个以后的宝宝也要上 T 大吗?有这么厉害的爸爸妈妈。"

喧哗热闹之中,唯独一个僻静的小角落格格不入。

路非默默地面壁思过,恨不得用脑袋去撞墙。

他真该死啊!他居然一直误以为蒋意和付志清的关系更亲近,甚至猜测蒋意是付志清的女朋友。

而且他之前是不是在谢源面前提起过这个离谱的猜想啊?谢源应该没有生气吧?

想到这些天自己干出的蠢事,路非越想越没底。他甚至连手边的酒杯也不碰了,决定还是先保留几分清醒的意识,回家收拾收拾准备改简历吧,说不定自己明天就要因为左脚先踏进办公室而被开除了。

汤知行坐在路非的右边,这会儿都不忘说风凉话挤对路非:"谢源是 T 大本硕毕业,蒋意也是 T 大本硕毕业,而且他们两个是同一届的。你也不想想，蒋意究竟是谁的好朋友。你这员工简历都白看了。"

路非气得牙根痒痒，手也痒痒。

汤知行这个浑球儿！他既然早就猜到了，为什么不肯提醒一下自己？他就等着看人出洋相是吧？

余下的时间里，谢源脑海里面循环播放着蒋意刚才当众称呼他为男朋友的场景，有种说不出来的感觉。

谢源一直忍到公寓楼下。

车停下来，他伸手朝蒋意勾勾手指，揽住她的腰把她抱过来。

"开心吗？"她张开双臂搂住他的脖子，先发制人，眼睛亮得像星星，"我今天在这么多人的面前认了你的男友身份，你应该很开心吧，嗯？对不对？"

她把下巴靠在他的胸前，弄得谢源身体紧绷，神经也紧绷。

谢源矜持了一会儿。

"你明明超级开心的。"她戳他的唇角，有一下没一下的，"谢源，宝贝，笑一个嘛，好不好啊？"

她在撒娇，还叫他"宝贝"。

他这还能继续忍下去吗？当然不行。

谢源直接将她打横抱起："到家就笑给你看。"

蒋意"吧唧"地亲了他一口，脸颊红扑扑的，然后恶人先告状："流氓。"

周末，付志清如约登门拜访。

"希望没有打扰你们的二人世界。"他露出牙齿笑笑，说着流利的客套话。

谢源和付志清在客厅交谈。蒋意没走开，把笔记本电脑搬到餐桌上面，怀里搂着三三，盘着腿坐在椅子上，边干活边听两个男人的谈话内容。

付志清开玩笑道："蒋意，你现在怎么也变成了像谢源这样的工作狂呢？难道说，这就是所谓的谈恋爱谈得久了，两个人会越来越像彼此吗？"

蒋意翻了个白眼："谁让我现在是在给自己打工呢？这是拜谁所赐啊？公司赚多赚少、亏多亏少，一大半都是我和谢源的钱。那我肯定得认真工作咯，要不然我们一家三口就得露宿街头喝西北风去了。"

三三配合地"喵呜"几声。

她这话里夸张的成分不小，但归根结底，还是付志清引来的麻烦。

付志清求饶："行行行，我道歉。我真诚地道歉。"

这两个人有来有往地进行着幼稚的贫嘴行为，而且脑回路居然都对得上，像小学生似的。

谢源冷冷地盯着付志清，莫名其妙地觉得有点儿不爽……很不爽。

谢源没好气地打断说："付志清，有事就说，没事就麻利点儿滚蛋。"

付志清顿时觉得谢源也太双标了。两个人在说话，谢源凭什么只凶他一个人啊？谢源有本事就去凶蒋意啊！

付志清心里是这样想的，表现在行动上却怂了。他说明来意："我的诉讼案件需要证人出庭做证，这样能够使我们的证据链更加完整。"

"具体一点儿，你指的是什么样的证人？"

"和我一起在 Tanami 共事过的同事。他们能够证明我没有牵涉在泄密行为中。我已经想好一个名单了，这上面应该很多人都会愿意出庭做证。"付志清回答说，然后他的语气变了，"但是目前存在一个问题——我的律师不建议我这个时候亲自前往 M 国，说我落地之后，当地的人可能会因为指控起诉而对我采取一些管制措施。"

简单来说，付志清如果现在赴 M 国，无异于自投罗网。虽然他清楚自己是无辜的，但是当地的执法机构可不会这么友善地认同他的观点。如果被采取了管制措施，那样他就会非常被动。按照现在的情况，他还是待在国内会比较安全。

谢源问："你是想让我替你去吗？"

付志清苦笑道："从情感上来说是的，我当然认为你是最好的人选。我信任你，你也信任我。可是从理智出发，我知道现在 Query 离不开你。你们的产品很快就要推向市场，你必须要留在这里坐镇主场。"

他下意识地把 Query 的产品说成是"你们的"，而不是"我们的"。

谢源沉默不语。

付志清无声地叹气，然后继续说下去："所以我来听听你的意见。你觉得谁去比较好？让伍育恒去怎么样，他本身就是律师——"

谢源纠正："他是非诉讼律师。"

付志清捂住脑袋："唉，对我来说也没差了。"

这时，坐在餐桌旁边的蒋意忽然开口："我去吧。"

客厅里两个男人的目光不约而同地投向她。蒋意坐在那里，没有在使用面前的笔记本电脑，而是非常冷静地看着他们，声音很坚定地又重复了一遍："付志清，我去帮你找证人。"

她没有在开玩笑。

付志清走后,谢源跟蒋意又确认了一次:"你真的要去帮付志清找证人吗?"

蒋意点头:"是的。"

她发现谢源好像有点儿不情愿。

"干吗,你是不舍得让我去吗?可是我怎么记得某人之前还很大度呢,说什么——哪怕我想要去国外陪我妈妈住一段时间也没问题。原来你是在骗我呀?"

谢源抵住后槽牙——他确实说过这话,还真是搬起石头砸自己的脚。

谢源俯身看她,语气竟然酸溜溜的:"你对付志清真不错。"

某人吃醋了。

蒋意坐起来,把脑袋贴在谢源的肩窝里,毫无顾忌地乱说:"因为付志清是我的好朋友呀,我们为朋友就要两肋插刀,不是吗?"

谢源抿唇不说话。

蒋意的伪装终于松动,她仰起脸亲他的喉结,边笑边说:"开玩笑的啦,我是看在你的面子上才肯去的。"

谢源说:"真的?还是在哄我?"

蒋意说:"我干吗哄你呀?我很认真的。"

如她所言,她的眼里满满当当只有真诚的、毫无保留的爱意。

"我哪一次不是因为你才做这么多的事情呀?"她小声补充。

辞职加入Query、投资Query、帮付志清找证人,她做这些事情,理由是他,他就是她唯一的行为动机。

蒋意不在乎Query的未来,不在乎付志清的未来。

蒋意只在乎谢源的未来。

谢源盯着她看了半响,心里的涟漪一阵阵地打旋漂开,情绪愈演愈烈,直至形成惊涛骇浪般的巨大声势与轰然回响。

他蓦地俯身吮吻住她的唇舌。

这一吻持续了好长好长的时间,蒋意被他吻得晕头转向。好不容易等到他稍微退开去,她本能地抓着他的衬衣,茫然无措地喘着气。

谢源的眼光紧紧锁着她,脑海里面有一个声音在叫嚣,谢源放任其汹涌。

没等她缓过来,谢源又吻上来。他很狡猾,把高智商用在了不必要的地方。他先是缓缓诱哄她放松贝齿，然后强势又凶猛地席卷她濡湿的唇腔，吮走仅存的氧气，手掌带着炽热的体温，揽起她的细腰，与她亲密相拥。

蒋意抱紧他，她的手指抚过他的背脊。

她睁开眼睛，看见他放大的俊脸，而他的背后是白茫茫的天花板。她眼神逐渐涣散，找不到着力点，难以聚焦。

谢源的声音从她的耳畔低低地传过来，烫得她只能眨眼做出反应。

"去吧。"谢源说。他用手指穿过她的发间，轻易摁住她的后脑，使得她必须更热烈地回应他的唇舌。

付志清的律师很快定好出发时间。

一行人包括蒋意、付志清这边的三位律师，还有伍育恒。

到了机场，付志清也在。他来送他们。

谢源看见伍育恒这位高中老同学，顿时黑着脸问付志清："伍育恒为什么也去？"

付志清："他说他正好有假期，就当是接触接触同行的小伙伴，熟悉熟悉跨境知识产权诉讼辩护的业务。而且他也是 Query 的投资人嘛。"

谢源这时候毫不客气地戳付志清的伤口："你跟 Query 已经没关系了，他操心个什么劲？我肯定赔不了他的钱。"

付志清被气到了："嘿！你什么意思啊？"

他很快琢磨出一点儿门道："你是不是担心你的女朋友？哎，别把老伍想象成坏蛋嘛。朋友妻不可欺，这点儿基本道德素养他还是有的。再说，有老伍在，还能帮着照顾照顾蒋意呢。"

谢源咬牙挤出一句："用得着他照顾吗？"

伍育恒刚好走近跟他们打招呼："老付，老谢。咦，老谢你也去啊？"

谢源从鼻子里哼气："是，我也去。"

付志清一头问号：谢源不管 Query 马上要发布的那款物理引擎啦？

蒋意也听见这句，好奇地看着谢源："你不是不去吗？"

谢源神情自若："我把你送到那边，再飞回来。"

付志清哑口无言：行，谈恋爱的男人果然了不起。还有，这谢源该不会是个恋爱脑吧？！

谢源说到做到，真的临时买了一张机票，和蒋意坐同一班飞机。

让蒋意感到惊讶的是，这个男人居然随身带着护照。她怀疑他根本不是临时起意要跟他们一起去，说不定早有预谋。

距离航班起飞还有一段时间，蒋意拉着谢源逛机场的免税店打发时间。

谢源平时对这些奢侈品没有兴趣，但是今天他的目光在那几家钻戒珠宝品牌的 logo 上面停留了很久。

感觉有必要做一些功课了，他瞥了一眼自己空空如也的左手无名指，眼底显出几分期待。

蒋意问："你在看什么？"

谢源镇定地收回目光："没什么。你想先逛哪家店？"

蒋意狐疑地瞪他。她有一种直觉，总感觉这个男人在盘算着坏事情。

蒋意一行人的第一站是 D 市。付志清在 Tanami 的一位前同事如今定居在这里，依然从事 IT 行业。

谢源抵达 D 市之后选择留下来住一晚，然后坐第二天上午的航班回国。

这晚，蒋意没有乖乖待在她自己的房间里，跑过去敲了谢源的酒店房门。谢源也像早有预料似的，隔着房门没问是谁，直接开了门，然后揽上她的腰将她拉进去。

蒋意一身都是浓郁的橙花香水味道。

"好不好闻？"她举着手腕给他闻香气。这是她在机场免税店随手挑的一支香水。

谢源却更偏爱把脸埋进她的怀里，这样的体验更加温热，更加柔软，就像她浑身上下甜得一塌糊涂。

"很甜。"他嗓音低醇又有蛊惑感。

想咬，他抵着她腰间纤细的骨骼："一个人睡不着？"

"嗯。"她软软地用鼻音回他，"想要你陪我，行不行呀？"

明知她在故意表演娇气，可是谢源还是禁不住眼前的诱骗。

"行。"他落下一吻在她的眼睫上，伴随着一声轻轻的叹息。

他感觉自己才是之后一段时间那个孤枕难眠的人——她不在他的身边，他要怎么适应呢，揽着她的枕头睡觉吗？

不过，蒋意这会儿过来，不是只想着给他闻香水，也不是只想着安安静静地睡觉休息。她把谢源摁下去。

谢源饶有兴味地躺着不动，任由她摆布，等着看她还能折腾出什么样子。

蒋意从睡袍口袋里面摸出一支黑色马克笔。

谢源挑眉：她想做什么坏事？

· 399 ·

然后她学着对他做他平时最爱对她做的事情——拍了拍他的腰,俯身。

"躺好。"她用命令的口吻说道。

谢源身上的浴袍此刻松松垮垮地挂着,很便于她做事。她很轻松就找到了她要落笔的位置,然后扔掉笔帽。

蒋意在谢源的腹肌上潇洒地签上她的名字。两个汉字带着她一如既往的张扬个性,一看就知道是她的作品。

她签完之后,把笔一扔,坐起来欣赏自己的签名。

"你是我的。"她说,就像一个控制欲极强的坏女人。

她竖起指尖轻轻一刮,男人的呼吸骤然变得滚烫起来。

谢源撩开衣服,低头看了一眼她的署名——轮廓分明的腹肌线条上面,龙飞凤舞的名字横着盘踞其上,字迹很明显属于一个女人。他的眸色逐渐显得漆黑,他很罕见地舔了下嘴唇,显得慵懒而侵略意图赫然,然后他笑了一下,那种上位捕食者的气息顿时又隐起不见。

"要保留到你回国吗?"

"那当然。"

谢源唇边的笑意更甚。

余光瞥见她起身要下床,他握住她的脚踝,把她抱回来:"去哪里?"

"回去睡觉啊。"她回答得理所当然。

谢源却不许:"当然要礼尚往来。"

他找到被她扔在床下的马克笔,随后他的目光在她的身上细细地扫过。

谢源极富有耐心地挑选落笔的位置,眼神令蒋意的内心泛起涟漪。

她背过身对着他。

"写在这里。"她指着自己白皙光滑的背脊,那一对漂亮纤细的蝴蝶骨之间。

谢源静静地凝视她。与此同时,他的喉结上下一滚,他有些难耐。

他没有落笔,取而代之的是俯身深深烙下一吻——她精致得像玉瓷,他怎么舍得落笔?

蒋意见他半晌没有动笔,缓缓转过身来,伸手要他抱。

"为什么不写?"她问他。

因为他舍不得。

谢源轻柔地抚着她的长发。

"只要这里有我的名字,就够了。"他用手指点了点她的心口。

蒋意心脏怦然一动,嘴里像是化开一块蜜糖。

她知道自己已经沉沦其中，从很久很久以前就一直是这样的状态。

"这里一直都有你的名字呀！"她语调娇俏。

谢源低头抵住她的前额："我知道。"

他从心底深处溢出满足而踏实的想法。

两个人彼此相依相偎，静静地靠在一起。

等到天亮之后谢源就要动身去机场。

"你回去之后是不是就要忙产品发布会的事情啦？"

谢源点头。

这是 Query 真正意义上推向市场的第一款产品，由谢源主导研发的高度智能化的游戏物理引擎。

蒋意玩着他的衣角："如果我们这边的进度符合预期的话，那么我还赶得上回去参加产品的发布会。"

谢源"嗯"了一声。

蒋意抬起头问他："你希望我赶回去参加发布会吗？"

谢源低头对上她笑盈盈的目光——当然，她总是喜欢明知故问。

谢源埋头吻她作为答案。

"我一定会赶回去的。"她承诺说，同时张开双臂紧紧抱住他的脊背。

未来，他走过的每一个里程碑、每一个人生重要时刻，她都要在场见证，亲身参与。

谢源第二天搭飞机回国，蒋意一行人也开始办正事。

他们要找的人如今在一家流媒体服务公司的 IT 部门工作。他之前在 Tanami 工作的时候，担任过一段时间的数据安全工程师。

他能够证明，付志清在 Tanami 工作期间没有产生过任何安全违规记录，也就是指付志清没有将涉密文件从公司的电脑上拷贝走，或者以电子邮件、通信软件等方式向外发送。

当然，从理论上讲，Tanami 内部的 IT 安全日志完全能够证明付志清的清白。然而付志清的律师认为，他们仍然有必要多做一手准备。所以他们将这位 Tanami 的前同事列在了证人候选名单上。

律师与 Tanami 的这位前任雇员沟通了一个多小时，对方很爽快地同意出庭为付志清做证。

"居于垄断地位的科技公司能够轻易地毁掉那些新生的创业公司。"那位曾经的数据安全工程师说，"我不想看到这样的事情发生在我的身边，尤其是在曾经与我共事的人身上。"

事情进展顺利,这让蒋意他们的日程表上一下子多出来两天的空闲时间。

伍育恒提议就地解散:"很好,那么大家不妨各自观光旅游两天。两天后,也就是周三,我们机场见。"

蒋意选择独行。

她知道母亲赵宁语一直定居在 C 国。蒋吉东去世那阵,赵宁语要求她和自己出国定居,指的就是来这里。

她要去拜访一下母亲吗?蒋意犹豫了一秒钟,想不出答案。于是她拿起手机给谢源打了一个电话。

电话响了一会儿,然后谢源接起来。手机里面传过来他的声音,透着没有睡醒的困倦。蒋意这才想起来自己和谢源有时差,现在国内应该是凌晨。

"对不起——"

"没事。"谢源没有半点儿怪罪她的意思,"怎么了?"

蒋意把事情跟他讲了一遍。

谢源很自然地回答说:"那就去吧。"

"真的?"

谢源听出蒋意的声音里面藏着一丝欣喜。他能猜出来,蒋意其实在潜意识里是想要和她妈妈建立亲密的母女关系的,可能她自己都没有意识到。

谢源记得,她跟他描述过不止一次,在她父母没有离婚的那几年时间里面,她妈妈有多么疼爱她、宠溺她。所以那时候她妈妈决定放弃她的抚养权,才会对她造成非常大的伤害。她意识到自己不再被爱了,她和父亲一样被妈妈放弃了。

"嗯,去吧。"谢源说。

"好!"蒋意一下子就答应下来。

谢源放下手机开了免提。他这边正好是深夜时分,月光静静地淌在地板上,营造出温馨和睦的氛围。

他想告诉她,不要有任何的顾虑,去做一切她想做的事情,不用担心会发生什么不好的事情。

但是像这样的话,他没有说出口。他知道蒋意就是她自己的力量源泉。在没有他陪伴的日子里面,她也一个人抵抗着外界的风浪和压力。她一路都做得很好,所以这次仍然也是一样,没有什么不同。

"帮我向阿姨问好。"谢源开玩笑,"谢谢她之前愿意雪中送炭向 Query 伸出援手,虽然我这个浑小子没有领情。"

蒋意没忍住"啧"了一声。说起这个她仍然来气——她妈妈就是在添乱嘛,哪里是雪中送炭,明明是火上浇油。

谢源笑起来:"不生气不生气。宝贝,我要跟你坦白一件事情——"他岔开话题,"你那天签名用的马克笔,好像完全不防水。我第一天回去洗澡,洗到一半就把字都洗掉了。"

蒋意也没有指望能留多久,这个只是小情趣而已嘛,调戏他专用的。

"回来再补一个?"他尾音慵懒。

其实他等同于在说想她。

蒋意说:"补多少个都行。"

谢源笑了:"好,那我等你回家。"

挂了电话,蒋意出门下楼。说做就做,她要去见妈妈。

蒋意有赵宁语的住址。然而等她到了目的地,赵宁语不在家,隔壁那栋大房子的主人顾晋西阿姨倒是在家。

"小意?你怎么来啦?"

蒋意说自己出国来帮朋友办事。

"是吗?你正好在这里,所以想到来找你妈妈?真是乖孩子,好贴心的小棉袄。"顾晋西眉眼带笑,越看越喜欢,"但你妈妈还在国内没回来。你没跟她提前说你要来吧,否则她肯定会在这里。"

顾晋西熟门熟路地带着蒋意走进赵宁语的豪宅:"来呀。"

家里的管家和保姆姐姐都认识蒋意这张脸,保姆姐姐用粤语称呼她"大小姐"。

蒋意得以见到赵宁语这几年一直生活的家,说实话,很陌生——赵宁语这栋豪宅的软装风格,和蒋意从小生活的房子完全不一样。

"她请设计师做的斯堪的纳维亚风格。"顾晋西介绍说,"你觉得怎么样?是不是跟你爸爸喜欢的软装设计完全不一样?"

顾晋西总能洞察年轻人的心理活动。

蒋意微微一笑,没有隐藏真实的想法,反而非常坦诚地说:"是啊,看到这个家之后,我一下子感觉妈妈确实已经和我分开了很久呢。我都不知道她喜欢什么,不喜欢什么。"

顾晋西没想到蒋意会承认得这么干脆,但还是想要劝和这对母女:"你妈妈也不知道你现在喜欢什么,不喜欢什么。她有点儿担心,又有点儿自负，所以可能会做出一些自说自话的事情。"

蒋意抬眸看向顾晋西。她知道，顾晋西阿姨这么多年来一直都是妈妈最好的朋友。她可以相信顾晋西阿姨的话，对吗？

"小意，我不是要替你妈妈说话。"顾晋西有言在先，"只不过她一直接受的是你外祖父母的教育，在他们的家庭里面，舍弃是一门必修课。

"在我很久前认识宁语的时候，我就知道，宁语可以表现得非常冷血——一件事情只要对她有利，她就能毫不犹豫地去做。她只考虑有没有利益、有多大的利益，而不会考虑她自己喜不喜欢、想不想要。这是令你的外祖父母感到满意的继承人的模样。

"在她和你爸爸离婚那阵，她不想让你成为她的软肋，所以毫不犹豫地扔掉了对你的思念。可是她的心也是肉长的，她也会心痛。但她不能后悔，因为如果后悔的话，曾经做出的舍弃就变得全无意义了。她其实为你做过很多事情，只是你不知道而已。她也没有想让你知道。宁语很要强，某些时候我都觉得她做得太过了，其实完全没有这个必要。

"你爸也是。他们两个都是那种一辈子要强的人，相信事在人为，命里没有的东西，他们也要强求。"

顾晋西定定地看着蒋意："既然决定强求，就要做好两手落空的准备。"

顾晋西扬唇轻笑，话锋一转："你呢，小意，你觉得你是一个要强的人吗？"

蒋意没想到顾晋西会向她提问。

她是一个要强的人吗？应该算吧，凡是她想要的东西，她就一定要得到。这在顾晋西的定义里面，已经能算作要强了吧。

"要从你爸爸妈妈的身上吸取教训啊。"顾晋西朝她眨眼睛。

顾晋西陪着蒋意在赵宁语家的大花园里喝了一会儿茶。

蒋意离开之后，顾晋西拨通赵宁语的电话号码。这个时间，赵宁语正在国内用早餐。

听到蒋意去自己家里的消息，赵宁语握着果蔬汁玻璃杯的手顿了一下。

顾晋西眯着眼睛轻笑："你还真的是很好运呢。宁语，怎么办，我好羡慕你呀！"

赵宁语脸色不改："这话怎么说？"

顾晋西"咦"了一声，饶有兴致地开玩笑："这难道不是很显然吗？你的女儿在向你靠拢呀，哪怕你在她八岁以后就几乎没怎么抚养过她。作为母亲，你既不称职，也不慈爱，可她依然割舍不掉想要与你亲近的想法。"

你什么都不用付出,现在却白捡了一个这么优秀的女儿——"顾晋西低笑,"有时候我也忍不住要替蒋吉东感到不值得呢。"

赵宁语冷下脸:"闭嘴。"

顾晋西可不会害怕自己的这位闺密,仍然想说什么就说什么:"不过,我倒是特别能够理解蒋意这孩子——

"你和蒋吉东脑子都坏掉了,给不了孩子一个正常的家庭,搞得蒋意从小就没有什么安全感。

"蒋吉东死之前,蒋意其实根本就分辨不出来吧,她爸爸究竟是真心只爱她这一个孩子,还是说只把她当个漂亮的小猫小狗似的给点儿钱宠宠就完事了。毕竟很多人包括你我在内,当时都以为他想让蒋沉接班呢。

"结果蒋吉东死了。据说他给蒋意留了一封亲笔信,把小姑娘弄得眼泪汪汪的,你说这让她遗憾不遗憾呢?离异家庭的孩子看着一个个都顶天立地、断情绝爱的,其实心里都软。我儿子指不定也经常半夜一个人躲在被子底下哭鼻子呢。

"蒋吉东已经去世了。所以不管遗憾与否、后悔与否,蒋意都已经弥补不了了,最多平时勤快点儿去给他扫扫墓呗。可是你不一样啊——你这个亲妈还活着。你说,蒋意是不是会觉得,她应该珍惜眼前活生生的妈妈,不要再重蹈覆辙了呢?"

顾晋西有意无意戳着赵宁语最介意的点。她们做了这么多年的闺密了,顾晋西完全不在乎赵宁语乐不乐意听、会不会发飙。

"我知道你心里其实有蒋意这个孩子,要不然当初也犯不着回国再去见蒋吉东。所以宁语,你做一些好事吧,别把蒋意对你的亲近当成是理所当然的。

"你和蒋吉东离婚之后,蒋意之所以过得这么不开心、这么别扭、这么拧巴,是因为她心里一直都站在你这一边——她觉得你是受害者。女儿天然跟妈妈同一立场,她却必须得跟作为过错方的爸爸一起生活。

"宁语,你做错了,你得承认。

"这个孩子很缺爱,需要真心爱她的人为她源源不断地提供安全感。

"很显然,你不具备这个能力。你们母女俩很像,你也缺爱,也需要别人给你安全感。"

B市。

Query 公司最近忙于新产品发布会的工作。

产品发布会的场地定在佰苑。这块场地是景孟瑶推荐给他们的。她说,当初鲸智科技的第一场发布会就是在佰苑做的，国内如今好几家大型互联网企业也都曾在这里开过产品发布会。因此，对于国内的科技企业而言，佰苑就像是一块福地。

"就在这里迈出你们成功的第一步吧。"这是景孟瑶的原话。

谢源会在产品发布会当天登台主讲。为了做好充足的准备，谢源这段时间一直往返于办公室和佰苑，甚至很少回家，家里养的狸花猫三三都被他带到办公室里照顾着。

对他而言，每天最轻松的时候，莫过于中午与蒋意打跨洋电话的时间。他这边是午餐时间，而她那边则是深夜。他们有的时候会开视频，有的时候只是打语音电话。她跟他分享她在 M 国那边的进度，告诉他，她和律师还有伍育恒一起又帮付志清搜集到了证据。他则跟她讲公司的产品发布会筹备进度。

这通电话常常会一直持续到蒋意困了要睡觉。她很黏人，虽然人已经钻进被子里面，乖乖地躺在枕头上，但是不肯挂电话，撒娇要他哄她睡觉。

谢源起初不知道怎样只用说话的方式来哄她睡觉——他更擅长用实际行动来哄。往常他们睡在一起的时候，她很喜欢被他抱在怀里。他抚着她的长发，抚着她的背脊，抚着她的侧腰，这样她很快就能闭上眼睛陷入绵长规律的呼吸里。

但是现在他无法触摸到她，因此以往积攒下来的经验完全派不上用场。

谢源有一次借用了办公室里某位好爸爸给家里小朋友买的故事绘本，发现念睡前故事哄蒋意睡觉有奇效，于是自己又买了好几套绘本，办公室里放几本，车里放几本，随身带的电脑包夹层里面也放了两本。

有几次他在外面拿出电脑临时办公，搞得其他不知内情的人误以为他家里有一个可爱的小朋友。

好吧，他家里确实有一个可爱的小朋友，只不过是一个身高腿长、容貌明艳、已经能够工作赚钱的小朋友。

这天，谢源照例在佰苑的会场准备产品发布会。忽然，路非朝他走过来。

"谢神，上次那位宁和万申的赵总，就是来我们公司参观过说有意投资的那位，现在人就在外面，说这会儿想要和你见一面，聊聊。"

宁和万申的赵总……不就是蒋意的妈妈赵宁语女士吗？

谢源没有拒绝。他起身准备去会场外面见赵宁语，但没想到赵宁语自己找过来了。她穿着一身烟灰色套装，手里拎着包，颈间佩戴着叠了两层的珍珠项链。她站在会场门口，看见谢源朝她点头致意，才往他们这边走过来。

赵宁语走近,将手拎包在桌上放平,包底的五金底钉与桌面相触,发出"嗒"的声音。

路非打了个马虎眼开溜,只剩下谢源与赵宁语。

"赵总,您好。"

"就叫我阿姨吧,我不是代表宁和万申来的。"

谢源从善如流:"阿姨。"

赵宁语的神情难辨喜怒,她将目光落在眼前的年轻人脸上。纵然先前在来的路上她已经思考过措辞,但是此时此刻真的见到谢源,她准备好的那番话忽然间又显得不容易说出口。

想说的话有很多,她一时却不知应该从何说起。

她出身富贵之家,多年经商,是叱咤风云的企业家,何曾想过有朝一日她竟然会在一个年轻人的面前语塞词穷?

赵宁语瞥见谢源电脑包里露出一角的儿童绘本。

"我应该还没有当上外婆吧?"

这话乍一听就像一句冷笑话,然而从赵宁语的嘴里说出来,哪怕原本是冷笑话,这会儿也变得完全不好笑。

谢源接得住这种场面,开口回答:"请不用担心,我和蒋意现在没有小朋友。"

赵宁语似乎仍然在思忖谢源的电脑包里放儿童绘本的原因。

谢源继续解释:"蒋意喜欢看这些读物。"

"那她还挺有童心的,"赵宁语盯着绘本的封面问,"我能看看吗?"

"当然可以。"谢源把绘本抽出来,交给赵宁语。

赵宁语随手翻了两页,像是陷入了回忆里面:"蒋意小时候睡觉前总是要让我们给她讲故事,而且一定要听新的,讲过的故事不行。她那时候记性就很好,很聪明。"赵宁语说,"她爸爸不自量力,最开始还试图自己编故事。可是他有多大的能耐啊,经常词穷,干着急。后来我们就买了好多好多的故事绘本,每晚拿一本读给她听。很快她就开始认字,自己白天也能抱着绘本读得起劲,可是一到晚上,还是要求我们必须念给她听。"

时隔这么久,赵宁语回忆起以前的这些事情,表情甚至带着几分柔和:"按照现在的说法,蒋意是一个高需求宝宝。她小时候,我和她爸爸简直天天都要围着她转。保姆抱她,她要哭,必须得爸爸妈妈亲手抱她。"赵宁语突然问谢源,"她现在也仍然还是高需求宝宝吗?"

当然。但是谢源没有承认，替蒋意说谎："她现在很独立。"

赵宁语终于舒展眉头笑了："骗人。她这个年纪都能让你读绘本哄她睡觉，这可不叫独立。她想要在你这里得到缺失的母爱吗？开玩笑的。"

谢源还想说什么，不过赵宁语淡定地抬手制止了他，继续往下说："小意应该是特别喜欢你，所以才会在你面前流露出这一面。这说明她已经把你当作她最亲近的人了。"

是吗？谢源意识到，其实在很久以前，他们还在读大学的时候，蒋意已经在用这样的态度对待他了。他以前一直以为她有两幅面孔：她对其他人都装乖，唯独在他一个人的面前骄纵任性。

现在他想起来，他们不知从什么时候开始，早已是旁若无人的亲密了。只是他后知后觉而已。

谢源不自觉地弯了弯唇角，对赵宁语说："谢谢您。"

轮到赵宁语愣住了——谢谢吗？她好像还没有做什么需要他道谢的事情。不过，她今天确实是有备而来的。

赵宁语从包里拿出一个信封，怕谢源不要，所以直接留在了桌上。

"我知道你们现在正在做自己的公司。我和她爸爸在生意场上很多年，国内国外都积累了一些用得上的人际关系，可能日后能够帮到你们。"

谢源这次真的郑重道谢："谢谢您，我会转达给蒋意。"

赵宁语又说："对你们来说还有一个好消息，我很快要回C国了，而且也不会再要求蒋意陪我出国定居。她就做她喜欢的事情吧。

"可能蒋意受到她爸爸去世的事情影响，所以有点儿着急，觉得时间不等人，想要弥补的事情就要尽早去做，免得日后空留遗憾。

"不过不要紧，反正我也在她的人生里面缺席了很多年，再久一些又有何妨呢？我身体状况还算不错，虽然早年间做过乳腺癌的肿瘤切除手术，不过暂且应该还能活很多年。

"让她慢慢来吧。

"我的朋友告诉我，蒋意应该和真正能够持续爱她、给她提供安全感的人在一起。不过，我的性格比较淡漠，而她爸爸有私生子，所以我们父母似乎给不了她充足的安全感。

"但是你不一样。你好像能够符合这些条件。

"谢源，你们组建一个幸福的家庭吧。"

赵宁语见完谢源，回到车上。助理问她接下来去哪儿。赵宁语要乘坐今晚的航班直飞 C 国，现在动身去机场有些太早。

"去墓园吧。"赵宁语口吻云淡风轻。

助理一头冷汗，应下来。

车驶到墓园。

蒋吉东去世的时候，园子里栽种的勿忘我没有到花期。如今赵宁语再来，这些勿忘我终于盛放，草地浅绿、深绿的颜色都被勿忘我的紫色覆盖，遥遥望过去，成片成片都是飘摇的花朵，很浪漫，不会给人阴森冷清的感觉。

她独身一人来到蒋吉东的墓地前。这是他死后她第一次来看他。上次他的葬礼，她过门不入，只在墓园外面的车上等着。

她盯着墓碑上面的照片看了许久，终于回想起一些年轻时候的事情。

赵宁语屈膝，收拢了又窄又紧的裙摆，然后在墓碑前坐下——因为有许多话想要说，所以她就坐着跟他说吧。

"我准备离开这里了，不会带走蒋意——她不肯跟我走。

"这辈子我做的一些决定，多年以后回想，我会觉得后悔。"

跟蒋吉东结婚、跟蒋吉东婚后生情有了蒋意、坚决不要蒋意的抚养权，赵宁语回想这些人生的关键选择题，承认自己写的答案很不好。

"但我唯独不后悔那时候跟你离婚。离婚之后我才知道，原来我可以不做赵家的女儿，不做蒋吉东的太太，我的人生还有更精彩的路要走。

"如果人有来世，不如你先在天上多待一阵子，保佑女儿，顺便也等等我。下一世换我不小心弄出一个私生子女，然后你来原谅我——开玩笑的。

"下辈子我们就各自去找更适合自己的爱人吧，也不要再做令人讨厌的爸爸妈妈了。"

人和人的缘分都是有限的，人们终须一别。赵宁语与蒋吉东之间的缘分，看似在很多年前离婚的时候就已经结束，但实际上可能在此刻才真正走到终点。

第九章
"同学，你要不要和我结婚？"

蒋意一行人在湾区停留的时间超出预期。Tanami 的总部公司就在湾区塔克山谷。付志清的律师团队相当于是在敌方的阵地里面作战，这让他们完全摆出了一副严阵以待的姿态。毕竟谁也不知道，Tanami 的法务部门是否会提前布置好陷阱等着他们往里跳，他们谨慎些总是没错的。

蒋意在电话里对谢源说："如果按照现在的进度，Query 开产品发布会的时候，我们这边的事情可能还没结束呢。"

谢源说"没关系"，又说其实她可以暂时回国参加 Query 的产品发布会，然后再飞回 M 国继续行程。

蒋意表示强烈不满："可是这样我会很累呀。"

谢源抬眼正看见手机屏幕里的年轻女人鼓着脸颊，一副试图抗议的模样。

她是在模仿生气的河豚宝宝吗？这句话在谢源的嘴边打转了好几圈，但他最终没敢说，怕真把她惹生气了。

谢源想她了，所以很希望她能够在产品发布会的时候回来。他耐心地诱哄她："这场发布会对于 Query、对于我都有着非常重要的意义，你想缺席？"

蒋意的眼皮一跳——这绝对是道德绑架！

她肯定不会缺席的，刚才喊累只是在跟他开玩笑嘛！

蒋意表面上勉为其难地接受了。

谢源微微扬了一下唇角。

他这边的时间现在是晚上。他在书房里面跟蒋意打电话。在手机的前置摄像头拍不到的位置,谢源手里捏着一枚钻戒,指腹有意无意地摩挲过戒指的内圈。蒋意不知道,回国以后,他就去订了这枚钻戒。他想,他应该会用这枚戒指求婚。

她会喜欢吗?每当谢源思考这些事情,他的脑海里面就会忍不住浮现出很多画面,有他们的过去、现在和将来,这是一种既幸福又期待的感觉。

他的视线落在视频通话的界面上。蒋意托着脸正在跟他讲,她待会儿要去吃冰激凌。

"谢源,要是你在这里就好了。我有好几个口味都想尝尝看,可惜一个人完全吃不下。"

谢源很好说话:"下次陪你去吃。"他摩挲着手里的钻戒,没停。

蒋意"扑哧"一声笑了。

谢源挑眉:"怎么了?"

蒋意忍俊不禁,弯起眼睛,露出整齐的牙齿:"我想起来,某些人在还没有跟我谈恋爱的时候,面对相同的问题,好像不是这样回答我的。"

她好像变得喜欢翻旧账了。

谢源低低地笑着:"我比较矜持。"

但他哪一次没有陪她去吃?谢源至今想想都觉得自己那会儿其实已经喜欢她了,要不然怎么会每天都在给她做只有男朋友才会做的事情?

蒋意又跟他聊了几句,然后准备挂电话。谢源在心里默默地管她叫"小坏蛋"——每次都是她要先挂电话。

"你那边的时间已经很晚了,你要睡觉去了。"她连理由都推到他身上。

谢源无奈。

"拜拜啦。"蒋意朝着手机里的他挥挥手。

蒋意站在街边的冰激凌店门口。感应门已经自动打开,她准备往里走。路边一个年轻人戴着耳机、背着单肩包、骑着自行车飞快地经过,然而没到红绿灯路口就减速了,然后掉头把自行车骑回来。

"蒋意?"那人摘了耳机叫出她的名字。

大洋彼岸,谢源盯着手里已经挂断的电话看了好几秒钟。刚刚电话断线之前,在背景音里响起的那个声音他非常耳熟——是李燎吧?

谢源默默地用舌头顶住牙关。他差点儿都忘了,塔克山谷那边还有这么一个棘手的家伙虎视眈眈。

谢源把钻戒握在手里,同时给自己洗脑:不用在意李燎。

411

来人确实是李燎，蒋意也认出了他。李燎推着自行车走上人行道，低头看着她，忍不住笑了："这么算起来，其实咱们俩还是挺有缘分的。"

他还是他，和矜持的谢源基本上有两种截然相反的性格。

蒋意也笑："不能这么算，"她对待他的态度仍然是铜墙铁壁，她说，"我在湾区已经待了有一周多了，以前的熟人我差不多遇见快要两打了。"

李燎"哈哈"笑着。几个月没见，她还是这么可爱，居然用"打"这种量词来计数。

李燎一下子猜中了蒋意到塔克山谷来的原因："Query前任CEO的知识产权侵权案件，你是因为这件事情来这边的，对吧？"

蒋意答道："你的消息很灵通。"

李燎却摇头："不是因为我的消息灵通，而是因为在塔克山谷这边的国人和华裔几乎都在聊这件事情。那位前CEO叫什么名字？我看过中文的报道……付志清，是这个名字对吧？"

"是的。刚刚你说很多人都在聊这件事情？"

李燎答："人人自危。这里很多工程师都怀揣着创业的愿景，Tanami这么干，大家以后创业之前都得先想一想，自己会不会事业没干成，反而先有牢狱之灾。但凡跟计算机沾点儿边的人都知道，Query做的事情和Tanami所在的领域完全就是两个方向，总不能因为两边都是搞计算机视觉这个大领域，Tanami就直接告付志清盗用公司的核心机密吧？而且我听他们Tanami自己的员工都说，付志清在Tanami干的也不是计算机视觉这块儿的算法工作，他是搞推理图谱的。"

蒋意问："这边的人觉得付志清能赢这场官司吗？"

李燎说："至少有超过百分之五十的胜率吧，但也没到百分之百，普通人绝对不能低估这些科技流氓手里握着的底牌啊。"

蒋意难得从李燎的口中听见这样的感慨。

李燎随后话锋一转："你和谢源现在待在Query力挽狂澜，是吧？我听说谢源他们在搞游戏物理引擎？我看到发布会的预告了。"

身在塔克山谷的李燎都能看到他们产品发布会的预告，这是不是说明路非找的广告公司还挺靠谱？蒋意记下了，想着晚上跟谢源再打电话的时候提醒他，路非值得表扬。

李燎开玩笑似的问："Query现在缺人吗？要不要考虑一下我？"

蒋意抬起眼看见李燎眉眼带笑就知道他在随口胡诌。

"不要。"蒋意直接拒绝，语气听起来就毫无商量的余地。

李燎偏偏还要上赶着问原因:"为什么?"

蒋意笑眯眯地说:"谢源会吃醋的。"她字正腔圆。

这算哪门子的理由?而且她至少应该虚情假意地说一些客套话吧,比如公司人手够了,比如公司现阶段没有招聘的计划。哪有人直接说因为CEO会吃醋,所以不让他进去的?

李燎无奈:"蒋意,你是不是有点儿太宠他了?"

蒋意却说:"不会啊。而且,喜欢一个人不就是应该这样宠着他、惯着他吗?"

李燎牙痒痒:"谁教你的这些乱七八糟的道理的?"

蒋意满脸写着坦率:"谢源教的。"

李燎牙酸,心里更酸。

蒋意把人逗得差不多了,才清脆地笑出声:"行了,我不跟你开玩笑了。Query现在不招新员工,而且谢源真的会吃醋。他吃醋一直很厉害的,我到时候哄他又要哄得累死了。李燎,你还是留在这里自己读完书然后创业吧。"

她对谢源真的是不加掩饰地偏爱。李燎叹了一口气,感觉是时候打消念头了。有些情侣是他无论怎么等,大概这辈子都不会分手的。

"你们有遇到什么困难吗?我听说Tanami申请了一批限制令。你们在这边找证据还顺利吗?也许我们这边有人能够帮上你们。"

李燎在这边有他的人脉圈,蒋意把他介绍给付志清的律师团队认识。

伍育恒私下问蒋意:"这人是你朋友?"他一眼看出李燎对待蒋意的态度很不一般。他向来胳膊肘朝里不朝外,替自己的朋友捏把汗。

蒋意张嘴就说瞎话:"没有呀,他跟谢源要比跟我熟。"

她这纯粹是在骗傻瓜。偏偏伍育恒不知前情,只好将信将疑,攒着一肚子的问题,偷偷摸摸给谢源打电话:"老谢,李燎这人你熟吗?"

谢源这会儿能听这种话吗?听见李燎的名字,他都快跟炸了毛的猫似的,平时泰山崩于前而色不变的家伙,此刻简直恨不得马上坐飞机杀到塔克山谷。他就知道,那天他听见的声音是李燎的。

他还在电话里跟伍育恒装作冷静沉着:"嗯,之前在原视科技共事过一段时间。你怎么忽然提起李燎了?"他不动声色地打探。

伍育恒说:"蒋意认识他。我们之前不是遇到了一些困难吗?Tanami申请的限制令排除了一部分名单上的人。李燎在这边朋友多,帮了一点儿忙。"

李燎一下子变成了有功之人。谢源抿唇沉默不语,很烦。

413

伍育恒也是蔫儿坏，有言在先："老谢，我瞎猜的啊，你不能生气。"然后他故意问，"李燎是不是追过蒋意？"

谢源一下子坐不住了。

"你把人看好。"谢源丢下这么一句话，然后"啪"地把电话挂了。

伍育恒握着手机，理解了一会儿谢源最后丢给他的指示。

谢源让他把人看好，把谁看好？是蒋意还是李燎？

伍育恒琢磨了一阵，然后得出结论，觉得谢源让他看的人应该是李燎。毕竟，谢源对他也防得跟防贼似的，怎么会让他帮忙看住蒋意？而且就谢源那副不值钱的模样，他敢管蒋意吗？他也只能对着李燎逞威风。

伍育恒动了动手指，给谢源发过去一条微信："你要来 M 国？"

那边的人很快回复："嗯，M 国时间十二号晚上九点四十分落地。"

伍育恒瞠目结舌——这是什么惊人的执行效率，才挂电话，谢源就买好机票了？还有，M 国时间十二号晚上九点四十分，这不就是明天晚上吗？

第二天，蒋意一行人见了名单上的第五位证人，对方提供了很多翔实的信息，整个进度总算是有了明显的突破。

伍育恒提议，晚上一块儿喝一杯。大家都表示同意，于是转战酒吧。

蒋意喝了两杯鸡尾酒。她很喜欢酒里加的樱桃汁，酸酸的，中和了酒精的浓烈，形成了一种非常特别的口感。

一行人回到酒店。蒋意和团队里的女律师 Sarah 住同一层，一前一后走出电梯。伍育恒叫住蒋意："蒋意，你没有喝醉吧？"

当然没有，蒋意口齿清楚地反问伍育恒："你看我像喝醉的样子吗？"

确实不像，伍育恒放心了。他刚刚才意识到一个严肃的问题：今晚谢源会到，如果发现他带着蒋意去喝酒，而且还把人给弄醉了，后果一定非常恐怖。伍育恒觉得，要是真的那样子，那么他就可以收拾收拾"自挂东南枝"去了。还好蒋意的酒量可靠，让他幸免于难。

Sarah 和蒋意一块儿往房间走。

"蒋意，我可以把我的房卡放在你那里吗？我怕我明天早晨会睡过头，今晚好像我的精神有点儿过于放松了。"

蒋意同意了 Sarah 的请求。

Sarah 把备用房卡交给蒋意，又随口说："对了，要不要你也把你房间多出来的房卡放在我这里保管？如果你起不来的话，我也能直接过去叫醒你。"

这个要求虽然有点儿突兀，但是由于 Sarah 之前所说的话，听起来倒也还算合理。蒋意点头说"好",把自己的房卡递了过去。

"晚安。"

"嗯,晚安,明天见。"

两个人互道晚安,然后各自回到房间里。

蒋意简单淋浴之后,换上桑蚕丝睡裙从浴室里走出来。

然后她打了一个哈欠,接着又打了一个哈欠,眼泪汪汪的——好困。

蒋意坐在床边,渐渐感到一阵阵醉意侵袭,有可能是刚刚淋浴的时候水温有点儿高,也有可能是喝的那两杯鸡尾酒后劲比较厉害,所以这时候酒精开始强烈地发挥作用,开始掌控她的神经。

微醺的状态很助眠,蒋意舒舒服服地钻进被子里面睡下。

意识逐渐模糊的时候,她脑子里面突然间有一缕淡淡的思绪滑过——她今晚好像忘记和谢源打电话了,也没有跟他说晚安。

应该不要紧吧?谢源一定不会生气的吧?大不了明天早上她醒过来之后第一时间就给他打电话,而且打视频电话!

谢源乘坐的航班很准时,没有误点。填表、取行李、入境、出机场、打车……他最终抵达蒋意住的酒店,时间已经是凌晨。

伍育恒瞪着一双布满红血丝的眼睛,精神状态跟被熬的鹰似的。他穿着睡衣和拖鞋,已经坐在酒店大堂里面等了一段时间。

他觉得自己非常够意思,此时此刻死撑着不睡觉就是为了迎接好友谢源。

谢源终于出现了,手里提着行李箱,臂弯里面夹着U形枕,风尘仆仆地穿过旋转门走进酒店大堂。

伍育恒朝谢源招手:"这边。"他递过去一张房卡,然后拍了拍谢源的肩膀,跟谢源交代,"蒋意住1523。"

谢源低头瞥了一眼房卡上面的号码,也是1523。所以,伍育恒递给他的其实就是蒋意房间的房卡……伍育恒怎么会有蒋意房间的房卡?谢源凌厉的目光立刻像刀锋似的剐着伍育恒。

伍育恒顿时喊冤叫屈:"房卡是Sarah特意替你问蒋意要的。白天我们几个人还凑在一块儿想借口呢,就是为了能够让你出现在这里给蒋意一个惊喜。结果你非但不领情,反而还试图攻击我!"

做律师的人口齿伶俐,谢源不跟伍育恒争辩。

"谢了。"他言简意赅。

伍育恒这才笑了:"小事情。"

两个男人在楼下分开。

谢源上楼，刷卡进门，一眼就看见他的宝贝正乖乖地睡着。

谢源轻手轻脚地放下行李箱和外套，走进洗手间洗了个手，然后走向床边，俯身，单膝跪在床边的地毯上。

他要不要把她叫醒，这是一个问题。谢源想到蒋意这一天可能累坏了，所以还是让她睡吧。她明天早上睁开眼睛就能看见他，那样应该也挺惊喜的吧。

于是谢源径直去洗澡。他洗完澡，肩上搭着一条毛巾，在床边轻手轻脚地坐下，低头看见蒋意睡得正熟的模样——真漂亮、真可爱。

谢源没忍住，伸手轻轻地抚了抚她的额头："意意，宝贝——"

蒋意动了一下。

谢源的声音和抚触虽然已经极尽轻柔，但还是让蒋意渐渐快要醒过来。

她脑袋微微地抬起来，一双眼眸似闭似睁。几秒钟后，她眼睫撩起来，含着水雾的眼神飘在他脸上，稍稍聚焦。

她看见他，却没有什么特别的反应。谢源忽然觉得心里有些不是滋味：他千里迢迢赶过来，难道她一点儿也不惊喜吗？哪怕她不会兴奋不已地扑过来抱着他猛亲，至少也该朝他笑一笑吧？

蒋意在做梦——她以为自己正在做梦。

她手脚并用地从被子下面坐起来，彻底睁大眼睛，然后伸手拍了拍自己的脸颊："我今晚是不是忘记给谢源源打电话了？"

谢源源？谢源皱眉，她给他起的这是什么绰号？

然后蒋意的注意力重新集中在他身上。

谢源刚准备开口说话，却眼看着女人倾身过来。睡裙随着她的动作往上，露出一截细腻白皙的腰，她的眼神既大胆又明亮。

谢源的呼吸滞住。他感受到她的脖颈透着热气，也透着酒气。她喝过酒了？谁带她喝的酒？

可能是因为喝过酒，可能是因为她以为自己在梦里没醒，所以她比往常的模样更加艳丽。她的手指抓住他。

谢源此刻只有一个念头：必须把她就地正法。

蒋意浑然不觉面前男人的危险念头。她还沉浸在自己的梦里，想要尽兴地去玩、去享受。她放慢动作，然后歪了下脑袋，像是想起了什么。

长发顺着她的肩头滑下去，谢源的视线也随之滑过她的肩头。

蒋意反手拢着谢源的脸庞轻轻推了两下："是因为今晚忘记给你打电话了，所以就梦到你了吗？"

· 416 ·

谢源的喉结难耐地动着。

她以为她自己在做梦？

"这个梦境好真实啊。"她低头看着自己的手，然后又捏了捏。

谢源已经快要忍不了。她这么一脸单纯地自言自语，他真的会疯狂。浑身的血液都快要沸腾起来了，他恨不得将她拉进怀里深拥着融化。

"谢源源——"她用两只手一起捧住他的脸，"男朋友，亲爱的，老公——"

谢源脑子里紧绷的弦"啪"地断掉了。

"要亲亲，"她仰头索吻，"然后要抱抱，接下去要扯掉你的衬衫，再然后——"

她的唇骤然被紧紧地堵住，她说不出话了。

蒋意茫然地眨了眨眼睛，不得不把粉唇完完全全启开，这样才能勉强抵住他的脸颊。醉意缓缓退去，然后她的意识一点点回归。

为什么触感如此真实？为什么他含着她的唇吻她，就像真实世界里面的感受？原来她不是在做梦吗？

"谢源？"

谢源低低地应了一声。

"你来M国啦？"

"嗯。"

蒋意明白过来，这不是梦，他真的来了。她清醒过来以后做的第一件事情，就是抬起双臂攀上谢源的肩，搂紧他的脖子。

"不是做梦，"她眉眼柔得快要渗出水，"太好了。"

她在他的耳边轻轻地吐气，脑袋也顺势靠在他的颈侧。

谢源停顿了一下，之后更热烈地抱紧她。

然而很快蒋意的眼眶真的湿润了——她哭了，眼睫挂泪的模样像一只小猫。

谢源俯身，屈起手指忙不迭地给她擦眼泪："怎么哭了？哪里不舒服吗？"

蒋意的表情无措。她自己都没有想到会这样，也不知道该怎么跟他形容。

"就……幼儿园的时候，如果在我上课，爸爸妈妈突然来接我的话，我就会很想哭。"

谢源弯了弯嘴角。她这么大一个人了，可是回忆追溯的时间真的好久远，甚至得倒回幼儿园的时候。可是谢源的嘴角下一秒就沉下去了，因为他好像忽然间明白了一些事情：为什么蒋意得把回忆倒带回幼儿园的时候，恐怕是因为那段日子才是她的记忆里面最幸福最快乐的时光吧——八岁以前的生活、家庭美满的生活。她让人心疼。

蒋意小声告诉谢源，现在她心里的感受好像跟那时候很像。

因为跟他分开太久，因为太想要见他，所以当他出乎意料地出现在她面前的时候，她忍不住会想要掉眼泪。

"我从小就是一个高敏感宝宝。"她说。

嗯，她是挺敏感的，谢源认同——她一碰就哭。

蒋意就知道谢源会想歪，不跟他计较。她拉住他的手指。

"我爱你。"她用口型无声地对他说。

谢源看见了。她有点儿害羞，默默地拉起被子挡住下半张脸，只露出一双眼睛，慢吞吞地眨呀眨。

谢源的心瞬间就软了，他俯身在她的额头上落下一吻："我也爱你。"

谢源抽了一张纸巾把手指擦干净，然后又来勾她的樱唇粉舌。

两个人又吻了好久好久。蒋意这才想起来问他："你怎么想到过来了呀？"

谢源没有回答她的问题，反而问她："你最近跟旧友重逢了？"

旧友？谁啊？蒋意的表情蒙蒙的。谢源有点儿被安慰到。这说明在她的心目中，李燎只是一个无关紧要的人。

谢源提醒她："听说他还给你们帮忙了。"

蒋意恍然大悟——他在吃醋。她就知道谢源一定会吃醋，这男人就跟泡在醋缸里似的。她扭来扭去地卖萌装乖："你说谁呀？你是说李……"

谢源不想听她嘴里叫出李燎的名字，伸手捂住她的嘴。捂着捂着，他又改变主意，俯身去吻她。

蒋意给自己澄清："就……就是在路上遇到的。"

马路这么宽，她都能遇到李燎，他们就这么有缘分？谢源很生气。

"不要讨论他了，"蒋意主动咬谢源，"我们继续做点儿有趣的事情嘛！我们好久都没有在一起了。"

这个可以——谢源饶有兴致地等着她过来主动招惹自己。

只不过蒋意欠缺耐心。谢源俯身，在她耳边轻声教着："要这样……"

他拉着她的手，炙热的手心紧紧贴着她柔软的手背，手把手教她怎样解开最上面的纽扣。

"宝贝，耐心点儿。"他埋头咬她的耳朵，忍不住同她耳鬓厮磨，低声调笑，"出国待了这么久，你的自理能力怎么反而越来越差劲了？"

蒋意恨恨地挠他："我在国外，又不是天天都需要解男人的睡衣纽扣。"

结果她将指甲全部都挠在他的肌肉上，跟闹着玩似的。

她这话其实有歧义——难道她在国外还有机会解别的男人的纽扣？

不过谢源没跟她生气，慵懒地说了声："嗯，现在我过来了，以后你就用我多练练手，纽扣解得多了，自然而然就熟练了。"

蒋意"呜"了一声，刚想要顶嘴，谢源低低地笑了一下，扣住她的脸颊深吻住她，然后欺身而上。

流氓！浑蛋！男人都不是什么好东西！

一觉睡到天光大亮，蒋意正迷糊着，听见手机闹钟在响。

她磨着谢源催他去关闹钟，结果摸到身边男人的腹肌，脑袋顿时清醒。她想起来，Sarah 手里拿着她的备用房卡。

"谢源，你快点儿去穿衣服。"

谢源不紧不慢地坐起来，手掌撑在她的枕头边。他垂眸看她，被子堪堪盖到腰间，大好的身材一览无余。

"正在穿，"他捡起落在床边的长裤，"你怎么这么着急？其实时间还早。现在才——"他扫了一眼床头柜上的手机，"八点钟，我们还能睡一会儿。"

谢源没有刻意倒时差，所以其实没睡够。

"Sarah 有我的房卡。"蒋意说，"如果待会儿她开门进来看见我们两个人像现在这样，你可能无所谓，但是我很介意。"

谢源搂上她的腰，慢慢地捏着。

"胡说，我怎么会无所谓？我也很介意。"他抚过手里细腻瓷白的肌肤，"这么漂亮的宝贝，只能跟我在一起，对不对？"

蒋意嘴硬说"不对"，然后继续锲而不舍地推他。他既然介意，那么为什么不赶紧把衣服套上？

谢源把她这副认真的模样看在眼里。

她怎么能这么可爱？他忍不住笑起来，长臂一伸，从旁边桌上摸起一张卡片，在蒋意眼前晃了晃："你是说这个？"

每个房间标配两张房卡，谢源指间夹着的这张房卡，分明就是蒋意昨晚拿给 Sarah 的那张备用房卡。

"我的备用房卡怎么会在你这里？"蒋意猛地反应过来，下一秒直接上手打他，"好哇，你们是一伙的！"

她小声地嚷嚷起来，恍然大悟："怪不得呢，Sarah 为什么莫名其妙塞给我房卡，然后还问我要房卡，原来是为了方便你干坏事！"

她的抗议当然无效。谢源居高临下，一边给她整理头发，一边承认自己干了坏事："对啊，不然你觉得我昨晚是怎么进你房间的？"

蒋意和谢源在酒店餐厅遇到了律师团队的其他几人。

伍育恒跟他们俩招手："你们可算来了。"

谢源替蒋意拉开椅子，蒋意坐下，然后他跟着在她的右边落座。

蒋意把Sarah的房卡还回去，说道："我还真的以为你想要让我叫你起床呢。"Sarah笑了下，接过房卡，跟蒋意道了一声歉。几名律师都心照不宣地笑了。

Sarah又说："我们打算明后两天休息一下。"

出差都能拥有双休日，他们的福利待遇很不错。

"所以接下来的两天大家就请自便吧。周一上午十点，我们再准时见面。"

突如其来有了两天假期，蒋意怀疑谢源："这该不会也是你安排的吧？"

谢源说他没有如此神通广大，可他嘴边的笑容很醒目："恰巧赶上了。"

他问蒋意这两天有没有什么想做的事情。蒋意想了想，说："我想去海边！我好久都没有去海边度假了，我们去海边玩，好不好？"

M国南部有非常漂亮的海滩，这段说走就走的旅程，蒋意只要带着谢源就不怕太过仓促。上午她说要去海边，晚上他们就已经入住了海边的度假小屋。小屋前面就是连绵延伸的沙滩，他们踩着金黄色的松软沙滩，一直往前走就能踩到海水。

蒋意说："我想去外面吹海风。"

谢源说"好"。这时候伍育恒的电话打进来，于是他跟蒋意说，他打完电话马上过去陪她。

伍育恒打来电话是好心想问谢源和蒋意要不要一块儿出去吃饭、看演出。他想着长夜漫漫，也许这对情侣今晚会愿意跟大家一起行动。

"我们不在那边。"谢源淡定地说，"我们来海边了。"

"什么？！"伍育恒在电话那边忍不住爆粗口。

他发觉，蒋意和谢源这对情侣就是特别擅长孤立其他所有人。他们秀恩爱都快秀到他的脸上来了，这他能忍？

谢源平静地把手机拿得远了一些，等伍育恒冷静下来才把手机重新放回耳边。

"你们跑那么远，度蜜月去啦？"

谢源觉得，如果以后度蜜月要选择地点，这里好像不错。不过他本人其实更偏向于选择南太平洋上的岛国，感觉会跟海洋融合得更紧密一些，而且人会更少。

"行了行了,我不打扰你们的蜜月之旅。"伍育恒很自觉地就要挂电话,然后又善解人意地说,"对了,还有,如果你小子真的离不开蒋意,把她直接带回国也是没问题的。我们这边差不多快要收尾了。蒋意跟着你回去,你是不是生活状态和工作状态都能正常一点儿?"

谢源却没有马上答应,说:"等我问问蒋意的意见吧。"

伍育恒觉得蒋意肯定也想跟谢源时刻待在一起——这还用得着问吗?这两个人同框出现的时候,眼睛里面完全就容不下别人了。

这时候蒋意的声音从外面传过来:"谢源,我没有泳衣。"

谢源果断地结束通话:"周一再说吧,挂了。"

谢源放下手机,循着声音找到蒋意。她没在外面,而是坐在卧室的地板上面,身上短款的连衣裙将她的腰掐得尺寸正合适,她白皙修长的腿微微地收着,一旁摆着两个打开的行李箱。

"我没有泳衣。"她仰着脑袋跟他重复了一遍。这也很正常,她来M国是帮助付志清寻找证人、搜集证据的。这属于出差,不是度假,最初她收拾带出国的行李的时候,肯定不会放泳衣在行李箱里面。

"去买吧,"谢源从钱包里面拿出信用卡,"要我陪你吗?"

当然要,蒋意挽上谢源的胳膊,拉着他去逛附近的泳衣店。谢源却把胳膊从她的臂弯里面抽出来,转而揽上她的腰——他比较喜欢这样,如此他能够最大限度地将她保护在怀里。

蒋意让谢源给她挑泳衣。他故作从容,实际在找借口:"别怪我直男审美。"

蒋意乖巧地点头:"不怪你。"

他找的借口不管用了。谢源知道自己不可以敷衍她。既然她让他帮她挑选,他就得认认真真地挑。他正在一本正经地回忆蒋意的衣帽间里面挂着度假风格衣服的隔间,她喜欢什么款式的泳衣……他忽然感到右手的手臂一沉,蒋意踮着脚够到他的耳边:"我要比基尼。"

她不自觉带的气音让她温温热热的、微湿的呼吸全部都扑在他的耳朵里面。谢源强忍下翻涌的血气,给她选了一套白色的。

蒋意意味深长地轻笑起来,手指钩了他的手,眉眼狡黠:"噢,原来你喜欢白色。"她解读成他喜欢白色。

其实谢源没有某些奇怪的癖好——至少他没有发现自己尤其偏爱她穿某一种颜色的衣服,她穿什么颜色的衣服都很漂亮。

"明天穿给你看。"她说。

第二天仍旧是谢源起得更早。

度假小屋有厨房，而且厨具和食材一应俱全，谢源洗漱过后开始做早餐。蒋意跟他在一起时基本上必须要吃早餐，他在这个方面很少纵容她。

早餐做到一半，卧室的门开了。脚步声渐渐靠近谢源。这栋房屋的建造时间可以追溯到二十世纪，屋内铺设的木地板都带着岁月的痕迹，脚缓缓地踩在上面时会发出"吱呀吱呀"的声响，这是老房子特有的情调。

谢源抬头看过去，然后手上烹调牛肉的动作顿住了，整个人如同凝固了一般。蒋意腰细腿长，凌乱的长发起床之后尚未打理，随意地铺在胸前、肩后和颈侧。她穿着昨天买的那身白色衣服，舒展着胳膊和腰肢正在伸懒腰。像是电影里聚焦在顶级美人身上的慢动作镜头。美人伸完懒腰，抬起水雾朦胧的眼眸瞥他。

"谢源——"

"嗯？"

"你的锅子要煳了。"

谢源下意识地低头——锅里的牛肉明明还在"咕嘟咕嘟"冒着泡，距离煮煳还远着呢。

谢源被骗，此刻却半点儿生气的情绪都没有。

美人又启唇唤他："谢源——"她的舌尖轻轻点过唇边，隐没不见。

"嗯？"哪怕再次上当受骗，他也甘之如饴。

"你做完早餐就记得过来帮我涂防晒霜。"美人晃了晃指尖捏着的防晒霜。

牛肉在铸铁锅里慢慢煮开，谢源的意志力同样被搁在炉火上经历炙烤。

他甚至都没有想到反问蒋意，为什么她不能自己涂防晒霜。其实他是期待的——谢源必须承认自己内心深处住着恶魔，它只对着蒋意蠢蠢欲动。

做完早餐，谢源关了火，洗过手，然后走近蒋意："防晒霜需要涂在哪里？"

哪里都要，蒋意防晒意识向来特别强。

谢源拿起桌上的防晒霜，挤在手心里。

她在他身形轮廓的阴影之中，他用居高临下的视角俯身看她，然而两个人之间的狩猎关系此刻是倒置的。

"会太凉吗？"

不会。涂抹防晒霜期间，蒋意抬眸看他——他看起来像一副心无旁骛的模样,这样不好玩。但是蒋意暂时没有开口说话,允许他按照他自己的想法自由发挥。再等等……她耐心地等着。她在这种时候总是尤其有耐心。直到谢源以为自己顺利完成任务,想要如释重负呼出热气的时候,蒋意说:"还没有结束呢——"

"这里也要。"她好像在冲他摇尾巴。

她知道她自己在说什么离谱的话吗?她真把她自己当成小猫吗?人类再怎么摇屁股也不可能长出毛茸茸的尾巴。

然后蒋意翻过身横躺着:"还有这里。"

谢源顶着额头和手臂上的青筋,看起来几乎要拒绝她了。可是下一秒,男人反而弯起唇角笑了下。蒋意的心脏颤起来,她亲眼看见他似乎边笑着边做了一个咬紧后槽牙的动作——他想做什么?

"稍等。"他说。谢源离开了几秒钟。当他再次回到客厅的时候,他的脚步声出现在她的身后。然后她的眼睛被蒙住了。

蒋意的眼前顿时只剩下一片黑暗,睫毛与丝绸相触,抬起、垂下,是徒劳的尝试,她遵循本能咬住下嘴唇。

"宝贝,不咬。"

蒋意能够清晰地感受到,谢源的指腹摁在她的嘴唇上,温柔但是强势,不容抗拒。她一直都知道,他对她有掌控欲。

他伸手勾起她的唇舌,然后她尝到了乳木果防晒霜的味道。

随后的时间里,谢源按照蒋意方才的要求伺候她,把角落都补上防晒霜。他终于涂完,差不多半管防晒霜也没了。

在谢源的亲手照料之下,蒋意现在整个人都散发着防晒霜里添加的香氛气味,闻起来像一颗饱满的乳木果。

眼前的遮盖被撤去,蒋意眼眸柔润得像是刚刚过水数遍。

她把脸上的丝巾拿在手心里。

她之前一直以为是她在努力地把谢源教坏。可是时间越久她越发现,好像谢源这人根本就用不着她教坏——他本身就是白皮黑心蔫儿坏的家伙。她甚至觉得她反而要被谢源教坏了。

不过,蒋意在这种事情上面其实没什么胜负欲。

谢源放下防晒霜,随后径直闯进厨房,拉开冰箱门,从门边抽出一瓶矿泉水拧开,猛灌了两口。蒋意都看在眼里。

他隐忍的模样十分可爱,他纵情的模样同样也十分可爱。

蒋意起身走到餐桌边,没管厨房里正在自顾自喝水降火的谢源。她要吃早饭了。谢源早餐做的是咖喱牛肉配薄饼。手边的餐垫上摆着好几把大小不一的调羹，她随手握住一把调羹，耳边忽然沉下男人的呼吸声。

谢源去而复返——他没理由就这么轻易放过她，玩火的人不乖，就该受惩罚。他刚刚喝过冰水的唇舌此刻凉着。他依然问她会不会觉得太凉。蒋意本能地握紧手里的调羹柄，觉得自己如同在冰窖里面越陷越深。但是她知道这股凉意很快就会过去，她会心跳加速，然后复又像是置身火焰海。

谢源这会儿也终于品尝到乳木果的味道。

"你……你喜欢吗？"她从来没有在如此场景里问过他这样的问题。

谢源的动作不停。喜欢什么？他当然很喜欢，难道她察觉不出来吗？

"你会喜欢我……像刚刚那样子吗？"蒋意缓着劲把她的话补充完整，"我其实刚刚……超级害羞。"

真的吗？谢源怀疑她这话的真实性。

哪怕蒋意此刻整个人已经完全透着红，谢源仍然觉得她是一个伪装纯情的小骗子。她只会挑好听的话说给他听，然后确实能把他哄得七荤八素的——没办法，他就是吃这一套。

谢源慢条斯理地揉捏她的手指，然后与她咬唇低语："我很喜欢。"

他回答她之前的那个问题："下次继续。"

因为非常喜欢，所以他开始觊觎给她涂防晒霜的机会，下次还要。

早餐在锅里面一点点凉透。

两个人错过早餐，险些又错过午餐。

蒋意在床上吃午餐，谢源坐在床边端着盘子一勺一勺地喂她吃。这次绝对不是她犯公主病，而是谢源非要亲手喂她。他喂得很慢，一定要确认她在细嚼慢咽，然后才肯喂下一口。他对她身体健康的关心程度比她本人更甚，可是蒋意已经很饿了——她没吃到早餐，现在只想大快朵颐。

"谢源，你把调羹给我，我自己吃，你去吃你的那份。"

没得商量，谢源根本不同意，不肯把调羹交到她手里，她也抢不过他。他把她的逃跑路线堵得严严实实的，仍然按照他自己的意愿喂她吃午餐。

哪有一定要喂人吃饭的家伙？！蒋意都快抓狂了："我真想把你现在这副无赖的模样拍下来，然后寄给曾经刚上大学的你。"

谢源哼笑："是吗？可以啊，那么我那会儿心里肯定开心死了。"

谢源不要脸，蒋意就无语。

下午三点，蒋意终于踩到海滩的金黄色软沙，见到了蓝白色的天际，泡沫般的水浪，灼热的日光。

蒋意伸腿踩在海浪与沙滩模糊的分界线上面。谢源牵住她，不许她离他太远。蒋意的眼睛里面闪过狡黠，整个人直接把身体勇敢地往身后的海水里面倒去——谢源的力气太大，她只有用这种方式才能把他也拖进水里。

海浪扑盖住他们狼狈相拥的时刻，然后又"哗啦啦"地向海洋里倒退。

蒋意先从海水里面一骨碌站起来，长腿细腰上沾着湿沙。她把打湿的长发往后随意地一捋，露出白皙柔软的耳朵。谢源仍然在海水里坐着，他的玩心被她刚才那一下使绊子激起，他直接握住她的脚踝，把她往海水里面扯。

两个人都擅长游泳的好处在这时体现出来了。

谢源难得没有让着她，胜负欲隐隐冒头。不过他尚存理智，在海水里面游泳终究存在一定的安全隐患，而他们住的度假小屋里有一个游泳池。

于是激烈的比赛转移到了小屋里。

两个人都觉得自己能赢，而且都没有要给对方放水的意图，仿佛这次的胜负要奠定未来几十年的家庭地位似的。

"谢源，你为什么游得这么快？我知道了，一定是因为你的个子比我高。"

"呵呵，我拿过学院杯的自由泳金牌。"谢源冷笑，"一看你大一的时候就没在乎过我。"

"谢源，你也就跟学院里的那些人比赛能赢。换成隔壁金融系的体育生你肯定游不过他们吧，不然为什么你在校赛中没拿奖牌？"

"呵，那是因为我在校赛之前踢足球把小腿撞伤了。"

蒋意在心里轻笑，他那都是借口。但是她忍不住感到一阵心虚，因为那时候她确实对谢源没有什么印象。

谢源几乎要把蒋意抵在游泳池边。他低头，咬牙切齿道："没良心。"

蒋意心虚归心虚，脸上却仍然逞强。她这时候都能急中生智，反问他："那你呢？难道你大一的时候就开始在意我了吗？"这就不是谢源能干出来的事情。况且，要是谢源真的在大一的时候就开始在意她了，那她为什么后面还要那么辛苦地筹谋跟他去同一个公司、住在他隔壁的公寓？

谢源没接话。蒋意觉得他这是自知理亏的表现。

吃完晚餐，谢源陪着蒋意看了一部电影。看完电影，他拿出笔记本电脑开始处理公事。

蒋意并没有礼尚往来陪他处理公事，披着毯子走到露台上面吹风。

谢源的眼神不自觉地就被她吸引过去——他其实很少在工作的时候走神。

"谢源，你待会儿要过来看，那边的灯光很漂亮。"

她很喜欢连名带姓地称呼他，但是如果他想连名带姓地叫她就不行。

谢源回想起，他来的那天，蒋意带着醉意睡得迷迷糊糊以为在做梦的时候，叫了他一声"老公"，那个语气他现在都记得无比清晰——他非常喜欢。

但谢源不好意思对蒋意提出这样的要求。她可以直接开口要求他叫她"宝贝"，但是谢源觉得相似的话他好像还没有勇气能够跟她说。

当他们结婚之后，她应该天天都会这么叫他吧？而且那时候她的语气只会更加理直气壮，更加有恃无恐。谢源想要实现脑海里的这些想象。此刻电脑包就在他的手边，夹层里面放着钻戒。

她站在露台上，腰肢倚住栏杆。他看见她踮着脚，正在用手指去接海风。

他几乎要把戒指拿出来了。

忽然间她回头对着他笑，眉眼生花。谢源一瞬间愣怔住了。

"谢源，你到底有没有在听我说话？"

他没有。谢源抿了抿嘴唇，心虚地撒谎："我刚刚在回邮件。"

他骗人。蒋意心情好，所以没有向他发难，把话重复了一遍："我说，我们要先大干一番事业，然后在三十五岁的时候财务自由，开始环游世界每天度假！"蒋意想了下，"不过你这人不行——"

谢源满脸疑问：他怎么就不行了？

"谢源你自带工作狂属性，多半闲不下来。让你天天不工作，你肯定要抓狂。"蒋意说，"没事，大不了到时候我找别人陪我环游世界。我都财务自由了，想要找什么样的旅伴找不到？"

她说得轻松，谢源听得心脏"突突"地疼——他早说过她没良心了。

谢源咬牙，故作好心地提醒她："宝贝，你现在其实已经财务自由了。那你是不是也等不及想要把身边的男人换一换了？"

蒋意怎么会看不出来某人一肚子的老陈醋，他牙齿酸不酸呀？

她走进室内，一下子扑进谢源的怀里："不换不换，老公只能是谢源呀。"

这才像人话，谢源放心了。

蒋意靠得很近，所以一眼捕捉到了谢源的耳朵变红，难道是因为——

"老公？"

男人的耳朵似乎更红了。

蒋意弯起眼眸，然后故意同他咬耳朵："你喜欢我这样叫你？"

嗯……谢源的掌心覆上她的唇。

"再等等。"他轻声与她说。很快,再让他准备一下,很快就可以名正言顺了。

凭借漫长时间里面培养起的默契,蒋意马上领悟到谢源话里的意思:他已经在准备求婚的事情吗?蒋意的心柔得快要化开。

"好。"她说,"但是不想等好久。"

谢源钩住她的无名指,心也滚烫缱绻。

嗯,他知道了,不会让她等很久。

求婚的话题暂且翻过去,两个人心里都怀着一股悸动。恋爱、求婚、结婚——他们已经想要进入第二个阶段了。

蒋意坐起来,从背后环抱住谢源的肩膀,同时把脸颊靠在他的颈项旁边。她能够感觉到他的喉结正在缓慢地上下滚动,他的颈部血管正在皮肤下面有力地跳动。

这样的拥抱很有安全感,无论是对他还是对她来说。

"你这次能在 M 国待几天呀?"

她的意思显然是不想让他走。

其实谢源也很想回答蒋意,她想要让他待多久,他就留下来陪她待多久。可是现实情况不允许他做这种任性的事情,国内 Query 的日程都排满了,他得盯着。

谢源没忍心开口说出事实让蒋意失望。她抬头就能看到他放在桌上的笔记本电脑,屏幕正亮着,上面开着好几个窗口,都是和工作相关的内容。

"产品发布会之前你必须得回去,对吧?"

谢源"嗯"了一声。

蒋意把叹息压住。她的公主病从来都不针对 Query,这没什么好说的,这是她自己的事业,是谢源的事业,是很多人的事业。她想要他们的事业都成功,因此她体谅他所有的付出。

不过就是暂时和谢源分开几天嘛,她可以接受。

谢源却不想分离,握住她的手腕,问她:"宝贝,你要不要跟我一起回去?"伍育恒跟他提起过,他们在 M 国这边的事情办得差不多了。蒋意可以回国,余下的收尾工作他们剩余几个人可以搞定。

蒋意也正有此意。听谢源这么一提,她毫不犹豫,马上答应说:"好,那我得给伍育恒打个电话。"

她开心得不得了，也不继续抱着谢源了，一把将他推开，然后往旁边的单人沙发上灵巧地一滚，整个人即刻栽进沙发里，然后举着手机就准备给伍育恒拨去电话。谢源目睹了她这一连串流畅的动作，很难忍住不笑。

电话那边的人很快接起电话。

蒋意的这通电话打了很久。谢源只能听见蒋意说话，听不见伍育恒在电话那头的声音。

他听到蒋意先问伍育恒他们在干吗，大概伍育恒回答说他们正在酒吧里面，这顿时让蒋意的眼睛亮起来，接下去他们的话题一直围绕着酒。

谢源轻咳一声，但是没能打断蒋意。然后他像小孩儿似的，连着咳嗽了好几下，弄出很大的动静，这次终于让蒋意的视线转了过来。她朝他轻轻地眨了眨眼睛，可是依然在跟电话那边的人聊酒聊得热火朝天。

什么意思？她不跟他走了？

谢源看不惯蒋意跟伍育恒聊电话聊那么久。而且她这么过分，就差把他当成空气了。于是，谢源索性把腿上的笔记本电脑放到旁边，然后朝着单人沙发上的女人伸出手，结结实实地把她抱过来置在怀里，再从她手里把手机摸走。

谢源直接跟电话那边的人讲："跟你说一声，我把蒋意带回去了。"

然后他挂掉电话。

"你干吗抢我的手机？"蒋意抱起手臂，控诉加上指责，"强盗。"

谢源一本正经地回答："你聊电话聊得太久了。"

蒋意戳戳他："我跟谁聊电话聊得太久了？"

这还用得着说吗？必然是伍育恒那个既没有眼力见儿又爱开屏的家伙咯。

蒋意暗示他："你要不要先点开看看我的最近通话？"

她的手机还在他手里，谢源也没多想为什么她让他做这件事情。他没看出她不怀好意，直接就把左下角的通话记录点开了。他很听话。

他的视线往下一扫，然后就看见"最近通话"一栏的最上面，显示的联系人姓名赫然是Sarah——诉讼团队里面的那位女律师。

不是伍育恒，而是Sarah。蒋意刚才是在跟Sarah打电话？

谢源后知后觉，自己好像被蒋意调戏了。他脸皮薄，无论如何也问不出那句"所以你刚刚其实是在和Sarah打电话吗"。

蒋意的狐狸尾巴立马轻佻地摇了起来——倘若她真的有一条尾巴，这会儿必然是一颤一颤的，抖着尾巴尖儿上的绒毛，与她此时此刻的好心情相得益彰。

428

"谢源,你刚刚好没有礼貌啊——"

确实,他也觉得自己挺没礼貌的。他说完要把蒋意带走之后直接就把电话给挂了,电话那边的人都没有出声的机会,也难怪谢源没听出来那其实是律师 Sarah。

蒋意"咯咯"笑起来。谢源的脸色肉眼可见地变黑。蒋意等了一会儿,等谢源的表情稍微平和一些的时候,又戳了戳他:"干吗?"

某人似乎气还没消。蒋意弯起唇,根据一贯的经验,这时候自己必须要摆出乖巧的模样了,总不能把人欺负得太过分了。她问他:"谢源,在回国之前,你要不要再陪我去一个地方?"

谢源低头看她。

当然要,哪怕她这次还是打算调戏他,他也仍然会毫不犹豫地答应。

蒋意想去的地方是普林斯顿大学,常春藤联盟成员之一。

谢源订好机票和酒店,收拾好行李,然后牵着蒋意踏上这趟前往普林斯顿大学的旅程,尽管并不知道原因。

一个名字在他的脑子里面不受控制地冒出来——那个让他"念念不忘"的情敌李燎。李燎当时申请 PhD,后来接的是哪所学校的 offer 来着?是普林斯顿大学吗?

但实际上这和李燎无关,蒋意有别的原因想要来这里看看。

蒋意与谢源牵手漫步在普林斯顿大学的校园里。这天有雨,谢源准备撑伞,但是蒋意摇摇头说"没关系"。雨不是很大,都不太能够把衣服打湿,只是铺了一层细密的雨珠浮在衣料上面。她替他把卫衣的帽子拉起来,然后看着他也为她做同样的事情。

走着走着,她打开话匣子:"我妈妈年轻的时候在这里留学。当她和我爸爸离婚之后,她又回到这里读了 PhD。她是学统计学的,用了三年半时间拿到 PhD 学位,然后毕业以后做对冲,把赚的第一桶金拿去创业。"

蒋意用了寥寥数语把母亲赵宁语那些年的经历概括出来。

"我知道她身边的那些朋友做过一个比喻。他们说,她在婚姻里的那些年的时间是一段 gap years(间隔年)。"

而蒋意是这段 gap years 的绑定附赠品。

"婚姻蒙盖住了她身上的光芒。"蒋意说,"而个人意志的觉醒令她重新彰显力量。这两句话是她的导师写给她的毕业赠言。"

赵宁语走过弯折的路,最终回到这个行业里的人都视为正确的道路上。

她的同行既为她感到可惜,又为她感到庆幸:可惜是因为赵宁语在婚姻里浪费了时间；庆幸是因为赵宁语没有就此蹉跎一生。

蒋意一直以来确实发自内心地崇拜她的母亲，那样一个狠心而充满魄力的女人。她崇拜赵宁语，并非因为她们之间的血缘关系，并非因为孺慕之情，而是一个年轻的女孩儿对于一个成功女人的崇拜。哪怕她知道母亲的成功背后其实包含了将她的孤独作为献祭。

"我高中的时候，我妈妈希望我可以申请普林斯顿大学，希望我出国来这里念书。"那可能是赵宁语向蒋意主动抛出过的一次橄榄枝。她想让女儿沿着她的路走，但不用再走一遍她经历过的弯路。假如蒋意当时同意了，那么也许大学本科四年的时间就会有机会和赵宁语修复母女关系，她们可能可以重新变得亲近起来，一起生活，一起工作，一起度假。或许赵宁语也曾经这样期待过。

"但是我没有听她的话——"

她拒绝了赵宁语。

蒋意的目光重新聚焦在谢源的脸上，她扬唇笑了下："当然，如果我当时来普林斯顿读书的话，后面也就不会遇到你了。"

她觉得自己其实是一个别扭的人，而且总是错过一些关键的时间点，失去与亲人修复关系的机会。但她抓紧了谢源，这是她没有错过的时间点。

谢源却说："不，我们还是会遇见彼此。"他说得信誓旦旦。

蒋意轻笑起来，以为他只是在安慰她。但谢源确实是这样想的，只要目标相同，无论走过怎样的道路，他们最终要去的地方始终是一致的，有些人总会见面。

在硕士毕业的时候，他就是这样相信着的。然后他就真的在十七楼的走廊里再一次见到蒋意，像是命中注定似的。

蒋意说她自己不需要安慰："没关系，我没有后悔过我那时的选择。"

不是因为她后来去了 T 大认识了谢源，所以她不后悔——她暂且还不是这种程度的"恋爱脑"。

她不后悔是因为至今为止她在学术和职业道路上所有的经历都让她感到满足。她一直在做她喜欢的事情，一直在遇见给予她帮助和支持的人。从 T 大到原视科技，从原视科技再到 Query，她并不是在追逐谢源或者其他任何人的身影——她从来都是在执着地实现自己的人生价值。

这样的感觉很好。

母亲这一路都能走得坚定，完全不动摇，应该也是出于相同的理由吧。

蒋意在一处花岗岩石墙前停下脚步。好多年前的 Ph.D 毕业典礼上，赵宁语曾经在这里拍过一张照片留念。这张照片至今都摆在赵宁语的办公室里。

"妈妈为了实现人生价值，为了做自己的事业，所以放下了我。

"我也要实现人生价值，要做自己的事业，所以也会放下她。"

此刻，蒋意相信自己已经愿意单方面与母亲赵宁语和解了。

"谢源，给我拍一张照片吧。"蒋意对谢源说。

谢源眼神温柔地说："好。"

他拿起手机，定格蒋意站在这块花岗岩石墙前的光景。镜头里，她的笑容里面再也没有任何的顾虑，她终于如释重负。

蒋意凑过来看了一眼谢源拍的照片。其实不需要检查，她知道谢源的拍照技术一直很在线。但她就是想要逗他开心——

"很漂亮。"她说，像在夸自己长得漂亮，也像在夸谢源的照片拍得漂亮。

谢源笑了，伸手捏了捏她的脸颊。

蒋意把手机交还给谢源。

"好啦，我们可以回家了。"她指的是他们在B市共同经营的那个家。

谢源牵住她的手指："好。"

回程的旅途中发生了一个小插曲——谢源在回国通过海关的时候被拦住了。

"先生，您身上是否携带了未税的贵重物品？"海关人员客客气气地询问他。但这并非只是一次例行询问，海关确实在谢源的行李里面检查出了未申报的、疑似未税的贵重物品。他们在等待谢源诚实作答。

谢源立即反应过来——是那枚钻戒。

怪只怪他自己当时出境去找蒋意的时候太着急了，满脑子都想着要打击情敌，以致忘记了申报。

蒋意站在谢源的后面。她挑眉，感到有点儿意外：谢源身上还能携带贵重物品？这家伙甚至都没有戴腕表的习惯，浑身上下最值钱的东西大概就是他的笔记本电脑了。海关检查到的是什么？

眼看着海关人员就要直接开口说出这件疑似未税的贵重物品是钻戒，谢源果断地开口："去后面的独立房间开箱检查可以吗？"

他不想破坏惊喜，所以不能让蒋意知道戒指的事情。

海关人员同意了，这年头还有主动申请进"小黑屋"的人？

谢源让蒋意留在这里等他："我很快回来，放心，没事的。"

谢源进了海关的检查室，打开电脑包，拿出那枚装在盒子里的钻戒。

海关人员点头:"先生,这是您在境外购买的未税商品吗?"

"这是我在国内的专柜购买的,我可以提供支付记录。"谢源有条不紊地找到银行卡App里的交易记录。

海关人员检查过,确认没有问题,予以放行。

"下次带着像这样的贵重物品,记得出境时要提前申报。"海关人员告诫他,然后低头看了一眼他的护照,缓和下来,难得来了句玩笑话,"您本来是想趁旅行期间求婚的吗?"毕竟外面还有一位漂亮的姑娘正在等着呢。

谢源笑了下,没有否认。他确实产生过这样的念头,但最终决定还是要做更好的准备。

"不用紧张,"海关人员友好地拍了拍谢源的肩膀,把护照递还回去,"祝您很快求婚成功。"

谢源也笑了:"谢谢。"

他拎着行李往外走,蒋意乖乖地待在原地等他。

她应该没有察觉吧?谢源怀着一丝侥幸心理,默默地把手里的电脑包拎得更紧了。

蒋意当然察觉了——她又不是笨蛋。谢源的身上能带着什么贵重物品而忘记申报啊?她一看他的表情就知道了——是戒指吗?应该是吧。

像是有猫爪子在抓挠她的心,她现在就想要拆礼物。

她还要等多久啊?她好想让他快一点儿。

蒋意和谢源回到国内。

她帮着谢源做了两天的辅助工作,主要是在产品发布会这块儿。谢源一个人的精力毕竟有限,当他分身乏术的时候,蒋意会替他盯着底下各个方面的进展情况。

蒋意大言不惭地说:"我感觉,其实我做贤内助也能做得挺好。"

谢源没说话,但是自觉地替她盖住翘起的狐狸尾巴。

"公主"居然觉得自己是贤内助,恐怕太阳都要从西边出来了吧?

就在蒋意几乎要习惯贤内助的身份的时候,她忽然被要求去挑起另一个战场的大梁——Query准备参加今年的CalVers算法挑战赛。

这个算法挑战赛每两年举办一次,吸引了许多全世界范围内的优秀算法团队来参赛。每届比赛的优胜队伍几乎后来都在这个领域里留下了富有影响力的产品或者工作成果。因此,近年来,越来越多的初创团队把CalVers算法挑战赛视作他们打响名声的第一场战役。赢下CalVers算法挑战赛，Query 就能赢得媒体的瞩目，赢得投资商的青睐。

参加 CalVers 算法挑战赛，是李恽教授对他们提出的要求。李恽教授从景孟瑶那里听说自己的两个毕业学生在捣鼓创业的事情，立马就给蒋意和谢源发了邮件，把今年 CalVers 的参赛说明和日期安排发过来。

早晨，蒋意在自己的校友邮箱里看见这封邮件的时候，恍惚间以为自己还在读书，大早上收到导师轰炸过来的邮件通知，顿时浑身一激灵，脑袋彻底清醒了。有些条件反射是一时半会儿改不掉的，但她没有露怯。

谢源正在刷牙。蒋意拿着手机走进去，给他看李恽教授的邮件。

谢源抽了一张蒋意的洁面纸，把嘴唇上的牙膏泡沫擦干净。

"老板以前好像没有这么催我们吧。"他开玩笑。

李恽教授确实是一个很有耐心也很温和的导师，很少像这样火急火燎地布置一个任务。从字里行间来看，老爷子就差让蒋意和谢源马上给他立一个军令状了。

算法竞赛，这是蒋意的活。她朝谢源翻白眼，嘴上吐槽："谢老板真是好运气，李老板这会儿催的人是我不是你。"

谢源从后面抚上她的腰："能者多劳。"他得寸进尺。

蒋意马上跟李恽教授约了面谈的时间。

李恽教授说："上午九点半到我的办公室来吧。"

蒋意看了一眼时间。这会儿是八点多，算上开车要花的时间，再留出堵车的余裕时间，她这会儿就得出门。

"我去 T 大找师姐一块儿吃早饭吧。"蒋意丢下这句话就出门了，留下谢源独守空房。

蒋意在下楼的时候给景孟瑶发微信，约她一块儿吃早饭。

景孟瑶秒回："好呀，我去你家接你？我下一个路口就到你家附近了。"

真是巧。不过，一个问号从蒋意的脑袋里冒了出来。蒋意：师姐在开车吗？师姐开车怎么回她微信？师姐总不能危险驾驶吧？

等到一辆宾利在小区门口缓缓靠边停下，蒋意豁然开朗。

师姐是有司机的，而且司机不是别人，正是师姐夫凌聿——鲸智科技的董事长兼 CEO。凌聿也是 T 大毕业的，跟景孟瑶同届。

严格来讲，凌聿其实不能算蒋意和谢源的师兄，只能算学长，毕竟他们的研究生导师不是同一位老师。蒋意、谢源和景孟瑶都是李恽教授的学生，而凌聿是顾清恩教授的学生。

但景孟瑶是蒋意和谢源正儿八经的亲师姐，所以，蒋意把亲疏远近分得特别清楚，管景孟瑶叫"师姐"，对驾驶座上的男人的称呼是"凌总"。

景孟瑶陪着蒋意一块儿坐在后排，这么看起来，凌聿就像她们俩的专职司机师傅。他瞥了一眼后视镜，逗蒋意："你这小姑娘，明明小时候还愿意乖乖叫我'凌聿哥哥'，现在连一声'师姐夫'都不愿叫。"

蒋意和凌聿是远房亲戚。

凌聿这声"师姐夫"冒出来，蒋意没什么反应，反而景孟瑶不自然地移开了视线，自觉脸颊发烫。

凌聿看在眼里，没戳破，但是心情肉眼可见地明亮起来。

蒋意很敏锐地觉察到师姐和凌聿之间非同寻常的暧昧的氛围。她知道这两个人已经结婚了，而且是闪婚。凌聿这家伙刚刚明显是在调戏师姐吧，对吧？这种被人当面秀恩爱的感觉——蒋意现在好像有点儿领悟到了别人眼里她和谢源每天待在一起是怎样的状况。

凌聿把车开进T大，在留园食堂门口把她们放下。

"晚上不用来接我了。"景孟瑶弯腰对着驾驶座上的男人说。

凌聿说"好"，然后把车开走了。

然后景孟瑶回眸，对上蒋意燃烧着熊熊八卦之火的眼睛。

"干吗呀？"景孟瑶笑了下，"赶紧去吃早餐，你不是跟李老师约好了九点半见面吗？"

蒋意在吃早饭的时候跟师姐聊了Query的事情。

景孟瑶开玩笑似的说："我感觉李老师的胜负心已经全开了。我很久没有看到老爷子像这样全情投入了。昨天我看见他在查资料，都是跟CalVers有关的。如果你们向他发出邀请，请他出任你们的顾问，我觉得他都说不定会答应呢。"

蒋意笑起来："这么夸张吗？"

景孟瑶点头："李老师至今都对当年他的得意门生被顾老师门下的反骨仔从公司里面扫地出门的事情耿耿于怀。"景孟瑶提到的"李老师的得意门生"是她自己，而"顾老师门下的反骨仔"指的是凌聿。

蒋意也没想到师姐居然就这么直截了当地提了这茬儿，难道师姐已经不在意了吗？蒋意设身处地地想了想，如果相似的事情发生在她和谢源身上，她应该会恨不得直接动手把Query拆了。

景孟瑶微笑着说："当年的事情其实很复杂，不是凌聿一个人的错。李老师也只是替我鸣不平而已。"

景孟瑶把手里的豆浆盖子掀起来,豆浆顿时冒起一股热气,把她的眼睛熏得酸酸的、湿湿的,很舒服。

蒋意这才注意到,师姐的无名指上没有戴婚戒。可是她记得,刚刚凌聿手上戴着婚戒,是铂金的。

"总而言之,你和谢源要好好加油,李老师可是很希望你们能够光耀门楣的。"被她这么一讲,蒋意和谢源顿时就要荣升为"师门之光"了。

九点半,蒋意准时见到了李恽教授。

李恽教授让她坐。只是她刚坐下,就感受到老爷子目光如炬,满是期待地盯着她。

李恽教授直截了当地问道:"这次CalVers你们拿到第一名,可以吗?"

蒋意被手里的热水烫到了。

李恽教授马上皱眉:"哎呀!就算谢源那小子不在你身边,你也不至于被热水烫到吧?"可见老师也是早就对蒋意和谢源的事情门儿清。

他把桌上的一整包餐巾纸推过去,然后催她去洗手间里用凉水把烫到的地方冲洗一会儿。

倒也没有这个必要,这水真没那么烫,蒋意只是被李恽教授方才豪言壮语立下的"小目标"震撼到了——张嘴就是要CalVers的第一名,老爷子口气不小。

老爷子又说:"我听说你们公司的硬件条件一流,好的硬件,加上这颗好脑袋,你们没问题的。"

李恽教授一通鼓劲,蒋意觉得自己在老师面前简直就是小巫见大巫。

"对了,我听说你们公司要开第一次产品发布会了,什么时候?"

蒋意报上时间和地点,又问:"老师您到时候去给我们镇镇场子呗,好不好?"

李恽教授翻了翻桌上的台式日历:"不行,我那天要给本科生上课。"

教学任务在老爷子这里属于头等大事,他特别喜欢给本科生上课。谢源当年做过老爷子的助教,蒋意还跟着去过几次周中的习题课。别人的习题课都是助教负责,老爷子这课不是。助教在上面讲,老爷子就坐在下面听。

"你们发布会有录像吗?我到时候下来看一遍录像。"

李恽教授说自己会看,那就一定会看,绝对不是客套话。冲着老爷子这话,哪怕发布会原定计划里面没有录像,蒋意也得想办法安排录像。

"好好干!"李恽教授最后送蒋意出门的时候说,"干翻鲸智科技!"

原来老爷子内心真实的想法是这个，还真是被师姐猜中了。

蒋意这下不好意思告诉李恽教授，他们其实跟鲸智科技有合作。

不过不要紧，师姐都跟凌聿结婚了呢。若是要算背叛师门的行径，师姐这个性质可是严重多了。

从李恽教授这里领好军令状，蒋意回去就着手开始准备 CalVers 算法挑战赛的事情。她从公司的算法团队里挑了几个人，组成一个临时作战小组，未来一段时间他们就跟着她混了。

其实她最想挑的人是谢源，可惜谢源现在得全身心投入在产品发布会上。他当天会作为主讲人，全程在台上介绍发布的这款物理引擎。

"哎，我们现在确实需要一个付志清在这里。"蒋意对谢源说。

谢源正准备去洗澡，听到这话，挑眉：现在？这里？付志清？

"要付志清干吗？烧饭、拖地、喂三三吗？"

蒋意生气地嚷嚷："我是说 Query！"她都火烧眉毛了，他还跟她打岔开玩笑。她以前怎么没发觉他是一个这么爱讲冷笑话的家伙呢。

"我知道。"谢源啄了啄蒋意的脸颊。他这时候的衣着情况其实已经差不多可以使他直接站到浴室的花洒下面了。

蒋意最后摸了一把谢源的肌肉，然后不得不把注意力从男色上转移到代码上。真是难以置信，有一天她居然也能做到面对谢源的美色而毫无杂念。工作真是会把人变得性情冷淡，烦死了！

浴室的门关上，里面响起了淋浴的声音。

蒋意的电脑没电了，她的充电器在玄关的架子上，她懒得去拿。谢源的电脑包就在她面前的桌子上。他们的电脑型号是同一款的，那她就先用谢源的充电器给电脑充电吧。

蒋意想都没想，直接把谢源的电脑包拿过来，手伸进去摸索充电器。然而她没摸到充电器，电脑包里，原本放电脑充电器的位置现在只有一个小方盒子。蒋意把那个小方盒子拿出来。她在打开之前没想到里面会装着一枚钻石戒指，所以毫无准备。

蒋意呆住了。"啪"的一下，她猛地把盒子盖住，险些直接把手里的小方盒子整个扔出去——她什么都没看见！

可是这样的谎话必然说服不了自己，蒋意捂脸，脑海里不受控制地回想起刚才她看到的画面——好大一颗钻石，很璀璨、很漂亮，流光溢彩，像是装着整片星空。这枚戒指看着就好贵，难怪那次会被海关拦下来。天哪,所以她刚刚为什么要打开啊?!

谢源洗完澡出来,敏锐地注意到,蒋意一看他就忍不住满脸通红,然后很不自然地把眼神挪开。

谢源低头检查了一下——他身上的衣服明明穿得挺严实的。再说,该看不该看的她都看过很多次了,她这会儿脸红什么?

谢源一边用毛巾擦头发,一边走过去坐下。

"房间里很热吗?要不要开空调?"他随口说道,完全没有意识到蒋意脸红其实是因为她发现了他藏在电脑包里面的戒指。

蒋意强装镇定地把怀里的笔记本电脑合上,往前一推,放在茶几上。

"不用,"她说,"我要去洗澡了。"

蒋意起身去洗澡。轮到谢源待在客厅里面工作。他把自己的电脑包拿过来,手伸进去拿笔记本电脑的时候,手指触碰到了夹层里面的小方盒子。

谢源的表情柔和下来,他把戒指盒握在手里,指腹抚过上面的品牌logo。他心里差不多已经有了一个计划,很快了。他期待着那一天的到来。

浴室的门突然开了。谢源猝不及防,猛地把戒指盒往居家服的裤子口袋里面一塞,紧接着几乎是条件反射般地转身看向浴室门口。

蒋意当然看见了谢源裤子口袋那副扎眼的模样——说实话,让人想忽略都难,此地无银三百两。她强忍住嘴角欲扬不扬的弧度:"你在藏什么东西吗?"

谢源矢口否认:"没有,我打算用一会儿电脑。你呢,不是说要洗澡吗,怎么出来了?"

"哦,我忘记拿睡裙了。其实我可以让你帮我拿一下的,对吧?"蒋意感觉自己憋笑憋得声音都快发抖了。不过,她非常仁慈。她决定还是不要继续逗谢源了,虽然此刻他脸上这副心虚的表情真的很有意思。

她走进衣帽间亲自拿了一条睡裙,然后回到浴室,反手把门重新关上。

谢源确定浴室里面终于响起花洒淋浴的声音之后,如释重负:好险,差点儿就被发现了。

他把戒指盒从裤子口袋里面拿出来,总感觉放在电脑包里不够安全。

谢源环顾整个客厅和厨房,在考虑要不要换个地方藏戒指——必须得是一个蒋意绝对不可能去碰的位置——烤箱里面,冰箱顶上,或者是收纳汤锅的橱柜里面?

转眼就到了 Query 要举行产品发布会的时间。

产品发布会的前一天，谢源领着一班员工去佰苑彩排。

蒋意没去。CalVers算法挑战赛的提交截止日期就在第二天中午，跟产品发布会好巧不巧撞上了。这是最后的关头，为了拿到那个最高的名次，蒋意和她手下的整组人几乎步不离那间作战会议室。

谢源拎着电脑包往外走的时候，发现路非也牢牢地待在工位上没动。

路非作为公司唯一的产品经理，没道理不去今天的彩排现场吧？

路非却有理由："谢神，我待会儿有一个特别重要的快递要收。收完快递我就马上赶过去，保证马力全开！"

什么快递能有这么重要？谢源懒得问，也没有兴趣问。

Query一伙人在佰苑的会场彩排到夜里九点多。结束之后谢源给蒋意发微信："你那儿结束了吗？我开车去公司接你？"

谢源坐在车里等了一会儿，没收到蒋意的消息，于是发动车子先往公司开。等他把车开到Query楼下，马上要进停车场的时候，蒋意大概是忙过一阵刚有时间看手机，给他发来了消息。

"你直接回家吧，我这边今天肯定要鏖战到最后一刻了。"

谢源看到这条信息，没掉头开走，而是打了右转方向灯，直接拐进写字楼的地下停车库里。

他坐电梯到Query办公室这层，见作战会议室亮着通明的灯光。蒋意站在白板墙前面，手里拿着一支白板笔正在墙上飞快地写着公式。她一边推导一边跟长桌旁边坐着的那一圈算法工程师说话。

谢源靠在黑暗里面默默地看了一会儿。

很眼熟的场景——他们还在大学里的时候，这样的场景常常发生在他和蒋意之间，他们讨论问题的时候喜欢用白板写写画画，有时候也会带上李恽教授和实验室里的其他人。蒋意是永远都熠熠发光的一个人，她的身上永远都向外释放着智性的光芒。

谢源没有打扰他们。他在办公大厅里找了一个靠近外面的空位子坐下来，拿出笔记本电脑做了一会儿他自己的工作。

桌上的手机振动了两下，是蒋意发来微信："你回家吧，不用等我啦。明天的发布会你还要上台主讲呢，今晚你必须要养足精神。"

"而且，你在这里，我会分心的。"

她紧接着发来一个小狐狸抱着尾巴笑得阴险狡诈的表情。

"你在这里，我会忍不住分心看你。美色误人，你赶紧走啦，回去，马上洗澡睡觉！乖。"她撒娇带着命令。谢源在现实中认识的人里，也只有蒋意能把这两种情绪完美地融合在一起。

她命令他乖乖听话，谢源必然遵命。他把电脑收拾好，站起身。然后他发觉蒋意说得没错——她此刻依然站在会议室里，但是忍不住一直在往他这里瞟。虽然抓到了她开小差的现行，但他当然不会惩罚她。

谢源隔着一段距离朝着蒋意点点头，然后手指点了点手机屏幕，发过去一条消息："好，那我先回家了。车钥匙留给你，我放在你的办公桌上了。但如果待会儿你太困的话，就不要自己开车了，打车回来，或者请宇航他们几个人绕路送一下你。"

"嗯。"

谢源打车回家。

然而一直等到他睡意很浓，蒋意都还没有回来。他不放心，给蒋意发微信，结果蒋意说她和其他几个人还在公司测试最后一版算法模型，让他先睡。

凌晨四点半，蒋意轻手轻脚地打开家门。

她是自己开车回来的，把车钥匙和家门钥匙都留在玄关的架子上，然后弯腰很小心地把鞋子脱下来，尽量不发出任何声音。

蒋意的脑海里忽然冒出一个荒谬的错觉——她现在这副举动就像是一个鬼混到清晨才回家的"渣女"，然后推开门一看，发现老公一脸委屈巴巴地坐在沙发上等她。

当然，她家的沙发上此刻并没坐着一个满脸委屈、等着她哄的老公，但是有一个睡得很熟的谢源。他没在卧室里睡觉，而是趴在沙发上压着脸睡，这睡相居然让人感觉他好可爱、好无害。谢源个子高，手长脚长，于是他的胳膊都搭在地板上了。

蒋意蹑手蹑脚地走过去，在谢源脸旁边蹲下来，静静地观察他。

由于她不爱锻炼，所以蹲也蹲不稳，刚蹲了一会儿，马上就跌坐在地上。她忍住唇边即将溢出的一声闷哼。

猫猫三三听到动静，灵巧地跃过障碍踱步过来。蒋意怕它会"喵喵"叫，朝它做了一个示意噤声的动作。狸花猫都聪明，三三一眼看懂了，于是乖乖地停住脚步，尾巴圈在爪子上面，优雅地蹲住了。

蒋意的目光落在谢源过分修长漂亮的手指上。

她给他带了一份礼物回来。不知道她现在给他会不会把他吵醒，但是蒋意还是想要送给他，她觉得这样应该会很浪漫。

蒋意从包里拿出一个小袋子，然后从袋子里面摸出来一枚素圈戒指。

她的指尖在戒指内侧轻轻地抚过一圈，那里面刻着一圈字——

Y Xie
Query
00002

这枚戒指没有任何爱情层面的意义。这是蒋意督促路非去定制的他们公司的纪念戒指，之后每一个在 Query 工作过的人都会有，戒指的内圈刻着员工姓名、Query 以及员工工号。

白天的时候，第一批戒指终于到了。路非一直保密没说，等着明天产品发布会结束的庆功宴上拿出来惊艳众人。

蒋意提前问路非要走了她和谢源还有付志清的戒指。现在她手里拿着的这枚就是谢源的戒指。

蒋意再一次在地板上坐下来，轻轻托起谢源的左手。

从那天在他的电脑包里无意发现那枚钻石戒指开始，她就一直想做这件事情了——给他戴上戒指，圈住他。但是她觉得自己还是会有点儿不好意思，而且在她的设想里，这种事情就应该是男生先做嘛，就跟告白一样。

所以，她决定晚点儿再给谢源买代表爱情的戒指。

现在，她先用代表事业的戒指代替一下好啦。

蒋意捧起谢源的左手，慢慢地、轻轻地、认真地把这枚戒指套上他的无名指——尺寸正合适。

她拉着谢源的手指端详了一会儿，忍不住越看越欢喜。

"我等着你给我戴求婚戒指，"她无声地对熟睡的谢源说，"晚安。"

她俯身在他的耳边轻轻地啄了一下。

第二天早上谢源被手机闹钟叫醒。他从沙发上爬起来，没顾上别的事情，第一件事情就是满屋子找蒋意，但是蒋意没在家。

早晨七点半，她能去哪儿？

谢源一度以为她昨天可能就待在公司没有回来。

他在家里转了一圈，然后回到客厅，最后才留意到她贴在沙发上，留给他的字条——

"我先回公司啦。十一点我们要提交模型，弄完我就和大家一起出发去佰苑。还有，我点了早餐的外卖，把粥和虾饺放在烤箱里面了，你记得吃啊。"

谢源看到最后,第一反应是庆幸——还好他后来没把求婚戒指藏在烤箱里面。然后他终于反应过来,好像有什么地方怪怪的。他眼睛往下一瞥,看见了戴在左手无名指上的戒指。

这是什么东西?它什么时候戴在他手上的?谁给他戴的?他三连发问。

谢源甚至以为自己没睡醒,还在美梦里面。

事情该不会是他想的那样吧——这是蒋意给他戴的戒指?

她什么意思?她向他求婚?他要不要这么幸福?

谢源暂时告别恋爱脑的世界,回到现实生活,迅速地吃掉烤箱里蒋意留下的早餐。然后他给三三添了猫粮,换了饮用水和猫砂。

三三立马踩着猫步小跑过去,走到水碗前面,俯下身慢悠悠地小口舔水喝。

谢源蹲下来,揉了揉狸花猫脖颈一圈的毛,脑子也跟忽然短路似的,像煞有介事地跟猫猫聊起天儿:"三三,乖孩子,你看见昨天晚上你妈妈趁我睡着对我做的事情了吗?"

三三忙着低头舔水,舔完水又紧接着舔爪子、舔手臂,根本没有闲心理会谢源的提问——妈妈做了什么奇奇怪怪的事情喵?应该没有喵。爸爸手上亮晶晶的东西是什么喵?假如妈妈戴应该会更漂亮喵。

一人一猫各说各的。

谢源当然不可能指望三三真的能开口回答他的问题。此刻他的心情与其说是抓耳挠腮般好奇得发痒,倒不如说更像是与爱人达成了某种默契的共识之后而涌现出来的笃定和安逸——

我爱你,而你也爱我,这是最美好的事情了。

谢源走进厨房,把藏在壁橱最高一格里的钻戒盒子拿下来。他打开戒指盒,那枚璀璨夺目的钻戒静静地躺在绒面的底座上。而同一个画面里,戴在他左手无名指上的戒指则显得朴素低调。

谢源的心脏暖得微微发胀。他给蒋意准备了戒指,而蒋意也给他准备了戒指。这当然是他们彼此热恋而且坚定不移的证明,他会很安心。

谢源重新把戒指盒放回壁橱里面。今天的场合还不是他想要的求婚场合,很快,他再等等吧。

谢源收拾好东西,跟三三说完"再见",然后拎着电脑包,拿着车钥匙往外走。他把家门关上,按了电梯,坐电梯下楼,在停车场里找到自己的车,拉开车门坐进车里——

谢源沉默不语，车子待在原地没发动。

他在纠结，在挣扎。

几秒钟之后，车门猛地重新被打开。一道身影匆匆上楼又匆匆下楼——谢源还是把那个钻戒盒子揣在了口袋里面。

先拿着吧，他跟自己说。

谢源开车抵达佰苑，进了会场就在找蒋意。但是所有人都告诉他蒋意还没来。

"意老板说她和剩下几个人得先把 CalVers 的模型提交了再赶过来。"路非说，眼睛却忍不住往谢源手上那枚扎眼的戒指上面瞟，"谢神，你跟意老板是室友欸，她没跟你讲吗？"

路非的声音越来越小。

不得不说，路非这人的确不太会讲话。旁边马上有人替谢源鸣不平："意老板和谢神的关系怎么能叫室友呢？你也不看看谢神手上戴了什么东西。这是意老板给谢神打的标记、盖的戳儿，谢神明摆着就是意老板的——"

狗？这当然是不可以说的。

那人清了清嗓子，把真正想说的话咽了下去，换了一种让谢源心情舒畅的讲法："谢神明摆着就是意老板的待转正老公。"

毕竟谢神待会儿要上台主讲，他的心情必须得被哄好喽。

蒋意加入 Query 之后，公司内部的插科打诨之风一刮就彻底停不下来。

谢源冷哼一声。他这么聪明的人，怎么可能看不出这群家伙的狗嘴里想说什么话？但他没生气，也没黑脸。

姑且算了，谁让他一早上起来心情就是满分呢？

而一旁的路非三缄其口，破天荒地跟个锯嘴葫芦似的不发表任何意见。

他早就一眼认出谢源手上戴的戒指就是他们公司的纪念戒指。蒋意昨天从路非这儿拿走了谢源、她自己还有付志清的戒指，然后今天这戒指就出现在谢源的手上。路非强烈怀疑，意老板肯定哄骗谢神了——她一定没跟谢神说实话。

路非这回装乖了，什么都不说，不给自己找苦头吃。

距离发布会开始还有十分钟。谢源从洗手间出来，在往回走的路上遇见了凌聿。凌聿作为鲸智科技的 CEO 今天亲自到场为合作伙伴 Query 造势，他站在连廊的一扇窗户边，在抽烟。

谢源走过去。

听到脚步声,凌聿把烟掐了,但是烟雾一时散不掉,仍然缭绕在他的眼前以及手边。他眯起眼睛,随手把窗台上的打火机握在手里,同时朝着谢源笑了笑,修长冷白的手指翻起打火机的金属盖,"咔嗒"一声。

凌聿先开口:"我记得你不抽烟。"

谢源淡淡地"嗯"了一声。

其实凌聿在结婚之后就几乎不抽烟了。他知道景孟瑶不喜欢,但是——这习惯因她而起,因她而结束,现在又要再次因她而起了。

凌聿没接着这个话题继续往下讲。他瞥到谢源手上戴着的戒指,眼里浮起几分兴味,半开玩笑地问道:"求过婚了?"

"还没。"

既然谢源还没有求婚,手上何来的戒指呢?凌聿没有深究这个问题,又问谢源:"你待会儿准备求婚吗?"

其实谢源没准备。

他设想里的求婚场景,并非在大庭广众之下。蒋意也许会喜欢,也许不会喜欢,但是谢源很确定,他自己期待中的求婚应该在一个更加静谧、更加隐秘的空间里发生,不是今天,但会很快。

"我有别的准备。"谢源说归说,但其实心里也在努力地克制着自己。今天早上他没能抵制住内心呼啸的念头,最终还是折返上楼把那枚钻戒揣在了口袋里,随身带来了发布会现场。

他不确定自己到底能不能耐着性子等到想要的那个求婚场景。他觉得自己随时随地都有可能头脑发热,然后单膝跪下去掏出戒指向蒋意求婚——只要她在他的面前,他这样的念头就会无比疯狂地在脑海里打转。

谁让她先给他戴上了戒指?于是他的企图就一发不可收拾了。

凌聿颔首表示了解,并不知道眼前貌似冷静睿智的学弟脑子里究竟在想什么东西。

谢源难得多问一句:"学长有什么经验可以传授给我吗?学长之前是怎么向景师姐求婚的?"

凌聿一顿,随即嘴角弯了起来,整个人浑身的状态柔和下来,像是正在回想一些愉快的事情。

"我吗?我那次倒不算是什么值得借鉴的经验。"凌聿眼眸温和地垂下来,"你们师姐只是可怜我而已。"

谢源只当凌聿在开玩笑——凌聿哪里长着一张需要人可怜的脸?

凌聿又随口说笑:"但我以前倒是有设想过,假如在上市敲钟之后求婚怎么样呢?可惜我用不上了。对了,我这个无趣的创意可以免费转送给你。"

他顿了顿,替谢源算时间:"明年这个时候 Query 应该差不多已经把 IPO(首次公开募股)的材料递交上去了。然后等排期——要等敲钟上市求婚的话可能有点儿晚了,你和蒋意应该不想等那么久吧?"

谢源嘴角上扬。

"嗯。"他应了一声。他确实不想再等下去。这都已经第八年了,马上要到第九年了,够久的了,他们也该修成正果了。

说来也是好玩,Query 的产品发布会马上要开始了,这两个男人此刻却站在连廊上讨论着求婚的话题,仿佛都没在意待会儿的发布会。

两个人继续聊了几句,谢源留意到时间快到了,跟凌聿告辞。

凌聿目送谢源的背影,然后蓦地出声叫住谢源——

"初创团队的路都难走,但是记得别把身边最重要的那个人弄丢。"

蒋意是准点到的,两手空空就直接过来了,会场里的导引员把她带到第一排就座。

路非和汤知行坐在一块儿,这两个人的位子就在蒋意的后面。

"老谢在后台。"汤知行说。

蒋意点头:"我知道。"

路非一脸好奇:"意老板,你不过去给他加加油、打打气吗?"她给谢神送上一个爱的亲亲也可以呀!路非脑补了一下,觉得简直要甜到牙疼。

"我不去。"蒋意勾着唇角气定神闲地说,低头瞥了一眼手机屏幕。

路非没明白:她为什么不去?

"我一去谢源肯定就分心了。"蒋意说,"因为不管在哪里,我永远都是谢源的第一优先级呀!"

路非默默地捂住牙齿挪开了视线,不肯再跟蒋意搭话。可是他又想跟蒋意说,谢源今天手上戴着公司的纪念戒指。一阵纠结之后,他还是小声地跟蒋意讲了。

"嗯,我知道呀。"

在她轻声细语的同时,会场及舞台上的灯光全部熄灭。整个佰苑的会场都被黑暗所笼罩,而在这片黑暗里到处都涌动着好奇与期待。

Query 即将交出一份怎样的答卷?

大屏幕上亮起流光，流光环绕着屏幕的中央形成一个圆环形的 logo，随之浮起一行简洁大气的字母——Query Inc。

舞台上的灯光缓缓转亮，一道身影站在台上，那是 CEO 谢源。

全场人的目光都聚焦在他的身上，而他从容不迫。

蒋意扬着脸庞。她也处在这些人之中，却尽情享受着此刻内心的安宁。她望着台上的谢源，满眼赤诚。

她动了动嘴唇，声音几乎轻得微不可闻："你难道不觉得，在今天这样的场合，谢源就应该戴着 Query 的纪念戒指站在所有人的面前吗？

"这是我们所有人彼此紧密相连的印证。

"Query 的所有人都站在一起，和谢源站在同一边。

"属于我们的时代要开始了。"

谢源站在台上，面对着佰苑会场里的数千位观众以及通过线上直播方式参会的人群。

Query 在过去一年的时间里不断积累来自行业内外的关注度。无论是公司前 CEO 与老东家 Tanami 公司的知识产权纠纷诉讼，还是科技巨头鲸智科技与 Query 达成战略合作协议，这些正面、负面的新闻拉高了人们的好奇心——Query 究竟会带来怎样的产品？

谢源从容地开始陈述：

"Query 制造了新一代物理引擎 Artist。

"Artist 重新构建了物理引擎的范式。

"我们已经收到了一些来自早期用户的反馈。游戏开发者如今在 Artist 上构建世界场景模型的速度获得显著的提升；在工业智能生产的场景中，Artist 帮助工厂在四十八小时内完成产线的数字化建模，配套的数字孪生软件扩展套件有效加速了传统工厂的智能化产业升级；年轻电影人使用 Artist 为他们的第一部电影长片快速、高效、低成本地制作特效渲染……

"我们几乎每天都会收到电子邮件。投资人、非投资人们询问：'Query 从此以后就是一家从事物理引擎开发迭代的软件公司吗？'

"我们的答案是——

"是的，Query 将长期从事物理引擎的开发迭代。然而，Query 的产品线不会局限于物理引擎。

"Query 在诞生伊始将自己视为一个造物者。

"我们当下所处的这个时代需要造物者，需要无数的造物者。

"在过去几千年的时间里，人类始终在试图寻找和验证物理世界的边缘。我们既渴望探知边界，又渴望打破边界。人类曾经认为海洋就是世界的边缘，然而我们最终登上了海洋尽头的新大陆。人类曾经认为天空就是世界的边缘，然而我们逐渐达到了第一宇宙速度、第二宇宙速度、第三宇宙速度。

"今天，许多科学学科仍在寻找和验证物理世界的边缘，其中不断涌现出令我们惊艳和敬佩的学术成果。

"与此同时，这个时代的人类正在见证一个新世界的诞生。Cyber world——网络世界，或者说，虚拟世界。

"虚拟世界需要造物者。

"Artist 为所有人提供在虚拟世界中造物的平台和工具。它所包含的智能化新范式提供了生产力的革命性突破。内容创作者在虚拟世界中创造产品的能力变得前所未有地强大。

"虚拟与真实彼此耦合，感知的维度将重新被定义。Cyber World，虚拟世界。Query 已经加入虚拟世界的造物者行列，并将致力于加速虚拟世界的构建。

"创造一切，这是 Query 的愿景和目标。"

所有人都在鼓掌，用掌声致意台上的 Query 这位年轻的 CEO。

Artist 会成为一个划时代的伟大产品吗？这有待市场的检验。

可是此时此刻很多人已经能够预见到，Artist 会大获成功。Query，以及 Query 这位年轻的 CEO，如今距离功成名就只有一步之遥。

在雷鸣般的掌声里，台下所有人都带着热切的目光看向舞台，唯独蒋意扬起淡淡的笑意，微微低下了头。她的心脏跳得很强劲很有力，"咚咚"的声音在她的胸腔里不断地放大再放大。她屈起手指抚上无名指——她也已经把 Query 公司的纪念戒指戴在了手上。

  Y Jiang
  Query
  00027

这枚戒指和谢源此刻左手无名指上戴的那枚拥有相同的造型，内圈刻着相似的字。

她一直知道，他们必定会功成名就。

很高兴，这样重要的时刻，她亲身经历了。

未来，她也一直都会在。

产品发布会圆满结束。

谢源离开舞台往后面走。按照彩排时候的流程，这时候应该会有佰苑的工作人员候在侧台帮谢源取下并且关闭领夹式无线麦克风。但是这会儿侧台只有一个人站在那儿，满眼炙热地望着他笑——是蒋意。

谢源向她打开双臂，她的眼眸瞬间变得更加明亮，下一秒她整个人便扑进他的怀抱之中。在他沉下手掌将她牢牢抱紧之前，她已然踮脚吻住他的嘴唇。

"咔嗒"，蒋意轻轻拨弄了一下无线麦克风的关闭键——刚才工作人员教过她，这样就能关掉麦克风。

谢源没有听见这个机械声，所以一边顾忌着麦克风的收音，一边无声地疯狂地回吻她。他不知厌倦地向她索取源源不断的爱意，然而不允许她的唇边溢出任何的喘息与嘤咛。

他的理智提醒他应该先停下，把麦克风摘掉，然后再重新投入与她的深吻之中，这样耽误不了多久，几秒钟就能完成。

可是谢源已经放不开她了。他不愿意松开压在她腰间与颈后的手掌，哪怕一秒也不想放开。

良久，谢源彻底吞掉了蒋意唇上的唇膏，然而她的唇色还是娇艳欲滴，仿佛唇膏的颜色一点儿都不曾褪去。

谢源松开揽在她颈侧的手掌，而她的腰还在谢源的掌控之中。谢源单手摘掉领夹式无线麦克风，然后才发现手里的麦克风不知道什么时候已经处于关闭状态了。

他当然知道是谁干的——除了怀里这人，还能有谁？

谢源抚着她的脸，抿唇轻笑："为什么不告诉我？"

"嗯？"

"为什么不告诉我，麦克风已经关掉了？"

蒋意轻轻地打了一下男人的胸口，眼眸抬起，溢出几分嗔怪的意味。

麦克风关掉了能怎样？他难道还想在这里对她做什么坏事情吗？

谢源眼神一扫就知道怀里的宝贝又想歪了。他重新抱着她，然后慢吞吞地把脸埋在她的颈窝里。

他其实想求婚。刚才他走下舞台第一眼看见她的时候，这个念头就从

447

他的心底疯狂地涌起来。

但是在谢源那个更为周密的计划里面,他想回到 T 大求婚。他们在 T 大相识相知,相爱而不自知。所以,T 大是一个更有意义的求婚地点。

如果不是因为顾忌麦克风的收音,谢源可能早就已经陷入那一瞬间的蛊惑而单膝跪下去了。他还有钻戒,钻戒这会儿就放在他左边的裤子口袋里面,没有放在戒指盒里,而是就这么直接放在口袋里——他在上台前鬼使神差地这么做了。

现在麦克风已经关掉了。

他要遵循制订好的求婚计划,还是听凭内心狂啸的冲动?

后台的光线昏暗蒙蒙。谢源轻柔地捧起蒋意的手指,却注意到她的左手无名指上已经戴着戒指了。戒指看着眼熟,谢源很快发觉,她戴的戒指和他手上这枚是同一个款式。

对了,他还没有问她出现在他手上的戒指是怎么回事。她是跳过求婚的步骤,直接给他戴上戒指了吗?这么霸道,就很像她会做出来的事情。

蒋意触碰了一下谢源戴着的戒指,问他:"喜欢吗?"

他当然喜欢了。

谢源的视线滚烫,他循着她的眼神,像是要深深地烙进她的心里似的。

"嗯,喜欢。"

"你怎么这么乖呀?"她揉上他的脸庞,"我昨晚偷偷给你戴上,你就真的乖乖地不摘下来了。"

他当然不摘。

"不过,之后还是要摘下来的。"蒋意说,"你只属于我,所以,以后这里只能戴婚戒。"她点了点他的无名指,"这里只是暂时借给 Query 戴一下公司的纪念戒指,下次就不行了。"

公司的纪念戒指?谢源马上就反应过来了——她给他戴的这枚戒指,不是求婚戒指,而是公司的纪念戒指吗?

谢源把戒指褪下来,捏住戒圈对着光一看,才注意到戒指的内圈刻着他的名字、Query 以及他自己的工号。

所以,他白高兴一场?亏他脑补了那么多有的没的。而且他本来还感到非常遗憾,甚至感到一股负罪感,觉得自己作为男朋友实在太逊、太拖拉了,居然让蒋意先求婚——光这一点,谢源已经可以预见到未来几十年都能被蒋意作为欺压他家庭地位的一条合理罪状。

结果到头来,是他自己想得太多?

不过这样也好,他还没有错失求婚的先机。谢源顿时一扫遗憾。

他们应该尽快回 T 大了,要不要待会儿就去?他默默地计划着。

谢源和蒋意在一起久了,渐渐也学会了她那套屡试不爽的撒娇手段。他故意装作幽怨的模样,把戒指塞进蒋意的手里,说:"你就给我这个东西打发我吗?大家都有的。"

这男的怎么也有这么无赖的一面啊?纪念戒指大家当然都会有啊,不然呢?他还想要什么?蒋意呆呆的。

"那你想要什么?"这句话她自然而然地就被他骗着说出来了。

谢源的嘴角微微勾起——小狐狸咬钩了。

"待会儿陪我去一个地方,好不好?"谢源耐心地把鱼饵沉得更深,不让小狐狸看出端倪。

蒋意认真地摇头拒绝:"不行,我们要参加庆功宴。路非他们都安排好了,我们不能缺席。"

这样啊……谢源确实忘了,那就等庆功宴结束之后吧。

"那就先去参加庆功宴,然后再陪我,好不好?"谢源低头,拇指捻着她的耳垂。她今天没戴耳饰,耳垂瓷白圆润,揉起来很软。谢源的指尖偶尔蹭过她的耳后肌肤,触感细腻温热。

谢源知道,蒋意有一个小小的癖好——她喜欢在耳后和颈侧多涂一次香水,因而香气会伴随着她的体温升高而缓缓地释出来。所以每每吻过她的耳后与颈侧时,谢源本能地记住了她的味道。现在他的指尖也俱是她身上的香气,他们如此亲密。

蒋意眨了眨眼,没有轻易地答应他,而像在思考他的动机。

谢源不许她思考。她太聪明了,稍微想想可能就会看穿他的意图。于是谢源使诈,抬起她的脸颊开始吻她,这张漂亮的面庞他哪里都要仔细地吻过,直到她面红耳赤、无暇思考。

"呜……好……我答应你……"

"答应什么?"谢源还要哄她自己再复述一遍。

"答应你……庆功宴结束之后陪你……"

谢源心满意足地吻住她的唇。

没有人追问为什么谢源在后台耽搁了那么久,同样没有人追问为什么蒋意起身离开了那么久。至少他们一块儿回来了,并且都还记着要参加之后的庆功宴。

路非清点完人数，大手一挥："行，人齐了！没开车的小伙伴直接上门口的大巴，开车的小伙伴自己在群里看地址。庆功宴七点整准时开始，谁要是迟到，年底的年会上台表演节目啊。"

庆功宴的地点定在佰苑附近的普豪明仕酒店。进门的时候蒋意搂着谢源的臂弯跟他说悄悄话："普豪酒店集团是我们家的产业。"

谢源弯唇，低头看她："真的？那么待会儿能给我们打折吗？"

然后他的腰就被人狠狠地拧了一下。

"不能！"真是无商不奸！蒋意气呼呼地丢开谢源的胳膊。

Query 明明都已经开始盈利了。他们科技行业这么赚钱，他居然还想着来薅传统的酒店行业的羊毛！她扬着脑袋大步往前去，不想睬他。

谢源的心情却非常好，他抬眸一笑，跟了上去。

庆功宴开始了。蒋意还在记仇，不肯跟某个吝啬鬼形影不离。吝啬鬼则隔着一段距离，将炙热的视线时不时地投过去。

蒋意带的算法竞赛组里的那班员工围着她，都是二三十岁的男人。

路非那家伙干活很勤快，这会儿早就已经把纪念戒指都发出去了。谢源看不得这群男的跟蒋意手上戴着一模一样的戒指——刺眼。

谢源站在远处默默地看了一会儿，终于忍不住走过去。

谢源过来，大家马上识趣地散了，只留下蒋意和谢源，毕竟这醋味好大。

蒋意因为听说了好消息，所以此刻又乐意搭理谢源了，跟他讲："CalVers 算法挑战赛，我们好像有希望拿到全球第一名欸。"

谢源完全不觉得意外。他知道蒋意很强，她组里这些员工也很强，一个个都是履历上写满光辉战绩的大神。李恽教授也不会随随便便给他们提出一个不可能完成的任务。

Query 正是这样一个人才济济的团队。他们中的很多人都由付志清亲自招揽，包括谢源自己也亲身经历过付志清软磨硬泡、锲而不舍的游说过程。

然而，在这场庆祝 Query 建立里程碑的宴会上，付志清不在。

谢源感到遗憾。

庆功宴进行到一半，付志清来了。不过，从严格意义上讲，他不能算亲自到场，因为他没进会场，而是给谢源发了一条微信："我在停车场。"

450

谢源收起手机，眼神沉沉。

他跟蒋意耳语："付志清过来了，你要和我一起去见一面吗？"

蒋意点头说"好"。

谢源又说："见完付志清，我们就走吧。"反正这场庆功宴该进行的环节已经进行得差不多了。

见蒋意没反应，谢源俯身提醒道："你刚刚答应过我的，还记得吗？"

蒋意的脸瞬间通红。她今晚喝过一杯酒，然后此刻又回想起在佰苑后台的时候，那一个紧接着一个压下来继而得寸进尺的深吻……她都快要喘不过气，怎么可能会忘记？

"嗯。"

谢源牵住蒋意的手，然后在人群里找到路非和汤知行，让他们两个帮忙照顾场面："我和蒋意先走了。"

路非"嘿嘿"笑着："去吧去吧，这里就交给我们吧。"

两个人坐电梯到停车场。

付志清把车停在电梯口旁边的临时车位上。蒋意被谢源牵着手走过去。谢源屈起指节，敲了敲那辆车驾驶座侧面的风挡玻璃。

付志清马上开门下车，一下车就露出了标志性的灿烂笑容，别人的标准笑容露八颗牙齿，付志清恨不得把所有的牙齿都露出来给别人看，仿佛这样最能够彰显真心诚意。

"恭喜恭喜，我在线上看完了整个产品发布会。我就知道谢神和蒋意你们最靠谱了。"

蒋意弯了弯嘴角，对于付志清把她捎带上的行为很满意。

谢源站在蒋意的旁边，也扬着嘴角，却给了付志清一记冷眼嗤笑："为什么不上去？路非、汤知行他们都在，大家都很想见到你。"

付志清讪讪笑了两下："算了。"

因为他不想拖累 Query 的其他人。

他和 Tanami 的诉讼案件马上开庭。他没有做过亏心事，却必须得防备着 Tanami 玩阴招。在一切尘埃落定之前，他不想给其他人带去麻烦，尤其是 Query——这家他亲手从 0 到 1 创建起来的公司，他视之为心血的公司。

谢源语气稍微缓和下来，但仍然算不上好："付志清，你就被人欺负到只剩下这么一点儿胆子？伍育恒还说你想改行。"

付志清一怔，有点儿心虚，还有点儿想骂人：伍育恒那厮，把他喝醉之后一时伤心随口胡诌的话往外到处散播是吧？！

"改什么行？"谢源嗤道，"等你的事情结束了，你就老老实实回来把你那个视觉辅助决策系统做完。还有 CEO 这个位置，你到时候赶紧给我接回去。"谢源很嫌弃 CEO 这个岗位，这段时间，这个岗位明显耽误他谈恋爱以及照顾蒋意。

谢源嘴硬心软，付志清能领情。他听得懂老同学的意思：Query 始终都有一个岗位留给他，从来就没有谁拖累谁的事情。付志清的眼眶温热，他尴尬地吸了吸鼻子，总不能当着谢源和蒋意的面掉眼泪吧，虽然这两个人肯定不会像伍育恒那样到处传播他的糗事，但他爱面子。

心里正感动着，他眼尖地瞅见了蒋意和谢源手上都戴着戒指。

"你们戴着一样的戒指，这是订婚了？还是直接结婚了？"他不怎么高明地转移话题，然后莫名其妙地被谢源恶狠狠地瞪了一眼。

谢源还想保留一点儿今晚求婚的惊喜。他已经觉得自己可能要瞒不住了，结果付志清哪壶不开提哪壶，这浑球儿生怕蒋意猜不到是吧？

付志清憨憨的，摸不着头脑。

蒋意微笑解围："这个戒指你也有的。"她从包里拿出来一个小袋子，递给付志清，"打开看看。"

付志清把袋子里面的东西拆出来，结果发现居然真的是一枚戒指，而且款式和蒋意、谢源手上的戒指看起来完全一样。

谢源现在看到这枚纪念戒指就觉得闹心，但还是没好气地提醒付志清："看下戒指内圈。"

付志清去看戒指内圈刻的字——

  Z Fu
  Query
  00001

这是他在 Query 独一无二的纪念戒指。付志清永远都是 Query 的第一位员工，工号 00001。

付志清这下是真的要掉眼泪了。他哽咽了一下，然后欲盖弥彰地假装咳嗽两声，试图掩盖住声音里的颤抖。

"谢了，"他言简意赅，"我先走了，不耽误你们……呃……谈恋爱。"

付志清飞快地开门上车，害怕当着他们俩的面就哭得"稀里哗啦"。他系上安全带，胡乱地把戒指往手指头上一推，然后发动汽车"嗖"地走了。他一边往停车场的出口开，一边号啕大哭。

谢源这个朋友，他真是交对了。还有蒋意，付志清下定决心要跟蒋意做一辈子的朋友。谁都别想让他跟这对情侣绝交。

谢源和蒋意很快也驱车离开。

蒋意觉得付志清肯定哭了，但是谢源觉得没有。

蒋意说："我们打赌。"

她以为谢源会说她幼稚。但是谢源没有，反而分神瞥她："赌什么？"

他一副一本正经的模样，俨然胜负欲快要到顶，这让蒋意觉得他今天肯定对她别有所图。每次谢源肯跟她打赌的时候，基本都是他想要借此机会对她提出过分的需求的时候，她才不上当呢。

"我不打赌，反正你们男人一个个都是死鸭子嘴硬，付志清就算真的哭了，肯定也死不承认。"

谢源撑着方向盘笑了："胆小鬼。"他嘲笑她。

谢源一路把车开到T大。蒋意留意到车窗外的街景逐渐变得眼熟起来——原来他要带她来T大呀。

蒋意往副驾驶座椅上靠去，心里柔软的地方一点点热起来。她扭头看谢源，他正在专心开车。她从刚才开始就隐隐约约冒出来的某个猜想，这会儿有点儿要落地了——谢源是不是要求婚？

心跳如擂鼓，蒋意微微启唇，眼神转向窗外，竭力压抑住内心那股奇妙的感受。如同在已经多得快要漫出来的甜味里面悄悄地藏进了一丝丝的酸涩，某种情绪快要决堤。

她轻轻地捏了捏胳膊上的软肉——疼。

她不是在做梦。

谢源把车开进T大，停在湖边。

两个人沿着湖边的路慢慢走。

蒋意有点儿紧张。越是紧张，她就越是想要找一些话题。她开口："我下周要去一趟S市。"

谢源应声："嗯。"

他的声音听起来有点儿漫不经心。

蒋意抬眸看他，眼里泛着湿漉漉的光："你不问我去S市干什么吗？"

谢源回神，用指腹擦着她的手心，莞尔一笑："去S市做什么？"

他好温柔。

蒋意本能地回避与他对视。这条湖边静谧的路，她在读本科和读研究生的时候早已经走过无数次，哪怕是和谢源一起也走过很多很多次。那个时候她想象过，如果某天她和谢源牵着手走在这条路上，会是怎样的心情。

今天她终于知道答案了——她不只是开心而已，心也正在泛起涟漪。而且她还很紧张，好在手心没有出汗。

蒋意没想到自己有一天会在谢源的面前变成小兔子似的姑娘。不过这种感觉很好，她很喜欢。再说，她偶尔扮扮小兔子也没什么嘛，总得让谢源也有装大灰狼的机会呀。

蒋意回答谢源方才的问题："蒋氏下周要开全体董事会，我需要出席。然后我还要跟公司的高管一起开个会。他们要跟我汇报公司的经营状况——"

男人摁住她的腰，停住脚步。

蒋意猝不及防，心脏随即猛地一颤。

他……他要干什么？他要……要开始求婚了吗？

"这里的绑带没有系好。"谢源俯身跪下去，手掌握住她的脚踝。他在替她整理高跟鞋的绑带，指腹的温热渗进她的肌肤里。

"不然待会儿会摔跤。"谢源很熟练地帮她重新系好绑带。

"好了。"他仰起头看她，仍然是单膝跪地的姿势。

这个高度差，很适合蒋意伸手摸他的脑袋。

他现在是在求婚吗？她想知道。

如果他求婚的话，她在回答他之前，想先摸摸他的发顶。

谢源站起身。

好吧，他不求婚。蒋意抿唇，脚踝上似乎还残留着男人微烫的体温。她不愿承认，但内心确实有一点儿小小的失落。

是不是她想多了？谢源虽然已经买好了钻戒，但也许不是计划在今晚求婚呢？她忽然冒出来一些小脾气，说："不想逛了，我穿着高跟鞋陪你逛校园很累啊。"

谢源失笑。她这么乖，让他差点儿忘记眼前的宝贝有公主病了。

"再逛一会儿。"谢源跟她商量，"我抱你。"

他想得倒美。蒋意别开脑袋不睬他。

· 454 ·

远处几幢教学楼的灯都亮着,这个时间晚课都应该已经下了,但是大部分教室依然亮灯开放,给学生用作自习教室——T大的学生大多用功。

谢源把蓄谋已久的话用诱哄的口吻说出来:"想不想去教学楼里看看?"

谢源把车开到四教学楼前,牵着蒋意坐电梯到三楼。

蒋意走向走廊尽头的窗户前面。

心里的雾渐渐被风吹开,她的心情重新明亮起来。

这里是谢源第一次跟她说话的地方。大二的某次班会结束之后,操作系统期中考试之前,她在父母那里被伤透了心,然后听见一个脸生的男生跟她说——

"同学,两点钟有操作系统的期中考试。

"你骑我的车去吧,骑快点儿应该能赶上考试。"

那个脸生的男生是谢源。

蒋意站在窗边,从回忆里抽离出来,然后回头,再一次看见谢源——现在他是她的男朋友。

她对着他笑,笑容晃得谢源心软。

她勾勾手指把他招过来。

谢源带她来到四教的三楼,她相信这不是巧合,这里对于他一定也有特别的意义。而他选择这里,必然是怀着某种强烈的愿望。

"谢源,你是不是有什么话想要跟我说?"她用手指戳了戳他的胸口,然后堪堪停住,没有一路往下划拉。

谢源的喉结滚了滚,他望着她的眼睛问:"比如?"

蒋意勾唇眨眼:"比如——"

同学,你要不要和我结婚?

蒋意的嘴唇轻轻地缓缓地一张一合,明明她没有发出任何的声音,但是谢源产生了听见她用她柔软的嗓音说出这个句子的错觉。

谢源拥住她,左手手掌落在她的背上。他贴着她的耳边说话,很轻,咬字却无比清晰:

"同学,你要不要和我结婚——

"宝贝,如果当时我跟你讲的是这句话,你会是什么反应?"

蒋意的心脏如同在被他的嗓音反复地摩挲着、轻柔地安抚着。

她居然真的顺着这个荒诞的思路往下想了想,总感觉那样她可能会被他吓哭吧。大二那年的蒋意可能还不够坚强。

蒋意把谢源稍微推开一点儿，说："再说一遍。"

她像是命令他。

谢源把右手掌心摊开，那枚钻石戒指静静地躺在他的手心里面。

"蒋意，你要不要和我结婚？"

他换了一种称呼，不是"同学"，而是"蒋意"。

蒋意抬头看他："这是求婚吗？"

谢源点头。

蒋意："求婚是要跪下来的。"

谢源听话地单膝跪地，于是蒋意能够居高临下地审视他。

他在等待她的答复。

请答应我吧——谢源眼中流露出真挚的期待。他单膝跪在她的面前，一颗真心完全经得起任何的考验。

蒋意摸了摸他的脑袋，然后把手给他牵。谢源发现，不知道在什么时候她已经偷偷把 Query 的那枚员工纪念戒指摘掉了，现在在她的手指上空空如也，需要一件漂亮的饰品让她的美丽更甚。

蒋意拢住裙摆慢慢蹲下来，目光和他齐平。她不再居高临下地审视他，脸上露出甜甜的笑。然后谢源也下意识地跟着笑了。

"嗯，我要和你结婚。"蒋意说，"现在你可以给我戴戒指了。"

她答应了——汹涌的情绪从谢源的心里骤然蔓延开来。他控制住颤抖的手，整个人几乎已经用上了全身的力气，最终落在她手指上的动作却轻柔得像一片毫无分量的羽毛。

他为她戴上钻戒。

戒指很合适，蒋意早就知道。她没看戒指，而在看他。她的眼神忽明忽暗，一瞬间脑海里闪回很多事情。

下一秒，她的表情骤然变得委屈起来，她猛地扑进他的怀里："谢源，你知不知道，我等了你好久好久？"

谢源紧紧地将她抱住，怀里的身躯在颤抖。

"大四的时候，我脚踝扭伤，医生跟我讲养两周就能好。可是我让你照顾了我整整两个月。

"我其实根本就不怕壁虎。但是研一第一学期团建的时候，我的房间里有壁虎，我让你陪我在酒店楼下喂了一整晚的蚊子。

"研二的时候，本来教授想让我去和鹏飞学长一块儿做横向项目。但是我跟陆洋师姐软磨硬泡了好久，让师姐把我要过去跟你一块儿做青飞的项目。"

谢源堵住她的唇,哑声道:"我太笨了,对吗?"

车子一路疾驰回家。

电梯上行抵达十七层。

"为了毕业之后跟你做邻居,我给中介塞钱,让他安排我租到你隔壁的公寓……"大门开了。一阵天旋地转,蒋意被抵在门板上。谢源紧紧地箍着她的细腰,来回地吻她,摁着她的手腕和腿,而她则断断续续地跟他讲这些他以前从来都不知道的事情。

屋里夜色沉沉,没有开灯。

谢源循着她颈侧体温与香水相融的痕迹,埋头俯身咬下去。她难得乖得像小猫似的,爪子也藏起来了,坏心眼儿也藏起来了。

抑制不住的感情一发不可收拾,她眼眸如水:"谢源,你知道吗?燕泗山那次我其实已经喜欢你喜欢到恨不得马上要把你吃掉了。"

但是她还是忍住了。

"我耐心地等了好久好久。

"在你向我告白之前,我无数次想过要不要先开口向你告白。"

谢源不知道这些事情,他的宝贝为他做了很多的事情。

谢源紧紧地将她藏在怀里,拨正她的脸颊。她的唇齿启着,舌尖藏在濡湿的唇后若隐若现。谢源吮吻上去,不再放开。

他想要安抚她,怕她难受。她喜欢了他很久很久——骄傲的公主一次次将蓄谋已久伪装成巧合,而他却蠢得离谱,不肯给她回应。他是浑蛋。

"宝贝……意意……

"意意……蒋意……"

她的名字在他的嘴里反反复复地被念起,爱意缱绻。

戴着钻戒的无名指无数次被他吞入吻里,今晚还很漫长。

直到天光渐渐亮起,蒋意累得快要睁不开眼睛。一整晚的时间,她时断时续地跟他讲以前的这些事情。

她在清醒的时候说得很有条理,在意识紧绷的时候就会说得凌乱无序。可是她还没有讲完。

谢源替她擦拭眼睫上沾的眼泪。

"还有好多事情——"她还想说下去。

谢源将她揽进怀里，牵起她的手指，烙下一吻："不急，留着以后每天慢慢跟我讲，好不好？"

"嗯。"

谢源轻轻地安抚着她的脊背。他也有很多故事没有跟她讲。所幸未来还很长，他们有足够的时间慢慢来。

番外一
蒋意和谢源经历了一场漫长的双向暗恋

是谢源先记住蒋意的名字的,蒋意不知道。

那是在大一第一学期快要结束的时候,CS104 程序语言设计课要求学生在教学周的最后两周进行大作业汇报展示。

谢源在蒋意前面做展示。他弄完,正在拔 HDMI 线,她抱着电脑走上来,两个人擦肩而过。

然后蒋意开始汇报展示。她做的是一个网页反爬虫的保护机制。她当场做演示,直接把谢源刚刚展示的网址输入浏览器的地址栏,分别展示了使用和不使用她做的反爬虫机制的结果。

效果当然很好,她站在讲台上,勾起唇角,眼睛里面有灵动的光芒在摇晃:"大家看,这样我就把上一位同学的知识产权保护得很好了。"

台下响起一片善意的笑声。

蒋意又俏皮地说:"上一位同学你不需要跟我说谢谢,举手之劳而已。"

她有调戏同学的嫌疑,谢源也弯了弯嘴角。

而且他发现,她嘴上跟他说不用谢,实际上从头到尾她的眼神压根儿就没有往他的方向看哪怕一眼。

她根本没记住他这个"上一位同学"长什么模样,只是在说俏皮话而已,从而显得她更加自信和游刃有余。

她笑得很灿烂、很漂亮。

谢源正要把眼神挪开,然而忽然间鼻腔里面传来一阵异样的感觉,像是有一股热流。他下意识地仰头，手指捏上鼻梁骨，热流瞬间顺着鼻腔食道连通处涌下，铁锈般腥甜的味道在喉咙里漫开——他居然流鼻血了？他以前从来没有流过鼻血。

鼻子出血的情况下不能仰头，谢源作为医生家庭的孩子，这点儿常识还是有的。他低头压迫止血，然后起身从教室的后门出去，去洗手间找冷水冷敷。鼻血很快就不流了，然而这种事情既狼狈又离谱。他为什么会莫名其妙地流鼻血？总不能是因为刚刚她在台上随口调侃他的那一句话吧？

也不会是因为她长得漂亮——虽然她确实长得非常漂亮，应该算是谢源从小到大见过最好看的人，但是谢源认为自己应该没这么禽兽，见到漂亮的人就流鼻血。不然就是因为她做的反爬虫机制惊艳了他，让他的情绪一下子往上顶起来了。可是如果因为这种事情而激动到流鼻血，谢源想想觉得这样似乎更像变态。

谢源处理好自己的事情，然后原路返回教室，坐回位置上。

蒋意的展示已经结束了，讲台上换了一个学生站在那儿。

谢源的室友许安宇隔着一个座位坐在谢源边上。他不知道谢源刚刚的突发情况，伸长脖子问谢源："比如像蒋意刚刚做的那个东西，做起来难度大吗？我看老师给她的评价很高呢。"然后谢源就记住了，刚才的女生名字叫蒋意——让他第一次流鼻血的女生叫蒋意。

这节课下课以后，谢源接到他爸打过来的电话，然后流鼻血的真相水落石出。原来是他爸昨天从爷爷家端回来的那锅鸡汤端错了。爷爷给谢源的姑妈炖的补气活血的鸡汤，炖了整整三个小时，结果被谢源的爸连锅带汤全部端回家了。

"你爷爷嘱咐了，他说我们喝错汤问题也不大，但是让我们喝凉茶去去火。你自己决定要不要听你爷爷的话。"

不听老人言，吃亏在眼前，更何况爷爷是中医名医。

谢源想起刚刚流鼻血的经历，觉得自己还是应该去喝凉茶。可是哪里会有人在 B 市的大冬天喝凉茶？

他爸又问："你没事啊？你爷爷说，血气方刚的大小伙子可能反应会大一点儿——"

谢源面无表情地把手机拿开一段距离。

这时候一股淡淡的香气从他身后飘过来，这股香味像花香又像水果香。然后谢源就看见蒋意怀里抱着电脑从台阶上走下来，她从他身边经过，没有分给他半个眼神。

她刚刚还在课上笑眯眯地当着所有人的面让他不用说谢谢——

他就知道,她其实根本就不认识他。

鼻子似乎又一次要蠢蠢欲动了。

他的鼻子不够争气,但是足够诚实。谢源的脸色立刻沉下来,他大步流星地走向自己停自行车的位置——他现在就去买凉茶!

在流鼻血事件之后的一周,谢源的生活如常,他没有再跟蒋意发生什么交集。哪怕她是他在班级里唯一一个记住名字的女同学。

谢源觉得这很正常。大学班级里的男女同学之间本就泾渭分明,更何况他们工科专业男多女少,更是加剧了这种性别上的同性集聚和异性分离现象,他记住名字并不意味着什么。

然后他们就到了要放寒假的时候。

谢源去学院交表格。他进去的时候,学院大楼前的花坛边上空空如也。等他交完表格出来,花坛旁边长猫了,也长人了——蒋意坐在那儿,身上穿着一件米色大衣外套,没介意花坛的边上可能有积灰,可能会把衣摆弄脏。她手里拿着一盒猫罐头,正在喂猫。

谢源认出那只猫是贴在学院楼里通知栏上的"喜爱抓人的恶猫"。这猫据说特别爱抢食,也特别擅长打架,吃饱的时候偶尔乐意接受被人撸毛,但是更多的时候它的心情都很差劲。它喜欢伸爪子一视同仁地"招待"那些试图贴上来的"两脚兽",因此荣登学院的通知栏。

但是蒋意好像不知道。

猫也配合,装作乖巧的模样,蹲在她面前埋头吃罐头。可能是因为蒋意没有试图上手摸它,所以一人一猫才能维持这种虚假的温馨关系。

谢源停住。

"你是不是做妈妈了呀?"蒋意跟那只猫说,"以前我没有在这边看到过你。"

谢源很想告诉她:不是的,这猫是货真价实的"公公猫",只是肚子吃胖了而已。他室友许安宇是猫狗协会的,因此情报绝对属实。她但凡把它翻过来看一眼就能知道,它绝对做不了猫妈妈,而且也做不了猫爸爸。

但是谢源忍着没说。

她都不认识他,他这么贸然上去说了,应该会显得像变态吧。

蒋意把猫罐头放在地上,她说:"全部都给你吃。"

微风轻柔地吹开她额前的碎发。

"做妈妈很辛苦,你一定要健健康康、平平安安。"

安静的午后,谢源不忍心打破她的眼睛里看到的美好时光。

大一的寒假过去,到了第二学期。这群学生还是按部就班地上课、下课、写作业、泡图书馆,有人开始谈恋爱,有人开始试图谈恋爱。

谢源知道室友许安宇最近在追求一个女生。许安宇天天在宿舍里哀号,今天说自己肯定没希望了,明天又跟打了鸡血似的重新振作精神,后天觉得自己已经拥有稳稳的幸福,大后天又觉得自己没希望了,如此周而复始。

某天,课前天气好得没话讲,课上到一半,外面忽然变天了,黄豆般的雨点砸下来,搅得教室里的氛围焦躁又潮湿的。

谢源出门前看天气预报了,所以带伞了。许安宇出门前看谢源了,所以也带伞了。

快下课的时候,许安宇频频抬头张望。谢源坐在旁边,觉得许安宇看起来跟衣服里进了蚂蚁似的。他能不能消停一点儿?

过了一会儿,许安宇跟谢源小声说:"谢源,我跟你商量个事呗……"

许安宇摸着脖子,脸上写着心虚,怕被拒绝,但又鼓足勇气。

谢源淡淡地"嗯"了一声,意思是让许安宇有话直说。

许安宇不好意思地笑道:"待会儿我能不能蹭你的雨伞回宿舍啊?"

谢源瞥过去,一把深蓝色雨伞端端正正地摆在桌子上,是许安宇的——这人不是有伞吗?

许安宇"嘿嘿"尴尬地干笑:"她们几个没拿伞……"

谁?谢源下意识地皱眉。然后他想到了什么,往许安宇刚刚频频把视线投过去的方向看。他看到了蒋意。她在听课,手指有一下没一下地搭在耳垂上面——她今天没戴耳饰。

许安宇最近在追求一个女孩儿。

谢源莫名其妙地有点儿发闷。

下课铃响了。谢源站起身,把自己的雨伞扔给许安宇,说话声音冷冷的:"你把这伞借给她吧。我待会儿直接打车出校,不撑伞。"

许安宇愣愣地还坐在位子上,而谢源已经背着包往外走了,没等许安宇——他们本来就不常一块儿走。

这天气持续了整整两周的时间,这期间一直断断续续地下雨。许安宇一直没把伞还过来。

周四,上 MA113 离散数学课前,谢源站在楼上,然后就从楼下那一把把撑开的雨伞里认出了他的那把伞——他借给许安宇的那把伞。

那把伞缓缓地移动到教学楼前。"咔"一下，伞面合拢，露出一张漂亮的脸——蒋意手里拿着他的伞。

谢源的心脏似乎跳得比平时要更快一些，可惜他自己没有察觉。

这时候另一张脸出现在谢源的视线里。许安宇快步走进教学楼里，然后蒋意和他互相点了点头。

她能认出许安宇？

谢源的心里忽然闪过一个念头：她知不知道，她手里的这把伞，其实不是许安宇借给她的，而是他借给她的？

他真想戳穿许安宇。这样她应该就不会喜欢许安宇了吧？至少许安宇不能凭着借伞这件事情跟她套近乎了。

可是他这样做就太阴暗了。谢源自认为不是这样不择手段的坏人，他没兴趣拆散有情人。

谢源慢吞吞地从窗边挪开视线，不再看楼下的人。所以他当然就错过了后面发生的一幕：站在蒋意身边的女孩儿一步跳过去挽住了许安宇的胳膊，然后蒋意没管这对恩爱的小情侣，率先走向楼梯。

几天之后，许安宇总算想起来要把雨伞还给谢源。

谢源戴着降噪耳机坐在寝室桌前写代码，许安宇小心翼翼地把雨伞递过去摆在谢源的桌角。谢源淡淡地抬眸往许安宇的脸上瞥了一眼，对方随即绽放出心虚的笑容。

谢源没睬他，甚至一度觉得许安宇笑得刺眼。

许安宇轻咳一声："跟兄弟们宣布一个消息，哥们儿我脱单了。今晚我请客吃饭，地点随便挑，大家千万别客气。"

某人的脊背瞬间僵硬。

几个室友纷纷号叫起来，一阵羡慕忌妒之后，马上开始热火朝天地讨论待会儿去哪里吃饭。唯独谢源目不斜视地盯着电脑屏幕，表情毫无波澜，就跟没听见似的。

许安宇想戳谢源，可是又不敢，怕打扰谢源，于是一脸纠结。

过了良久，敲击键盘的声音停下。谢源终于不再盯着电脑，抬手把降噪耳机摘下来，然后把电脑桌面上的 IDE 窗口关了。

谢源的手指摁在许安宇刚刚还过来的那把雨伞上面，指骨分明，手掌翻过来，把雨伞在手里抛接了几下。

许安宇正想再问一遍谢源,以防他刚才开了降噪没听见说话声,没想到谢源先开口:"你谈恋爱了?"

他视线落在许安宇的脸上,眼神里透出几分平静的审视。

许安宇忙不迭地点头:"晚上一块儿吃饭吗?庆祝一下。"

谢源沉默片刻之后,启唇:"算了,我没空,你们去吧。"

他把手机拿起来,在屏幕上点了几下,许安宇那边马上收到了消息提示音。

许安宇看了一眼手机,差点儿被口水呛到——啊?谢源给他转账两千元?啥意思?

虽然之前室友一块儿吃饭的时候大家确实开过玩笑,说以后聚餐缺席的家伙要负责买单,但这只不过是一句玩笑话而已,没人真的要践行。更何况,今天是他许安宇的脱单饭,这总不能让谢源买单吧,否则他成什么人了,谈恋爱还要靠室友买单?

许安宇没有接受这笔转账,而谢源已经把笔记本电脑收拾好出门了。

许安宇的这段恋爱谈得不算高调,所以在之后很长一段时间里,谢源都不知道许安宇到底在跟谁谈恋爱。

与其说谢源不关心许安宇的女朋友是谁,倒不如说他在潜意识里害怕答案会让他失望。

可是谢源仍然会下意识地在上课的时候坐在蒋意身后的位子上。这意味着什么?他对她有好感吗?还是说,他这只不过是好奇心使然?

他忍住不去看许安宇的反应,但每次上课依然坐在蒋意周围。他通常坐在她后面,偶尔也会隔开几个位子坐在和她同一排的座位上。他发现自己坐得离她更近,比许安宇要近。

甚至很多个下雨天,谢源撑着伞从蒋意的身边擦肩而过。他偶尔会有荒谬的念头从脑海里面飘过:蒋意是否会认出他手里的这把伞,曾经她也撑过。借给她雨伞的人是他,而不是许安宇,可是她不知道。

许安宇偶尔会在寝室里提起自己和女朋友谈恋爱相处的事情。

许安宇说,他想要周末带宝宝去放风筝;许安宇说,明天见面之前要去花店买一束茉莉花;许安宇说,B市哪家店的巧克力做得最好吃,他要买来作为恋爱一百天的礼物送给他的宝宝。

谢源觉得许安宇是一个没救的"恋爱脑",然后转头自己去排队买了B市最好吃的巧克力。

"许安宇，你知道吗？这家店的巧克力最好吃。"他拎着礼品袋回到寝室之后这样跟许安宇说。

谢神这是在跟他炫耀吗？

谢源似笑非笑地问："许安宇，你买巧克力了吗？"

许安宇买了，但买的不是谢源买的这个牌子。对比之下，他忽然觉得好像确实是谢源手里那盒巧克力看起来更好一点儿。

毕竟谢源是B市人，对于B市最好吃的巧克力店可能是更有发言权一些。

许安宇问："谢神，你也跟女朋友过一百天纪念日？"

这属于哪壶不开提哪壶，谢源没有谈恋爱。

许安宇厚着脸皮问："谢神，我能跟你商量一下吗？你这盒巧克力可不可以卖给我？"许安宇的说法是，反正谢源没有女朋友，不用过一百天纪念日，不如先把手里这盒巧克力出给自己。许安宇过完纪念日，这周末就亲自去排队买十盒还给谢源。

"谢神，我愿意出双倍的价钱买！"

谢源说："不用。没事，送给你好了。"

许安宇一怔，内心颇为感动：原来谢源是这样的一个大好人啊！

许安宇的脑子还没有反应过来，谢源为什么会这么痛快地愿意把巧克力送给他。

另一个室友开玩笑没分寸："许安宇，谢神该不会是看上你的女朋友，想要挖墙脚吧？"

许安宇愣了两秒钟："不能吧？"他呆呆地看向谢源："谢神，你保证——你没有看上我的女朋友。"

谢源懒得理他——幼稚。

室友一边坏笑一边用胳膊肘捅许安宇的腰："算了算了，我感觉谢神说不定连你女朋友是哪个都没有搞清楚，更不用说挖墙脚了。"

第二天早上八点上课时，蒋意手边就放着几颗巧克力。谢源坐在后面一排很清楚地看见了，这应该就是他昨天买的那盒巧克力。

他忽然觉得心里有点儿五味杂陈——巧克力的故事顿时变得跟雨伞的故事一模一样了。

而且谢源觉得，自己这么做其实对许安宇挺不厚道的——他用这种小心机让蒋意吃到了他买的巧克力，而不是许安宇买的。

自我道德约束慢慢占据上风，谢源心想：下次不做这种事情了。

他正准备起身换位子，换得离蒋意远一点儿，就听见坐在蒋意身边的女生问她："蒋意，你有没有觉得这个巧克力好苦？"

蒋意边喝咖啡边回答："有吗？我觉得还好。"

"那肯定是因为你在喝咖啡，所以不觉得苦。"女生说，"我真不知道许安宇怎么挑的巧克力。他明明知道我喜欢吃甜的，居然还给我买黑巧。我感觉他根本就不在乎我，烦死了。"

谢源愣住。

他当然听懂了：许安宇的女朋友，原来是蒋意身边的这个女生？

谢源在回忆里搜索了一下。他好像是有印象，蒋意经常和这个女生同进同出。这样一来很多事情就都解释得通了，雨伞、巧克力……

蒋意不是许安宇的女朋友。谢源顿时如释重负。

下课以后，谢源拦住许安宇。

许安宇现在最怕谢源了，怕谢源挖墙脚。他还记得，昨天谢源没有保证承诺不挖墙脚。

谢源难得善心泛滥，多管闲事地跟许安宇说："抱歉，你女朋友好像不喜欢吃黑巧克力。你去跟她道歉吧，补送一盒甜的巧克力作为礼物，应该还来得及。"

听谢源这么讲，许安宇就更加害怕了……

"对了，你女朋友叫什么名字？"

许安宇：我可以不回答吗？

大一的一学年转瞬即逝。

蒋意用过谢源的雨伞，吃过他买的巧克力，但依然对他没印象。她似乎从来都没有注意到他，对她而言，他只是一个没有任何特殊性的"同学"，他们从来没有说过一句话。

到了大二，谢源终于第一次和蒋意说上话，在某次班会结束之后，操作系统课期中考试之前。

谢源在班会上就注意到了蒋意的异常。他就坐在她的后面，所以很容易感受到她身上那股低落的情绪——他目睹她盯着手机屏幕发呆。

她这是怎么了？有人让她伤心难过了吗？谢源顿时也觉得没什么好心情了。

班会结束之后，蒋意没有像其他人那样匆匆赶去参加操作系统课的考试。她站在三楼的窗台旁边,维持着同一个姿势不动。

谢源很在意她,怕她想不开。他眼看着她用力把耳机扯下来。不能再等下去了,他蓦地开口:"同学——"

他没有直接叫她蒋意,而是称呼她为"同学"——他明明知道她的名字。

"同学,两点钟有操作系统的期中考试。"

他话音刚落,就被她凶凶地瞪了一眼。她凶得像是一只要张嘴咬人的小兽。

他愣了一下:她……似乎对他没有什么好印象。

为什么?她难道讨厌他吗?但他们之前也没有什么交集,他应该不会有什么地方得罪过她吧。

谢源没有继续往下想。他回想起大一的时候偶遇她在学院楼前喂猫,记得那个时候她对待那只"公公猫"的态度很温柔,可是她此刻对待他的态度很不客气。大概她确实有点儿讨厌他吧——虽然他不知道原因。

两个人一前一后下楼。

谢源知道蒋意平时不骑自行车。他看了一眼时间,这个时候如果走路去考试教室的话,肯定来不及。

谢源没顾上蒋意可能会更讨厌他,把自己的自行车借给她。

"你骑我的车去吧,骑快点儿应该能赶上考试。"

她不要。

"那你坐后面。"

蒋意同意了。

她坐上他的后座,侧着身。谢源想问她有没有坐稳,但是下一秒她的手指抓住了他腰侧的衣服。她先是不小心碰到他的肌肉,然后本能地松开了一点儿,虚虚地抓着他的T恤。

谢源想:她应该是坐稳了吧。

那场考试,他们两个人都没有迟到。

谢源坐在考场里,拿到卷子,没看题目,而是在想:刚刚他和蒋意第一次说话了,可她好像不是很喜欢他。

而且她也依然不知道他的名字,大概下次见面仍然会把他当成陌生人吧,甚至有可能会忘记今天发生的事情。

但是谢源知道自己会记住很久:今天的事情,她跟他说的话,她湿漉漉的眼瞳瞪着他,她的手指触碰到他的腰侧肌肉上那一瞬间的触感……

要是她也能记住很久就好了。

这场考试,谢源写完卷子就提前交卷了。他把试卷交到讲台前面,折返的时候,他的余光注意到蒋意也写完起身准备交卷了。

谢源背着包走出教室,下楼。

他的那辆自行车停在教学楼前。谢源走过去开了车锁,握住车把,长腿跨上车,左脚撑住地。

他不由自主地想起刚刚他骑车载着蒋意过来的时候,后座上多了一个人,自行车就会变得不怎么好骑,可是这种感觉不坏。他这会儿还想等她——也许他还能骑自行车送她回宿舍楼,但这是需要勇气的行为。

谢源眯起眼睛,视线穿过教学楼前空旷的广场。然后,他看见楼里的走廊拐角处似乎有一道熟悉的身影即将走出来,他都已经窥见了蒋意微卷的长发……

他可耻地退缩了——他骑上自行车就跑了,像个逃兵。

蒋意起身去交卷子,往讲台那儿走。她看到了刚刚骑自行车带她过来的那个男生在她前面交卷。

她突然很想知道他的名字。

这时候,她后面也有一个同学起身走上来交试卷。那人走得很急很快,眼看着就要在过道上超过她。

蒋意有点儿急。如果被人抢先在前面交卷,那么她应该就看不见刚刚那个男生写在试卷上面的名字了。

好在旁边突然伸出一只手,把她的试卷提前接了过去。

是这门课的授课老师宁玉兰教授。

宁玉兰教授推了推鼻梁上的眼镜,瞥了一眼过道上堵着的两个学生,笑着说:"怎么交个卷子还争先恐后的?先交卷子并不能加分啊。"

后面的男生脸红了。

宁玉兰教授弯眉笑了下:"开个玩笑,别紧张。"她顺手把手里蒋意的试卷递给了讲台上站着的助教。

蒋意松了一口气,走上讲台。助教低头检查她有没有把姓名和学号填在每一张纸上,而蒋意则看见了前面那份试卷上规规整整填着的姓名——谢源。

原来他也是两个字的姓名,和她一样,好巧。

蒋意默默地记住了这个名字和那张脸。

期中周之后,很快就是学院杯的体育比赛。

班长和团支书在宿舍楼里挨个儿敲门问过去,问大家有没有参赛意向。

很快轮到谢源他们寝室被"问候",班长和团支书的重点动员对象是许安宇。

"老许,这次学院杯的羽毛球比赛有混双项目。你看啊,我们班上就你和俞佳这对情侣,这个项目是不是简直就像给你们俩量身定制似的?"

"是啊。你和俞佳要不要考虑考虑报名参赛?反正没什么压力。体育部那边说了,凡是参赛选手这个学期还能优先抢羽毛球馆的场地呢。"

班长和团支书你一言我一语的,目的就是要忽悠许安宇把表格填了。

许安宇却把头摇得跟拨浪鼓似的:"我不要!佳佳打羽毛球太吓人了,我绝对不要跟她一起参赛!我会被她嫌弃死的!你们让她打女单。"

班长和团支书又接连游说了许安宇好几天。直到某天,他们忽然放过许安宇了。

另一个室友感到好奇,问许安宇:"欸,班长他们怎么突然就大发慈悲,准许你不参加学院杯啦?"

许安宇带着醋劲,酸溜溜地说:"佳佳她抛弃我了,说要跟她的蒋意宝贝一块儿参加羽毛球双打。"

蒋意的名字从许安宇的嘴里说出来,谢源敲代码的手指本能地停下来——佳佳,是谁?为什么蒋意是这个佳佳的宝贝?

第二天,谢源从班长那里领了一份学院杯羽毛球比赛的报名表。然后,他顺利地在他们班的训练时间见到了蒋意和那个佳佳。

班长怕谢源不认识班上的女生,还给他介绍:"那是蒋意,然后那个是俞佳,你应该知道吧,俞佳和许安宇在谈恋爱。"

谢源"嗯"了一声。

蒋意正在练习挥拍发球,羽毛球扔起来,然后她眼尖地认出站在场边的人是谢源——那天骑车带她去操作系统课期中考试的人。

她朝他们那边挥挥手,班长也热情地挥手回应她。

谢源抿唇不说话了。

他注视着蒋意往这里跑过来,留意到她今天把长发全部扎了起来,整个人显得活力满满,不再是那天低落消沉的模样。

她今天没穿裙子,从头到脚穿着一身运动套装,很好看。

蒋意跑到他们这边。班长正要开口说话，就见蒋意笑盈盈地扬着脸颊，准确无误地叫出名字："谢源！"

班长干笑两声："原来你们认识啊？"

谢源没想到蒋意居然知道他的名字，她……是什么时候知道他的名字的？

蒋意露出灿烂的笑脸，同时伸出右手，对谢源说："我是蒋意。"

谢源沉默了一下，然后握住那只伸在他身前的手。他知道她是蒋意，但是这时候再说明已经没有意义了。

"你好。"他说。

接着两边开始训练。班长和谢源在一个场地，蒋意和俞佳在另一个场地。蒋意只会正手发球，俞佳正在教蒋意怎么反手发球。

"你要听击球的声音，"俞佳示范，"然后发球的时候，手得差不多放在这个位置，这样球就很轻松可以过网啦。"

蒋意学新东西很快，很快就掌握了反手发球的要领，俞佳对自己的教学成果也非常满意。

"班长，你们俩要不要跟我们比一场？"俞佳隔着场地下战书。

班长说："我们两个男生，你们两个女生，赢了也是胜之不武。"

俞佳笑了："我怕你们到时候输得太难看。"

班长"嘿"了一声，明显不信。

俞佳用球拍指了指人："班长，我和你单挑。哪怕我让你五个球，你也肯定赢不了我。"

激将法奏效，班长撸起袖子就走过去要跟俞佳比试比试，还回头跟谢源说："老谢，你帮我记着数啊，看我需不需要她让球。"

结果班长回头根本没找到谢源。他再定睛一看，谢源已经大步走到了蒋意的旁边。蒋意笑眯眯地正在和谢源讲话，谢源低头安静地听着——什么情况？

蒋意问谢源他的球拍手胶是怎么缠的。

"我的总是缠不紧。"她把她的球拍给谢源看。

谢源接过球拍，问："新买的拍子？"

蒋意"嗯"了一声："我上高中的时候体育课会偶尔打打，但是上了大学以后就没怎么打过了。你是不是经常打羽毛球呀？"

"也不是，我平时踢足球多一些。"

蒋意轻轻地"哦"了一下："我看你的球拍看起来好像很好用。"她蹲下来看他的球拍,看了一会儿,又抱着膝盖微微仰头看他,"谢源——"

谢源循声低头看过去,整个人僵住了。

她用那种乖乖的眼神望着他,脸庞上的肌肤白皙透亮,因为运动过所以有几缕碎发弯在额前。

"我可以借用一下你的羽毛球拍吗?"

"当然……可以。"谢源觉得,没人这时候能说出拒绝的话。

得到允许之后,蒋意握着谢源的球拍发了两个球,然后转头问谢源她做得对不对。

他能说,他其实刚刚没顾上看球吗?

谢源表面冷静:"你再发一个球我看看。"

蒋意听话地照做。

然后谢源给了她一点点建议:"可以注意一下左手,拿着羽毛球不用往前送。"他说完不忘补充,"你发得挺好的。"

旁边的场地上,俞佳正在"大开杀戒",班长隐隐要招架不住了。

而这片场地上的氛围则要温馨得多。蒋意用谢源的球拍,谢源站在对场,明明他的球包里面还有一支球拍,他此刻却用着她的球拍,给她喂球,她再打回来。

蒋意打到有点儿累了,谢源看出来她体力不支,于是停了下来。

蒋意把球拍还给他:"谢源,谢谢你。"

谢源说了句"没关系"。

她好像还有话要说,谢源侧眸看她,等着她开口。

蒋意把自己的羽毛球拍抱在怀里,表情有点儿不好意思。她说:"可不可以拜托你帮我缠一下手胶?我自己总是缠不好。"

谢源答应了。

校内就有卖体育用品的商店,开在羽毛球馆楼下。谢源和蒋意进去,他带着她径直走到羽毛球手胶的货架前面。

谢源弯腰。在一排颜色里面,他不知道她喜欢什么颜色。他记得她球拍上原本的手胶是紫色的,拿起一盒紫色的手胶,一侧头,对上了蒋意的眼睛。他询问她的意见:"买这个颜色?"

她点头说"好"。

结了账,两个人坐在体育馆后门处的长椅上。谢源当场给蒋意的球拍换手胶,她坐在旁边看着他。

过了一会儿,她起身离开了。谢源没好意思问她去哪里,于是继续专注地给她的球拍缠手胶,至少这件事情得给她做好。

蒋意很快回来了,她把手背在身后,藏着什么东西,但其实谢源早就看到了,她手里拎着两杯奶茶。等站定在他面前,她才肯把手里的东西拿出来给他看,仿佛这是她藏的惊喜礼物。

"一杯是奶绿,另一杯是牛乳红茶,你要喝哪一杯?"她嗓音清甜。

他都行。

谢源问她喜欢喝什么,言外之意:他喝她不喜欢的那杯就行。

蒋意却不同意,一定要他先选:"你选嘛!"她这明显是撒娇的口吻。

谢源觉得自己的神经要打结了。

"牛乳红茶——"话音未落,他看见眼前的姑娘脸上露出一瞬间紧张的小表情。

她想喝牛乳红茶?于是谢源换了选项:"牛乳红茶给你喝吧,我要奶绿。"

他看见她果然轻轻地松了一口气,忍住欲上扬的嘴角。

好可爱,他想。

蒋意把奶绿递给他,再递给他吸管。谢源把吸管插进杯子里,然后看见蒋意正在跟她那杯牛乳红茶的吸管作战。她可能是角度没选好,吸管怎么戳都戳不进去。最后一下,吸管头折了,这下真的戳不进去了。

蒋意表情耷拉下来,有点儿垂头丧气。

谢源忍住想要摸她脑袋的冲动,给她想解决方法:"不介意的话,我的吸管给你用?我还没喝过。"

蒋意蒙蒙地看着他,把手里的奶茶递给他。

谢源抽出自己的吸管,然后在她那杯牛乳红茶上面利落地戳了个洞,递还给她。他随后用她之前那根已经戳折了的吸管,插在他那杯奶绿的盖子上。

两个人终于都能喝上奶茶了。奶茶有点儿甜,谢源扫了一眼杯壁上贴的标签。好吧,她买的是三分糖。

他把缠好手胶的羽毛球拍还给她:"给,待会儿要再拿着试试吗?"

蒋意摇摇头:"今天有点儿累了,感觉运动量已经超标了。"

是这样啊……谢源正想说话,然后又听见蒋意说:"谢谢你呀!"

她看着他,弯唇温柔地笑了下:"谢谢你帮我缠手胶,也谢谢你那天带我去考场。"她捧着奶茶,露出甜甜的笑容,"所以今天请你喝奶茶。"

谢源的心脏狂跳起来。

"下次再请你喝东西。"她说。

人们出于客套或者礼貌的目的，经常会许诺下次要如何如何，可是这种"下次"往往是等不来的。

谢源以为，蒋意嘴里所说的"下次再请你喝东西"也不过只是客套话而已。虽然没有把她的话当真，但是他很想再和她一起喝奶茶。

所以，当班长又一次订好场地，组织大家进行羽毛球训练的那天，谢源拎着整整两大袋奶茶出现在羽毛球场馆里。他怕她已经忘记他了，但如果她看见奶茶，也许能回忆起一点儿上次的事情吧。

班长看见谢源这副阵仗，被吓了一跳："谢神，你该不会是下个学期想参加班长竞选吧？所以提前笼络人心？"

班长以为自己地位快要不保。其实他多虑了，谢源并没有这样的志向。

"没有，"谢源言简意赅，"今天买奶茶免配送费。"

班长脑门儿上的青筋抽搐了一下。免配送费，所以呢？谢源就因为今天奶茶店免配送费所以请大家喝奶茶？这个理由未免也太离谱了吧，鬼才信。

谢源把两大袋奶茶递给班长："麻烦分一下。"

班长愣愣地接过袋子，然后发现谢源的手上还单独挂着一杯奶茶，是用一个袋子装的。

班长没多想，觉得那杯肯定是谢源他自己喜欢喝的味道，因此单独拿出来了。

"谢神，你喜欢喝什么奶茶？"班长眼尖，一眼扫见了那杯奶茶上面贴的标签，"牛乳红茶？我也觉得这味道确实挺好喝的。"

谢源淡淡地应了一声，不过他的注意力已经没有放在和班长的对话上面了。他环顾四周，看似没有什么特别关注的焦点，其实自己心知肚明：他在找蒋意。

蒋意不在。谢源很快意识到这个事实，她不在这里，羽毛球馆里哪里都没有她的身影。

他低头瞥了一眼手里拎着的奶茶。

好吧，现在他确定了，她那次说的"下次再请你喝东西"确实只是客套话。他知道是自己太当真了。

班长把奶茶分发出去，然后大家陆陆续续地站到各自的场地上开始打羽毛球。

谢源把球拍从包里拿了出来，这时候，羽毛球馆的通道里进来一人。

谢源手里的动作停了下来。

是蒋意——她背着球包匆匆跑进来，脸庞染着绯红，整个人还不住地小口喘气。

谢源的心脏骤然间就轻松了。

"抱歉，我有点儿事情耽搁了一下。"她跟班长说。

班长笑呵呵地说："没事，来来来，喝杯奶茶顺一顺气。其实你不用这么着急，这是我们自己班级搞的课余活动，迟到、早退都没事，真有事来不了发条微信就行，不发也行。"

班长从袋子里拿了一杯奶茶递给蒋意。

蒋意下意识地说了句"谢谢"。

"没事，不用跟我说谢谢，这是谢神请的奶茶。"

谢源冷不防被点到名字。他的表情看起来没有任何端倪，但其实他的耳朵有点儿不自然地发烫——谁都不知道，除了他自己。

他注意到蒋意望了过来。

"谢谢你。"她对他说。

她没叫他的名字。谢源的喉结动了一下，他落在她脸上的眼神微微收紧。她还记得他吗？她是已经忘记了吗？

"没事。"他说。

她没喝那杯奶茶，而是把它放在旁边，拉开球包的拉链，拿了一支羽毛球拍出来。球拍握柄一端缠着紫色的手胶，是他给她缠的。

然后她四处望了一圈。

她在找谁？谢源心里的石头微妙地提起来。

"谢源——"她在找他，他心里的石头落了下去。

谢源走向她，站定在她面前。因为他很高，也因为她坐着，所以她不得不仰起脖子，很费劲地才能直视他的脸。她小声地提出要求："你可以低下来一点儿吗？这样脖子有点儿痛。"

谢源听话地蹲下来，殊不知这样在蒋意的视角里他看起来很像一只大狗。

"怎么了？"他问她。他不知道她找他有什么事情，一阵紧张。

"可以帮我开一下吗？"她把奶茶和吸管拿起来。

他感到自己的心脏像是被风吹过的水面，泛起涟漪。

当然可以。谢源伸出手，垂眸看着她把奶茶和吸管放在他的手掌里，像是握手似的。

如果他这时合拢手掌，就能把她的手指禁锢起来。

谢源把奶茶拿走了，可并没有给她用吸管戳开封盖。

蒋意眨了眨眼睛，不明所以。

谢源长臂一伸，从旁边把他一开始就留着的那杯奶茶拿过来。

"喝牛乳红茶可以吗？"他低声询问她的意见。

蒋意愣了一下，很快反应过来。她捧着脸，眼睛微微发亮："你记得我喜欢喝牛乳红茶？"

此话一出，换成谢源僵住了。

他要怎么回答？他确实记得她上次想喝牛乳红茶，可是如果就这么承认的话，会不会显得自己很……别有用心？

他对她没有别有用心……应该没有吧？

谢源声音很镇定："你上次好像买了牛乳红茶，是吧？"

他撒谎了。他明明记得很清楚，不是"好像"。而且这杯牛乳红茶就是他专门买给她的，他在手机上点单的时候，想到的人只有她一个，今天的这些奶茶也只是因为她才买的。可是他不肯承认。

谢源听见蒋意轻轻地"噢"了一声，听不出她的情绪。她的眼睫毛垂下来，盖住了眼睛里的光点。

这是什么意思？谢源不是很确定。

蒋意没接过他手里的牛乳红茶，反而径直拿起刚刚被他放在旁边的——原来班长递给她的那杯奶茶。谢源眼睁睁地看着她自己撕开吸管的封口，然后利落地把吸管戳进封盖。

谢源的眼神一点点黯下去。

她不是说，要让他帮忙开一下奶茶的吗？为什么她又不让了？

蒋意捧着那杯奶茶，喝了一小口，然后放下了。她大大方方地对他说："谢源，你喝牛乳红茶吧。这个味道是挺好喝的，我很喜欢喝，说不定你也会喜欢这个味道。"

蒋意说完之后就起身拿走球拍，走上场地去找俞佳，留下了谢源一个人手里拿着奶茶站在那儿，像个笨蛋。

谢源后知后觉，刚才似乎有什么氛围突然中断了。

是因为他回答错了吗？那他应该回答什么？他的求知欲忽然达到顶峰。

羽毛球训练的时间结束：大家三三两两地离开球馆，去吃晚饭。

谢源坐在场边收拾球拍和羽毛球。

过了一会儿，一道身影由远及近，影子投在他的身上，像是要与他的影子交叠在一块儿，不分彼此。

他抬头，看到蒋意站在他面前。他以为她和俞佳一起走了。

她居高临下地看着他。谢源有一种错觉，仿佛他之前一直从她身上感受到的那种温和柔软的气质骤然间消失不见了，取而代之的是一种棱角分明的状态。她更加明亮，更加张扬——这样的她显得更从容了。

她问："谢源，你是不是不高兴了？"

谢源摸不着头脑。他没有不高兴，她为什么觉得他不高兴了？

"我看你刚刚打球一直都不说话。"

打球的时候他为什么要说很多话？那样人容易岔气吧？

蒋意弯腰蹲下来，仰头看着他："是不是因为我刚刚没有喝你留给我的奶茶，所以你不高兴了？"

谢源抿起薄唇。被她这么一说，他竟然真的觉得心情似乎变得有那么一点点郁闷。

"还是说，是因为我刚刚没有让你帮我戳吸管，所以你不高兴了？"

谢源不说话。

他觉得，她的分析还挺有理有据的。他记得，她刚刚说要他给她帮忙，可是之后她什么话都没有说，突然就反悔了。她拒绝了他给她买的牛乳红茶，而且自顾自地把吸管戳进封盖里。

她这样做，他很难感到高兴吧？

蒋意轻轻地用手里的羽毛球拍戳了戳他的小腿，力道微小得几乎可以忽略不计，可是谢源完全无法忽视。

"谢源——你不要生气嘛，"她说，"也不要黑脸嘛，你黑脸会看起来好凶的。"

谢源别开视线。

她不要哄他。她哄他，他反而越来越觉得自己的心情变得古怪起来。

蒋意一鼓作气："大不了，以后吸管都让给你戳。"

嗯……嗯？

她又用球拍戳戳他的小腿："所以你不要生气了，好不好？"

她很黏人，非要他答应。

谢源动了动嘴唇，说出一个字："好。"

他刚想补充说他其实没有生气，可是蒋意没给他机会，听见他说了"好"，马上就露出明亮的笑脸。

"好!"她声音清脆又明快,重复了一遍他的话。之后她把手背到身后去,羽毛球拍轻轻地撞在她的脊背上,她的仪态优雅又挺拔。

"我们去吃晚饭吧。"她说,"你知道吗?我其实半个小时之前就已经好饿了。"

谢源愣愣地跟着她起身。他没明白,既然饿了,她为什么不去吃饭?

"我怕你一直不高兴呀。"她转头认真地告诉他,"所以我留下来等你了,坏心情是不能过夜的。"

她扬起眼眸,藏起眼底的狡黠,耐心地诱骗他:"谢源,我这么好,你是不是应该陪我一起吃晚饭?"

她这番话好像很符合逻辑,谢源也没细想,只知道自己应该马上给她答复。他

怕他又说错话,所以只是"嗯"了一声,然后主动伸手把她手里的羽毛球拍接过来,替她收纳在球包里面,再将拉链拉上。

蒋意蒙蒙地看着他做这些事情,差点儿把小心思都暴露在脸上。

他这是在……照顾她吗?

谢源很快把蒋意的东西收拾好。

"走吧,"他拎起两个球包,一个是蒋意的,一个是他自己的,"想吃什么?"

"我想吃绿园食堂的咖喱饭。"

"行。"

她想吃什么都行。

绿园食堂的咖喱饭给的米饭量很大。

蒋意手里握着勺子,面对着盘子里堆得高高的米饭。她没有下手,然后又抬头看看谢源,一副欲言又止的模样。

谢源问:"怎么了?"

蒋意问:"谢源,你够吃吗?"

乍一听像她在关心他,但谢源居然马上领会了她说这句话的真正目的——她是不是怕吃不完,所以想要分一点儿米饭给他?

谢源忽然很想逗她,装作不知情,只按部就班地回答她的问题:"够吃了,怎么了?"

他这样讲,蒋意只好不说话了。

谢源目睹了一切,很勉强地压住想要上扬的嘴角,手指靠在他自己的

咖喱饭餐盘边上，往她那儿主动推了推。

蒋意的视野里忽然出现他的餐盘的一角。她抬头，眼睛睁得圆圆的、大大的，像是觉得不可思议。

"可以分给你一点儿吗？"她小声问他，"我还没吃过，是干净的。"

她还挺有礼貌。

她从谢源这里得到了肯定的答案——他点了点头。

蒋意立刻用勺子拨了一半的咖喱饭给他，猪排也拨给他几块，作为配菜的西蓝花全部都给他。最后，她把盖在米饭上面的荷包蛋也分了一半给他。荷包蛋是溏心的，蛋液慢腾腾地从米粒之间的缝隙渗下去。她分配得很公正。

这样蒋意就心满意足了。她把剩了一小半米饭的餐盘往她自己这边拉回来，然后一口咬住勺子，漂亮的脸蛋上露出得逞的笑容。

"辛苦啦！"她说。

谢源视力好，瞥见她粉软的舌尖在勺子边缘一触即离，沾在勺边的蛋液也随之倏地隐没在她的唇间。

非礼勿视，谢源安静地移开眼。

他手里的筷子是干净的。他把自己盘子里面完整的溏心荷包蛋夹给她，留下她分给他的那半个，又把几块猪排夹给她。至于她给他的西蓝花，他则是照单全收。

当晚，某个室友回到寝室，开口说的第一句话就问谢源："谢神，你今天晚上是不是在绿园食堂吃的晚饭？"

谢源淡定点头，翻过一页，看书。

室友声音微微颤抖："跟一个漂亮姑娘……"

谢源继续翻页。

"你还跟她吃同一份饭……"

谢源淡淡地瞥了室友一眼——这就有虚构的成分了，他什么时候跟蒋意吃同一份饭了？室友想得倒挺好。

"谢神，你谈恋爱啦？"

没有……他还没有。

谢源觉得眼前教材上的英文字母变得歪歪扭扭，难以辨认。心不静，他就读不进东西。他纠正室友的描述："她吃不完咖喱饭，所以分给我一半，仅此而已。我们在分餐的时候，勺子和筷子都是干净的。"

欲盖弥彰，他很难得会说这么多话用来解释。

室友笑嘻嘻地跟谢源讲："不用解释，谢神，你心里其实是不是宁愿她咬过勺子和筷子？"

谢源闭嘴了。他的眼前蓦地浮现起蒋意咬住勺边，舌尖若隐若现的那一瞬间……他的脸色骤然沉了下去。

这一晚谢源的睡眠质量很差。他一直在做梦，一个荒诞的梦境紧接着另一个荒诞的梦境。

这几场梦说是荒诞，真实感却如同他在现实世界里的亲身体验似的。

第二天谢源浑身的气压很低，他冲了个澡，然后去上课。

抵达教室的时间很早，他放下书包，起身走到外面的自动售货机旁买了一瓶矿泉水。

买完水回到教室，他一眼就看见了蒋意。她在他前面的那排坐下，那里是她习惯坐的位子，她坐在那里喝咖啡。

昨晚做的梦里，碎片般的画面一点点拼凑起来，对于谢源来说，像是有一腔热血在往脸上涌。

谢源突然觉得手里的矿泉水还不够冰——他现在需要的是一瓶冰水。

于是谢源掉转脚步又出去了。这次他走得更远，直接走到教学楼旁边的教育超市，在冷饮柜里拿了一瓶冰的矿泉水。

负责收银结账的阿姨善意地提醒他，早上不能喝太冰的水。谢源说"好"，但是仍然拿着那瓶水，付钱离开。

回到教室，谢源硬着头皮走到蒋意后面的那排位子。

她也看到他了，从他走进教室开始，她的目光一直跟随着他。

谢源坐下。蒋意把身体转过来，跟他说话："谢源，好巧呀，我正好坐在你前面。"

谢源自己知道，这不是巧合。他坐在她后面很久了，这个学期几乎每一节课都是这样的。

她和他说话的时候就没有在喝咖啡了。谢源留意到，她手里的咖啡吸管的一头扁扁的，应该是因为她有咬吸管的习惯，上面还留着一点点红色的痕迹，可能是她唇上的口红。

谢源的视线不由自主地移到她的唇上。明明吸管上面沾有口红痕迹，她唇上的绯色却很完整、很莹润。

昨晚的梦里，她的口红没有沾在任何地方。谢源不合时宜地突然想起这个细节，随之而来的是深深的负罪感：他没想到他在梦里居然会那么……冒犯她。

这也说明他并不是什么好人，此时此刻不值得她用这样友善的态度来对待他。

他手里的矿泉水瓶被她碰了一下。

"好冰啊，你早上也喜欢喝冰的东西吗？"她歪了歪脑袋，然后给他看她手里的咖啡，"我也喜欢喝冰的，每天早上基本都会喝一杯冰美式，偶尔例外。"

谢源看着她。

她知道吗？其实她不该待他这么亲切。他跟别的男人没有任何区别，外表是虚伪的，内在是阴暗的，她应该要远离他们。

谢源心里这样想着，嘴上却说："是吗？每天早上买咖啡应该会很辛苦吧，我记得早上咖啡店排队的人很多。"

他微妙地舔了舔上嘴唇，看见她露出了苦恼的表情。

她对于他说的情况感同身受："是呀，我有好几次都差点儿迟到了，只好先来上课，然后等第一节课下课的时候再过去拿咖啡。咖啡经常都不冰了，冰块都化成水了，好淡，一点儿也不好喝。"

谢源的喉结蠢蠢欲动，他听见自己的声音："我早上跑步的时候会经过咖啡店，那时候人不多，基本不用排队。"

蒋意愣了一下，眨了眨眼睛：所以呢？

所以他其实可以帮她买。谢源及时沉默下来，没有把最后这句话说出口——他不要吓到她。

大二第一学期的期末，许安宇分手了。他在失恋的状态里面强忍泪水考完了所有的考试，然后在学期结束前寝室的最后一次聚餐时终于忍不住号啕大哭。

许安宇跟谢源讲，女人如老虎。

"谢神，我跟你说，你喜欢的那个蒋意，她就是老虎中的老虎。"

谢源面无表情地把许安宇的胳膊从肩膀上拎下去。

这人口无遮拦。谢源觉得，许安宇必须得注意措辞。什么叫"老虎中的老虎"？有许安宇这么形容人的吗？

许安宇拍着胸脯："什么叫老虎？百兽之王！老虎中的老虎，就是所有的百兽之王坐在一起开会，她蒋意——"许安宇比了个大拇指，"她是老大中的老大,万兽之王,王中王。"

谢源无语:许安宇失恋,为什么从始至终要把蒋意挂在嘴边?他之前是在跟俞佳谈恋爱,不是在跟蒋意谈恋爱。

许安宇接着号道:"她们都是老虎,根本不是什么小猫咪。呜呜呜……蒋意她帮着佳佳欺负我。谢神,你小心被她连人带骨头全部都吃掉,渣子都不给你剩下。"

另一个室友看热闹不嫌事大,拿着啤酒开玩笑:"连人带骨头全部都吃掉?这不就是吃干抹净吗?谢神心里肯定在想,还有这样的好事情?"

谢源没好气地把那人推远:"闭嘴。"

"嘿嘿嘿,谢神恼羞成怒了。"

谢源没喝酒,和寝室里另外两个人一块儿把醉成傻狗的许安宇送回寝室。

刚到寝室楼下,谢源看见一道熟悉的身影站在男生宿舍楼前,是蒋意。

许安宇眼睛前面都有重影了,也一眼认出蒋意:"百兽之王——呜——"

室友们都嫌他丢人,马上把他的嘴捂得严严实实。

他们一边捂许安宇的嘴,一边给谢源使眼色,意思是让谢源去找蒋意,许安宇他们会照顾好的。

两个男人拖着许安宇往宿舍楼里面跑,留下谢源站在宿舍楼外面没进去。

"许安宇,你忍住,没到地方呢,不许吐——"嘈杂的声音渐渐远去。

蒋意望过去。她穿着一件羊绒大衣,搭配高领毛衣、长裙和短靴,颈上裹着一条深蓝色的围巾,衬得她的脸颊精致而白皙。

谢源回想起许安宇说的话,忍俊不禁:这么柔软的姑娘,怎么可能有本事把他连人带骨头全部吃掉?

他怕他会忍不住把她吃掉。

柔软的姑娘此时此刻没朝他笑,而是抬着眼睫毛瞪他。

谢源记得自己没有惹她生气。他走过去。

"许安宇干吗叫我百兽之王?"她倒是听力很好。

谢源诓她:"他不是说你。"

蒋意不高兴地说道:"不是在说我,那许安宇就是在说佳佳喽?"

谢源笑了下。

蒋意瞪他:"不许笑!"

谢源听话地不笑了。

"我没事了，你进去吧。"

她什么话都没说，怎么就没事了？谢源想拉住她，但是又怕显得唐突，纠结了一下，最终轻轻地拉住她大衣外套上的腰带。

她回头看他。

谢源静静地看着她。

"干吗？"她脾气不小。

谢源觉得她今天跟平常那副乖乖的模样挺不一样的。

怎么说呢？他这会儿倒确实能从她脸上看出一点儿百兽之王的脾气了……

他感觉自己被许安宇带歪了。

"你在这儿站着总不至于是专程来吹冷风的吧？"她肯定有事。

蒋意这才说："我是替佳佳来的。结果看到那摊烂醉的软泥，我也没话可说了，就让他继续醉着吧。"

烂醉的软泥指的是许安宇。

谢源心思微动，刚要说话，忽然看见眼前的姑娘踮起脚凑近他的脖子闻了闻。

谢源的神经猛地绷紧——她在和他很亲密的距离之内。

"你没喝酒吧？"她问他。

谢源"嗯"了一声，蒋意的脸色这才稍微好了一点儿。

她不喜欢他喝酒？谢源默默记住。

蒋意说她要回去了，丢给谢源一句话："要是明天那摊烂泥能醒，你就跟他讲，俞佳买了明天下午的动车票回家，是西站。"

谢源没松手，手指还牵着她的大衣腰带。

"你呢？"他耐心地问，"你什么时候回家？"

蒋意说："我还没买票呢。"她低头，右脚轻轻地踢了下空气。

其实她想什么时候走都行，更何况蒋吉东还有私人飞机呢，所以她不着急。

她反问他："你什么时候回家呀？坐火车还是坐飞机？"

谢源下意识地想要皱眉，隐隐有一种烦躁的情绪在作祟。他一听就知道，她根本没有关心过他，所以不知道他家就在 B 市，他回家既不需要坐火车，也不需要坐飞机。

他像一个别扭的小男孩儿想要博得关注。

"我回家得坐硬座火车,先坐二十个小时的慢车,然后到站之后下去再换大巴车,路上继续颠簸十个多小时也就能到家了。"

谢源完全是在胡说八道。然后他就看见蒋意瞪大了眼睛,好像是信以为真了。

啧,她真好骗,让人操心,万一被别人骗走怎么办?

周四的时候蒋意回家了。

谢源还是通过看她的微信朋友圈才知道这件事情的。

她在朋友圈里发了一张别人拍的她的背影照。她推着一只小尺寸的行李箱,斜挎背着孔雀蓝色的迷你包包,脖子上面套着一只颈枕——看背景应该是在机场,也不知道是谁给她拍的照片。

谢源轻哼一声,没觉得那人拍照的技术有多么高明。前景和背景的构图很糟糕,相机角度有点儿歪,人像占据照片的比例也没调好……总之就是一塌糊涂,不如他。

谢源给这条朋友圈点了个赞。

他刚要放下手机,手机忽然响了几声,是蒋意给他发来微信消息。

她这时候倒是想起他了。

"你们宿舍楼下有一个纸箱,上面写了我的名字,你记得去拿一下。"

谢源一头雾水:她是不是发错人了?

"是什么东西?"

"我也记不太清楚了,昨天晚上整理的时候时间太晚了。你打开看了就知道了。"

其实谢源这会儿不在学校,而是在外面陪姥姥姥爷采买年货。

买完东西,他开车先把姥姥姥爷送回去,然后再折返学校去找蒋意说的那个箱子。

谢源到宿舍楼下的时候已经是晚上八点多了。

宿舍楼前人来人往。

谢源打开手机上的手电筒。宿舍楼底下快递很多,谢源原本以为他需要慢慢找一会儿。结果他刚走过去,一眼就看见了蒋意所说的那个纸箱子,因为它实在是太醒目了。

首先它很大,不是常规的快递的尺寸。其次箱子顶上用黑色马克笔写着两个大大的名字,左边是"蒋意",右边是"谢源"。字体很漂亮,谢源认出来这是蒋意的字迹。

这种程度的署名，无论是谁都不可能拿错。

谢源把箱子搬上楼。

他桌子上的剪刀不知道被谁随手丢在哪里，谢源出门到隔壁寝室借了一把美工刀。

等回寝室的时候，他发现许安宇鬼鬼祟祟地蹲那儿，不知道正在干什么坏事。

他想踹许安宇一脚。

许安宇用红色水笔歪歪扭扭地在纸箱上面画了一颗大大的爱心，就画在"蒋意"和"谢源"这两个名字中间——他把爱心画得很丑。

听见谢源开门的声音，许安宇撅着屁股把脑袋转向门口，随即露出一个阳光的笑容："不用谢。"

谢源简直不忍直视。许安宇失恋之后，脑子可能都坏掉了。

谢源无情地把许安宇踢开，然后用美工刀开箱子。

刀片第一下划上去的时候，谢源有意无意地避开了那颗丑得离谱的爱心。

许安宇蹲在旁边，"啧"了一声："呵，暗恋的男人啊。"

谢源把箱子打开，看到里面装的东西，不由得愣了一下。

这都是什么东西啊？一个颈枕、一个腰垫、一条毯子、一个充电宝、一盒蒸汽眼罩、一盒暖宝宝、一大袋零食……

尤其那个颈枕，看着很眼熟，谢源想起来，蒋意在朋友圈里发的那张照片上面，她戴在脖子上的不就是一个一模一样的颈枕吗？

这些东西组合在一起，谢源叉腰站在原地，稍微琢磨了一下它们的用途。

蒋意该不会是真以为他要坐二十多个小时的硬座以及十多个小时的大巴车吧？这些东西是她留着给他在回家路上用的？

许安宇把脑袋探过来，下意识地骂了一句。

"你给蒋意买的？"许安宇蹲在地上，没敢上手扒拉，只好从上到下认真地观摩学习，"这都不说坐火车飞机了，哪怕是进无人区都够用了吧？"

谢源没说，这些其实是蒋意给他的东西。

许安宇还在那儿"叭叭"地自我反省："不会这就是佳佳跟我分手的原因吧？！如果你对蒋意都做到这种程度了，那这让我怎么跟你比嘛！你这纯纯的就是二十四孝好男友呗。我还比什么啊？完败。"

谢源压根儿没有听见许安宇在说什么，几乎是呆在原地。

他打开和蒋意的消息记录,她给他发的消息还清晰地显示在手机屏幕上——

"我也记不太清楚了,昨天晚上整理的时候时间太晚了。你打开看了就知道了。"

这些东西是她一件一件亲手放进去的吗?

谢源下意识地脑补了一下这个画面:她在回 S 市的前一晚,刚刚把她自己的行李箱收拾好,然后穿着毛茸茸的拖鞋蹲在地上,把一大袋零食努力地塞进敞口的纸箱里面,最后才把纸箱的盖子合起来,贴上胶布,再签上名字,费劲地把箱子拖到电梯里,拿下楼。

谢源顿时觉得自己是十恶不赦的大坏蛋。

她认认真真地给他准备了长途坐车可能会用到的东西,也许还搜索了很多攻略,苦思冥想了很久。他当时却只是因为一时生气而骗她说自己回家一趟很远很辛苦。

良心在痛了,谢源决定马上跟她承认错误。

他给纸箱拍了个照片,发给蒋意:"东西拿到了,你什么时候要用?"

几分钟之后,蒋意回复他:"这些东西是给你的呀!你回家路上可能会用得到。

"不过我也没什么经验,所以不知道什么东西有用,什么东西没用,就直接乱七八糟地随便都放了一点儿。你自己看着拿吧,不然行李也太多了。"

谢源感到踌躇:他要怎么跟她讲?

谢源脑子一紧张,也没细想,直接把自己的身份证正面拍了个照片发过去。身份证上面有他的户籍地址。

"咦,你的身份证照片拍得好好,几乎都跟本人一样好看了。"

谢源默默脸红耳热,这是重点吗?

"快点儿撤回呀!不能随随便便把身份证照片发给别人的,这样很不安全。"

确实,但是已经超过了能够撤回的时间,而且谢源也没有想着要撤回。他把身份证照片发给她,应该也没事吧。

谢源默默地等她发现他骗她的这件事情,蒋意的反射弧有点儿长。

"等等——"

紧随其后,她发过来一条语音:"谢源……你骗我!"

她的声音听起来特别委屈,但是落在谢源的耳朵里就跟娇嗔没什么差别。

谢源心脏猛地一抖，手机都险些掉在地上。现在他说对不起好像有点儿晚了："对不起，我那天骗你了。"他自己盯着这条消息都觉得没看出什么诚意。

蒋意换回打字回复他："坏蛋，我不理你了。"

然后她就真的不睬他了。

谢源叹气，他的视线重新落在地上的纸箱上面：蒋意、爱心、谢源。

许安宇画的那颗爱心他越看越顺眼了。

行吧，是他自己活该。

谢源认命地把纸箱重新封起来，放在自己的书桌底下。只能等下学期开学之后，他慢慢补救了。

大年三十的晚上，谢源给蒋意发了一条"新年快乐"——他只给她一个人发了"新年快乐"。

他以为她肯定还记着他骗她的事情，所以不会理睬他。

然而，大年三十到正月初一，零点刚过几分钟的时候，他的手机上弹出了她的消息——她回复他了，谢源觉得蒋意很仁慈。

"谢谢，也祝你新年快乐。"

很平常很疏离的口吻，没有任何可爱的标点符号和卡通表情，她给陌生的同学都能发这样的一行祝福，却足以让谢源开心很久。

开心了一会儿之后，谢源就有点儿贪得无厌了：她是零点过去几分钟之后才回复他的，这说明他大概率不是她第一个回复的人。

如果他之前没有骗她、惹她生气的话，她会不会在零点的时候就给他发"新年快乐"呢？也许会，也许不会，但是她一定会加上可爱的标点符号和语气词。说不定她会给他发语音消息，甚至给他打电话。

谢源非常后悔，可惜这个世界上没有后悔药可以吃。

谢源不知道，S市，蒋意正盯着他没有回复的微信界面默默地生闷气。她戳着手机屏幕，恨不得把谢源这个聊天儿不回复的家伙直接拉黑。

他在干吗呀？她都跟他说"新年快乐"了，他为什么不睬她？

明明就是他不好——他还不着急补救，讨厌死了。

等到谢源反应过来他刚才光顾着高兴而忘记回复蒋意的时候，已经是凌晨一点多了。

谢源家里有守岁的习惯，但他不知道蒋意家里有没有这个习惯，可能她已经去睡觉了吧。

谢源想要给她发消息,可是要聊什么话题呢?她喜欢什么?她会对什么话题感兴趣?

手机响了。

"你还在吗?"谢源正在打字的时候,她发来一条语音。这条语音不长,也就几秒钟而已。

谢源把胳膊垫在枕头底下,默默地翻出耳机戴上,然后点开了那条语音。

"谢源……我想回学校了。"

他回她消息,用的是文字:"那就回来。"

她那边又发来一条语音:"可是大家都还没有回来,我一个人待在学校里也很无聊。"

谢源心里想的是:她怎么会一个人待在学校呢?他就在B市,如果她回来之后没人跟她一块儿的话,他可以抽出几天的时间陪她。

"我在。"

"哼,我知道你在,骗子。"她还在记仇。

谢源忍不住笑了。

"而且订机票好麻烦的。"

这可不是理由。

"我给你订机票?"他感觉自己这会儿像是一只大尾巴狼,正在使尽浑身解数诱哄她回学校。

下一秒,蒋意发过来一张图片,是她自己的身份证照片。

谢源总觉得这一幕好眼熟——他上次就是这么把身份证照片发给她的。

蒋意又给他转了一笔账:"我要头等舱,时间不许太早,我起不来。"

谢源遵命,马上给蒋意订好机票,按照她的要求,位子在头等舱,下午两点多起飞。

航班落地,蒋意推着行李箱一边往外走,一边给谢源发信息:"你给我找接机的人了吗?"

她消息刚刚发出去,谢源的回复就到了:"往左手边看。"

蒋意听话地望过去,人在哪里啊?

"呃,是你的右手边。"

他有点儿激动,以至于犯了个低级错误。

487

蒋意看向右手边,然后就看到了谢源——他来机场接她啊!

谢源朝她招招手。蒋意的眼睛顿时亮晶晶的,她跑过来,按照运动趋势来分析,她的身体几乎要扑进他的怀里。

但是最后一刻,她刹住了脚步。

谢源不肯承认自己有那么一点儿遗憾。

他接过她手里的行李箱,认出是她那次回家的时候在朋友圈里发的那张照片里面的同一个行李箱。

"包包呢?"他记得她那次还斜挎背着一个小巧的孔雀蓝色的包包。

蒋意说她没有背包。

"那你的证件都放在哪里?"

蒋意指了指自己的大衣口袋。

重要的东西放在口袋里面很容易弄丢,他朝她伸手:"我帮你保管。"

他背了一个双肩包。于是蒋意乖乖地把大衣口袋里的东西掏出来倒在他手里:左边的口袋里面是身份证、一对耳环和一支口红,右边的口袋里面是一盒水果糖、一张登机牌和一支唇釉。

在谢源看来,有两支口红也就算了,可是为什么她还在口袋里面放耳环啊?搞得跟暗器似的,她这样上飞机前能过安检吗?

蒋意纠正他:"这支是口红,那支是唇釉,不一样的。"

有什么不一样?

蒋意接着说:"我上飞机过安检的时候戴着耳环的呀。坐飞机的时候不小心扯到了一下,很痛很痛,所以我就把耳环摘掉了。"

她还侧过脑袋给他看她的耳洞。

谢源只看见她白皙纤细的颈项。然后视线往下,他留意到她的头发。她似乎把头发剪短了一些,本来她的头发快要养到腰线最窄处了,现在却只到肩膀后面蝴蝶骨的位置。

"你先替我保管吧,好不好?"她拉了拉他的袖子。

好——他还能说不好吗?

谢源带着蒋意往停车场走,随口问她为什么想要回学校了。

"家里一点儿都不好玩,"她说,"而且你说你会陪我玩呀,肯定很有意思。"她朝他狡黠地眨眼睛。

谢源后知后觉,她好像变得更加娇气了一点儿,也没那么乖乖的了,不像小兔子,像小狐狸。

谢源把蒋意送到宿舍楼下。

车停了,她转头看他,眨了两下眼睛:"这就完啦?"

谢源装傻:不然呢?

蒋意的脸颊微微鼓起来,随后她错开眼神,也不肯说话了,像是在赌气。

谢源默默地摸出包里的水果糖,递过去,小指轻轻地碰了一下她的手腕。

她的眼神落在水果糖上面,他的掌心不自然地发烫。

"谢源——"她声音里藏不住嗔意,"这盒糖是我的!你拿我的东西来哄我……"

谢源不会哄人,能想到拿出这盒水果糖已经算是急中生智,可是这也不管用。

他只好再把糖收回去,像是做错了事情。

蒋意正偷偷地瞥过去,于是谢源这副手足无措、像犯错的狗狗一般的模样被她尽收眼底。她忍不住翘唇偷笑了一下,不着痕迹地轻轻挪了挪屁股,整个人的坐姿一下子变得端正而且规矩。

"算了,想想我也不应该怪你。"她忽然松口说了软话,"毕竟是我临时起意要回来的,让你帮忙订机票已经很麻烦你了,不能再占用你本来的时间。"

她仿佛真的在自我反省。说完之后,她伸手拉了一下车门把手:"我下车了,开学再见——"

车门没被拉开,她又想拉第二下,谁知谢源直接摁了锁车按键,把车门彻底锁住。在谢源的视角里,他亲眼看见女孩儿的脊背随着那声车门上锁的机械声响蓦地顿住。

谢源解释说:"你没有占用我的时间,我本来也没有其他的安排。"

他不想和她直到开学再见,那样等得太漫长了。他是自愿的,所以她不用露出那副反省的表情。

接下去的话就完全不受控制地从他嘴里流畅地冒出来,像是他提前打过腹稿似的——

"蒋意,你先把行李拿上去,顺便可以稍微收拾一下东西,省得晚上回来再整理了。然后我们去吃晚饭,吃完晚饭我送你回学校。今晚先这样,因为你坐飞机肯定已经很累了,其他的安排等明天再说。"

谢源尝试与她对视,自己却先红了耳朵尖:"这样可以吗?"

他看见蒋意笑了。好奇怪，明明他其实已经很多次目睹过她笑起来的样子，当下却觉得，她此时此刻的这个笑容似乎最发自内心。

蒋意回答的声音很轻柔，就像纤细的羽毛在颤动，她说："可以呀。"她的眼里闪过一丝俏皮，"但是你得先给我开一下车门呀。不然你就把我锁住了，我下不了车。"

谢源故作镇定地给她打开了车门锁，跟着她一块儿下车，绕到车后把后备厢里面她的行李箱拎出来，然后替她把行李箱拖到寝室楼门前。

再往里面他就进不去了——女生寝室，男生止步。

谢源目送她一个人拖着行李箱走进楼里。

她太纤细了，让人忍不住产生想要保护的欲望。

谢源收回视线，默默地捂住脸：他脑子里都在想什么东西？

晚饭他们去吃了火锅。

蒋意被牛油锅辣到流眼泪，小口小口地不停喝着酸奶试图解辣，而谢源也没有好到哪里去。他本来就觉得火锅店里的射灯照得他浑身发热，再加上火锅里的辣汤……他频频扯领口散热。

吃完离开，谢源终于松了一口气——还好没有显得太狼狈。

只是他身边的某人兴致似乎仍然很高，要喝奶茶。

谢源自觉地拿出手机扫码点单："想喝什么？"

她点着下巴，脑袋凑过去研究他手机上的奶茶菜单。

谢源眼睁睁看着怀里骤然冒出来一颗漂亮的脑袋。他充分怀疑，她此刻稍一抬头就能抵上他的脖子。

按理说，既然谢源已经察觉到两个人之间过于贴近的距离，那么就应该主动退开一点儿。但是他纹丝不动。

"我要喝啵啵乌龙，你呢？你喝什么？"

啵啵……

谢源沉默不语，动了动拇指，在数量那一栏选择了两杯。他就和她喝一样的吧，也喝啵啵乌龙好了。

他们等奶茶等了好久。等到两杯奶茶做好，蒋意笑嘻嘻地把手里的杯子和吸管递给他。

谢源也知道自己要做什么，嘴角自然地抬了一下。他熟练地接过杯子，然后帮她把吸管插好，再递还回去。

"谢谢！"某个姑娘声音又甜又乖。

他们边喝奶茶边往自动扶梯的方向走,蒋意正抱着手机在研究接下来的日历,问谢源之后哪几天有空、哪几天没空。

谢源随口调侃:"怎么了,要给我排班吗?"

蒋意在他面前也显得越发有恃无恐:"不可以吗?"

可以是可以,但他总归得有名分吧——这个念头从谢源的脑海里面骤然冒出来的时候,他的眼皮首先跳了跳。

他成天都在想些什么乱七八糟的东西?

他居高临下地偷瞥了一眼蒋意。她恍然不觉,拿着手机正在算日期,一副大大方方的模样,衬得他像是心里有鬼。

谢源尴尬地摸了摸鼻子。

他不想吓到她,而且确实太快了。

仔细想想,他和蒋意是上个学期差不多期中的时候第一次说上话。到现在为止,满打满算其实也就三四个月的时间。

谢源没谈过恋爱。不知道这个时间算短还是算长。

他周围能够拿来做比较的,好像也只有许安宇谈过恋爱。许安宇之前追求女生,穷追猛打有多久?

谢源回忆了一下——好像是一两个月吧。

跟许安宇比,三四个月好像是有点儿久了。

可是许安宇分手也分得很快,大二第一学期谈的恋爱,那个学期还没结束,恋爱就先结束了。

谢源不想谈这种短暂的恋爱。

他想要稳定的恋爱,所以,他果然还是应该慢慢来吗?

但是——

谢源的目光落在蒋意的身上,如果他要慢慢来,她会被别人骗走吗?

两个人站上自动扶梯下楼。

谢源在前面,蒋意落后一格站在他的身后。凭借自动扶梯的高度差,她终于能够勉强和他保持平视——当然,哪怕有自动扶梯,他还是比她稍微高那么一点儿。

蒋意说,真不知道他是怎么长这么高的。她理所当然地问他:"你喜欢打篮球吗?"

谢源回答说:"一般般,我平时踢足球更多。"

蒋意眼睛一亮:"你是院队的吗?"

谢源诚实地摇头。他不是院队的,而是校队的。不过,他也没纠正蒋意。

蒋意有点儿失望——她其实喜欢智商高又有运动天赋的男孩子。

她刚想开口再跟谢源说些什么，却看见谢源忽然脸色一变，伸手猛地拉住她的手腕，在她反应过来之前单手把她抱下去，然后另一只手往后一挡。

"小心！"

自动扶梯上面突然掉下来一个行李箱。如果不是谢源手疾眼快地把蒋意抱下来，并且伸出右手去挡，恐怕蒋意此时此刻已经被那个箱子砸到了，后果不可想象。

谢源把行李箱挡下来，行李箱的主人已经吓得呆住了。

自动扶梯行驶到底，谢源拉着蒋意的手腕把她拉到身后，右手仍然牢牢地握着那只撞人行李箱的拉杆。蒋意偷偷觑他，看见他脸色铁青，好凶。

行李箱的主人硬着头皮走过来道歉，正好撞在枪口上。

谢源厉声说："带着大件行李坐自动扶梯是一件非常危险的事情，你不仅这样做了，而且根本就没有看管好自己的行李箱。你有没有想过，行李箱掉下来砸到人怎么办？她如果被你的箱子砸到，你负得起这个责任吗？"

那人自知理亏，根本不敢说话。

谢源在黑脸的时候显得很凶，放开行李箱："还愣着干什么？把你自己的东西拿好。"

那人默默地把箱子接过去，又连声说了好几句"对不起"。

谢源面无表情地说："电梯厅在那里，你老老实实去那边坐厢式电梯。"

他给那人指路，那人灰溜溜地推着行李箱走掉了。

谢源还握着蒋意的手腕。他自己一开始还没有意识到。直到他往前走，蒋意由于被他拉着手腕不得不跟着他往前走的时候，他才注意到两个人还连着的手。

谢源 2 尴尬地慌忙松开她的手腕，说了一声"抱歉"，哪有刚才训斥别人的时候那副恶狠狠的嘴脸？

蒋意却很喜欢他人前人后两副不同的面孔。她不觉得他善变，只觉得他很可靠、很有安全感。

谢源开车把蒋意送回学校。半路上，蒋意在跟谢源说话，谢源偶尔弯唇笑一下。蒋意说着说着，有一阵路灯的光特别亮堂，透过前风挡玻璃和侧面的玻璃窗照在驾驶座上，她突然发觉，谢源的手腕好像肿起来了。

"谢源，你的手腕怎么了？"她想起刚刚自动扶梯上发生的那惊险一幕,"是不是刚刚被行李箱撞到了?"

谢源自己也是这样判断的。他的右手手腕其实已经疼了一阵,他不想让她担心,所以没跟她说,想着先把她送回学校,然后自己再去趟医院看一下,可是这会儿被她抓包了。

他"嗯"了一声,尽量显得无足轻重:"我待会儿回去贴一张膏药就行,可能是扭到了。"

"不行!"蒋意断然拒绝,要求他必须去医院,"刚刚那个行李箱那么大那么重,万一把你砸坏了怎么办!你以后可是要靠写代码吃饭的,这手就是你的主要劳动工具,不可以有差池,必须得重视。我命令你现在马上就去医院,我出医药费。"

谢源听到身边姑娘冒出这么一番"财大气粗、颐指气使"的言论,心情居然更好了。

"我先把你送到学校吧,这前面就是校门口了——"

讨价还价在蒋意这里没有用,她抱起手臂,一副没商量的样子。可是她也没说重话,瞪着他看了几秒钟,然后不来硬的来软的——

她抿唇泄气,说话的语气有点儿委屈,有点儿不开心:"谢源,你现在都不听我的话了。"

一句话就让谢源丢盔弃甲。

行,他打了左转灯,在路口掉头——他这就去医院,马上去。

医院急诊室旁,谢源坐着等拍片,蒋意坐在旁边陪他。他看出来她有点儿犯困,轻咳一声:"蒋意——"他想让她先回学校,不用在这里陪他。

他的嗓子有点儿发哑。蒋意"噌"地一下扭头瞪他,说:"你不许说话了,好好休息。"好霸道的口吻,她都不给他说话的机会。

她边说边把手里两杯奶茶中的一杯递到他的嘴边:"你先喝点儿东西润润喉咙。"

奶茶恰好在他稍微低头张嘴就能喝到的高度,但是她拿错了,她送到他嘴边的奶茶是她喝过的那杯。

谢源将视线落在那根明显被咬过的吸管口上,喉结动了一下。

他想提醒她,但他欲言又止的样子落在蒋意的眼里却是另一种意思。

"你不喝吗?"她歪了歪脑袋,思忖了一下,"不过让病人喝奶茶好像是有点儿不像话,待会儿我去自助售卖机那边给你买一瓶矿泉水吧。"

谢源松了一口气。他刚要点头说好,然而下一秒,只见蒋意把左手里拿着的原本要给他喝的奶茶放下,同时很自然地举起右手上的那杯奶茶,"啊呜"一口咬住了吸管——是他喝过的奶茶。

谢源猛地站起。

"没事,我自己去买吧。"谢源丢下这句话,大步流星地往外走。

等谢源买完水回来的时候,蒋意还在慢吞吞地喝奶茶——喝他的那杯奶茶。从他出现在急诊室门口的走廊上开始,她的眼神就一直黏在他身上。她无辜地抬眸看着他,直到他停在她面前。

谢源盯着她的脸,右手早就不痛了。

他刚刚在自动售货机那边买了一瓶矿泉水和一罐蜂蜜雪梨茶。

"我喝完了。"她说。

谢源瞥过去,现在两杯奶茶的吸管都被咬得扁下来,整整齐齐的。

他心思微动,某种情绪破土而出。

谢源把手里那罐蜂蜜雪梨茶贴上蒋意的脸颊。

他的手指晃过来的时候,她下意识地闭了闭眼睛,然而,她预期里的冰凉并没有到来——这罐饮料是温热的。

蒋意睁开眼睛,蒙蒙地看着他。

谢源很贴心,给她买的是热饮。

蜂蜜雪梨茶的罐身在她的脸颊上一触即离。谢源的理智回归,他意识到自己的行为很唐突。但与此同时,他内心深处却也有某种隐秘的感受被满足了。

他故作镇定,把那罐热饮放在她手里,然后在她的身边坐下。

他拍完片子,还要等结果。

"你先打车回学校吧。时间也不早了,你回去好好休息,我这边一个人能行。"话音未落,他左手里此时捏着的东西太多了,他一时不察,就诊卡从病历本里面滑出来掉在地上,发出清脆的"啪嗒"一声。

"打脸"来得如此之快。

蒋意微微抬起下巴:"一个人能行?"

她话里话外都在揶揄他瞎逞强。

他只是怕她会太累。

蒋意弯唇:"你一个人不行,我得陪着你。"

谢源默默地弯腰低头把就诊卡捡起来,像是认可了她说的话。

等待拍片报告出来的工夫,急诊室周围的人越来越多。蒋意摆弄着手机,片刻过后,泄气地把手机往口袋里一塞。

"怎么了？"

"手机没信号，连文字都刷不出来。"

谢源掏出自己的手机看了一眼——嗯，他的也没信号。

他侧眸看她："是不是觉得有点儿无聊？如果无聊的话，你不如——"

"你不许赶我走，我不会把你一个人丢在这里的。"她着急地打断他。

谢源忍不住笑了——他没让她走，她都没耐心把他的话听完整。

谢源把他的手机递过去。

"没赶你走，"他嘴角微微上扬，"我的意思是，如果你觉得无聊的话，可以玩会儿游戏。"

"这里都没有信号，能玩什么游戏呀？单机小游戏吗？我的手机里可没有这种幼稚东西。"她毫不客气地把单机游戏形容为幼稚的东西。

挺可爱一姑娘，可惜品味似乎不太好。

谢源故意黑脸扮凶："不玩就把手机还我。"

蒋意又不肯了。谢源的脸色这才转好，他稍稍侧身过来，手指在屏幕上快速地点了几下，给她打开了一个游戏 App："你先玩玩看这个。"

蒋意之前没玩过这款游戏，便玩了一会儿。这是一款密室推理解谜的游戏，玩法很有新意，不同的物件组合起来能够变出新的道具，帮助解谜越障。

她决定收回之前的评论，单机游戏好像并不都是幼稚的东西，也还是有好玩的嘛。

"谢源，请到窗口领取报告。"窗口的通知广播响起。

谢源扭头看了一眼蒋意。她正全神贯注地玩着游戏，手指在屏幕上戳戳点点，寻找离开密室的地道，似乎完全没有要关心一下他这位伤患人士的意识。

她还说要照顾他呢，只会说漂亮话的姑娘。

他要是瘫在床上不能动了，能指望她吗？

谢源默默地叹气，然后决定自力更生，起身去窗口拿报告。

取完报告往回走，谢源微微眯起眼睛，瞥见蒋意似乎是没能顺利过关，游戏结束了。

手机屏幕上开始播放退场动画，游戏制作团队的名单也以滚动字幕的形式展示出来。

蒋意的眼睛忽然一亮。她在字幕里看到一个熟悉的名字——谢源。

"谢源，这是你做的游戏吗？"

他好厉害!

谢源"嗯"了一声:"高考结束之后的暑假里做的。"

蒋意灼灼的目光让他有点儿脸颊发烫。

他轻咳一声:"走吧,报告已经取到了,去医生那边再看一下吧。"

急诊的医生看完报告,诊断说谢源的这个情况是手腕急性扭伤。

"问题不大,年轻人康复得快。护腕先戴两周,然后这两周的时间里要注意尽量不要使用这只手。生活上的事情家属多帮帮忙,好吧?"医生提到家属的时候,很自然地看向蒋意。

谢源眼睁睁地看着蒋意点了点头——她点什么头啊?

医生把病历本递给蒋意。谢源正要跟着蒋意一块儿出去,肩膀忽然被医生不轻不重地摁了一下。

他回头,对上了医生眼睛里调侃的笑意。

"我记得,你爸你妈都去国外开会了吧?你小子自己悠着点儿啊。"

他居然这样都能遇到他爸妈的熟人吗?哪怕这家医院不是他爸妈的工作单位。

谢源缴完费,拿到护腕,就诊流程终于告一段落。

走出医院,蒋意让谢源不要开车了:"你都这样了,还是老老实实打车吧。"

什么叫他都这样了?谢源总觉得蒋意在嫌弃他。

"行,那就打车。"谢源拿出手机准备打车,然后注意到蒋意也跟着拿出手机,也点开了打车软件。

干吗?她想丢下他吗?

谢源挡在她身前。他个子高,直接把旁边路灯的光挡得严严实实,她陷在他的影子里,显得乖乖的、娇娇的。

"你跟我一起走,"他说,"先送你回学校,我再回家。"

她小声地反驳他:"这样顺路吗?"

怎么就不顺路了?谢源直接搞一言堂,不许她质疑:"你跟我坐一辆车。"

这么晚了,他肯定得先送她平安回学校。

没一会儿,出租车来了。谢源用左手拉开车门,示意蒋意上车。

二十多分钟后,出租车缓缓驶进 T 大。

寒假的深夜十一点多,小足球场上居然还有几个学生在踢足球。蒋意坐的位子靠近那一侧的车窗,她看见那些踢球的人,忍不住有感而发:"谢源，还好你不是院队的。"

谢源侧眸瞥她：什么意思？

"我听他们说了呀，开学就要举办校级的足球比赛，每个院系都会有队伍参赛的。据说，这次是我们学院最有希望赢经管学院的机会，还好你不是院队的队员。"

谢源听懂了，她怕他带伤上场给学院拖后腿。

谢源轻哼一声。他还以为她是担心他上不了场，怕他遗憾呢。

"你喜欢看足球比赛？"他问她。

"一般般吧。"蒋意说，"我只是觉得，脑袋好、运动又好的人很厉害，我的运动能力就不行。"

谢源不说话了，也不知道在想什么。

出租车驶到蒋意的宿舍楼下，她开门下车，谢源却也跟着下来了。

"怎么啦？"她站在宿舍楼前的台阶上，微微仰头看他。

"蒋意——"他一本正经地叫她的名字，"我踢的是边锋，不是守门员。手腕扭伤，不影响我上场比赛。"

他朝她晃了晃戴着护腕的右手。

他其实在骗她，手腕扭伤怎么可能会不影响上场比赛？

不过，他凭经验判断，等到比赛的那段时间，他的手腕肯定早就养好了，不碍事。

"还有，我不是院队的——我是校队的。我踢足球很厉害的。"

王婆卖瓜，自卖自夸。蒋意眨了眨眼。

谢源低头，定定地望着她的眼睛："开学之后的紫荆杯足球比赛，计算机系会单独参赛，我会参加比赛。"

蒋意弯起眼眸轻轻笑了："我会去看你们比赛的。"她的嗓音温软。

谢源一愣，随即心里弥漫开一股温暖的、甜丝丝的感觉。他好像真的很喜欢这种事事有回应的相处模式。

谢源控制着语气，尽量不透露出太高的兴致。他绷着脸，一副淡淡的样子，说道："那就说好了。"他会参赛，而她会来看比赛。

她点头："嗯。"

谢源目送蒋意走进宿舍楼，她走到宿舍楼里，还隔着玻璃门跟他挥挥手。

谢源也本能地抬手挥了挥他那只扭伤的右手，有点儿笨拙，不是很聪明的样子。

直到她的身影彻底消失不见，谢源才回到车上，给司机报了他家的地址。车子重新驶动。

他掏出手机，给系里临时球队的足球经理严衡发了一条消息："开学的紫荆杯，把我的名字写上吧，我参赛。"

足球经理很快回复："你之前还不肯参赛的，谭老头儿找你做思想工作啦？"

"没，只是突然有了想要参赛的想法，还能报名吗？"

"当然可以！能把功劳算我头上吗？要是谭老头儿问起来，你就说是因为我追着你死缠烂打，你才勉强松口同意参赛的，让我多点儿功劳。成吗？"

"随便。"他收了手机，视线移向窗外，默默地弯了下嘴角。

谢源的右手扭伤，再加上这段时间他父母在国外开会，他一个人住，原本以为自己或多或少会有不便利的地方，但是实际操作起来倒还好，不影响他的生活。

第二天早上，谢源尝试只用左手拿锅做早饭，这样煎出来的荷包蛋依然非常完美。

唯一的问题是，他莫名其妙地多煎了一个荷包蛋。

谢源敲第二颗鸡蛋的时候没觉得有什么不对劲，回过神来，才发现盘子里面已经躺着一个煎好的荷包蛋，而锅里还有一个半熟的荷包蛋正在"刺刺"作响——也不知道第二个荷包蛋他是想要做给谁吃的。

算了，这并不是什么大问题，谢源面无表情地把两个荷包蛋全部吃掉。

一整个上午，谢源的手机安安静静的，没人打扰他。

可是谢源没觉得高兴。他单手握着手机，手指落在屏幕上，把微信 App 的图标一会儿点开一会儿关掉。

中午，微信提示音响起，打破了房子里持续已久的寂静。

谢源第一时间点开新消息。

"你喜欢八音盒吗？我跟你妈正在逛街，看到这边好多游客都在买。要不要买一个回去送你当礼物？"是他爸发来的消息。

"不用。"

"行。"

谢源不知道自己什么时候给他爸留下了错误的印象，以至于他爸觉得他可能会喜欢八音盒这种东西。

谢源关掉和他爸的对话窗口。

蒋意的微信头像就在下面。

他要不要主动给她发信息？要的。

可是他要跟她聊什么话题呢？这个问题对他来说还是有些困难。

随后，在整整一个下午的时间里，谢源都在试图枚举可聊的话题。他在手边的草稿纸上列出来三个备选项：昨晚的游戏、下学期的紫荆杯足球赛、下学期的专业选修课。

他自己都不觉得这三个话题有什么吸引力，然而，这已经是他整个下午好几个小时的全部成果了，根本拿不出手。

晚上，谢源早早地做好晚餐，在沉默的氛围里把晚饭吃掉，然后将餐具厨具都放进洗碗机。半个小时后，他去洗澡。

手机孤零零地仰面躺在桌上。

在谢源单手洗澡期间，手机屏幕短暂地亮过一阵子，之后默默地重新归于黑暗。

谢源洗完澡出来，没抱什么希望，先把头发擦干，然后才慢吞吞地走过去检查手机——

蒋意给他发微信了，就在十分钟前！

"你的手腕有没有觉得好一点儿？"

虽然只有这么孤零零的一条消息，但是足以让谢源不自觉地微微扬起了嘴角。她在关心他，对吧？反正他是这样解读的。

"嗯，好很多了。"谢源把这条消息发过去。

他盯着手机看，突然觉得只回复这么几个字好像有点儿太简短了。

谢源把下午用的那张草稿纸翻出来，视线来来回回地扫视上面罗列的三个话题：游戏、足球比赛、专业选修课。没一个适合用在这会儿跟蒋意多聊几句。

几分钟后，蒋意再度发来信息。

"嗯，那你要好好休息啊。看在你昨天为了保护我英勇负伤的分儿上，我就不逼迫你陪我玩啦，开学期待你的比赛。"

谢源当然读得懂她这段话的意思——她不需要他陪她玩了。而且，直到开学之前，甚至是直到紫荆杯足球比赛之前，她都不需要见到他。

谢源安静地站着，半响都没有动作。

她应该是因为体谅他手腕受伤，所以才发来这样一段话吧？

她应该不是在有意疏远他吧？

可是，如果是后一种情况呢？

谢源沉默了。

谢源从小受到的家庭教育是：别人喜欢你和不喜欢你，这都是很正常的事情，你不可能让所有人都喜欢你，也不可能让一个人永远都喜欢你，要允许别人来去自由，要告诉自己不能死缠烂打。

他不想做一个没有眼力见儿的家伙，也不想自讨没趣。

所以，如果蒋意想要疏远他的话，他会接受的……

他一定会接受的。

这个寒假剩余的两周时间里，蒋意真的没有和谢源再见面。

谢源不知道，其实这段时间蒋意没在 B 市——她甚至都不在国内。

那天她和谢源从医院离开以后，谢源把她送到宿舍楼下，她上楼之后就收到了顾晋西阿姨的微信消息。

顾晋西问她要不要一起去国外度假。

"距离你们开学应该还有一段时间吧？正好你妈妈要过生日了，我们打算趁着度假的时候给她过生日庆祝一下，也顺便庆祝她手术康复。你要不要飞过来给她一个惊喜？她一定会很开心的。"

蒋意当然会去。

事实上，她第二天就坐飞机过去了。她给谢源发微信，询问他手腕有没有好一些的时候，其实正在转机。

有那么一瞬间，她觉得有一点点愧疚。她原本说好要和谢源一块儿玩的，结果现在就像是她把人丢下了。

不过，谢源的手腕扭伤也是事实，他确实应该好好休养。

于是，她那么一点点的愧疚感很快又烟消云散了。

航班抵达机场，顾晋西亲自去接她。

"我看到你的航班信息，你好像是从 B 市出发的噢。"顾晋西戴着墨镜，侧眸瞥她，"怎么啦，你难道不是应该从 S 市出发吗？"

顾晋西随口猜测原因："跟你爸爸闹别扭了？还是说，我们的小意在大学里谈恋爱了？这是赶着回学校跟男朋友一块儿过情人节？是不是阿姨没有眼色，打扰你谈恋爱啦？"

敞篷跑车的顶开着，暖融融的风吹开蒋意的长发。

蒋意翘起嘴角，语气有点儿娇嗔："晋西阿姨总是开我的玩笑，我哪里交男朋友了呀？"

顾晋西爱逗小姑娘，尤其是赵宁语家里的这个女儿。她觉得这孩子尤其跟自己合得来。看见蒋意，她简直就跟看见年轻时候的自己似的。

顾晋西问："没有男朋友，那你有没有遇到喜欢的男孩子？"

蒋意扬起嘴角，大大方方地承认："学校里有我感兴趣的男孩子。"

似乎还没有到喜欢的程度，但是她已经对他很感兴趣了。

她忍不住想要逗他玩，想要看他的反应，想要和他经常见面，想要和他多多地说话——也许最终会达到喜欢的程度的。

许安宇提早返校了。回到学校把行李安顿好，他马上发消息约谢源一块儿出来吃饭。

"没空。"意料之中的答复。

"想你了嘛！"许安宇是会黏人的。

这条消息发过去，可能是太倒人胃口了，所以他没有收到回复。

许安宇也不恼，笑嘻嘻地继续骚扰谢源："情人节咋过？"

"我反正有亲亲女朋友一起过情人节，谢神你呢？你有人一起过情人节吗？"

许安宇和俞佳在寒假里复合了，他恨不得拿个喇叭嚷嚷得全世界都知道。

"据说蒋意好像在度假，你们两个后来寒假里没什么进展吗？"

谢源其实看到了许安宇的一连串消息。

蒋意去度假了吗？谢源不知道。

连许安宇都知道得比他多。谢源抿唇，很难说此刻的心情究竟是怎样的。

他甚至忍不住想要怀疑，上学期的那几次相处，以及寒假里这次她提前回 B 市两人见面的细节，究竟是真实发生的经历，还是他因单相思而产生的臆想。

他当然知道答案，这些事情并不是臆想。如果真的是臆想，他就该去看精神科医生了。

可是，即便有这些共度的时光，他也好像只是她许多朋友中的一个，没有任何的特别之处。

她在他的生活里来去自如，忽近忽远。也许这就是她对待朋友的方式，只不过他恰好是异性，因此或许会引起许安宇等人的误解。

所以，他不该让其他人误会，也不该让她产生困扰。

谢源终于动了动手指，回复许安宇："没有，我和蒋意只是同学，你别误会。"

同学……谢源打出这两个字的时候，内心如同有啮齿动物在毫无章法地乱咬。

他本来想打出的词语是"朋友"，可是最终打出了"同学"一词。这个身份最客观，因此也最不会让她感到有负担。

寒假进入尾声。

谢源终于摘掉了右手上的护腕。他搬回宿舍里住，每天下午都要参加他们计算机系足球队的训练。

这天球队训练结束之后，谢源没走，留在小足球场上继续踢球。这种专注于一件事情的感觉很好，至少能够让他暂时不再去想别的烦心事。

天色一点点暗下去，足球场上的人也越来越少。直到最后，夜色彻底笼罩下来，足球场灯光大亮，只剩下谢源一个人。

谢源盘带着足球往禁区里移动，在恰当的位置猛地抬脚一记抽射，足球狠狠地突破底线射进球门，力道大得几乎要穿透整张球网。

他身后骤然响起一个女声："同学——"

谢源的脊背蓦地僵住。这个声音里面明显藏着笑意，他不需要回头就已经听出来，这个声音很像蒋意。

"同学，你怎么一个人在踢球呀？不打算吃晚饭吗？"

球门里的足球已经落地，骨碌碌地从草皮上滚过。谢源转身，对上场边蒋意笑盈盈的目光。

她手里拿着一瓶矿泉水，坐在场边朝他弯唇笑。

见他望过来，她慢悠悠地起身，右手放在大衣口袋里，左手仍然拿着那瓶矿泉水，朝他步步走近。

"怎么啦，不认识我这个同学啦？"她走到他面前，微微扬起下巴，神情里有点儿骄傲，有点儿打趣，唯独没有不高兴。

"蒋意——"他喉咙发紧。

他仿佛已经很久没有见到她了，但其实只有两周的时间而已。

"嗯，看来还记得我的名字。"她把手里的矿泉水递给他，"喏，我来关心同学，你拿着喝吧。"

从刚才到现在，她一直叫他"同学"，只字不提他的名字。

谢源不喜欢她这样叫他，因为这样显得他们之间的关系很生分，如同陌生人似的。

她轻轻地踢了一下他脚边的足球："不是你说的吗？我们就是同学。"

谢源的脑海里面马上反应出他之前发给许安宇的微信消息——

"我和蒋意只是同学。"

她看到了？谢源顿时有点儿手足无措。他想解释，自己那天说出这句话并不是想要和她撇清关系，只是……

他忽然又听见她说话的声音："我们不能算朋友吗？"

谢源盯住她颈后露出来的那一截铂金锁骨链。

朋友……当然……谢源绷着脸低低地"嗯"了一声。

蒋意没有错过他的这句应声，骤然抬头看向他。谢源毫无防备地撞进她笑盈盈的目光里面。

她为什么能笑得这么可爱？他想捏一下她的脸。

谢源别扭地移开视线。

蒋意一脸欣喜："你也把我当朋友吗？"

谢源毫不犹豫地点头。

她为什么会问出这样的问题？她为什么要露出这副惊喜的模样？她之前该不会真的以为他只把她当作普通同学看待吧？

谢源沉默不语。她对他而言是特别的人，可是她好像并没有感受到，是因为他做的事情太少了吗？所以她才会毫无察觉。

蒋意从谢源这里得到了肯定的答复——他把她当朋友。

能够被谢源当作朋友，蒋意觉得这是一件很不容易的事情。她就像吃到了一颗定心丸，然后就开始跟他翻旧账。

蒋意盯着草地上的足球，语气闷闷的："既然你也把我当朋友，那你为什么跟许安宇说的时候要撇清关系啊？说什么'我和蒋意只是同学'，我还以为你不喜欢我呢。"

谢源也低头在看那个足球，两个人的视线默契地停留在同一个点上。

他没有不喜欢她。

蒋意伸手戳了戳他的胳膊。

她认真地望进他的眼里，说道："所以你明白吗？我今天其实是冒着被你讨厌得更厉害的风险，跑过来找你的。"

谢源一怔。

是啊，如果他确实不喜欢她，那么她这样跑过来，可能会招致更大的反感。

"我是不是很有勇气？"

嗯，她很有勇气，而他不够有勇气。

谢源的喉结动了一下。

"对不起。"

轮到蒋意愣住。她很快回过神："欸，这种事情不用道歉啦！"

谢源却说："要的。"

蒋意弯起嘴角："好吧，你说要就要。不过，你也不需要对我这么友善啦，不然会把我宠坏的。"

谢源把地上的足球拿起来，塞进球袋里面，耳根热热痒痒的，好像长这么大还是第一次有人夸他友善。

"去吃晚饭吗？"他问她。他想：既然他们已经确认是朋友了，那么一起吃饭就是再正常不过的事情了。

蒋意却摇头："你去吧，我还要去拿快递呢。我有好多快递没拿，不想耽误你吃饭。"

谢源看了眼时间，距离快递站关门还早着呢。

"先吃晚饭，快递那么多，你一个人应该也不好拿吧，待会儿吃完晚饭我帮你一起拿。"

大二第二学期，开学的第一节课，周一上午十点的人工智能导论课，许安宇发现，蒋意和谢源肉眼可见地变熟了。

九点五十分，到教室的时候，许安宇看见蒋意和谢源都在，而且他们俩居然坐在一块儿。

许安宇的眼皮跳了跳——这两个人之前不是还说只是普通同学吗？亏他还傻愣愣地信以为真了。

蒋意正在喝咖啡，把面前的笔记本电脑屏幕转过去给旁边的谢源看。谢源则很自然地接手她的电脑，手指在键盘上快速地敲击了一会儿，然后示意她看结果。

蒋意眼睛睁得大大的，表情既有一点儿惊讶，又有一点儿不肯相信。她把手里的咖啡放下："为什么会是这样的呢？我觉得我的逻辑没问题呀。"

谢源抱臂哼笑："你再看看？尤其是这里，你确定你的逻辑都对？"

蒋意盯着屏幕看了一会儿，然后她的气焰一点点熄灭。

"好吧，但我觉得，我这样做也行。你等着，我马上改给你看。"

谢源说："行，你慢慢改。"他拿着水杯起身往外走。

504

许安宇背着包轻手轻脚地走到蒋意后面的那排。他还没来得及把书包放下，前面的蒋意忽然转头看他。

许安宇的汗毛竖起。

她动了动嘴唇："我和谢源不是普通同学。"

许安宇下意识地点头。

"我和他是朋友。"

朋友啊……许安宇的眼珠转了转。看来谢神不行啊，怎么还只是朋友啊？

他们两个刚刚的相处模式，吓得许安宇以为谢源已经表白了呢。

许安宇看到蒋意手边的咖啡，有点儿眼热——他也想喝。

他真心诚意地跟她请教："这会儿校园里的咖啡店都排长队吧？这得几点去下单比较合适呢？"

谁知道蒋意勾唇浅浅地笑了下："我也不知道欸啊，是谢源替我买的。"

现在究竟是谁在谈恋爱啊？买一杯也是买，买两杯也是买，谢神下次能顺便给他也带一杯吗？

这个学期的第二周，紫荆杯足球比赛正式拉开大幕，计算机系对阵经管学院的比赛在第二周的周日进行。

谢源在场边热身的时候，他的目光在观众席里来来回回地搜寻。

终于，一道熟悉的身影出现在入口处。

谢源的心骤然变得轻松起来——蒋意遵守了寒假里的约定，来看他的足球比赛。

这场球谢源踢得很卖力。

他记得她说过的话，她觉得脑袋聪明、体育又好的人很厉害。男性的内心深处大概都会有那么一点儿隐秘的好胜心，希望喜欢的人能够朝自己投来崇拜的眼神，谢源也不例外。

最终比分2∶2，双方打平。

紫荆杯的小组赛不设点球环节，双方就此战平。

谢源收拾好东西，然后拎着运动包去看台上找蒋意。

此时球场里依然有很多人，半个小时之后要进行另一场小组比赛，因此很多学生都没有离开看台，准备继续观看下一场比赛。

谢源很快找到蒋意。

她不是一个人，她和俞佳、许安宇他们坐在一块儿。

谢源走上看台。蒋意还没注意到他，正在跟后面的几个人说话。

那几个人谢源没印象，应该不是他们这届计算机系的。

谢源走近，听到他们聊天儿的声音。

"学妹如果有空的话，可以先来我们的实验室这边参观参观，顾老师很欢迎本科生进组搞科研的。"

"是呀是呀，学妹知道我们的实验室在哪里吗？学院大楼进来，418和420都是我们的实验室。"

听起来那几个人像是计算机系高年级的学生。

蒋意一脸乖巧："嗯嗯，好呀，我打算先给顾教授发一封邮件。学长学姐，邮件里面除了自己的简历还有成绩单之外，还要放什么附件吗？"

其中一个男生说："我觉得你可以准备一个PPT，不用很多，几页就够了，介绍一下你自己的情况，如果有项目经历的话，放上去就更好啦，具体的内容可以加微信细聊。"

许安宇率先看见谢源，不轻不重地咳嗽了两声。蒋意没回头。

许安宇还想继续咳，谢源面无表情地摁住他——可以了，他知不知道他咳得很假？

许安宇讪讪地笑，尴尬地摸鼻子。

谢源单手拎着球包，安静地站在过道上等蒋意跟那几个人聊完。

蒋意没看见他，但是谢源站着，很容易就能把她脸上的表情收入眼底。

她在笑，笑得很甜很乖。她好像一直以来也都是这样对他笑的。

换作谁都不可能不喜欢这样的姑娘吧。

她加了那几个人的微信。

又过了好几分钟，她转过来，然后终于看见了他。

"谢源——"她朝他扬唇。

谢源试图从她的表情里面捕捉到她对他不同的态度：唇边的弧度好像弯得更多一点儿、眼睛似乎更加柔和更加明亮、她的手指钩住了他的袖口。

这种待遇别人没有。

他心里那股莫名其妙的烦躁劲缓缓平息下去。

"你要留下来继续看后面的比赛吗？"他问她。

蒋意看出来，谢源明显没打算在看台上坐下来。于是她果断地摇头："不要。"

谢源微微地扬了扬嘴角："那走了？"

她点头说"好"。

谢源伸手替她拿外套和包包。蒋意起身往外面走:"抱歉,借过一下。"

看台上,每排座位之间的间隔很窄,大家又都坐着,所以蒋意往外走没那么顺畅。

蒋意的身形晃了一下。俞佳正想扶她一把,结果谢源反应更快,稳稳地箍住蒋意的手腕。

"慢点儿,不着急。"他说。

俞佳和许安宇坐在位子上,很有默契地对视一眼,都没说话。

费了一番努力,蒋意终于走到外面的过道上,和谢源站在一块儿。

"我们先走啦,"她跟俞佳他们挥手道别,"拜拜。"

"欸,好,拜拜。"

蒋意和谢源走远。

俞佳和许安宇听见后面那排几个人说话的声音。

"学妹原来已经有男朋友了吗?"说话者很明显是失落的口吻。

"那不是很正常吗?像学妹这样的女孩子,不谈恋爱才比较少见吧。"

"唉。"

俞佳看看自己的男朋友,许安宇也看看自己的女朋友。他们从彼此的眼睛里读出一致的想法:果然所有人都会以为蒋意和谢源在谈恋爱,只有当事人似乎浑然不觉。

俞佳小声地跟许安宇说悄悄话:"但我感觉,蒋意没有这么迟钝,她肯定察觉到了。"

许安宇一紧张,声音不自觉地提高了:"察觉到什么?"

他替自己的好兄弟捏了一把汗。

俞佳像在看笨蛋:"当然是察觉到她和谢源的亲密程度已经超出普通同学了呀!"

许安宇松了一口气。他还以为谢源暗恋蒋意的事情被发现了呢。

许安宇有一股莫名其妙的保护欲。他始终牢记着:女人如老虎,而蒋意是老虎中的老虎。

他绝对不能眼睁睁地看着谢神落于下风。他自己已经被俞佳死死地拿捏了,谢神可不能重蹈覆辙,他得替谢神保驾护航。

许安宇像煞有介事地纠正说:"他们俩不是普通同学,是好朋友,你懂吗?"

俞佳"嘁"了一声:"男女之间可没有纯友谊。"

许安宇脸红脖子粗:"这是你的……一家之言,蒋意和谢源就是有纯友谊。"

这话他自己都不信。谢源绝对喜欢蒋意!谢源都没否认过。

谢源带着蒋意走出足球场。
"在这儿等我。"他瞥她一眼。
没一会儿,谢源把他那辆自行车骑过来。
他目睹蒋意乖乖地站在原地等他,她眼睛一眨不眨,眼神挂在他身上。
她自己知不知道,其实她不应该有这种全神贯注看人的习惯?她就是太漂亮也太乖了。她用这副表情看任何人,大概都能轻而易举地把人盯到脸红。
正如刚刚在看台上,她和后排那几个人说话的时候,谢源站在旁边,眼睁睁地看着其中有人的脸慢吞吞地被憋红。
她对谁都是这样,所以谢源不高兴。
谢源把包单肩斜挎在背后,把自行车骑到蒋意的面前,长腿一撑,稳稳地刹停。
他转头盯着她。用不着他开口说话,蒋意很熟练地侧身坐上他自行车的后座,手指搭在他的肩上提供支撑。
"坐稳了吗?"
"嗯,走吧。"她轻快地拍了下他的肩膀。
谢源却没动,长腿仍然撑在地上。他稍微往后转动了一下脸颊,嗓音里含着零星的愉快:"你要先告诉我去哪儿。"
蒋意隔着T恤戳了戳他的脊梁骨,语气软软地纠正他:"干吗?你又不是出租车司机,我上车还得先报目的地呀?"
谢源不是这个意思。
他感觉得到,蒋意的指尖离开了他的脊梁骨,顿时,那股顺着背脊上下流窜的酥麻的感受消失不见了。
谢源听见蒋意又说:"去哪儿都行,我听你的。"

谢源把自行车骑到咖啡店门前。
奶茶店和咖啡店离得很近,中间就隔着水果店和打印店。谢源问蒋意:"想喝咖啡还是奶茶?"
他本来以为她会纠结一会儿,没想到她很迅速地做出了决定:"我要喝奶茶。"

谢源去买奶茶。

蒋意没告诉他,她觉得奶茶比较适合周末约会的氛围,而咖啡总感觉跟校园恋爱不怎么搭。

所以今天她当然要喝奶茶。

谢源很快买好奶茶过来了。不用蒋意提醒他,他已经自觉地替她把吸管插好了。

"谢源,你最好了。"

谢源抿了抿嘴唇,脸皮隐隐发烫,说:"不客气。"

蒋意"扑哧"轻笑了一声。

天气很好,适合散步。两个人从奶茶店门前离开,谢源没骑自行车,他们往湖边走去。

谢源安静地走在人行道外侧,时不时就要提醒她往外面来一点儿,靠近里侧的树杈七扭八歪,很容易刮在她的脸上。

一对情侣十指相扣拉着手迎面走来,与蒋意和谢源擦肩而过。蒋意和谢源往前继续走了十多米远,又见到一对情侣,亲亲热热地依偎着漫步。

谢源的喉咙闷着,他垂眸看向身边的姑娘。她抱着奶茶正在"咕嘟咕嘟"地吮着吸管,偶尔咬着黑糖珍珠,似乎没觉得有什么困扰。

他一度怀疑,她甚至可能根本就没注意到刚刚走过去的那两对情侣。

谢源感觉她不肯开窍。

不知不觉间,他盯着她看了很久。蒋意终于像是感应到了他的注目,于是也微微抬头往他脸上看过来。

"怎么啦?"她蒙蒙地说。

谢源默默地在心里叹气,嘴上只说:"没事,慢点儿走,小心呛到。"

蒋意又干脆地喝了一口奶茶,然后径直把奶茶杯子塞进谢源的手里。

谢源晃了晃杯子,感觉里面至少还有大半杯:"不喝了?"

"有点儿喝不动了,待会儿再喝,你先帮我拿一会儿。"

她真的很娇气,但是谢源没意见。他替她拿着奶茶杯子。

偌大的景观湖就在不远处,草坪上铺着一条窄窄的石子路,往下延伸,一直通到临湖的步道。

石子路上,两个人基本很难并排一块儿走,除非挨得很近。

谢源让蒋意走在前面,自己跟在后面。

石子路带点儿坡度,铺得也不算平整。蒋意走出去两步,脚落地不算很稳。她怕滑,本能地把手往后想要借谢源维持平衡。

她没来得及回头，稀里糊涂地抓住了谢源的胳膊。

谢源被她抓住之后没说话，反而还主动把胳膊往她那边送了一下。

这下他们挨得很近，几乎是并肩走在一起。

这段石子路很快就走完了，蒋意松开谢源的胳膊。谢源喉咙发痒，欲盖弥彰地说着没有意义的话："你现在要喝奶茶吗？"

蒋意淡定地摇摇头。

谢源没仔细打量蒋意，否则他有概率能够捕捉到蒋意微微抑制着的嘴角——她此时此刻的心情非常好。

两个人沿着湖边慢慢地走。

蒋意问谢源："我突然想到，你们球队踢完比赛之后，怎么都没有安排聚餐之类的集体活动呀？难道一般不是应该抓紧机会团建一下吗？"

谢源回答说："他们应该去吃饭了吧。"

"欸？那你为什么没去吃饭？"

谢源刚想说话，就看着身边的姑娘脸上顿时浮现出一种正义感："慢着，他们该不会是在排挤你吧？"

她倒是很直白，说话一点儿都不拐弯抹角。她甚至还充分地逻辑自洽了："难怪我觉得你刚刚比完赛过来找我们的时候，好像兴致不高呢。"

谢源想笑：她觉得他兴致不高？

谢源说："没有。"没人排挤他，是他自己请假不去球队的聚餐。

至于他踢完比赛走到看台上看起来兴致不高的原因嘛——大概是他看见她和其他人也能聊得很开心吧，而且她那时候一直没注意到他站在她身后。

这段时间以来，他偶尔会产生一种强烈的感觉——她似乎对他并没有什么特别的地方。她在他面前常常毫无防备地随意做自己，他一度以为这是她对他流露出的偏爱。可是她在其他人面前好像也可以做到这种程度，所以谢源就不确定了。

其实他不是那种有勇气直接袒露心迹的人。如果不能够确认她的态度，他可能不会轻举妄动。

他看着蒋意转过身，直接面朝着他。她把手指钩在身后，步步倒退着走，像是一定要打破砂锅问到底，一定要搞清楚他刚刚为什么兴致不高："既然不是因为球队的人际关系，那你为什么会不高兴呢？"

真正的原因他不能告诉她。

"是因为没有踢赢经管学院吗？"她又问，"可是你们也没有输掉比赛呀,我们和经管学院打了平手。而且我们只是一个系,他们是一整个学院。你们还是临时组起来的队伍呢,都没有磨合很久,所以我觉得还是你们更厉害一点儿。"

她很会哄人。

"谢源,你不要好胜心太强啊。"她在教训他,可是她的语气软乎乎的,于是谢源的心也跟着变得软乎乎的。他只想任由她教训。他会乖乖听话。

"嗯。"他说,看着很像一只乖巧的大猫。

蒋意笑了。

"你好乖呀!"她踮起脚,伸手假装摸摸他的脑袋,其实没有摸到,她的手只是隔着空气虚晃一枪。

男生大概只有在被自己喜欢的女孩子说乖的时候才会没有半点儿反感。

蒋意主动跟谢源提起她刚刚在看台上认识的人:"你知道吗?我刚才加了几个计算机系学长学姐的微信。"

她不提还好,这么一提,谢源心里忍不住泛酸。他低低地"嗯"了一声,听不出情绪。

"他们是顾老师组里的学生。"

顾老师?哪个顾老师?

蒋意看到他的反应,表情顿时有点儿无语:"谢源,你最近脑子里面是不是只装着足球啊?别的事情你都不上心。我说的是顾清恩教授。"

谢源还没弄明白。顾清恩教授,他知道,然后呢?

蒋意想上手拧他,不知道这样是不是能让他清醒一点儿。

"我们这个学期差不多应该进实验室了呀!谢源,你别告诉我,你都不记得这回事情了。"

她说到这个份儿上,谢源终于明白过来了。

谢源问:"你想进顾老师的组?"

蒋意说:"我不知道。我对顾老师他们组的研究方向挺感兴趣的,而且觉得顾老师人很不错。我想先发邮件问下顾老师。

"然后还有李恽教授。李老师他们组里也有做这个方向的,不过我没上过李老师的课,所以不知道李老师是什么风格。谢源,你呢?你想好要联络哪个老师了吗?"

谢源想过,也做过一些功课。

本科生进组做科研,基本还是兴趣驱动。他对计算机图形学这块感兴趣,系里好几位老师的研究都涉及这个方向。如果他没有记错的话,李恽教授和顾清恩教授组里也各有学生是做这个方向的。

或许他们还能进同一个实验室。

蒋意看看他，突然有点儿不放心，于是好心又提醒他："还有，学院国际交流办前两天出通知了，我们可以申请海外高校的暑期科研项目，就是这个学期结束之后的暑假。如果申请的话，需要提交语言成绩，你也都记着点儿，别错过了。"

谢源点头说"好"。

蒋意眨了眨眼睛，眼睛亮晶晶的："所以，你会申请海外暑期科研吗？"她的语气里面隐隐有几分期待。

谢源"嗯"了一声。他应该会申请。暑期科研是一个很好的学习机会，尤其T大计算机系的海外暑研项目质量一直很高，对口的海外高校也都是QS世界大学排名前列的计算机名校。

"那……到时候可以一起呀。"蒋意从他手里拿走奶茶，"你要记得提醒我报名的事情啊。"

"好。"

谢源想着，他到时候直接找个时间和她一块儿在图书馆把报名表填了。至于顺带要附的GPA（平均学分绩点）成绩单这些事情，他自己去学院教务处开证明的时候帮她顺便一起弄了就行，这样她就不用再跑一趟了。

计算机系本科生的课程表排得密密麻麻。单数周的周五上午难得没课，按理说这时候应该抓紧时间补补觉，然而谢源他们寝室里四个人一个起得比一个早。

谢源跑完步洗完澡回到宿舍，推开门就看见许安宇正扒着栏杆从上面的床铺往下爬。

谢源没理会他，径直走到自己的桌前坐下。

许安宇还没爬下来，伸长脖子瞅了瞅对面那两张空荡荡的床铺——这才九点钟，人怎么都不见了？

"他们俩去哪儿了？"

"出门了。"

废话，他当然知道宿舍另外两个人出门了。他问的是他们去哪儿了，去干吗了。许安宇叹气。他就知道这事问谢源肯定问不出答案，毕竟谢神才懒得去关心别人的事情呢，纯属他自己多嘴问这一句。

许安宇爬下来，手指胡乱地拨了拨头发："我待会儿也要出门，去一趟学院找老师问问进实验室的事，老师说要跟我见一面聊一聊。"

谢源坐在电脑前面正在敲键盘。

许安宇笑嘻嘻地说："谢神，你今天可得一个人独守空房了。"

谢源面无表情地答道："哦，不会，我现在就出门。"

说完，他把笔记本电脑的屏幕合上，人也跟着站了起来。

许安宇现在就想知道，谢源平常也这么跟蒋意说话吗？蒋意怎么能忍受得了呢？他抱着手臂靠在衣柜旁边，看着谢源整理书包。

"对了，谢神，你接下来准备去哪个老师的实验室里干活？"

谢源回答得很干脆："还没决定。"

许安宇大吃一惊："啊？怎么可能？"

按理说，像谢源这种绩点排名第一的家伙，老师们应该抢着要才对啊，而且谢源看着也不像是对科研不感兴趣的样子。

许安宇想了想，还是好心提醒了一下："谢神，那你可得抓紧时间。我听说好多人基本都跟老师联络得差不多了，要确定下来了。何况，抢手的老师一届也就只收一两个学生，你必须得先下手为强。"

谢源"嗯"了一声，然后把书包的拉链拉上，背着包出门走了。

谢源去了图书馆。

蒋意上午没课的时候喜欢待在寝室里面睡觉，所以谢源已经习惯单周的周五上午自己一个人待着。

清静一点儿也挺好的，对吗？对吧。他又口是心非了。

谢源来图书馆找两本书。十一点的时候，蒋意发来微信："待会儿一起吃午饭吗？我听说东门外面的烧烤店新出了糯米饭。"

谢源抬手把书从高处的书柜上抽出来，指腹擦过书页上缘的短边。拿着书回到桌边时，他注意到了手机上弹出来的通知消息。他点开看完，下意识地弯了弯嘴角。

有谁去烧烤店是冲着吃糯米饭去的？只有蒋意能做出这种事情。

他动了动手指马上回复她："可以，我在图书馆。"

"我在宿舍。"

谢源了然：她发这句话的意思是让他去宿舍楼接她。

"二十分钟之后到。"他是这样回复的。但是实际上他有经验，二十分钟的时间应该不够蒋意慢吞吞地起床洗漱换衣服——给她半个小时都不一定能行。

谢源拿上两本书，下楼到大厅里的自助机器上办完借阅手续。

时间绰绰有余，他再次点开手机上和蒋意的对话窗口，往上翻了好久——她上次提到说想要看的那本书叫什么名字？

谢源翻过好几页消息记录，找到了她想看的那本书的书名，图书馆里应该有。

他再次上楼找到蒋意要的书，然后直接用他自己的学生证办好借阅手续。待会儿见面他就拿给她，省得她自己跑来图书馆借。

这样上楼找书再下楼，耽搁了一会儿时间，不过谢源完全不着急。因为他知道蒋意肯定很慢，自己还是一样要在她们宿舍楼下等她的。

他把三本书都放进包里，然后背着包走出图书馆。

谢源的自行车停在图书馆前面，他每次来图书馆都会把自行车停在一个固定的位置。谢源走下台阶，去取自行车。

隔着一段距离，他已经认出自己的自行车，同时看见有个人正坐在他的自行车上面——谁这么没规矩？

那人只露出纤细的背影，白皙笔直的两条长腿点在地上要晃不晃的，应该是因为自行车的坐垫调得太高，所以脚并不能很轻松地落到地上。那人微卷的长发被绾起，随着她摇晃一双长腿的动作，马尾般的头发也跟着动来动去。

谢源眯起眼睛，认出那是蒋意。太阳从西边出来了，她今天怎么起床这么快，而且都能自己直接找来图书馆？

谢源迈开长腿走过去："不是说在宿舍吗？"

"佳佳去上课，骑电动车顺路就把我捎过来了。"蒋意从自行车上轻盈地跳下来。

"佳佳骑电动车超快超稳的，"她跟他讲，"几分钟就从宿舍楼到图书馆了。"

谢源轻哼一声，很想跟蒋意说：那你以后就跟着她坐电动车吧。但他想了想，还是把这句话默默地咽了下去——万一蒋意真的点头答应了怎么办？

谢源带着蒋意去了东门外的那家烧烤店。

两个人进店落座。谢源扫码准备点菜，蒋意直接连手机都懒得掏出来。她两手托着脸颊，把脑袋凑过去看谢源手机上的菜单。

"我想吃这个，"她用指尖点了点，"还有这个……那个也要。"

最后她还记得要加一份糯米饭。

谢源淡淡地瞥她："这顿应该算是你的早饭吧。"她刚起床，肯定没吃早饭。

蒋意点点头，没觉得这有什么不好的，吃早饭很麻烦，而且今天上午都没课。

谢源拿起玻璃杯倒了一杯温水，放在她手边："平时要吃早饭。"

蒋意仍然撑着脸："你买我就吃。"

她伸手试探地摸了摸玻璃杯的温度。

谢源看见她的小动作，心里忍不住觉得她可爱，但脸上仍然一派正色："是温水，可以直接喝。"

蒋意的手指微微勾起来，她歪了歪脑袋，撒娇说："可我想喝冰的。"

谢源果断道："没有冰的。"

蒋意不高兴地移开视线，没接话。

谢源只好说："吃完午饭再去买冰的。"

她这才慢吞吞地拿起玻璃杯，小小地喝了一口温水。

他们点的菜陆陆续续上来。谢源把那一盘糯米饭换到蒋意的面前，再把她咬了一口就觉得不喜欢的烤娃娃菜放到自己手边。

谢源看着她用调羹舀了一勺糯米饭。

"好吃吗？"他问她。

他觉察到，他其实挺喜欢看她吃东西的模样。虽然她不是那种吃饭很香很乖的小朋友，而且挑食的坏习惯很严重，但是他莫名其妙地觉得看她吃饭是一件很有意思的事情，哪怕看她挑食都很好玩——她真的会认认真真地用筷子把一道菜里她不吃的部分夹出来放在空盘子里。

蒋意没直接回答他这个好不好吃的问题，眨眨眼睛："你尝尝看。"

于是谢源也舀了一勺。

糯米饭入口就是明显的甜味，让人无法忽视。

"挺甜的。"

"我觉得太甜了。"她说这句话的时候还有意压低了声音，应该是不想被店里的服务生听见。看来她不喜欢这道糯米饭。

谢源放下勺子，拿起旁边的手机，在网上搜索糯米饭的做法。他从上往下看完一整篇菜谱，觉得这道糯米饭好像没什么难度。

但他其实只会做一些简单的家常菜。他爸传授给他的厨艺只够他应付自己吃饱，还不够用来应对糯米饭这种华而不实的菜式。

下次回家可以试着做做看，谢源心想，要记得少放一点儿糖。

谢源放下手机，想起另一件事情。他状似不经意地提起："进实验室的事情后续怎么样？你去李老师那儿还是顾老师那儿？"

蒋意低着头正在看手机，随口答道："嗯，我应该就是去李老师那里吧，老师让我周二过去找他。"

谢源看出来，她这会儿的注意力没放在这件事情上面，她面前的手机似乎更好玩。

空气稍稍沉默了一阵。

谢源蓦地开口："你不问问我去哪个老师的实验室吗？"

他这话其实带点儿负气的意思。他的心里别扭得很，不过他刻意想把这股情绪藏起来，所以蒋意根本没听出来。但她小小地讶异了一下。

"你不是去顾老师那儿嘛！"蒋意理所当然地说。她还正奇怪为什么谢源要问她这个问题呢。

谢源顿时有点儿胸闷："谁说我要去顾老师的组？"

"上次不是你说的吗？下课之后要去找顾老师。"蒋意说，"所以那次你都没有陪我去买咖啡，自己走掉了。"她开始嗔怪他。

谢源没决定要去哪个组。他上次去找顾清恩教授，聊的也不是进组科研的时期，而是因为顾清恩教授建议他可以把上学期那门课程的大作业改一改，试着投投会议论文。

他想跟她进同一个组——虽然他看她好像完全没有这个想法。

吃完午饭，买好冰饮，谢源送蒋意回宿舍。在宿舍楼下，他让她稍等，把包里给她借的那本书拿给她。

蒋意很惊讶："你还记得呀！我自己都忘了，谢谢啦！"

谢源绷着脸，嘴角不明显地上扬了一点点。

蒋意捧着饮料抱着书准备上楼。

"蒋意——"谢源突然叫住她，"你已经确定了是吗？你肯定去李恽教授的组里？"

蒋意点点头："嗯。"

谢源说"好"，然后就安静下来不说话了，目送蒋意走进宿舍楼。

周二，蒋意去找李恽教授。

她从电梯里出来，抱着电脑走到李恽教授的办公室外。她正准备敲门，但还没来得及抬手，办公室的门已经从里面被人拉开了。

谢源居高临下地看着她。

蒋意愣了愣——谢源怎么会在这里？

他动了动嘴唇："好巧。"谢源自己心里清楚，他这是在装模作样。哪来的巧合？是他蓄谋已久罢了。

李恽教授的声音从办公室里面传出："是不是蒋意来了？"

谢源"嗯"了一声。

李恽教授很快走过来，招呼蒋意："进来吧，门开着好了，不用关门。"

谢源离开，蒋意跟着李恽教授进去。

老爷子示意蒋意随便坐，还开了句玩笑："呵，用不着紧张，刚刚那个小伙子不是你的竞争对手。我这边不搞竞争，你们两个我都收。但你们这届，我也只收你们这两个学生。"

蒋意露出微笑："谢谢李老师。"

李恽教授接着说："本来我还想另外找个时间把你们俩一块儿叫过来，让你们见个面，认认脸，没想到今天这么巧，直接就碰上了。

"对了，你们认识吗？他叫谢源，跟你一届的，也是计算机系的，之前上课肯定见过吧？"

蒋意忍笑点头，然后实话实说："李老师，我和谢源很熟的。您放心，我和他接下来一定能相处得很好。"

李恽教授乐呵呵地笑了笑："行，那挺好的。"

蒋意见完李恽教授，最终确定下来导师和学生的双向选择。

她抱着电脑下楼，走到底楼的时候，发现谢源没走。他正站在学院大楼门口的树荫下，手里提着一杯咖啡。

他应该是在等她吧，还有，咖啡……是给她的吗？

蒋意不禁微微咬唇，心里骤然一阵温热，就像是忽然被柔软的织物裹住，然后又猛地被人紧紧抱在怀里。

她想起他们的第一次说话，那会儿他在教学楼里主动跟她搭话，提醒她要去参加操作系统课的期中考试。

哪有人是冷着脸跟女孩子搭话的？谢源就是。

当时蒋意的情绪不好，可是后来考试的时候，她拿着笔写着写着，心里就一阵阵地冒起热气，跟此刻的感觉很像。

蒋意挂上明亮的笑脸，朝着谢源站的那片树荫走去。

她越走越近，然后感觉到自己的脸颊好像也禁不住越来越热。她……是不是已经有一点点喜欢上谢源了？她肯定不只是感兴趣，或者单纯有好感的程度——是喜欢吧，她有一点点喜欢他。

谢源在等蒋意。

从李恽教授的办公室出来之后,他隐隐还是有点儿不放心。虽然他已经亲眼见到蒋意来找李恽教授,应该说她基本上肯定就是要进李恽教授的组,不会再有什么变数了,但他还是想等着看到她手里的师生互选签字表格。

所以他站在这里等她。

蒋意最后几步是小跑过去的。她轻快地跳到他面前,耳边的碎发颤了颤:"谢源,你是在等我吗?"

谢源抿唇,幅度很小地点了点头。他还是有点儿放不开——至少他肯定做不到像蒋意这种活泼程度。

"咖啡呢,也是给我的吗?"他眼前的女孩子像小猫似的,眨着眼睛提问。

咖啡当然是给她的。

谢源这次点头的动作稍微明显了一些,他把咖啡递给她,然后顺便从她手里把那张师生互选的签字纸拿走了。

他不着痕迹地低头瞥了一眼,确认蒋意确实是进了李恽教授的组里,他的眼里终于闪过淡淡的笑意。

"这张表格要交到系里教务老师那边,你刚刚怎么没有顺便交掉?"

蒋意当然不会明说自己在等着拜托他帮忙呀。她有什么坏心思呢?她只不过是想要和谢源有更多的交集而已嘛!

"我刚刚去看了,教务老师的办公室里好像没有人,应该是去吃午饭了吧,所以我就没交成。"

谢源了然:"那放在我这里,我下次路过的时候帮你交掉?"

对蒋意来说,这算正中下怀。当然,这其实也合谢源的心思。他们谁都觉得是自己得逞了。

蒋意欢呼:"果然谢源最好了。"

谢源接不住她这话,换了一个话题:"对了,你进李恽教授的组,是吧?"

他明明都已经亲眼确认过签名了,这会儿还问一遍,纯属欲盖弥彰。

他不提还好,一提这事,蒋意倒想起来了。她抱起手臂,微微扬着下巴,一边打量他,一边说:"这话应该是我问你才对吧?"她忽然凑近,眼睛盯着谢源,"你也来李老师的组——可你为什么之前瞒得那么严实呀?我还以为你要去别的老师那里呢。"

· 518 ·

那还不是因为他不确定她要去哪个组吗？而且，她以为他要去别的组，可是也没什么反应。谢源不自然地移开眼神："我也是最近才做出决定的，不是有意要瞒你。"

蒋意没真不高兴。谢源解释了，她也就愉快地翻篇了。她喝了一口手里的咖啡，然后说道："我们在同一个实验室，真不错呢。"

谢源应声。

蒋意眼里的笑意更加明亮，她正准备开口再说什么，然而学院楼前常驻的那只"公公猫"迈着优雅的步伐散步过来，打断了两个人的对话。

它扬起脑袋在空气里面嗅了嗅，确认过味道之后，熟练地一骨碌倒地，往蒋意身边一躺，翻出圆滚滚的肚皮，一脸乖巧相。

"是你呀，"蒋意跟猫咪说话的嗓音尤为温柔，她蹲下去揉了揉它肚子上厚厚的脂肪，"你怎么还是这么胖呀，不会又有宝宝了吧？"

谢源终于找到机会纠正蒋意："这猫是公猫。"

蒋意抬头看他，表情有点儿意外："可是它的肚子很大啊——"

谢源平静地说："是脂肪。"

"公公猫"朝谢源"喵"了几声。

谢源面无表情地盯着这只"公公猫"，紧接着戳穿一个更冷酷的事实："而且它做过绝育手术，所以也不能成为爸爸。"

蒋意瞪大眼睛："真的吗？可是我明明看到过它带小猫猫欸。"

谢源没见过它带小猫猫的画面，但很确信："应该是它正准备揍那些小猫猫。"

蒋意看了看这只大胖猫的腹部。在长长厚厚的毛盖住的地方，她首先确认了这是一只公猫。她之前几次喂它的时候都没看性别，看它一脸慈眉善目的样子就以为是母猫。

至于是不是"公公猫"嘛——

蒋意没好意思仔细看，毕竟谢源还在她旁边站着。再怎么说，那也是猫猫的隐私位置。

而且，她看他跟这只"公公猫"好像不怎么对付，一人一猫，相看两相厌。

蒋意好奇地问："谢源，你不喜欢猫猫吗？"

谢源从来不养宠物，只不过——他看出来蒋意很喜欢小动物。

"还好，可能以后会考虑养，"他给出了一个很保守的答案，"但我不确定我能不能养得好，所以如果要养的话，可能还得先多做一些功课。"

蒋意"扑哧"笑了:"谢源,你别这么紧张嘛!我又不是宠物店的店员,非得给你推销一只宠物让你抱回家养,就是随便问问嘛。"

噢……

谢源的喉结动了一下,他只是想表达他可以养宠物,她不需要担心他可能会不喜欢小动物。她想养的话,他都可以。

蒋意和谢源正式进组,李恽教授安排了他自己的研究生带他们。

在李恽教授的办公室,他把自己研究生二年级的学生景孟瑶介绍给他们认识。

"你们好,我是景孟瑶,是李老师研二的学生。接下来我带你们,你们有任何问题的话都可以找我。"

师姐是一个很友善的大姐姐,手把手地教他们学习怎么走科研的这条路,把入门的这条路铺得非常平坦。

只不过师姐好像很忙。她除了实验室的事情之外,似乎还在做别的项目。蒋意好几次跟师姐一对一开会,中途都会有电话进来打到师姐的手机上。

师姐很坦诚地告诉蒋意:"我在创业,和顾老师的学生在一块儿创业。"

顾老师的学生——

"师姐说的是凌聿……学长?"

景孟瑶点点头:"嗯。"她继而弯眸笑了笑,开玩笑说,"所以师妹不要误会,虽然你们可能经常看见我和凌聿学长待在一起,但是我和他没有在谈恋爱,仅仅是纯粹的利益关系。"

景孟瑶稍稍前倾身体,靠近蒋意,近得蒋意都能直接从她的眼瞳里看见自己的倒影。

"我发现,师妹和谢源师弟也天天都待在一起啊。"景孟瑶眨眨眼。

"你们也准备一起创业吗?"景孟瑶打趣说。

蒋意脸红了,撒娇:"哎呀,师姐——"

谢源推门走进来的时候,只听见蒋意最后这声软绵绵的娇嗔,身子一僵。

谢源本能地把目光扫过去,然后看见了让他心里泛酸的一幕——

他看见蒋意和师姐靠得很近很近,两个人坐的凳子都快贴上了。而且更糟糕的是,他发现蒋意的脸上是微微泛着绯红色的情态。他亲耳听见,她刚刚还在跟师姐撒娇。

谢源的脸隐隐黑了——哪怕是师姐也不够安全。

谢源走进去,表情淡淡的。

他从她们两个人的身后路过,径直走到自己的工位边上,拖开椅子坐下,戴上降噪耳机,然后点开电脑桌面上的论文。

可是他偏偏静不下心来看论文。他很在意。

谢源不着痕迹地往蒋意那儿看了一眼。他只能看见她在跟师姐说话,嘴唇一动一动的。降噪耳机隔绝了外界的声音,他听不见她的声音。

他的目光可能有点儿强烈,蒋意似乎感应到了。她抬眸瞥过来的时候,谢源猛地把视线移开——没有被她捉到,万幸。他的心脏"怦怦"直跳。

他默不作声,却偷偷把耳机的降噪功能关了。

他终于听见了蒋意的声音。师姐正在帮她看电脑上的环境参数,蒋意偶尔小声地问问题,师姐则一脸温柔地回答她。

过了一会儿,景孟瑶的手机响了,有人给她打电话。景孟瑶低头看了一眼来电显示,没有立刻接听,而是把桌上的笔记本电脑合起来,拿在手上,然后起身准备出门。

她亲昵地拍了拍蒋意的椅背:"好啦,我要去找凌聿了,不用等我一起吃午饭。"

蒋意乖巧地应声说"好"。

谢源的耳机没开降噪,所以他把景孟瑶的话听得一清二楚——蒋意本来还要和师姐一块儿吃午饭?那他呢?

景孟瑶推门出去了,转眼实验室里只剩下谢源和蒋意两个人。安静的氛围里,两个人各自做着自己的事情,看起来相安无事。

但谢源的脑海里面其实一直盘旋着一个念头:蒋意怎么还不来戳他?

就这样到了午饭时间。蒋意暂时保存电脑上的进度,然后慢悠悠地伸了个懒腰,长发从肩膀上滑落。她撑着脸颊望向谢源:"谢源,去吃饭吗?"

他们去了离学院最近的食堂。

谢源替蒋意端着餐盘:"你去找位子吧,我跟着你。"

吃饭的时候,蒋意跟谢源聊起她上周的进度,以及她遇到的问题。

"师姐真的好厉害,我那天给她发信息问她能怎么解决,都没把问题说完,她就知道我应该改哪个地方了。"

"第二天我睡醒看手机，才发现师姐凌晨一点多钟的时候又给我发过来另一种解决思路，还整理成了博客，传到实验室的共享文档里面。

"对了，谢源，你这两天能登实验室的服务器吗？我账号上的环境好像出了点儿问题，师姐说我可以先用她的账号。"

谢源莫名其妙地觉得眼前的饭变得难以下咽，现在无论吃什么都是酸溜溜的。

蒋意怎么张口闭口都是师姐？还有，她遇到问题为什么不问他？他也能给她解决啊！而且他才不会在凌晨一点多钟的时候给她发消息，影响她休息。

谢源没胃口，索性放下筷子，转头去自动售货机上买了一瓶矿泉水，"咕咚咕咚"地直接喝下去小半瓶。

然后他就对上了蒋意幽怨的眼神。她指了指他手边她的饭卡："我也口渴，也想喝水，你刚刚为什么不给我也买一瓶水？"

谢源僵住——他确实忘了。

"待会儿陪你去买咖啡，"他补救道，然后试图寻找认同，"你也觉得今天食堂的菜做得偏酸，是吧？"

蒋意一脸无辜："没有啊，我就是觉得这个牛肉太咸太辣了。我没觉得菜里有醋啊。"

谢源低头看着他餐盘里和蒋意一模一样的菜式，说不出话来了。

是吗？菜里真的没加醋吗？谢源想了想，觉得蒋意不会做饭，所以她说的肯定不算数。

四月，计算机系海外暑期科研项目的申请正式开始。

谢源提前把所有的表格和材料都弄好，然后一齐拿给蒋意。

"你填完信息，然后我拿去交。"

蒋意把名单上罗列的合作海外院校看了一圈。

谢源问她："你打算报哪个？"

蒋意摇摇头："不知道。"她把名单放下了。对名单上的这些院校，她没有什么特别的偏向性。她随口问："你呢？谢源，你准备申请哪个学校的项目？给我做个参考呗。"

没人知道，谢源听完她说的话之后，心脏跳动得有多强烈。

他是不是可以把她的话理解为，她愿意跟他去同一个海外科研项目？

谢源轻咳一声，脸上的表情是强装出的镇定。他指了指名单上的其中一个项目:"我想申请这个,CMU(卡内基梅隆大学)的暑研项目。"

CMU,世界闻名的计算机顶级名校。凭蒋意和谢源在学校里的绩点排名和项目经历,他们申请CMU的暑研项目问题应该不大。

蒋意点头:"行啊,那我也申请这个项目吧。"她没再继续看名单,伸手把桌上的几张表格拿到面前,"你等等我,我今天填完,待会儿给你。"

谢源"嗯"了一声:"不着急。"

他自己可能都没有注意到,他这会儿的嗓音里透着温柔。

蒋意弯了弯唇。

海外暑研申请的事情让谢源保持了很长一段时间的好心情,他甚至都不怎么吃飞醋了。

蒋意要和师姐亲密,那就亲密吧,他不介意。

谢源觉得,他和蒋意之间的关系或许能称得上是有所进步。毕竟,之前选导师进实验室那阵,她压根儿就不关心他要去哪里,也没有想要跟他进同一个实验室。

可是现在不一样了,她会问他去哪里,而且主动提出跟他申请同一个海外暑研项目。

人一飘就容易脑子发热——谢源想告白。

这个念头第一次出现在脑子里面的时候,谢源自己就首先愣住了:他为什么会有这么冒进的想法?

说实话,他仍然不是非常确定蒋意对他究竟是怎样的感情。

她对他很亲近,这一点毋庸置疑。所以,她肯定不讨厌他。可是,亲近和喜欢应该是不一样的两种概念吧。

她也喜欢他吗?假如他表白,她会愿意答应吗?但如果她拒绝的话,他们接下来要怎么相处?毕竟他们还在同一个实验室里面,几乎是朝夕相处。他不想因为任何意外情况而把和她的关系变得尴尬拘束起来。

这些问题就像洪水似的猛地涌入他的思绪里面,感觉大脑湿漉漉的,被搅得一塌糊涂,他都快要死机了。

等冷静下来,谢源确实觉得,自己的脑子可能跟进水也没差了。

他从来都不会只凭一时冲动行事。

没错,谢源,一定要冷静,他这样跟自己说。然后他转头就在商场里刷卡买了一条手链。

他周末陪他妈和姨妈逛街顺便充当司机的时候,在一家奢侈品店的柜台里面无意瞥见了那条手链。

他马上想起了蒋意戴过类似的款式。他对奢侈品毫无了解，所以不知道她的那几条手链是否也是这个品牌。但是他猜想她应该很喜欢这样的首饰，送礼物最重要的是对方喜欢。

蒋意的生日在暑假。

那会儿他们应该一块儿在 CMU 做暑期科研——他们会一起庆祝她的生日。如果他送出这份礼物，她也许会露出惊喜的表情，紧接着她可能会开玩笑地问他，为什么突然要送这么精致的礼物，他是不是在偷偷喜欢她不敢说——

然后谢源要堂堂正正地承认下来：他喜欢她。

于是，谢源隔天又来了一次这个商场，毫不犹豫地刷卡买下了那条手链。这将是她的生日礼物，也会是他的告白礼物。

周六，蒋意难得周末出现在实验室里。

景孟瑶也在，端着杯子从茶水间的方向走回来，在走廊上就看见蒋意站在实验室门口正在按指纹锁。

"小意，你怎么今天来实验室了？"景孟瑶有点儿惊讶。她空出左手把实验室的门推开，示意蒋意先进去，还不忘补充了一句："事先声明，今天谢源可不在啊。"

蒋意鼓起脸，不满地撒娇说："师姐，我又不是谢源的小尾巴。难道只许谢源在的时候我才能过来吗？"

景孟瑶轻轻地笑起来："没有没有，随时都欢迎小意来跟我做伴。"

蒋意是来实验室里躲清净的。宿舍楼里有什么地方正在检修，榔头的声音、电钻的声音一大早就开始吵人睡觉，她再待下去都要头大了。

景孟瑶在处理几份邮件。

"欸，你们这个假期是不是要去海外暑研？你和谢源都申请了吗？"

"嗯，我们申请了 CMU 的项目。"

"CMU 啊，那不错啊。我记得你们两个的绩点很高，应该没什么问题。李老师昨天还问我呢，组里有没有本科生想要去普林斯顿大学的组做暑期科研。"

普林斯顿大学？蒋意的心脏猛地跳动了几下——妈妈以前就在普林斯顿大学念书。

"可是我之前没有在系里的海外暑研院校名单里看到普林斯顿大学的项

目啊。"

景孟瑶解释说:"应该是的吧,李老师说的这个组,其实算李老师自己的学术人脉吧。他们这两天给李老师发邮件询问有没有合适的学生推荐来着。他们组里的 Kaineng Ming 是李老师以前的学生。"

景孟瑶看出来蒋意有点儿感兴趣,补充说道:"这个组是做图神经网络的,跟你的研究方向很匹配呢。虽然 CMU 名气更响,但是跟着 Ming 他们这个组做暑研,收获应该会更大,而且也更有挑战性。"

蒋意犹豫了一下:"但我已经申请了系里的项目了,会冲突的。"

景孟瑶笑了:"这不是什么大事,李老师跟系里说句话的事。你要是想去 Ming 他们组里的话,就去找李老师呀,他肯定马上把你推荐过去。"

五月底,海外暑研项目的录取名单公布。

许安宇在宿舍里第一时间刷到了这条通知,马上登录学院的网站去查看录取名单。他先找自己和俞佳的名字,他们两个都被 X 国的学校录取了。于是他大松一口气,"噼里啪啦"地在键盘上一通打字,把这个好消息发给俞佳,然后继续在名单里面找别的熟人。

"谢神,你被 CMU 的项目录取了!"许安宇冲着谢源喊了一句。

谢源淡淡地应了一声。他正站在衣柜前面换衣服。他单手把身上的 T 恤脱下来,然后弯腰从衣柜里拿出一条运动长裤。

许安宇还在名单上找别的名字,把鼠标的滚轮上上下下地滑动着,越看越觉得奇怪:"欸,蒋意报的是哪个项目啊?我怎么没看到她的名字?谢神,你们俩没报同一个项目吗?"

谢源擦头发的手停顿了下。蒋意报的是 CMU 的项目,跟他一样。

另一个室友正坐在座位上打游戏。两局游戏之间等待的间隙,他把一边耳朵上的耳机挪开,跟许安宇开玩笑说:"是不是让你们别晚上摸黑儿打游戏?现在你这眼睛熬出问题了吧?你再好好看看,蒋意的 GPA 那么高,她如果报名了,那暑研肯定录取她呀。"

可是许安宇把那份名单来来回回看了好几遍,眼睛都快盯直了,仍然没找到蒋意的名字。

"蒋意真不在名单上。"许安宇傻眼了,然后下意识地去看谢源的反应。

谢源皱眉,打开自己的笔记本电脑,登录学院网站,找到海外暑研的名单,在检索框里输入蒋意的名字——匹配项为零,她不在名单里面,为什么?

顶着许安宇好奇的目光，他淡淡地回答："她可能没有报名吧。"

"呃，可是——"

谢源把电脑放进包里，转身出门了。

正在打游戏的室友瞥了一眼宿舍打开又关上的门，随口说道："谢神赶着去开组会，你还拉着人家问东问西。"

然后他把耳机重新戴好，新的一局游戏要开始了。

组会晚上七点开始。

谢源到会议室的时候，蒋意还没来。他随便找了个位子坐下，然后把身边的座位留着给蒋意。他脑子里仍然在想暑研的事情。

蒋意和师姐景孟瑶一起出现。她本来要跟着师姐坐在靠门的那一边，只是一扭头看见了谢源身边刻意空着的位子——于是她扬起眉眼笑了。

她抱着电脑坐到他身边，留下景孟瑶一脸无奈。

谢源刚想开口跟蒋意说话："蒋意——"

可是他话刚起了个头，李恽教授就推门进来了。他只好暂时中断话题。

他确实也不知道该怎么跟她提起暑研的事情，怕她面露失落——谢源倾向于觉得是哪个环节出了问题，不然她不可能不在录取的名单上。

当天汇报工作的学生依次轮完，散会之前李恽教授开口讲了几句话："暑假马上到了，大家自己考虑好这个假期的计划，我也欢迎你们跟我约时间过来聊一聊。如果有需要我帮助的事情，随时开口，不用觉得不好意思。

"另外，我们组里的两个小同学——蒋意和谢源——他们两个人这个暑假要去做海外暑研。蒋意去的是普林斯顿，谢源去的是CMU，都很好啊。你们这些师兄师姐，暑期也不要落下，好吧？"

谢源一怔：普林斯顿？她怎么去的是普林斯顿大学？他们不是一起申请了CMU的项目吗？她当初填表格的时候是接受调剂了吗？

组会结束以后，李恽教授把蒋意和谢源单独留下来，打算再跟他们两个交代几句。

"蒋意，到时候你去普林斯顿，直接是Tang和Kaineng他们组里的人带你，Kaineng他本人就是我们组里出去的。他跟我说过了，你反正放心跟着他们做科研，争取能发文章。"李恽教授又说："谢源，你也是，我这边给你列了几个CMU做计算机图形学的组。你接下来应该还得登录对方学校的系统，在上面填意向，然后他们那边的组会直接捞人面试。你自己好好准备，争取进你想去的组，有需要的话，我可以帮你写推荐信。"

李恽教授交代完这些事情便离开了，走廊里只剩下蒋意和谢源。

谢源分辨不清此刻内心究竟是什么感受。他也仍然没弄明白，为什么蒋意突然之间就要去普林斯顿的暑研了。

他听李恽教授刚刚那番话的意思，教授好像一早就知道蒋意会去普林斯顿，而且话里话外的态度都是很为她感到高兴，不像是调剂。

谢源站在原地没动，却没等来蒋意主动开口提起这事，反而看她准备下楼了。

谢源低头，眼瞳里映出走廊天花板上的灯带的光。他垂下眼睑，眸光忽明忽暗。他就这么看着她，把内心那股陌生的委屈的劲压下去，显露在脸上的表情只有平静："你……要去普林斯顿？我没听你说起过。"

"对呀，李老师推荐我去 Kaineng Ming 他们那个组。他们组在图神经网络这个领域很有影响力。"蒋意话说了一半，突然停下来，漂亮的眼睛愣了一下，随即露出微微惊讶的情绪，"欸，我难道没有跟你说吗？"

她没有。

"那可能是我忘记了。"

谢源扭头不想看她。他很不高兴，可是她的反应让他差点儿以为是他在小题大做。

又是这样，她其实根本就不想跟他待在一起吧？之前选导师的时候就是这样，现在他们申请海外暑研项目也是这样。每次都是他在强求，选导师的时候被他得逞，然而这次的暑研项目他却没有能够继续得偿所愿。

谢源不想理她。他伸手拿走她怀里的笔记本电脑，然后一句话都不肯再说，径直往楼梯的方向走过去。虽然如此，他仍然没有走得很快，像是在等身后的人追上来哄他，高高瘦瘦的背影看起来竟然透着一股可怜劲。

蒋意终于有点儿看出来谢源在不高兴。她跟上去，然后谢源的脚步加快了一些，然后她再跟上。她拉了一下谢源的手腕，但没把人拉住。

"你是在生气吗？"蒋意说。

谢源的脊背僵硬了一下。

"没有。"他骗人。

"那你之前来李老师的组，也没跟我事先说过呀。"

谢源咬牙，她竟然还倒打一耙。

而且他也听懂了——他来李恽教授的组，这事反而让她不高兴了。

蒋意不会哄人，只会气人。

谢源停住脚步。他没回头，压下心里的烦闷，直接就说："行，是我做错了。我跟你道歉,下次不会再有这种事情了,可以吗?"

他的语气又冷又硬,带着一股心不甘情不愿的怨念。他大步走进实验室里,把蒋意的笔记本电脑放在她的桌子上。然后他伸手拎起自己的书包,转身就出门了,连他自己桌上的笔记本电脑和钥匙都没拿。

谢源一路骑车回到宿舍楼,把自行车停在车棚里,心里的火气越来越大。他上了楼,站在寝室门外掏钥匙时翻遍了口袋和书包都没找到钥匙。

他抬手敲门,然而敲了好几下,寝室里面一点儿动静都没有。

宿舍里人都去哪儿了?

他看了眼时间——九点半,这群家伙今晚是准备夜不归宿吗?

他在宿舍群里发了一条消息:"宿舍有人吗?开个门。"

手机很快"叮咚叮咚"作响。

"没人,都在外面呢。刚吃完饭,我们打算待会儿去看电影。十点的场,中年浪漫爱情片,用过来人的口吻教你怎么谈恋爱的。"

"谢神,你组会开完了吗?要不你现在到电影院来?我们也马上过去了,就当咱们宿舍搞团建了。"

一群大学男生去看中年浪漫爱情片?也亏他们想得出来。

然而谢源还是去了,可能是许安宇那句"教你怎么谈恋爱的"蛊惑到他了吧。

电影十点开场,片长一百分钟。他们看完出来,拦了一辆出租车,宿舍里四个人刚好挤挤坐下。他们紧赶慢赶,赶上了十二点钟宿舍楼的门禁。

当晚,宿舍里几个人兴致勃勃地聊着电影里的情节。

许安宇说:"这男女主角的恋爱谈得太不容易了。不得不说,我觉得电影里这个女主角,跟她谈恋爱确实不是凡人能够轻易做到的事情。那叔叔都快被折腾得散架了,阿姨还一个劲地使唤他呢。"

谢源对床的室友表示赞同,许安宇对床的室友也深以为然。

只有谢源持有不同的意见:"没有,我觉得这种相处模式还挺好的。"

许安宇一骨碌从床上坐起来,一脸不可思议地说:"真的假的?你觉得挺好的?"

谢源没否认。

许安宇用一副"你没救了"的眼神看着谢源,说:"谢神,你懂不懂啊,电影里的这个女主角——这阿姨可是有标标准准的公主病。"

公主病?

许安宇意识到,"公主病"这个词语大概是触及谢源的知识盲区了。于是接下来的几分钟时间里,他开始给谢源科普什么叫公主病。

"有公主病的女生呢,往往都很喜欢撒娇,而且会常常麻烦别人来帮她做事情,还把这个视为理所当然……

"她们也很少在自己身上找错误的原因,更习惯把过错都推给别人。可是尽管如此,她们的情绪也很敏感,很容易就会难过委屈,需要别人哄着她们、宠着她们……

"不过,据说公主病的形成都是有原因的。她们可能童年时期经历过一些很严重的情感创伤,所以在认知里更渴望得到无条件的宠溺和包容……"

谢源听着听着,脸色就逐渐沉下去了。

爱撒娇、喜欢让别人帮她做事情、从来不在自己身上找错误的原因……这形容的难道不是蒋意吗?

谢源打断许安宇:"所以,如果一个人很依赖你,喜欢跟你撒娇,让你帮她干这干那的,并不是因为她喜欢你,而是因为她有公主病?"

许安宇肯定地点头:"我觉得就是这样的。"

谢源沉默了。然后他一整晚都没有再开口说话。

第二天,谢源没去实验室。

第三天,他仍然没去。

一连数日,直到新的一周的周一,谢源早上八点钟就出现在实验室里,成了最早到的人。

实验室里有师兄关心他,问他前几天没事吧,是不是身体不舒服。

"我们看你电脑都没拿回去,都吓一跳,以为你出什么事了。"

谢源:"没事,电脑扔在实验室问题不大,我寝室里还有一台主机。"

师兄看谢源确实不像身体抱恙的模样,于是也就放心了:"行,不过还是要以身体为重,如果有不舒服的时候,就歇几天,给自己放个短假。李老师都会通融的。"

谢源没说实话——他这几天根本没在宿舍待着,而是回家了。

最近这段时间,他爸妈一个去南方开手术研讨会,一个在大西北做义诊,家里没人,因此正适合某个初尝失恋滋味的男大学生默默地自闭。

谢源连给自己做饭的心情都没有,饿了就拿手机点外卖,不饿就坐在电脑前面写代码,三餐的时间都对不上号了。从出生以来,他就没有过这种颓废的日子——现在他亲身体验过了。

谢源坐在位子上。师兄正在吭哧吭哧地徒手拆快递,忙活了一阵,桌上的快递纸箱仍然好端端的。

"谢源，你有美工刀吗？"

谢源把抽屉里的剪刀递过去："只有剪刀。"

"也行，"师兄接过剪刀，"谢源，我发现你那儿就跟个五金店似的，什么东西都有。"

五金店的比喻多少有点儿夸张。另一个师兄坐在角落里抬了抬头，哼哼着笑道："谢源这家五金店主要是服务师妹的，你纯粹是顺便沾了点儿光。"

听见师兄提起蒋意，尽管谢源脸上表现出一副冷淡的态度，可还是不争气，眼神克制不了，本能地看向蒋意的桌子——她这会儿人不在。

谢源的脸板了起来，他确信自己已经走出来了。他不喜欢她了，公主病就公主病吧，她现在气不到他了。

"话说回来，师妹上周后面几天也没在实验室。"

谢源手里的动作一顿。

蒋意也没来实验室？她去干吗了？

师兄开玩笑："如果不是因为你比她早失踪了两天，我还真的会以为，你们两个是不是说好了一块儿不来。"

谢源重新把注意力集中在面前的电脑屏幕上。他声音很冷硬："没有，我没跟她说好。"

两个师兄彼此交换了一个眼神。

坐在角落里的师兄对拆快递的师兄唇语："师弟师妹这是吵架啦？"

拆快递的师兄无奈摊手，表示自己作为高龄单身狗也不懂。

过了一会儿，师姐景孟瑶手里抱着几本装订册走进来。她先是一眼看见谢源，笑着说："哦，谢源来上班啦。"她走到自己的电脑面前，俯身输密码解锁机器，然后随口又说，"蒋意回S市去了，说的是今天回来。不过嘛……"景孟瑶抬头瞥了眼窗外的天空，"看这个天气，我估计今天这航班飞不了。"今天一早，气象局就挂起了雷电和暴雨预警，机场势必会有大量的航班延误或取消。

谢源盯着电脑屏幕上的代码窗口，跟自己说：不要管蒋意，她已经是一个成年人了，应该学着处理她自己生活里遇到的麻烦。

中午的时候，T大这边的雨几乎是前所未有地大。滂沱大雨像刀子似的刮在玻璃窗上，呼啸的风声在走廊里来来回回地尖叫。

实验室里的人都没出门去食堂吃午饭。隔壁实验室的师兄慷慨送来一箱没拆封的泡面，大家每人拿了一桶，凑合填饱肚子。

谢源没心思吃泡面，把他那桶泡好的面给了旁边的师兄。

蒋意到哪儿了？他不知道。

谢源心烦意乱，越来越嘈杂的雨声更是让他变得越来越急躁，他索性戴上耳机，开了降噪。

电脑上的调试窗口里弹出一条报错信息，显示存在数据 ID 缺失。

忽然间，谢源意识到，他其实可以知道蒋意的航班信息——他给她买过一次机票，所以知道她的身份证号码，可以据此在航旅 App 上查到她购买的航班号。

这样好吗？且不说他其实还有点儿在生她的气，没有经过她的同意就用她的身份证号码查她的航班信息，这样已经算是侵犯隐私的程度了吧。

可是她根本就不顾他的感受，所以他为什么要对她那么好？他还顾及她的个人行程隐私——他这样跟烂好人有什么区别？

谢源气不打一处来，于是索性心一横，直接在购票记录里找到蒋意的身份证号码，然后输入航旅 App，查看蒋意名下的航班行程。

她的航班原定是上午十点多起飞，延误到下午一点起飞，这会儿显示的状态是已经起飞，正在 S 市附近的 H 市上空。

行，她起飞了就好。谢源把手机放下。

随后的半个小时里，他每隔几分钟就要把手机拿起来看一看，跟个网瘾青年似的。他一路看着蒋意的航班经过多个省份，离 B 市越来越近。

两点的时候，航旅 App 上突然弹出来一条消息："您关注的航班 MR0912 因天气原因将临时调整至 J 市机场降落。"

J 市机场？那蒋意要怎么从 J 市回学校？暴雨下成这个样子，往返 B 市和 J 市之间的高铁很多都取消了。谢源完全想象不出蒋意一个人拖着行李箱从 J 市辗转回到学校的画面。他让她拖着行李箱从校门口走到宿舍楼，估计她都能眼泪汪汪地控诉他是坏蛋，何况还下着这么大的雨，还有间歇性的电闪雷鸣。

谢源坐不住了，烦躁地扯了扯领口，然后"噌"地一下站起来，只拿了一个手机就大步往外走。等他冲到楼下，眼前的雨比他在实验室里隔着玻璃看到的还要大。他意识到自己忘拿伞了，于是又匆匆折返上楼去拿。

师姐景孟瑶正好目睹他返回拿伞，轻轻地说："啧，关心则乱。"

凌聿坐在她面前的沙发上，闻声抬头看向她："怎么了？"

景孟瑶弯唇笑了笑："没什么，我只是刚刚恰好目睹了一场好人好事。"

531

谢源先从学校打车回家。他爸的车停在小区车库里没开走,他上楼拿了车钥匙,然后一边坐电梯下楼一边拿手机查路况。

暴雨的缘故,城区堵得一塌糊涂,导航 App 上的道路都是整段整段的鲜红色。从 B 市去 J 市的两条高速公路也临时封闭,他得绕行。

即便如此,他今天也一定得把人接到。

谢源也不顾什么生气的事了。他坐进车里,系上安全带,出发前给蒋意发了一条消息:"在 J 市机场等我,我过去。"

然后他就踩下油门出发了,车子驶出地下停车库,义无反顾地扎进倾盆的雨中。

蒋意的航班抵达了 J 市。

很多原本要降落 B 市的航班都临时改在 J 市降落,这让 J 市这座机场的负荷一下子变高。行李提取处的效率也变得很低,每一个行李转盘前都围满了焦躁的旅客。

等蒋意取到行李,已经是四点多了。

她拖着行李箱站在机场的到达层大厅里,周围都是滞留的旅客。

她忽然感到一阵茫然和空旷。她变得很透明,不知道自己应该去向哪里,仿佛这个世界上没有任何一处地方、任何一个人与她是紧密相连的。

每次从 S 市出发,她似乎都会产生类似的感受。

蒋意把手机从包里拿出来,长按开机键,logo 缓缓地从屏幕上浮现出来。可能因为附近人太多了,所以手机的信号也不是很好。

打车回学校吧,她做出决定,也不知道司机师傅愿不愿意接跨市的单。

她抬头寻找出租车的标志。

只不过——

"蒋意!"

好奇怪,是有人在叫她吗?她在这里也能遇到认识的人?蒋意觉得应该是自己幻听了。

"蒋意!"

然而那个声音越来越近,也越来越耳熟。

她的脑海里渐渐浮出一张冷峻的面孔。

谢源?这个声音很像他的,但他怎么可能会在这里?

"蒋意——"

她终于循着声音传来的方向看去——谢源穿过人群大步朝她走过来，两手空空，脸上的表情却尤其坚决。

坏蛋……他不是在生她的气吗？那天组会结束，他没有等她，直接一个人骑车走了。然后他接下来的两天都没有去实验室。明明他的笔记本电脑还落在实验室里，他也不肯去取，明摆着就是不想看见她。

蒋意不想跟谢源服软。她从来没有跟男孩子服过软，不想对谢源破例，哪怕……哪怕她好像真的开始很喜欢他了。

她的心脏"怦怦"猛跳，像是正在疯狂心动的感觉。

蒋意抿着嘴唇，倨傲地朝着谢源抬起下巴。说话的声音其实在微微地颤抖，可是她用假装凶巴巴的态度掩盖掉了："你怎么来了？你不是不睬我了吗？"

她确实是有公主病，谢源现在越发肯定了。他没指望她能跟他说一句"谢谢"，但她竟然还要跟他翻旧账。更何况，是他做错了吗？

谢源没好气地伸手去拿她手里的行李箱，蒋意抓着拉杆不肯松手，谢源也不退让，两个人就这么僵持着。

谢源开了将近三个小时的车，这会儿没心情跟她吵架。而且，他看见她一脸倔强，可是她明明已经眼泪汪汪的，都快哭出来了。他不想欺负她。

"上车再说。"他说。

他本以为这句话劝不动蒋意，然而她听完就乖乖松手了，任由他把她的行李箱拿走。然后她把肩上的水桶形状的小包包也摘下来，径直递给他。包包的边缘轻轻地撞在谢源的手臂上，就像羽毛在刮。

"喏，还有这个包包，你帮我背着。"她得寸进尺。

他的手臂被她的包撞到了，可他为什么完全没有要生气的想法？

她把脑袋低下去了，谢源只能看见她的头顶。她看着就像一只离家出走的小猫，明明没有多大的胆子，还要虚张声势，张牙舞爪的，不肯回家。像这种小猫咪，就得被雨淋透了才知道外面的险恶。

"走了，车在停车场。"

蒋意却拉了拉他的手指。现在天热起来了，谢源穿短袖T恤，所以她不能像以前那样拉他的袖子了。

"我们都没拿伞，要不要买一把？"她指着机场里的商店。

"不用，有伞，在车上。停车场跟机场连着，一路都有天花板挡着，雨淋不到你。"像这种有公主病的小猫咪，一辈子都有人心甘情愿给她遮风挡雨，所以也不必体会世事险恶。

谢源带蒋意去车上。

黑色的豪华型轿车停在那里,蒋意习惯性地准备去后排坐着。

毕竟她在S市都是这样坐的,家里那几辆配了司机的轿车差不多都长这样。司机会提前替她拉开后排车门,请她上车。

谢源看见她的动向,心里不由得又是一阵郁闷。

她真把他当司机了。

于是谢源没坐进驾驶座,硬生生地调转脚步走到副驾驶座旁边,拉开车门,然后抬手挡着车顶:"蒋意,坐这儿来。"

蒋意默默地鼓了鼓脸,然后坐到前面去了。她不是故意把他当成司机师傅的,谁让她这几天在家里做惯了大小姐嘛!

车子驶上马路。

这场大雨已经浇了一整天,然而雨势始终不见小。

蒋意坐飞机坐得很累。她趴在车窗边,安安静静地待着,仰着脸抬头看窗外的雨。

如果谢源没有来接她,这会儿她能顺利坐上出租车吗?她恐怕不会很顺利。刚刚她和谢源往机场停车场走的时候,她听见别人说出租车上车点那儿已经大排长龙,机场广播也建议旅客尽量乘坐公共交通离开。

蒋意眨了眨眼,有点儿困。车窗玻璃像一面镜子,她不仅能看到车窗外面的景象,也能看见玻璃映出的车内的模样。

从她此刻坐着的角度,她能从玻璃的反光里看见谢源的腿和腰还有胳膊肘。然后她的脑袋往下挪了挪,她就能看见谢源的下巴和薄唇了。

她看到他抿着薄唇,一副不近人情的模样。

她知道谢源生她的气。海外暑研项目她临时改了学校,也没跟他说,直到最后录取结果出来他才知道。

那天开完组会她跟他讲,她是不小心忘记了。

其实不是,她没忘,是故意没有告诉他。她是坏蛋——她一直都对自己有着清晰的认知。

她不想跟他解释自己想去普林斯顿的真正原因,家里的事情是她不愿意轻易跟别人分享的内容。她也不想看到谢源面露遗憾的模样,那样一定会动摇她想去普林斯顿的心。于是她始终都没有能够跟他开口。直到结果公布,谢源自己发现了这个冰冷的事实。

蒋意以为他会生很久的气,他也应该生很久的气。可他今天出现在J

市机场,说要带她回去,就好像他们之间的不愉快从来没有发生过似的。

为什么会有这样的人?谢源小时候到底有没有学过"东郭先生和狼"的故事?他知不知道,他就不能对她这样的人这么好?

他做到这种程度,她当然会感动。可是与此同时,她也忍不住冒出变本加厉的念头,她更加想要知道,他容忍她的底线究竟在哪里。

谢源用余光瞥见蒋意的脑袋动来动去。

她在干吗?如果她觉得坐着无聊,那么为什么不和他说话?

谢源估计她应该不会主动开口跟他讲话。他定力不够,率先开口打破沉默:"你怎么突然想到回S市了?"他这句纯属没话找话。

"我回去给外公过生日了,然后外公给我包了一个超级大的红包。我再陪外婆喝喝下午茶,跟爸爸吃吃饭,和朋友逛逛街,差不多两三天就过去啦。"

他听懂了——她这几天过得非常开心,简直可以说是被爱紧紧包围了。不像他——他一个人闷在家里吃外卖,吃了上顿没下顿。

谢源想起那天许安宇的话。许安宇说,有些公主病的形成是有原因的,可能是因为人经历过创伤所以特别缺爱,才会在内心渴望得到无条件的偏爱和宠溺。可是谢源听完蒋意说的话,觉得她肯定不缺爱。

所以她纯粹就是骄蛮任性是吧?她得的是那种没有任何苦衷的公主病。

六月,期末周刚结束,蒋意和谢源就开始了他们各自的海外暑期科研。

蒋意去普林斯顿大学。这不是系里组织的项目,按理说她应该一个人走。不过机票既然是谢源订的,他当然会有私心,所以他们从国内出发的第一段航程相同——先飞到同一机场,然后谢源转机,而蒋意则直接坐车前往普林斯顿大学。

在机场,蒋意挥手跟谢源说"拜拜"。

"如果你有空的话,要来找我玩啊。"她说。

谢源淡淡地"哦"了一声。

"你不要敷衍我嘛!"蒋意又说,"一定要来啊!"

谢源移开视线。他想:她如果没有改变主意去普林斯顿,那么其实就能天天跟他一块儿玩。所以他绝对不要去找她,她就活该一个人待在普林斯顿,无聊到长蘑菇都没人陪她一起玩。

谢源背着包转身走了,留给蒋意一个绝情的背影。

随后的几个星期,谢源真的忍住了没有去找蒋意。他待在学校里一个人吃饭,一个人睡觉,一个人坐车,一个人去办公室,一个人回家。

蒋意在微信上频频暗示他可以来找她玩,经常给他发好看的风景、好吃的美食、好玩的地方。

可是这些照片谢源在她的朋友圈里都见过了。她也不知道给他一点儿特殊待遇。

谢源每次都回"哦,知道了",没有任何多余的点评。每当发完这几个字,他就忍不住想象蒋意看到消息之后的反应——她肯定气死了。

然后谢源的心情就会很好。

可是,谢源渐渐发现,蒋意给他发消息的频率越来越低。甚至有好几次,他给她发完信息,她要到第二天才回复他。

谢源安慰自己,可能是因为蒋意最近比较忙碌,暑研的时间马上过半,他自己手头的科研任务也很重。

但她依然维持着原本发朋友圈的频率。周末基本都是出游的照片,周中则是美食打卡照,偶尔有工作日的午后,她拍出绿茵茵的草坪,配文是"努力晒干脑子里面进的水"。

他知道她的生活很缤纷多彩,她用不着再刺激他了。

谢源刷新了一下朋友圈,然后看见两分钟前蒋意刚刚发了一条新动态:"夏天会遇见心软的朋友帮我准备生日派对!"

谢源当然记得蒋意要过生日了,就在明天。也就是说,今晚十二点一过,就是她的生日。

他的视线停留在她的文字上——什么叫"心软的朋友"?是她在普林斯顿认识的新朋友吗?难道会比他还心软吗?

酸溜溜的——像被醋泡了的心情又泛滥起来,他又看了看她这条朋友圈。他倒想看看,她新认识的朋友能有多心软!

谢源没买到起飞时间最近的那个航班,只好退而求其次,在机场又等了两个多小时,搭乘后一趟航班。好在他所在的城市距离普林斯顿大学不算远。一个多小时的飞行之后,飞机平安落地。

谢源只背了一个双肩包。站在机场的出口处,他不愿承认自己的这趟行程完全是一时冲动。

明天晚上他有一项要截止的工作。他原本计划今明两天再继续做一些完善工作,现在看来应该是没时间完善了。

此刻,他的包里只有他自己的笔记本电脑,他连充电器都没带。

他没有给蒋意准备礼物。几个月前在国内买的那条手链他没放在这次出国的行李里面。其实他当时收拾东西的时候想到了,但是故意狠心没拿,就是怕自己会一时冲动。

现在他就这么两手空空地来普林斯顿找她。谢源能够想象得到,不带生日礼物去见蒋意,无异于往自己的身上主动揽麻烦。他也不知道去哪儿能找到蒋意,很烦……但他始终都没想过转头就走。

他拿出手机给蒋意发信息。

"去哪里能见到你?"字里行间透露出一股傲娇劲,他看起来像是在回答她上一条提醒他可以去找她玩的消息。

谢源不知道要过多久蒋意才会回他消息。如果参考最近一周的平均数据,她在明天中午十二点前应该就会回复他了。

然而,今天蒋意的回复来得特别快,她说:"Carnival,距离你也就五百多千米吧。"

谢源搜了一下,她说的 Carnival 应该是城里的一家中餐厅。哼,抱歉了,他这会儿距离她说的这家中餐厅也就七十多千米。

他偏要两手空空地去打扰她。

Carnival 中餐馆内。

蒋意坐在位子上听周围人用多国语言一齐给她唱《生日快乐歌》。

他们唱完歌、切完蛋糕,生日晚餐该有的流程差不多都进行完了。

组里的女生 Michele 好奇地问她:"Yi,你为什么要今天过生日呢?你难道不是明天过生日吗?"

桌子对面有人插嘴说:"我知道,我知道!是不是因为按照时区换算,此时此刻在东八区才是你出生的日期?"

当然不是这个原因,蒋意笑眯眯地告诉 Michele:"因为明天我要跟别的朋友一起庆祝生日呀!"

Michele 直觉非常敏锐:"男朋友?"

蒋意说:"还不是。"

Michele "欸欸"连着发出两声感叹。蒋意本来还想说什么,回头往餐厅外面望了一眼,发现路边有一个高高瘦瘦的男生正从一辆车上下来。

她的"别的朋友"来了。

隔着玻璃窗户,谢源也看见了蒋意。她嘴边挂着笑容,正在跟他挥手。

他没从她的脸上看到惊喜。

谢源的脸颊不受控制地迅速涨红。

真是的,她难道看见他一点儿都不觉得惊喜吗?

谢源亲眼所见,此刻蒋意的身边有一群人陪着。她头上戴着彩色的生日帽,面前的圆桌中央摆着一只切过的蛋糕。

她拥有很多朋友,无论到哪儿都是这样。他仅仅是这些很多人中的一个,而且甚至这还得建立在她确确实实把他当作朋友看待的基础上。

他应该在里面,应该坐在她的身边。

谢源没进餐厅,脚步停在路边的人行道上。不仅如此,他还背过身没有把脸朝着餐厅临街的那排落地窗——很幼稚。

他都没考虑过,像他这样戳在路边有什么意义。

如果蒋意不出来呢?他难道要一直站在这里等下去?

按理说,谢源不应该做这种低效的傻事。

忽然他的身后传来脚步声,高跟凉鞋踩在地砖上发出"嗒嗒"的清脆声。

谢源带着一丝丝的期待回头,毫无防备地撞进一双笑盈盈的欢快的眼眸里。

蒋意朝着他跑过来,她的脑袋上还戴着那顶可爱的生日帽,随着她蹦蹦跳跳的动作一摇一晃的,但偏偏掉不下来。等她跑近,谢源才看到她的生日帽底下粘着两个小小的发卡,难怪能戴得这么稳。

"谢源!"她把他的名字念得又甜又清亮。她不问他怎么来了,仿佛很笃定他一定会来。

谢源"嗯"了一声,语气微微上扬。她直接把那一桌子的人晾在餐厅里面,径直跑出来见他的举动,他很受用。

他终于觉得,蒋意有公主病或许也不是什么坏事。

蒋意把谢源从头到脚打量了一遍,然后说:"你瘦了。"

谢源低头看看自己——是吗?他很久没称过体重,所以也不清楚自己到底有没有变轻。

"是因为想念我所以变得消瘦吗?"

他断然否认:"没有。"

才怪。

蒋意鼓起脸,嘟囔道:"就算没有,你也可以骗骗我说有呀,我听完绝对会非常非常开心。"

谢源低头注视着她故意鼓起的脸颊,有一股痒痒的冲动,想要抬手把她的脸颊捏回去。但他没有这么做,只是佯装抬手要敲她的脑袋,虚晃一记,嘴上假正经地教训她:"不可以骗人。"

蒋意凶凶地说:"我不是你家里的小朋友,别用五讲四美的故事来教育我。"

谢源不禁蹙眉。他这会儿跟她这么来来回回地说着话,忽然察觉她今天的态度尤其娇气,是不是因为他们太久没见面了?

谢源不经意间瞥了一眼蒋意身后中餐馆的招牌,上面有一行不起眼的小字——Chinese Maotai Liquor(中国茅台酒)。

他顿时生气:"你喝酒了?"

可是他看她眼神挺清醒的,说话也没有吞吞吐吐地变成大舌头。

"才没有呢!"她反对,手指戳了戳自己,"我还没满21周岁呢,哪怕过了明天的生日我都没满。我在这边不可以喝酒。"

这倒是。

谢源打量她,仍然有点儿怀疑。蒋意索性把她的手腕往他面前递:"不信你闻闻看,绝对没有酒精的味道,我们今晚根本没有点酒。"

谢源没理解她的脑回路:就算真要检查,也不应该是检查她的手腕吧?

"感觉你今天说话没什么条理,东扯西扯的,没逻辑。"

蒋意认认真真地想了想,过了一会儿,忽然露出恍然大悟的表情。

"我知道了。"她拍拍他的手臂。

谢源默默地在心里补上一句:她今天还尤其喜欢对他动手动脚。

"我昨天和今天都在赶 deadline(截止日期),刚刚出来吃晚饭前才刚刚赶完。我昨天和今天加起来一共喝了五六杯咖啡,大概是醉咖啡因了。"

谢源瞪她——两天喝了五六杯咖啡,她这是要把她自己的身体拆掉吗?

"Deadline 在后天,"她说,"但我想要和你一起好好地过这个生日,所以只好赶在今天之前弄完。"

谢源说:"那也不能像这样喝咖啡——"

他话音未落,脑子先卡壳了。她刚刚说什么?她想要和他一起好好地过这个生日?

谢源的理智一点点地回归。他想:她又在胡说八道了,每次都这样,只顾说漂亮话,然而一点儿都不真诚。她难道觉得他这么容易就会上当受骗吗?

谢源指着她身后的中餐厅:"不许拿我做借口,你是想要跟他们好好地过生日吧。"

蒋意摇摇头:"不是,就是跟你。"

谢源冷哼,明显还是不相信。俗话说得好,不要看一个人说了什么,要看他做了什么。蒋意嘴上这么说,可是实际上坐在餐桌边给她唱歌、陪她切蛋糕的人不是他。

谢源压下心里的不悦。反正她没什么良心,他已经深有体会。今年是这群人陪她过生日,明年肯定又会换一批人。他估计没人能够有本事被允许一直陪她过生日。

"行了,你进去吧。"

"你要我去哪儿?"

去餐厅里啊,她那群"心软"的朋友们不是还在等她吗?

蒋意扯了扯他身上T恤的袖子:"谢源,我已经参加完他们给我准备的生日庆祝活动了,今天接下来的时间我不跟他们一块儿过。"

她接下来还有别的安排?她在这边还有心软的朋友?

蒋意的眼睛像小狐狸似的狡黠又明亮,她捏捏他的胳膊:"你要不要预订我的时间?从现在开始,一直到明天,我都有空的。"

谢源怔住,就这么晕乎乎地被她拖着往前走了,整个人像是踩在天堂的地毯上面——真的假的?

可他已经订了今晚的红眼航班赶回学校。而且他没拿换洗的衣服,包里只有一台笔记本电脑,电脑的电量只剩下百分之三十,没有充电器。

他也没有给她准备生日礼物。他曾经设想过要送给她的生日礼物,这会儿正躺在大洋彼岸,位于B市T大的宿舍抽屉里面。

如果她发现她没有礼物收,会不会气得要张嘴咬他?

谢源默默地看了看蒋意——总感觉这不是没可能。

不过,谢源记得自己有带银行卡,来回的机票他是在机场刷银行卡买的。所以,他现买礼物也是可以的吧?

谢源轻咳一声,决定趁着蒋意心情还好的时候先交代自己的过错,说不定还能争取一个宽大处理。于是,他指了指路边的一排商店。

"你想要什么生日礼物?"他说得没什么底气。

他本来可以有底气的——如果他当时整理行李的时候把那条手链拿上的话。可是他太骄傲了,所以这会儿就没有底气了。

蒋意眨眨眼，好像没听懂他的意思。

谢源自知理亏，因此耐着性子又好声好气地解释了一遍："你想要什么生日礼物？你自己去选吧。我来得太匆忙，所以没来得及给你买礼物。"

这个理由其实很站不住脚，不过蒋意没计较："那我要把每家店都逛一遍。"

谢源说"可以"。

蒋意嘴上说要把这条街上的每家店都逛一圈，可是拉着谢源进了第二家店之后就选中礼物了。

这是一家花店。

"我要这个。"她说。

"想要花？"谢源低头问她。

蒋意重重地点头。

谢源反而有些遗憾。他本来想送她一份能够留得更久的礼物，这样好像会更有意义。可是鲜花这种东西，能不能放过一周都值得怀疑。

当然，花店里也有生命力更顽强的植物，可惜他们回国也带不过海关。

但是既然蒋意想要，那他就买花。

"要哪种？"

"你送我礼物啊，当然应该是你给我挑一束呀。"

谢源没给女性送过花……好吧，其实也送过。小时候母亲节，他用零花钱买了一大束康乃馨，然后从学校直奔医院，看见姥姥送了几枝，看见姨妈送了几枝，看见舅妈送了几枝，然后留下的都送给了他妈妈。

今天是他第一次给同龄的女孩儿送花。

谢源选了一些花，然后店主帮忙包成花束。

"祝愿你们拥有美好的一天。"店主把花束递给蒋意的时候，微笑着送上祝福。

"谢谢。"

从花店出来，蒋意抱着花束，把手机递给谢源。

谢源接过来，问："怎么了？"

"我想要拍照片，你给我拍。"

谢源说"好"。她低着头调整了一下怀里花束的位置，同时征询他的意见："这样好看吗？有没有挡住我的脸？"

好看，花没有挡住她的脸。

谢源欲把手机给她："你先把手机解锁了。"

蒋意却嫌他麻烦："哎呀，我都把角度调好了。你自己解锁嘛，手机密码是110718。"

谢源把密码输进去，手机解锁了。他给她和她怀里的花拍了几张照片，然后撒了谎："我拿你的手机拍不惯。我用我自己的手机再给你拍几张，省得把你拍得不好看了，你又怪我。"

"我长得这么漂亮，就不信你有本事能把我拍得不好看。"她嘴上这么说着，但还是同意让他用他自己的手机给她再拍几张。

她只当没看出他心里的小九九——哼，不就是想要把她的照片留在他自己的手机里吗？

谢源，胆小鬼。

谢源拿着手机，一脸镇定地迅速按了几张。然后他声称已经拍完了，把蒋意的手机还了回去。

蒋意垂下脑袋检查手机上的照片，几缕微微弯曲的长发顺着她的脸颊滑下去。她头上戴着的生日帽稍稍歪了，谢源看得有点儿难受，很想替她摆正。

"你帮我把帽子摘下来吧。"她使唤他。

谢源没吭声，老老实实地抬手替她弄发卡。他屈起手指，小心翼翼地把两只发卡解开，小拇指别扭地避开她的头发丝，手指险些抽筋。

有时候人过分避嫌恰恰意味着心里有鬼。

"好了。"他把生日帽拿在手里。

她抬头又盯着他看，漂亮的眼睛一眨不眨。

谢源的心脏紧张地绷着：她在看什么？

"我要看你手机里拍的照片。"蒋意伸出手，一脸理所当然地索要他的手机，"我倒要看看，你的手机难道拍出来会比我的手机更好吗？"

谢源抗拒了一下："不用看了，我待会儿就把照片发给你。"

但他的立场不算坚定，他想的是：如果她撒娇一定要看的话，他也只能把手机给她。谁让她是明天要过生日的人呢？寿星最大。

可是蒋意居然真的不要了。

"行呀，不给就不给吧，"她轻飘飘地说，"但你一定要记得发给我啊。"

她突然变得这么好说话，他反而不适应了：她真的不再继续索要一下吗？

生日礼物买好了，照片也拍好了，可是两个人谁都没提结束。

他们继续往前逛街,谢源随时准备掏钱,然而蒋意没有购物的意图。

逛了几家店,蒋意忽然把怀里的花束往谢源的手里一塞:"好重啊,我拿不动了。谢源,你帮我拿一下好不好?"

谢源本来正想着该怎么跟她说他要走了——他准备打车去机场赶航班回去。这下好了,他直接没办法开口了。

谢源低头看了眼时间,要不就再待一会儿?估计见完这面之后,他得再过很久才能见到她,有可能都要等到下学期了。

之后,蒋意和谢源把这条街上的每家商店都逛了一遍。

他们停在街口的人行道红绿灯底下,绿灯亮了很久。谢源把手里的花束往蒋意的面前凑了凑。

"我要去机场了。"他说,平静的语气里藏着一丝不易察觉的不舍,"我明天还有一篇论文要提交,得回去再赶赶。"

他给出了很充分的理由,于是蒋意好像也没打算要坚持留他。

谢源觉得她今天尤其通情达理。可是他反而希望她能够任性一点儿,胡搅蛮缠着、无理取闹着一定要他留在这边,赶不上航班。

他发现自己变得很奇怪:他为什么会有这种念头?

"那你叫车吧。"

谢源默默压下心里的遗憾,说"好",然后把手机拿出来,叫了一辆车。

车很快来了。蒋意面露犹豫之色。谢源一眼看出来她脸上细微的表情变化,清了清嗓子,没有急着上车,而是问她怎么了。

"你们走哪条路?可以顺路把我捎回去吗?"

蒋意报了她公寓的地址。其实不顺路,谢源却让她上车:"走吧,送你回去。"

路上一点儿都不堵,车子很快抵达蒋意的公寓楼下。蒋意抱着花下了车,没有马上关门,而是把手腕搭在车门门框上,顿了一下。

谢源的喉结上下动了动,他在等待恰当的时间和她道别。

在蒋意有下一步动作之前,谢源屏息凝神,一动不动。

蒋意忽然弯腰低下身子,朝着车里的谢源轻柔地笑了下:"你要不要去楼上坐一会儿?"

出于理智,谢源应该拒绝的,毕竟时间不早了,他还得赶飞机。

然而他没吭声。

蒋意的指尖在花束的包装纸上蹭了一下,她唇边的弧度不变,然后她轻轻抛出了下一个诱饵:"我的电脑好像出了一点儿问题,风扇一直在响,你能不能帮我看一下?"

结果就是谢源跟着蒋意上楼了。从楼下到她家的这段路上,又是他帮她拿着花。

开门到家,蒋意笑眯眯地欢迎谢源光临。她推着他往里走,一边自信满满地问他:"怎么样,我这里是不是收拾得很干净、很舒服?"

好吧,确实比谢源以为的要整洁多了。

"你是不是每天请人做入屋打扫?"他提出合理的疑问。

"才没有呢,"蒋意果断否认,然后乖乖地竖起右手食指,"一周一次。我没有天天都找人打扫。"她没说出口的是,她猜到他应该会来陪她过生日,所以昨天又临时请阿姨多加了一次清洁。

谢源哼笑了几声。他果然对她还是挺了解的。

"电脑呢,在哪里?"他问。

蒋意跑进卧室把她的笔记本电脑抱出来:"你看看。"

谢源用她的电脑运行了几个程序,但没发现有明显的风扇声音。

"还行。如果运行时风扇声音特别大的话,可能是电脑里面积灰了。要我帮你拆开清洁一下吗?"

她一阵点头。

谢源眼里的笑意加深,他把她的笔记本电脑翻过来平放:"行,家里有螺丝刀吗?"

蒋意懵懵懂懂地看回来,然后摇摇头——没有。

谢源不意外。

蒋意主动请缨:"你等等,我去问对门的邻居借一把螺丝刀。"

谢源没来得及开口,就被蒋意按坐在沙发上,然后她打开门跑出去了。

门没关,谢源坐在沙发上能够很清楚地看见走廊上的情况。

蒋意敲了敲对门邻居家的门,很快有人开门。住在她对门的是一个亚裔脸的男孩儿,穿着卫衣,戴着帽子,帽子底下露出不长不短的鬈发。

蒋意和对方说了几句,对方比画了一个"OK"的手势,转身进去,片刻后再次走出来,把一个工具箱交到蒋意的手里。

蒋意抱着工具箱回来:"给你。"

谢源很快找到合适的螺丝刀,把笔记本电脑的后盖拆下来,帮忙清了清灰。其实他看到她的笔记本电脑里面没什么灰,按理说风扇应该不会有很大的声音。

然后他把后盖重新拧上去。

"好了,你先用着看看。要是后续风扇动静还很大的话,你在微信上再跟我说。或者等暑研结束回学校之后,我再帮你检查看看是不是别的地方出问题了。"他这番话说得跟电脑维修店的工作人员似的。

蒋意点头说"好"。她这会儿怀里抱着抱枕,坐在他对面的地毯上,手肘撑着茶几,眼睛亮晶晶的,总感觉像在打什么坏主意。

谢源警惕。

蒋意托着脸:"谢源,你现在去机场还赶得上航班吗?"

外面的天色已经彻底黑了,谢源低头看表。其实他还赶得上,甚至时间绰绰有余,但是——

他看见蒋意伸手指了指门外。她笑眯眯地说:"你如果已经赶不上飞机,而且今晚也买不到其他航班的话,可以借住在 Tommy 家里,他家的客厅经常留宿他的朋友们。"

Tommy 就是刚刚出借螺丝刀的鬈发小哥。

谢源刚准备拒绝,并且准备实话实说,告诉她他买的航班距离起飞还早。然而他又听见她把话继续说下去:"这样我们就可以在零点正式庆祝我的生日了。你不要记错啊,我的生日是在明天。"

谢源动了动嘴唇,把原本该说的话吞下去,然后言简意赅地说:"好。"

谢源答应留下来。

不过,蒋意没急着带谢源去见他今晚的房东 Tommy,而是拉着他参观她公寓里的厨房。谢源不觉得蒋意能够做饭,虽然她这边的厨具一应俱全。她看起来就对厨房里的事情一窍不通。

"你看,我这边还有老干妈辣酱。"她把冰箱拉开来,里面基本都是酱料、调味料和水果。

谢源面不改色地把一包挂面从冷藏室里拿出来。

"这个不用放冷藏室。"他试图教她。

蒋意却眼前一亮,拉住他的手腕,晃了晃:"谢源,你给我煮一碗长寿面吧。我今天在餐厅里没吃到长寿面。"

谢源用蒋意公寓的厨房给她做了一碗长寿面。

"要加一颗水波蛋。"寿星提出附加要求。

谢源:"行。"

吃完面条,谢源顺带把锅子和碗筷都洗了。然后蒋意带着他去找对门的 Tommy。

她敲门，小哥很快开了门。蒋意先要把工具箱还给他，谢源将工具箱递过去，也用英文说了一句"谢谢"。

"不用客气。"鬈发小哥说，连帽衫的帽子仍然牢牢地盖在他的头顶上。

蒋意指指谢源，然后问鬈发小哥："他今晚能在你这儿睡沙发吗？"

鬈发小哥很痛快地答应了："当然！顺便好奇，这是你的男朋友吗？"

蒋意露出微笑："他如果是我的男朋友，那么今晚直接就应该在我家里睡觉。"

鬈发小哥觉得她说得很有道理，连连点头。

谢源站在蒋意的身后，一阵无言——当着他这个当事人的面，他们这样旁若无人地调侃他，真的没问题吗？

当晚，鬈发小哥收留谢源过夜，热情地表示谢源在他的公寓里可以随意活动。

"冰箱里有吃的、喝的，橱柜里有各种即食杯面……然后那边是卫生间……"鬈发小哥穿着睡袍走来走去，给谢源大致介绍了一下生活空间，然后说自己得先回房间里去睡觉了，"我前两天通宵玩得太猛，今天必须早点儿休息了。不过，我的睡眠质量很不错，所以你不用担心会吵到我。我实验证明过，哪怕你在客厅里开着电视机最大音量看球赛都没问题，我可以睡得很死。"

随后谢源很快就意识到，他今晚这位临时房东的睡眠质量究竟能有多高：卧室门扎扎实实地关着，然而里面传出的呼噜声分贝实在让人无法忽略。

谢源把笔记本电脑放到一旁，低头在包里翻了很久，然而没找到降噪耳机。他抬手揉了揉眉骨，有点儿无奈。

出门的时候太匆忙了，他当时只想着快点儿赶到机场坐上飞机，所以身边既没带降噪耳机，也没带电脑的充电器。他以前其实从来都不会犯这种丢三落四的错误。现在，他犯错的频率越来越高了。

谢源坐了一会儿，可是卧室里的呼噜声丝毫没有要减小的意思。要不他还是出去待一会儿吧，刚才和蒋意一块儿上楼的时候，他留意到电梯旁边有一块公共区域。那里有桌子、椅子，他应该能在那儿待着改论文。

谢源拿起笔记本电脑，拎着包出去了。

这栋公寓楼的公共区域设置得还算舒适。谢源坐在那儿敲着键盘改论文，手指在笔记本电脑的键盘上快速地打字。停下来思考的时候，他忽然听见身后传来两声"咚咚"的敲击声。

谢源回头。蒋意靠在墙壁拐角处，肩上披着一条浅米色的薄毯，严严实实地盖住她睡裙的领口。她朝他挑了挑眉。

"给。"她走过来，顺手向他递出手上端着的东西。谢源没看那是什么，本能地伸手接过，手指却被狠狠地烫了一下。

"慢点儿……小心烫。"她提醒得太晚了。

谢源低头发现她端给他的是一杯热牛奶。他刚刚不小心，整个手掌直接合拢上去，握在了最烫的杯壁上面。

他淡淡地启唇："谢了。"

一张桌子配一把椅子。蒋意把谢源面前桌上放着的移动硬盘往旁边挪了挪，然后屈膝靠坐在桌边，顺手又把身上披的薄毯往上拢了拢，整个人显得随性又慵懒。

她扬眉瞥他，开玩笑说道："怎么啦，你和 Tommy 处不来？"

倒不是这个理由，谢源刚要回答，只见蒋意伸手轻轻推了推他手里的马克杯，催促他喝牛奶。

她翘起唇角，像煞有介事地说："这是我特意给你热的。"

是吗？谢源忽然觉得手里这杯牛奶变得沉甸甸的。她还会热牛奶？他真没看出来。谢源喝了一口，意外觉得味道还不错，于是又多喝了几口，仿佛这样就算是在给蒋意捧场似的。不过话说回来，牛奶在什么情况下会能尝起来很难喝，除非是放坏了。

"我做得很好吧？"她摆明了是在故意讨表扬。

谢源含混地用鼻音"嗯"了一声。

蒋意又问："你在改论文吗？"她回眸扫了一眼他的电脑屏幕，"欸，你的电脑马上要没电了。"

电脑还有百分之九的电量，这样下去很快就撑不住了。

"我写完这段就不写了。"

"公共区域这边没有充电插座，要不你去我家里一边给电脑充电一边写吧。"

但这不是充电插座的问题，而是谢源忘记带电脑充电器的问题。

谢源坦率地说了，结果惹来蒋意毫不掩饰的揶揄："天哪，我认识的谢源还能做这种丢三落四的事情？"

谢源尽量控制住表情，在心里默念：蒋意明天过生日，她是寿星，她有公主病，所以不要跟她生气。

蒋意微微抬起下巴,如同在炫耀似的:"那你更应该跟我回家了,我借给你电脑充电器呀。"

最后,谢源乖乖地跟着她进家门。他坐到了她家的沙发上,用着她的电脑充电器,面前摆着她给他热的牛奶,坐在那里改论文。

她裹着薄毯坐在另一个沙发上,懒洋洋地打哈欠。谢源时不时地朝她投去一个轻描淡写的眼神。他能看出来她脸上的困意很浓,这会儿大概轻拍她的脑袋安抚几下,她就能马上睡着。可是她为什么不去睡觉呢?是因为他在这里,她感到不便,所以不愿意去睡觉吗?

谢源想想觉得也是,虽然他和蒋意已经认识很久了,但他毕竟是异性,孤男寡女独处一室,她有防备心是一件好事情。可为什么他意识到这一点之后,心里居然会隐隐觉得不舒服,仿佛觉得她不应该对他怀有戒备?

谢源揣摩着自己复杂的心情,忽然看见蒋意的脑袋往沙发靠背上面一顿——她睡着了,整个人像一只小猫蜷缩起来,窝进软塌塌的沙发里面,呼吸变得平缓而轻柔。

谢源脑子里面第一反应是:蒋意睡觉的动静可比隔壁那位小哥安静多了。这样很好,至少她不必和未来的伴侣在睡眠噪声这件事情上面争吵不休。

谢源收回目光,继续写了一会儿论文。

然而很快他的视线再次集中在蒋意的身上,他听见她发出低低弱弱的声音。

她不是在说梦话,只是偶尔会发出轻轻的呜咽声,像正在经历噩梦。

他发觉,她睡觉的时候不仅睡姿像小猫,在睡梦里无意识地哼哼唧唧的那股可怜劲也像小猫,而且是那种特别擅长撒娇的小猫。

谢源曾经听家里人提起过,不舒适的睡姿有时候可能会引起噩梦。

他打量蒋意这会儿的睡姿:左侧卧,明显压迫着脸颊、肩膀以及胸腔,这不是一个舒适的睡姿。

可是他能做什么?他总不能贸然上手纠正她的睡姿吧?那样也太……没分寸感了。

谢源弯腰拿起落在地上的薄毯,展开后轻轻地盖在她身上。

蒋意动了动胳膊,蹬了蹬腿,由侧靠睡着的姿势转变为脸朝下趴在沙发上睡,手指扯过薄毯的一角,蹬腿的时候踢到了谢源的小腿。

严格来讲不算很痛,但是被踢到的这一下让他毫无防备。

谢源面无表情地继续把她身上的毯子拉好。同时,他决定收回刚刚的话——她睡觉的时候明明动静也不小，睡梦里踢人都踢得那么准。

踢到谢源后，她自己慢吞吞地醒过来了。她睁开眼的第一时间，就看见谢源执着薄毯的一边，而另一边盖在她的身上。

两个人四目相对，谢源突然没话讲了。情急之下，他用余光瞥到墙壁上挂着的钟——时间已经过零点了。他脱口而出："生日快乐。"

蒋意的眼神里还带着几分刚睡醒的懵懂，她眨了眨眼，眼神变得有点儿柔和。她动了动嘴唇，说："谢谢。"

第二天早上，谢源准备下楼坐车去机场，一开门就遇上了对门的鬈发小哥。鬈发小哥穿着裤衩和T恤，揉着眼睛正要拎着垃圾出门。

鬈发小哥看看门里的蒋意，以及门外的谢源，再联想到半夜他迷迷糊糊走出卧室倒水的时候没看见沙发上有人，顿时反应过来。他指着两个人，有点儿八卦又有点儿激动："嘿，我就知道，他果然是你的男朋友，你们昨晚一起过夜了。"

谢源回头看看蒋意，见她没有任何要辩解的态度。

他正想说什么，却被蒋意拉住手腕。她跟他说："等等，我也还没有扔垃圾，你下楼的时候顺便帮我把垃圾带下去吧。"

他那点儿微微泛滥的心思被她这句话弄得烟消云散。是啊，他能指望什么呢？她对他没意思，她只是擅长使用假装亲昵的态度来更好地使唤他做事情而已。他认识她这么久，不能再轻易上当受骗了。

"我又不知道你们公寓的垃圾收集点在哪里。"他嘴上这样说着，身体却很诚实地停留在她家门口，等着她把垃圾袋拿出来交给他。

蒋意进屋拿了两个垃圾袋，跟他说："垃圾收集点很好找的，底楼出门之后左拐，第一条巷子里面就有，你过去看到就知道了。"

"行吧。"

他从她手里接过垃圾袋，她笑盈盈地站在门边仰头看他。

谢源移开眼："你……不打算跟你的邻居澄清一下吗？"

"澄清什么？"

"就……他以为昨天晚上我在你这边过夜了，而且还以为我和你是情侣。"

"那有什么关系？"蒋意看起来并不在意，"反正再过一个多月我们就回国了，又不是在这里常住。我也没打算在这里找一个男朋友，所以，随便他怎么想喽。"

谢源心里想着：是吗？

听到蒋意说没打算在这里谈恋爱的时候，他莫名其妙地有种如释重负的感觉。所以，他可不可以理解为，她那些聚在一起给她过生日的朋友里面，并没有能让她产生好感的人？谢源在弄清楚这件事情之后，顿时觉得整个人轻松了，此行的目的似乎都达成了。

"等等——"蒋意拽住谢源的手腕，把他拉回来，"你干吗这么在意Tommy怎么看我们两个人的关系？"她眯起眼睛，露出一种危险的神情，"谢源，你该不会是想谈恋爱了吧？怕我影响你的进展？"

谢源刚想否认，又听见她说："没关系的。你在CMU，我在普林斯顿。就算留学生的圈子不大吧，但应该也没有这么凑巧的事情。Tommy这个小小的误会肯定不会影响你的。"

他没听错吧？她在怂恿他谈恋爱？谢源很不爽，硬邦邦地回答："没有，我没有谈恋爱的想法。请你停止这种胡思乱想的行为。"

他说完，肩上背着装有电脑的双肩包，左手拎着两袋蒋意家里的垃圾，右手拿着手机，大步往电梯的方向走过去。

他没注意到，身后蒋意靠着门框，朝他愤愤地吐舌头做了一个鬼脸。

蒋意很不高兴，什么叫"请你停止这种胡思乱想的行为"？

谢源真是一点儿都不会讲话，也一点儿都不懂她的心思，讨厌死了。他还说他没有要谈恋爱的想法——那他这辈子索性就孤独终老吧。

蒋意"砰"地把门关上了，转过头抬眸就看见放在餐桌上的花束。

哼，要是早知道他会说出这么气人的话，刚刚她就应该把这束花连着那两袋垃圾一起扔在他怀里，看他还能不能坚持住那副凶巴巴的表情。

谢源的航班落地了。

他把手机打开，看见蒋意给他发过来的微信。她发来几张照片，拍的是昨天买的那束花——她把它们拆开然后插在了花瓶里面。

谢源一眼认出来，她拍的照片背景就是她现在住的公寓的客厅。毕竟他经过昨晚的留宿，已经跟她的客厅相处得非常融洽了。比如，他知道坐在沙发上使用电脑的时候哪个插座距离沙发最近。再比如，她客厅里的落地灯的灯光很柔和很护眼，而且必然多多少少带点儿助眠效果。昨晚他坐在落地灯旁边写论文，好几次都险些迷迷糊糊地睡过去……这样不知不觉就显得两个人很亲密，一个人不应该对另一个人的住处如此熟悉。

"好看吗？"

好看。

"我发朋友圈了，你快点儿去点赞。"

谢源点进她的朋友圈，看见她发的最新一条朋友圈，第一张配图是昨天他在街上给她拍的照片。照片里面，她抱着花，弯着眉眼，露出整齐洁白的牙齿，笑得像个无忧无虑的小朋友。

谢源动动手指，在底下给她点了一颗小爱心。

手机屏幕上弹出她发来的新消息："我们算和好了吧？"

谢源沉默下来，拇指还悬在朋友圈点赞的爱心位置上面，目光却迟迟停留在屏幕顶端这条插进来的新消息上。

"你指哪件事？"他装作不知情，不肯显得斤斤计较。

可还能是哪件事情？

谢源认识蒋意这么久，自始至终，真正让他感到生气的其实只有那一件事情——海外暑期科研，她瞒着他放弃了CMU的项目，转而申请去了普林斯顿大学。

不，这么说并不完全算对。真正让谢源感到生气的原因是她不喜欢他，他却喜欢她。可是她不喜欢他又有什么错呢？所以错的人是他。

谢源意识到自己太骄傲了，半点儿委屈都不肯让自己受。所以在发现蒋意不喜欢他的时候，他才会像蒙头吃了一记闷棍似的难受。

谢源手里的手机振了振。

"你不记得啦？"

谢源马上就能看出来，她这是想趁机含糊其词，粉饰太平。只要他没有明说他确实因为某件事情生气了，她就永远不肯乖乖地道歉哄他。

"嗯。"他们就算和好了吧，毕竟他也没有那个能耐可以做到不理睬她。只要他整理好自己的情绪就行，不要骄傲，也不要自作多情，这样就可以了吧？

真心需要经历漫长的检验才能最终明确它坚定不移。谢源最终会意识到这一点。

大三。

在升入本科高年级之后，学生开始讨论起未来的规划：保研、考研、出国、就业……对于校园里一对对爱情鸟们而言，毕业季的分手魔咒其实往往在大三的这个时候就已经埋下了导火索。

蒋意和谢源每天都一起吃午饭，可是他们之间从来不聊各自的未来规划。

谢源难道会不想知道，蒋意对她本科毕业之后的打算吗？他其实是想知道的，然而她一直不主动开口提起，他也没有那个厚脸皮直接问她。

谢源倾向于本校保研，但是——他的目光不着痕迹地扫过蒋意坐在她的工位上敲键盘写论文的身影。

但是，如果蒋意更愿意申请出国留学的话，他要不要也考虑考虑海外升学这个选项？

谢源常常会想起，暑期科研的时候。那次他急匆匆搭飞机赶去普林斯顿大学给她过生日，他和蒋意在黄昏时分的街道上慢悠悠地逛着，她先是手里抱着花，然后说花太重拿不动了，把花塞进他的怀里撒娇要他替她拿。

谢源的表情僵了僵。

这种相处模式很像恋爱，因此很容易就会带给人无谓的希望。

他绝对不会沉湎于无谓的希望，谢源告诫自己。

师兄张鹏飞起身走过来，说要看一下谢源电脑上的数据。

谢源中止思考，将注意力重新集中在面前的电脑屏幕上，准备把存放数据集的文件夹打开。可是，没等他移动鼠标，他的眼神定定地僵持在电脑屏幕上的一处位置。光标停留在一行代码注释的尾端，而注释里面明晃晃地写着："她不喜欢我。她不喜欢我。"一句话重复了两遍。

谢源镇定地按下快捷键，把这行注释一下子删掉。

谁都没有看见他丢人的自我催眠，除了他本人。

谢源和师兄张鹏飞站在外面走廊上讨论了很久数据集的问题，等他们结束讨论回到实验室里的时候，谢源看见蒋意的工位空了。

她是什么时候走的？她今天不跟他一块儿吃晚饭吗？

谢源索性也收拾好东西准备回宿舍楼了。

他下楼骑上自行车离开，半路上经过快递中心，还进去帮蒋意取了快递。她这次没买很多东西，他把几个快递盒都塞进双肩包里，正好能装下，这样就用不着跟快递点的老板借三轮车了。

谢源取完快递出门，快递点的老板见到他，还笑呵呵地跟他打招呼："谢同学，你今天用不着三轮车吗？"

他跟老板都变成熟人了。他朝老板点点头："嗯。"

谢源从快递中心出来，骑车回宿舍楼。

谢源没想到竟然会在他们宿舍楼下见到蒋意——她坐在他们宿舍楼前的台阶上，托着脸颊看夕阳。有那么一个瞬间，谢源看见落日余晖静静地镀在她漂亮的脸上，甚至让她显得有几分多愁善感。

谢源走过去，径直挡住她正在看的夕阳，很难说到底是不是故意的。谢源通常不是一个幼稚鬼，然而一旦遇上蒋意就没办法了。其他二十岁出头的男生能有多么幼稚，谢源就可以有多么幼稚。

"快递都扔在你宿舍楼下了。"他故意用那种嫌麻烦的口吻讲话。

蒋意仰着脸，仍然维持着刚刚两边手掌托着脸的姿势。只不过她这次看的不是夕阳，而是谢源的眼睛。

她的眼神有点儿真挚，所以谢源以为她可能准备跟他说什么很重要的事情，然而最后她动了动嘴唇，问道："一起吃晚饭吗？"

她坐在男生宿舍楼前面，难道只是为了要堵他一块儿去吃晚饭吗？他不是很相信。

吃晚饭的时候，蒋意终于第一次提起本科毕业之后的计划："我想留校保研，你呢？"

谢源抬头与她对视。他已经上当受骗过一次，所以格外需要确认她到底是不是在开玩笑。

"我还没决定。"他这是实话。CMU那边他暑期科研的时候待的组朝他抛出橄榄枝，表示非常希望他本科毕业之后过去继续读研读博。

蒋意扬唇笑了下，拿手里的勺子搅着碗里的玉米汤："其实我也是有百分之五十的可能留校保研吧。说不定明年这个时候我们还在一块儿准备出国申请的事情呢，不过那样的话，李老师肯定很伤心。"

确实。

谢源没说好话："你要是出国，记得提前把要申请的学校名单发我一份，我会注意回避的。"

蒋意手里的勺子顿住，再抬头的时候，她气呼呼地说："讨厌！你为什么总是能说出这么冷冰冰的话？你难道不想跟我继续做同学吗？"

谢源狠心说："不要，如果我跟你申请同一个学校，那样我跟半工半读有什么区别？"

蒋意没听懂——他为什么说是半工半读？

"一半的时间用来读书，剩下一半的时间给你做保姆。"

蒋意闷闷不乐："你怎么能这么想呢？"

十二月底的时候，谢源做出决定，他要留本校保研，不考虑出国留学。李恽教授知道谢源之前在两个选项之间犹豫，特意又问了谢源，问他是不是真的想清楚了。

"这是一个很重要的人生抉择。谢源,你一定要想清楚,千万不要因为什么怕辜负我的培养这种无聊的想法而放弃原本坚定想要留学的念头。"

"李老师,我想清楚了,我会留本校保研。"

李恽教授问他怎么突然就不犹豫了。

"因为我决定不走学术的路。如果想走拿教职做学术这条路的话,我肯定毫不犹豫地就去 CMU 的组直接读 PhD。但是我确定,我想做能够直接在 B 端、C 端落地的产品。"

李恽教授笑着点头:"行,你想清楚就行。对了,蒋意跟我说,她也会留下来读研,你应该已经知道了吧?"

谢源点头。

李恽教授又说:"我倒是觉得,蒋意这孩子还没有完全想好,她真正想要做的事情是什么。不过没事,都还来得及,你们都很年轻,别被急功近利的思想扰乱了自己的节奏,慢慢想,不用着急。

"毕竟,这都还没到大四你们填写推免生表格、参加保研考试的时候,都能改,都能变。不过,你们两个要记得参加夏令营,拿两个优秀营员荣誉回来,不然到时候大四的九月份就拿不到录取名额了。"

李恽教授总是这种开明的态度。

大三第二学期。

期中那两周天气骤然降温,蒋意因此感冒了,没去实验室。

谢源受命跑了两趟教务办公室,把他和蒋意的 GPA 成绩单开好,再把他们两个人的保研推免夏令营的申请表交掉。

师姐景孟瑶恰好在教务办公室遇到谢源——她来拿就读证明。出来之后她在走廊上跟他开玩笑说:"这下你应该放心了吧?蒋意确实要留下来读研的。"

谢源却说:"报名夏令营不算什么,就算她拿到优秀营员荣誉,也不影响她下学期改变主意不要推免名额,去申请海外的学校。"

他停顿了一下,又僵着声音说:"而且这跟我没关系。"

景孟瑶眨眨眼:"别紧张,我也没说你们有关系。"

一周以后,蒋意告诉谢源她的感冒已经彻底好了。她回归实验室,之后每天都在谢源的眼皮子底下黏着师姐景孟瑶。

谢源对此从来没有流露出不满的态度。他始终都记着他给自己安上的

554

设定：他不喜欢她，所以没理由感到不满。

但是蒋意非常认真地跟他解释为什么她这段时间特别亲近师姐："这是因为师姐马上要毕业然后去国外读 PhD 了，所以接下来会有好几年都见不到了。那我肯定要抓紧时间多多珍惜和师姐一块儿学习、工作的机会呀！"

谢源淡淡地"哦"了一声，然后随手往她的餐盘上面放了一罐酸奶。

蒋意噘唇："我要喝黄桃味的。"

谢源闻言，重新给她拿了一罐黄桃口味的酸奶，然后把她餐盘上本来的那罐酸奶换到他自己的餐盘上面——哦，是草莓口味的。

两个人相安无事地吃完午饭。

从食堂走回实验室，在学院大楼底楼等电梯的时候，谢源突然没头没尾地来了一句："你有没有想过，其实很有可能你和我接下来几年也会见不到面？"

蒋意一开始没认真听他讲话。直到电梯开门，谢源迈开腿往里走的时候，她才蒙蒙地"啊"了一声："什么意思？"

谢源一脸淡定地按下楼层按键："意思就是说，没规定说你和我接下来读研一定会在同一个组吧。"

蒋意那双漂亮的眼睛顿时瞪得大大的。谢源余光一瞥，嘴角不经意地抬了下——活该。

然后谢源就知道了什么叫自作自受。

有一天，谢源听师兄无意间说起，之前在普林斯顿任教的 Kaineng Ming 教授给李恽教授打越洋电话，想把蒋意要过去做学生。

"Kaineng Ming 从普林斯顿大学 Tang 的组里独立出来跳槽到 MIT（麻省理工学院）自己建实验室了，所以当然希望自己手头能够招到很好的学生一起做研究。这样的话，师妹大概率就会去 Kaineng 的组了吧。"

"对啊，难怪那天师妹跟我们说让我们帮忙留意下，她有一个从海外寄来的快递等着签收。真遗憾啊，师妹不留在组里继续读研，我们组真的要变成全男组了。"

谢源拿着玻璃杯站在实验室门外的走廊上，把实验室里的这段对话听得一清二楚。

蒋意什么时候学会麻烦别人了？像签收快递这种事情，她难道不是一直都习惯性地扔给他做吗？她这次怎么不找他了？

她是因为心虚吧。小孩子在做坏事的时候都本能地知道要遮掩：偷吃糖果要悄悄地小声地咬，偷看电视要把音量调到最小，出去疯玩回来要记得把头上脸上的汗先擦掉再进家门……蒋意这么聪明的女孩子，当然也知道怎样瞒着他把出国留学的事情悄无声息地办完。

谢源手里的玻璃杯热不断冒着热气，他的心脏却如同坠入冰凉的河里。

他拿出手机。蒋意两个小时前给他发过一条微信："我陪陪师姐，下午不去实验室了。"

谢源按下心里的情绪。

当晚，谢源在宿舍里洗完澡之后就没去实验室。

九点多，手机上收到一条未知联系人发来的短信："我是顾清恩教授组里的学生凌聿，麻烦你过来接一下蒋意。"

对方紧接着发来一个地址，是学校附近的一家清吧，提供酒精饮料。

谢源眼底有墨色渐渐凝起——很好，他发现蒋意的本事真是越来越大了。

谢源换了身衣服出门，打车径直往短信上给的这个地址去。下楼的时候，他忽然觉得"凌聿"这个名字有点儿耳熟，好像之前在什么地方听到过。不过谢源没仔细琢磨，第一时间想要赶去找到蒋意。

等到了地方，谢源推门走进去。清吧还算安静，音响里面播放着爵士乐，是一个适合微醺放松的氛围。然而他一眼就看出蒋意明显是喝醉的模样，而且她身边没有其他人陪同。

那个顾清恩教授组里的学生凌聿呢？这人把蒋意一个女孩子丢在这里，然后跑哪儿去了？是怕他会忍不住动手，一拳揍上去吗？

谢源面无表情地走向蒋意。

见他不假思索地靠近，原本站在吧台后面的调酒师马上走过来准备赶人。调酒师是一位女性，个子很高，衬衫手臂处的肌肉鼓起来，看起来很擅长应付某些试图骚扰滋事的男性。

"我们认识的，"蒋意挽上谢源的胳膊，没跟谢源说话，而是跟调酒师说话。她指了指自己，又戳了戳谢源的身体，仰着脸告诉调酒师："他是我的好朋友，来接我回家。"

谢源被她戳着肋骨和腹肌，脸黑得跟铁锅底似的。

谢源没好气地问："跟你在一起的那个人呢？"

蒋意答非所问："师姐她哭了，刚刚坐在这里掉了好多好多眼泪。然后跟她一起创业的那个家伙过来了，师姐不肯理睬他。师姐说她去外面打个电话，让我等等她。"

"然后呢？"

蒋意眨眨眼睛，没说话。一旁的调酒师适时插嘴："然后这位小姐又坐着喝了两杯酒，稍微有点儿喝多了。有一位姓凌的先生麻烦我暂时照看她一下，说待会儿会有一位姓谢的先生过来。"

"我姓谢，你要看我的身份证确认吗？"

"不需要了。"

谢源把蒋意戳他肋骨的手指拉到一旁，然后拍拍她的胳膊："走了。"

调酒师却再度开口阻拦："抱歉，那位凌先生说过，在他回来之前，任何人都不能带走这位小姐。"

蒋意拍拍调酒师的手，睁大眼睛一本正经地说："但我很想跟他走，他是一个好人，不是坏蛋。而且我跟你说一个秘密，我超级超级喜……嗯……"

谢源直接动手捂住了她的嘴，避免她继续说出更多乱七八糟的胡话。

蒋意被动地安静了，而谢源也彻底沉默下来，垂眸注视着蒋意。

或许是因为那个凌聿，所以她不会喜欢他，是吗？

顾清恩教授的学生——

谢源想起来，最早的时候，蒋意提起过她对顾清恩教授组里的研究方向很感兴趣。当时她就认识那个凌聿了吗？

谢源一分神，没顾上继续拉住蒋意的手指，于是她又开始有一下没一下地戳他。她问他："谢源，你还没告诉我，为什么你之前说有可能我们不在一个组里读研？你要去哪个老师组里读研啊，是顾老师吗？"

谢源面无表情。去顾老师组里读研也许也不错，这样他就能会会那个叫凌聿的家伙了。

蒋意还在等他的回答："谢源，你说嘛，你要去哪里读研？我想跟你去同一个实验室。我不想跟你去不同的实验室。"

她大概是喝多了。谢源居高临下地审视她，甚至觉得她这种程度都快断片儿了。

"你想跟我去同一个实验室？"他反问她。

她乖乖地点头。

"为什么？"他又问。

她摇摇头。

谢源拧起眉：她摇头是什么意思？

谢源寒着脸又问了一遍："你为什么想要跟我进同一个实验室？"

"蒋意，你想清楚答案了吗？

"你为什么想要跟我进同一个实验室？"

他步步逼问她。

蒋意缓缓地眨了眨眼睛:"因为……"

她努力地在脑海里搜寻答案。咦,她好像找到了——

"因为……你人很好。"

哪怕是喝醉了脑袋晕乎乎的,蒋意仍然清晰地记得,谢源是在这个世界上对她非常非常好的一个人。

谢源沉默地闭上眼睛:果然如此,他只配得上一张"好人卡"。

她确实是有公主病,但他从来没有错怪过她。明明应该已经不再抱有期待了,可他偏偏还是一次又一次地送上门去被她愚弄。

她毫无真诚可言,所以不值得他托付终身。

"蒋意,你想错了。"谢源重重地摁上她的唇角,睁开眼睛的一瞬间,他的眼里似乎有浓重的黑雾,"我不是好人,我是坏蛋,明白吗?"

有那么漫长的几秒钟,谢源真的有恶念作祟,想要不管不顾地直接吻下去,谁管她对他究竟是什么居心?总好过她把他戏耍过后,潇洒地一走了之。

他的指腹反反复复地碾过她的软唇,大概是把她弄得很不舒服,所以她本能地排斥他。她的眉头皱了皱,然而下一秒,她却毫无章法地试图用舌尖来捉他。

脸上"轰"的一下,他整个人快要炸开。

她到底有没有意识到,她这样有多危险?

濡湿的唇舌始终捉不住他的手指,她先失去耐心,露出牙齿开始咬人。谢源张开手掌捏着她的脸颊,没用多少力道,手指任由她咬来咬去。

她明明是醉猫,他不该这样陪她胡闹……可谢源始终没有停手。

时间一分一秒地过去,他们身后一个声音突兀地响起:"不亲吗?"

凌聿低头看表,脸上分明有几分不耐烦:"再不亲的话,你师姐就要回来了。"他顿了顿,"时不我待,坏蛋学弟。"

凌聿听见了他们的对话。

谢源表情冷淡地直起身,屈起手肘,眼神直直地扫向凌聿,却没有收回摁在蒋意唇上的手指,甚至还略微加重了几分力气。

调酒师称呼这人为"凌先生"。因此谢源很容易猜出对方的身份——凌聿,刚刚给他发短信让他把蒋意接走的那个凌聿。

"学长,你想多了。"谢源淡淡地道。他这会儿表情彻底变得冷峻,指腹微微压住蒋意明红色的樱唇——连同潮湿柔软的舌尖一块儿。他手腕内侧的青筋"突突"地跳着,嘴里说出的话却比任何时候都要冷硬,他说:

"我又不喜欢她,而且我也不至于乘人之危。"

凌聿没什么情绪地"哦"了一声:"行,那你们继续吧。"

他直接坐下,伸手招来酒保,点了一杯低度数的酒。

继续?他怎么继续?谢源抿唇不语,眼底的情绪汹涌了好一阵子,最终慢慢散去。他松开桎梏在蒋意唇边的手掌,指腹间已然蹭上一片她唇膏的明红色。

蒋意抬头,一边皱眉一边盯着凌聿看。琢磨着琢磨着,她忽然瞪圆眼睛,用手指着凌聿,一脸伤心欲绝的模样:"你是不是偷偷亲师姐了?!"

"没有,"凌聿耐心地回答,"我是光明正大亲的。"

他可不像某人,没胆量亲人。

谢源随意抬眼看过去,视线正好和凌聿的视线撞在半途中。

凌聿只当没看见谢源眼神里的防备,从容不迫地说:"你先送她回去吧,我等你们的师姐。"

可是谢源不会就这么把师姐留给眼前这个他不熟悉的男人。

"没关系,我们也等等师姐。"他俨然毫不退让。

好在景孟瑶很快回来了。她从店门外面走进来,情绪看起来没什么不对劲的地方。当她看到蒋意和谢源坐在一块儿,尤其蒋意像只小醉猫似的把脸枕在谢源的手掌上面,眼睛弯了起来,露出温柔的笑意。

"要准备回去了吗?"

"师姐要和我们一起走吗?"

景孟瑶轻柔地摇摇头:"没事,你们先回去吧。"

言外之意,她和凌聿还有话要说。

既然如此,谢源也没再多说什么。他站起身,拍拍蒋意的胳膊,示意她跟自己走。蒋意扶着桌子站起来。虽然她刚刚看着喝得很醉,可是这会儿倒是每个动作都很稳当,一副能够充分自理的模样。

谢源信以为真,于是也就没搀她。

两个人一前一后走出酒吧大门,出租车就等在路边。人行道和马路之间有一节台阶,谢源一步走下去,拉开车门,然后回头瞥了眼蒋意,看到她很从容很自信地在人行道上走出一条直线。行,至少她酒品还可以——谢源已经全然忘了她刚刚咬他手指的耍赖举动。

下一秒,他眼睁睁地看着她踩空,整个人往后跌在地上,屁股先着地。在疼痛来临之前,她的表情甚至是蒙蒙的。就是因为谢源没搀她。

这一下她应该摔得很疼,因为谢源立马看见她眼睛里蓄起了眼泪。

不对，说不定其实也没那么疼，毕竟她向来很娇气，疼痛的阈值也许要比别人低很多，甚至有可能她是故意扮疼来捉弄他。

她眼泪汪汪地挡着小屁股，仿佛那里长着一条毛茸茸的兔尾巴，而某人图谋不轨，想扯她的尾巴似的。

谢源想跟她说活该，谁让她喝那么多酒。但是话在嘴边绕了几圈，他到底还是没忍心说出口。

"起来了，别在地上坐着。"

"起不来，疼。"她可怜兮兮地说完，理所当然地朝他伸出手。

谢源语气不善，凶巴巴地说："干吗？"

她伸手还能是干吗？她当然是要抱抱。

"抱——"她带着颤音。

谢源只好把她从地上捞起来，径直塞进车里。当接触到车内座椅的时候，她又委屈巴巴地喊疼。

如果蒋意是别的地方摔疼了，谢源兴许还能用他在家里耳濡目染学出的三脚猫功夫帮她看看，可її刚刚结结实实摔到的部位是屁股，谢源也只好跟出租车司机说："去医院。"

她眼泪还在眼眶里打转，鼻尖红红的，眼眶红红的，嘴唇红红的。

"别哭了，我们不是已经在去医院的路上了吗？马上就到了。"

"都怪你。"

怎么就变成都怪他了？谢源委实觉得自己身上的这口黑锅背得有点儿不明不白。

"都是因为你刚刚没有扶我，我走路都走不稳，你还让我自己下台阶……你就是坏蛋。"

司机师傅透过后视镜用谴责的目光看着谢源。

"对不起，"他的语气硬得跟石头似的，手里没闲着，拆了一包纸巾，他冷着脸递过去一张，"这样总行了吧？"后面他还要加这么多余的一句。

他们到了医院看急诊，等了二十多分钟，排号轮到蒋意，在三号诊室。谢源这次没再跟她保持距离，而是紧紧地搀着她。免得她不小心又磕了碰了掉眼泪，到时候他把身上的T恤脱了给她擦眼泪、鼻涕恐怕都不够用。

两个人进了三号诊室。医生坐在桌子后面一抬头，忍不住笑了："嘿！又是你们。"

一年前，谢源帮蒋意挡自动扶梯上的箱子不慎扭伤手腕，来这家医院看急诊，当时就是这位医生看的诊——哪有这么巧合的事情？

做完检查，看完报告，医生说骨头没事，她休息几天就不疼了。

他们离开诊室的时候，谢源的肩膀被拍了一下。

"放心，我会继续替你在你爸妈那儿保密的。"

他有什么好保密的？他又没干亏心事。

两个人从医院出来，打车回学校。

路上，蒋意咬着唇开始纠结谢源今晚的态度。她问他是不是在生气："你又变得跟上次那样了……"她低着脑袋，手指钩住腰上的系带绳扣，再松开，"见到我没有笑，嘴角抿着往下沉，眼睛也黑漆漆的，一点儿也不亲切，你以前不是这样的。你以前只凶别人，从来不凶我。"

谢源闷声不说话。以前他喜欢她，所以会那样。现在他……

她忽然埋头抱住他的胳膊。谢源浑身上下的肌肉都僵硬起来。

"谢源，你别生我的气。"她的脸颊贴在他的胳膊上，柔软的身躯带着幽幽的、淡淡的香气，和他冷硬的态度形成鲜明的对比。

"我为什么生气？"

她不说话了——她还是不知道她自己错在哪儿。

她不说话，谢源也没挣脱，任由她抱着，也任由她那喝醉后不怎么灵活的脑袋思考他为什么生气。

她试探地说："因为我今天喝醉了……所以你在生气吗？"

他确实生气她把自己喝醉，但这不是他最生气的原因。

谢源转头，毫无防备地撞上她那双湿漉漉的眼睛。

算了……

"下次不许喝这么多酒。"他说，等于是认同她说的话。

她的眼睛亮晶晶的，她问道："如果我答应下次不喝酒，你就能不生气吗？"

谢源反问："你答应了，能做到吗？"说实话，他已经不相信她的承诺了。她清醒的时候答应他的话她都时常反悔，更何况此刻喝醉的状态下说的话呢？她明天醒过来之后能不能记得住都是一个问题。

蒋意顺着谢源的反问想了想，谢源耐心地等她想明白。

十几秒钟之后，他看见她一本正经地摇了摇脑袋，说："做不到。"

谢源捏紧手指，胸中有一股难以言喻的沉闷情绪。可是她感知不到他的情绪，绽开明亮的笑颜，漂亮的脸颊顺势蹭了蹭他手臂上的肌肉。

喝醉的蒋意，话题切换得天马行空："我刚刚在酒吧里，看到凌聿的嘴巴上面有师姐的口红的颜色。"她伸手指了指谢源的嘴唇，"差不多就是在这个地方，沾了色。"

谢源面无表情地拉下她的手指。

"师姐一直说她没有男朋友，可是凌聿亲她了。

"我也一直没有男朋友——"

谢源警惕地侧过脸盯紧她。

"可是我想亲你。"蒋意流利地把话说完整。喝多的人说话果然是没有逻辑可言的。

"可以亲一下吗？"她还挺有礼貌，耍流氓之前还知道开口征求当事人的同意。

谢源黑着脸："不行。"

"让我亲一下嘛！"她试图上手来扳正他的脸，好便于她下手上嘴。

谢源意识到他刚刚夸早了，她这会儿完全不讲礼貌，甚至胡搅蛮缠。他腾出手来握住她的腰，不许她亲过来。

然而他拒绝的意志并不坚定，一个离谱的念头不受控制地冒了出来，他想：要不让她亲一下？

他忍不住想：既然她要去留学了，就让她亲一下吧，反正他也不要喜欢她了，不会有事的。

他不肯承认的是，他有不甘心放下的成分。

谢源箍在她腰间的手臂慢慢放松力道，甚至微微揽着她往他身边带了一下，如同隐隐试探着鼓励她为非作歹。他的喉结本能地上下动着。

他的怀里骤然一重——她睡着了，趴进他的怀里歪着头睡。

一分钟后，她偷偷撩开眼睛瞥他，被他逮住——原来是在装睡。

她磨磨蹭蹭地坐直一点儿，柔软的唇擦过他的耳侧。

"你……喜欢我吗？"他问。她为什么执着于想要亲他？

蒋意摇摇头，半点儿犹豫都没有。

谢源眼神黯然。

"我不喜欢你，因为你不喜欢我。"

"那如果我喜欢呢？"

她鼓着脸："那也不要。"

谢源气死了。他托住她的后脑勺儿，往自己的肩上一摁，没好气地说："快点儿睡觉，到学校我叫醒你。"

小醉猫的话是不能轻易听信的，她们最喜欢口是心非，然而谢源还没有修炼到能够明白这个道理。

前一晚喝醉似乎并没有影响蒋意后一天的作息，她第二天到实验室的时间甚至还比往常早了一些。

他们实验室用的办公桌都是电动升降桌。蒋意平时慵懒惯了，从来都用不上这个功能。可是今天她破天荒地把桌面升高了，然后站在那儿吃早饭喝咖啡。

一个师姐好奇地看过去，还问蒋意这样是不是可以帮助保持身材。

谢源抬起头，觉得他可能知道为什么蒋意今天要站着吃早饭——不就是因为她昨晚在人行道前面结结实实摔的那一跤吗？

他用电脑上的微信给她发消息："还疼？"

"你打的？"

谢源一阵猛咳：什么玩意儿？怎么可能是他打的？她的脑子里整天都在琢磨什么东西？

他抬头瞪她，她却露出无辜的表情。

"你喝断片儿了是吧？"

"嗯。"

谢源盯着蒋意，此刻心情非常不爽：呵，她喝断片儿了，这可真是一个用来逃脱责任的好理由。幸好昨天他没同意她亲上来。

吃午饭的时候，谢源在蒋意的软磨硬泡之下把昨晚的事情给她描述了一遍。当然，他也故意省略掉了其中的部分细节。

蒋意想了想，然后摇头说："不对！慢着，你跟我一起出门打车走，你居然还能让我在路边摔一跤，而且还摔得这么重，这不合理！"

这很合理啊，有什么不合理的？谢源一言不发地吃饭。

蒋意生闷气，用手里的筷子戳了戳盘子里的黄瓜丝："反正你就应该看护好我，怎么可以让我摔跤呢？我现在坐着屁股还疼呢。"

她倒也没必要跟他形容得这么详细。

师姐景孟瑶在完成论文答辩之后就直接出国留学去了。她走得很匆忙，连研究生毕业典礼都没有参加。一夜之间，她的工位就清空了，也不知道是谁替她收拾的。

谢源盯着师姐那张空桌子，忽然意识到，一年以后的这个时候就将是他和蒋意本科毕业的时间点。

如果蒋意去留学——她是不是也会像师姐这样突然之间和她所有的东

西一块儿消失不见,然后这间实验室里再也不会有她生活过的痕迹?

蒋意抱着电脑推门进来,发现谢源正在看她桌上的那几盆迷你仙人球。

谢源见自己被蒋意逮到了,不慌不忙地收回视线,语气如常:"你打算什么时候给它们浇水?"

蒋意一脸莫名其妙的表情。

谢源继续说下去:"如果你懒得照顾它们的话,可以把它们给我养。或者等你毕业走了之后,如果你不想把它们带走的话,我可以把它们放在电脑旁边挡挡辐射。"

蒋意纠正他:"仙人掌不能挡电脑的辐射,谢源,你有没有常识呀?"

他只是随便找了一个借口而已。

"还有,什么叫等我毕业走了之后?我们难道不是一块儿毕业吗?该不会堂堂谢神要延毕吧?"

谢源轻飘飘地抛出他最在意的问题:"你不是要出国留学吗?"

他眼睛一动不动地盯着电脑屏幕,仿佛这样就让他显得对于这个问题的答案漫不经心。

蒋意蹙眉:"谁说我要出国留学了?不是说好了吗?我们都要留本校保研的,而且会继续读李老师的研究生。你看,我都收到夏令营的入营通知了。"她把手机举起来,伸过她和谢源工位之间的分界线,一定要给他看夏令营入营通知邮件。

谢源仅仅瞥了一眼。

"好了,我看到了。你用不着把手机往我眼睛里面戳。"他抬手拨开了她的手和手机,视线回到显示器的屏幕上,摆出一副专心致志、不许人打扰的模样。她在他这儿前科累累。光凭一份夏令营的入营通知书,还不足以让他放心。

蒋意是自由的。无论她想要做什么,他都没有权力干涉她的决定——他很有自知之明。

"随便你。"谢源面无表情地说,"随便你出国还是保研,都行。哪怕你本科毕业直接去工作,我也没意见。"

这番话听得蒋意很不高兴。她放下手机,深深地吸了一口气:"谢源,你最好说话算话。"

谢源僵住。

蒋意和谢源吵架了,这件事情就连实验室里情商最低的高金伦师兄都看出来了。

蒋意跟所有人说话，唯独不跟谢源说话。谢源则是跟谁都没话说。

这个情况一直持续到暑假计算机系的保研推免夏令营开营。

蒋意和谢源去参加夏令营，因此这段时间他们俩都不来实验室。实验室里其他人终于能松一口气，同时不约而同地许愿夏令营里面能够发生一些事情把两人劝和。

夏令营一开始要分组，蒋意不想跟谢源一组，谢源也没主动提出要求和她一起组队。于是蒋意转头就跟其他人组了队，摆出一副要彻底不跟谢源说话的架势。

机试、笔试、面试、小组项目展示……夏令营所有活动一一弄完，谢源意识到蒋意是真的一句话都没有跟他说过。甚至连有一次她的电容笔掉在他脚边，她都没让他帮忙捡一下，而是自己从座位上站起来，绕过一整排座位走到他旁边，蹲下去准备亲自捡起来，也是不嫌麻烦。

谢源没忍住，俯身伸手直接在她之前把那支笔捡了起来，然后把笔递给她："下次你可以让我帮你捡。"

蒋意从他手里把笔抽走，也不看他，一言不发转身走了。他连一句"谢谢"都没有讨到，就像一拳打在棉花上，什么回应也没有。

夏令营最后一天举行闭营仪式。仪式开始之前天气还算好，空气稍稍有些闷热，然而进行到后半程，夏日的大雨来得猝不及防。闭营仪式在学校的室内体育场进行，所以这场突如其来的大雨倒不至于让仪式进行不下去。可是仪式结束之后，很多学生都因为没有带伞而被堵在体育场里出不去。

谢源带伞了，也知道蒋意没带伞。

现在唯一剩下的问题就是——他该怎么向她开口，让她跟他一起撑伞走？谢源拿着伞默默地琢磨了一会儿，忽然觉得自己跟计算机打交道久了，怎么现在连人话都不会讲？他很烦躁。

他眼睁睁看着有人已经走到蒋意面前微微低头跟她说话。谢源认出来那个男生是蒋意这次夏令营的小组项目里的组员。那人手里也有伞，脸上正在释放出温柔的笑容——居心叵测。

谢源捏紧手里的雨伞，径直穿过避雨的人群走到蒋意的跟前停下。他个子很高，可是当他这般居高临下盯着蒋意不放的时候，却没有半点儿凌厉或者威压。反而他比较像一条淋湿的流浪狗，收敛起凶狠的爪牙，主动咬着狗绳求她把他捡回去养。

旁边的男生表情略有几分错愕。

谢源承认他确实有点儿冲动。

但是——

蒋意没拒绝谢源递过来的雨伞。她把伞从他手里接过，撑开，跟旁边那个男生挥手说了声"再见"，然后撑着伞走进雨里，没等谢源一起走。

谢源看见蒋意没走出几步远就停了下来。她站在那儿转身看他，眼神仿佛在说：笨蛋，难道我真的会不等你一块儿走吗？

谢源冒雨走到蒋意的伞下。

夏天的雨水落在皮肤上面也是凉的，可是谢源觉得自己浑身上下正在暖和起来。体温慢慢升高，他好像活了过来。

两个人在雨里走了一段路，伞下的氛围依然很沉默。

以往都是蒋意拉着他跟他说东说西——她就像一只欢快的漂亮鸟，无论说什么话题都不会让人觉得吵闹。现在她不想跟他讲话了，他们之间就真的什么话题都没有了。

眼看着夏令营都结束了，谢源内心充斥着挫败感。他不擅长服软，也不知道要怎样才能哄好她，让她不生气。明明他们最初认识的那段时间相处得很好，那时候他肯定无论如何都想象不到，有一天自己竟然会和蒋意闹到冷战的程度。

谢源想：可能这就是相处久了，所以他们逐渐暴露出本性了吧。他不是一个脾气温柔的人，而她也不是一个善解人意的女孩子。他们在性格上就不合适，更不用说别的。

谢源胡思乱想着，撑着伞的那条胳膊忽然被蒋意掐了一下。

她下手真重，谢源感觉到胳膊上的肌肉都快被她掐青了。他有硬邦邦的肌肉，倒是没事，但猜想这一下她肯定把她的手指捏疼了。

他垂眸看她，却没见她皱眉要喊疼。

她捏着他的胳膊，把他往路边的草丛里拽。谢源一脸莫名其妙，但还是乖乖地跟着她过去了。

蒋意弯腰蹲下，伸手拨开草丛，谢源瞥见她今天穿的是短裙，她站直的时候裙摆长度在膝盖往上几厘米，可是此刻随着她弯腰的动作，裙边也在往上移。谢源想他是不是应该把身上的衬衫脱下来给她系在腰间，反正他里面还有一件T恤。

蒋意忽然扭头盯着他看，往他身上打量。她凶巴巴地发号施令："谢源，你把衬衫脱了。"

谢源原地愣住，脑子尚且没转过弯来，但是手指已经在听话地解纽扣了。

他们之间的冷战这是结束了？而且她主动跟他讲的第一句话居然是让他脱衣服？

蒋意催促他："你快点儿。"

谢源险些把纽扣扯了。他把衬衫外套脱下来递过去，蒋意却没接，指指草丛里面："你去抱它。"

它？谢源往草丛里面一看，一只小狗正缩着身子躲在杂草堆里面，两只眼睛都被雨淋得快要睁不开，湿乎乎的鼻子埋在爪子底下，小舌头还在循着本能舔地上的泥水，看着很可怜。

谢源蹲下来预备抱它，小狗闻到不熟悉的味道，"嗷嗷"尖声叫着想要躲开，无奈那四条小短腿一点儿力道都使不上，反而一屁股坐在泥水里面，狼狈不堪。

谢源用自己的衬衫将它整个裹住抱起来，小狗在他的怀里瑟瑟发抖，但是没那么抗拒了。它把软软的爪垫从衬衫底下探出来，不假思索地伸向谢源的胸口，在他的T恤上印下一个清晰的黑泥爪印。

"然后呢？"谢源抱着狗，紧张地问蒋意。

"先送它去宠物医院，"蒋意说，"然后，许安宇是猫狗协会的对吧？你待会儿问问他这只小狗有没有主人，在他们猫狗协会有没有登记。"

蒋意和谢源打车把小狗送到宠物医院。

前台负责接待的护士阿姨一边接电话一边在电脑键盘上"噼里啪啦"地打字，边上另一部固定电话还在"丁零当啷"地响。她在忙碌间分心抬头，迅速瞥了一眼推门进来的两个人一狗。

护士阿姨每天都在前台跟各种各样的人打交道，只需看一眼，一两秒钟的工夫，基本就形成了初步的判断——大学生男女，十有八九是情侣，热爱小动物、富有爱心，捡到流浪的小猫小狗就会把它们送来医院。然而大学生通常没有固定的收入来源，还要问父母拿生活费，因此大概率无法承担高昂的宠物医疗救治费用。

护士阿姨无声地叹了一口气，从柜子里抽出一张登记表拍在桌上："先填单子，然后去交押金。"

这家宠物医院的登记表做得很规范，有好多栏信息需要主人填写，包括狗狗的名字、年龄、性别、品种、肩高、身长、体重等。

谢源一手抱狗，一手拿着圆珠笔。他低头看着表格上面这些密密麻麻的待填项，不由得感到一阵头痛。

狗是在学校草丛里捡到的，他们连这只狗是妹妹还是弟弟都没有来得及确认过，怎么填？更别说肩高、体重、身长这些更为细致的问题了。

这些麻烦的事情绝对不能只由他一个人来承担。

谢源示意蒋意过来："要给它起名字，你来。"

他本以为蒋意会考虑很久，谁料她不假思索地就说："茉莉，叫茉莉好了。"她一边说着，一边从包里掏出一张银行卡递给谢源，紧接着又报了一串六位数字，很显然是密码。

"去付钱吧。"她轻飘飘地发号施令。

谢源说："没事，不用。"

他心想：更不用就这么随意地把她的银行卡和密码都交给他，她到底懂不懂人心险恶啊？

蒋意却摇了摇头，说："谢源，不行的，你和我必须从现在开始就要把茉莉的所有权问题区分清楚。它是我先发现的狗狗，是我的，所以当然是由我付钱，你也不许跟我争抢。"

在他的印象里，以前她从来都不跟他区分什么"你的我的"。她向来最喜欢把他和她混为一谈，直接笼统地用一个"我们"来概括，现在倒开始跟他争论起"你的我的"。

呵，可笑，这会儿狗还在他的怀里被抱着呢，她先翻脸不认人了。

谢源一脸高冷，抱着狗走向缴费处。他没管蒋意刚刚硬塞在他手里的那张银行卡，而是先把狗换到右手臂弯里单手揽抱着，然后左手掏出手机，点开付款码扫码缴费——他就乐意付钱，怎么了？

谢源填了单子，付了押金，小狗终于被抱进诊室里面。

万幸，小家伙确实是女孩子，所以"茉莉"这个名字可以用上了。

茉莉乖乖地趴在就诊台上，两只毛茸茸的耳朵湿淋淋的，贴着脑袋瓜。医生正在给它做检查。

诊室外，蒋意和谢源还在就茉莉的"所有权问题"进行你来我往的攻守问答。

"你说你要养它，那么请问你能养在哪儿？"

蒋意被他问得语塞。

她没告诉他，其实地方根本就不是问题，她家在B市不缺房产。况且哪怕她就是为了养茉莉特意买一套房子，搬到校外去住又能怎样？

问题是她没信心能照顾好它——她一点儿都不擅长照顾小动物。

蒋意不会愿意承认自己的缺点，上手直接推了一下谢源的胳膊，气呼呼地说:"谢源,你真讨厌!你明明就不喜欢养小动物,还这么假惺惺地要跟我抢茉莉。你承认吧,你就是还在生气,所以故意不想让我得偿所愿。"

他假惺惺?他真讨厌?谢源听完都快气笑了——她要不要摸着良心再把这几句话重复一遍?

可是蒋意还没说完呢——

"你这么做跟那种离婚之后非要抢孩子抚养权的渣男有什么区别?你都不是真心想要它,怎么可能会好好养它嘛!"

谢源抬手摁住额头,闭了闭眼,压下心里的火气,再睁眼的时候终于忍不住说:"你就是这么想我的?"在她的心目中,他就等同于离婚之后抢孩子抚养权的渣男?她试过了吗,就臆想他能干出这么混账的事情?他看她才像是那种离婚之后不要孩子抚养权、潇洒地一走了之的女人。

蒋意不说话了,可能是意识到自己一时任性说出口的话有点儿过了,然而那双漂亮的眼睛里仍然透出纯净的光亮,完全就是一副知错不改的模样。她小声地说:"我没有把你想得这么坏。"

要命,她今天怎么认错认得这么快?搞得他都不能继续凶她了。

蒋意摇了摇他的胳膊:"你要是生气的话,那我跟你说一声'对不起'嘛,你不要生气了。"她哄人的嗓音软乎乎的,一听她就不是发自内心的。

她真的很擅长让人讨厌不起来。

谢源觉得自己快要被蒋意折腾得死去活来了。

"说句'对不起'我就不能生气了?"

蒋意厚着脸皮点头:"当然。"

"那为什么我说'对不起',就没有同样的效果?"

蒋意愣住,然后她的脸颊肉眼可见地慢慢变得白里透红:"你……你什么时候说过'对不起'了?"

谢源盯着远处门口的雨伞架,他的伞也搁在那上面:"用行动道歉不能算数吗?"

他指的是他今天主动把伞递给她的举动。在他看来,这个举动就是他在向她主动求和。算上夏令营的这段时间,他其实做了很多求和的行动。

"当然不算了!"蒋意凶凶地说,抬手用手背挡了下绯红色的脸颊,"道歉道歉,当然是得靠嘴巴说的咯。"

谢源低低地"嗯"了一声,转头看见她赌气的脸庞和噘起的粉唇。

她对他特别凶,对她自己特别优容,这叫什么来着——严以律人,宽以待己。明明学校里老师教的都是"严以律己,宽以待人",她的知识都学反了。

茉莉还趴在就诊台上乖乖地配合医生做检查。隔着透明的玻璃,蒋意和谢源坐在走廊里也能看见诊室里面茉莉的状况。

谢源觉得嗓子里面痒痒的,当然这并不是要咳嗽甚至是感冒的前奏,只是因为他有一句话忍不住特别想要说出口。

然后他就说了:"蒋意,对不起。"

她听见了,但没看他,然后轻轻地"噢"了一声。

道歉的人有点儿紧张,被道歉的人有点儿害羞。

"因为什么道歉呢?"她那股傲娇的劲慢吞吞地冒出来。

"因为之前说了让你不开心的话。"谢源没点明是哪一句,也没说那句话怎么就让蒋意不开心了,但他们都心知肚明。

那天,谢源说,无论蒋意是出国还是保研都行,哪怕她本科毕业之后直接去工,也跟他没关系,他也没意见。

就是这句话让蒋意不开心了。

谢源把蒋意的银行卡从裤子口袋里掏出来,伸手递过去。她捏住卡片的另一端,正要接过去的时候,谢源的手指紧了紧,没松开。

"不生气了,行吗?"

蒋意勉勉强强地"嗯"了一声,算是跟他达成和谐相处的共识。

她把银行卡收回去,谢源却要她直接放在钱包里面:"省得到时候找不到。一步到位,放回原处。"

蒋意朝他笑:"反正丢了你会帮我补办的,对吧?"

谢源轻哼一声,把她的脑袋拨回去:"银行卡补办可没这么容易,你以为丢的是校园卡吗?"

但他忍不住多看了两眼她脸上此刻的笑容。他好久没见到她笑了,一整个夏令营,她都用那副冷冰冰的表情对着他。

过了一会儿,蒋意说:"你再答应我一个条件呗,我就彻底原谅你。"

谢源说"好",甚至都没问是什么条件。

"你要不要养茉莉?"

谢源扭头看她:"刚刚不是还说我像离婚的渣男抢孩子的抚养权吗?现在怎么改主意了?舍得让渣男养你家孩子了?"

"我就随口问问,毕竟你是 B 市人嘛,养宠物比较方便。而且你也很会照顾人,所以我猜你可能还挺有爱心的……总而言之,你要不要养呀?如果你不养,我就自己养。"

谢源没有马上答应下来,这毕竟不是他一个人的事情。

"如果要养的话,得养在我爸妈那儿,我得征询一下他们的意见。"

蒋意点头说:"好,那你问吧。"

她眼神灼灼地盯着他。谢源这才搞明白,原来她在等他立刻联系爸妈然后马上给出答复。

谢源顶着蒋意的眼神压力,起身走到旁边,拨通了他爸的电话:"爸,家里能养一条小狗吗?"

他爸在电话那边乐不可支:"你小时候不是死活不同意家里养小宠物吗?我都记得你拿着你妈以前的《传染病学》课本,一本正经地给你妈和我科普,小动物身上会携带病菌。啧,儿子,说实话,你那时候一点儿都不可爱。"

谢源问:"爸,所以你同不同意养?"

他爸当然同意,恨不得举双手双脚赞同——他爸十几年前就想在家里养小猫小狗了,无奈当年被小谢源一票否决。

"好的。我再去问下我妈。"

谢源挂了电话,又给他妈打电话。毫无悬念,谢源的妈妈也同意。她听说是谢源在学校里捡到的流浪狗之后,更好奇了:"你什么时候还会参加这种爱心活动了?"

谢源轻咳一声,压低声音:"是同学捡到的,问我能不能帮忙养。"

"那我知道了。"妈妈在电话那头笑起来,"我同意,当然可以养,什么时候抱回来?"

"再看看吧,先要在宠物医院检查过健康情况。我回去还得问下我室友,让他看看猫狗协会那里有没有登记这条小狗,看它是不是学校里散养的,有没有主人,我们能不能收养它。"

谢源打完电话,回到蒋意面前,说:"可以养在我爸妈家。"

蒋意眼睛亮了起来:"太棒了!"

谢源也下意识地跟着扬了扬嘴角。

"你要好好地喜欢茉莉,"蒋意认真地跟他说,"不可以讨厌它。如果你不喜欢它了,就把它抱回来给我养。"

谢源"嗯"了一声——他怎么可能不喜欢茉莉呢?多亏了他们今天捡到茉莉。如果没有它,大概他和蒋意之间的冷战到此刻都还没能结束吧。

狗狗茉莉的归宿很快确定下来:谢源家里会领养它,等它康复出院之

571

后就在谢源的爸妈家里安家落户。

茉莉出院的那天,谢源负责开车把它从宠物医院接回家。

从实验室出发之前,谢源特意往蒋意那边看了好几眼。可惜她一直低着头在翻看平板电脑上的论文,发丝微微遮挡她的半边侧脸。她完全没有注意到他稍显灼热的目光。

谢源起身收拾东西,有意把整理书包的动作放得很慢。

他其实很想问她,要不要和他一块儿去接茉莉出院回家。毕竟当初是他们一起捡到茉莉然后把它送去宠物医院的,如果现在再一同把茉莉从宠物医院接走的话,也算是一次完整的宠物救助经历。

然而谢源问不出口。他隐隐感到烦躁,总觉得如果他直接这么问出来的话,后果很不好,仿佛他马上要第二次踏进一个万劫不复的陷阱:喜欢蒋意就是一个陷阱,陷进去必然不会有什么好的下场。

这时候,师兄张鹏飞推门走进来。他看见谢源还在,表情忍不住有几分错愕:"谢源,你不是说你下午有事吗?怎么还没走?"

张鹏飞一开口,实验室里的人纷纷抬头循声看过来,其中包括蒋意。

谢源莫名其妙地撞上蒋意的视线,她撑着脸颊,饶有兴致地看着他。

有那么一瞬间,谢源产生了一种错觉:他几乎觉得自己这点儿乱七八糟的心事,在她面前是全然透明地摊开着的。

"你要去接茉莉吗?"她问。

"嗯。"

"我可以一起去吗?"蒋意扬起唇角,轻轻地笑了一下,"我想再抱抱茉莉。"

谢源沉默了一下。

看吧,他压在心里千回百转都说不出口的话,她轻描淡写就能挂在嘴边说出来。他不知道这究竟是因为她的性格活泼,还是因为她太不在乎。

谢源低声说"好"。

张鹏飞还在好奇地提问:"茉莉?茉莉是谁?"

到了宠物医院,护士姐姐把茉莉抱出来。

"茉莉马上要变成我们医院里面精力最旺盛的狗狗了。"护士姐姐打趣说,"你们要做好心理准备,茉莉回家以后说不定是拆家的好苗子。"

谢源接过茉莉抱在怀里。它的四条小短腿埋在谢源的胳膊底下,谢源能够感觉到怀里的小家伙确实比他们刚捡到它的时候要强壮得多,而且顽皮的性格初见端倪。

蒋意摊手想要跟它握手,茉莉先用小爪垫摁上去敷衍了她几下,然后趁机歪头张嘴用白乎乎的小牙齿来嗑她的手指。

谢源看到了,果断伸手轻轻拍了下茉莉的额头阻止它,示意它不可以欺负蒋意,同时立即问蒋意刚刚茉莉的牙有没有把她的手指咬破皮。

茉莉得到这样的不公平待遇,非但没有张嘴咬谢源,反而还主动抬头用头顶蹭了蹭谢源的掌心。机灵谄媚的小家伙大概是已经知道以后吃的是谢源家的饭,所以硬是不咬他。

蒋意戳了戳茉莉的小脑门儿,佯装生气,气呼呼地说道:"小笨狗,谢源他也得听我的,所以你只巴结他没用,知道吗?"

他还站在这儿呢,她要不要再稍微斟酌斟酌她的用词?什么叫他也得听她的?

茉莉欢快地扯开嗓子叫了两声。

从宠物医院离开,谢源抱着茉莉把它带到车上。他今天为了接茉莉回家,特意把家里他爸的车开过来,提前装好了宠物专用的车内垫。茉莉被放在后座上。

他顺手拉开副驾驶座的门,但是蒋意没有上车。

她站在路边的人行道上朝他挥手:"拜拜。"

谢源的脸色不由自主地沉下来。她居然直接跟他说再见了。

蒋意一脸理所当然:"谢源,你回你家,我回学校,你总不会想要让我跟你回家吧?"

谢源立刻就因为一句话而黑脸,果断地否认:"当然没有。"

"那你走吧。"她又朝他挥挥手,简直是在赶人走。

谢源阴沉着脸,迅速绕到驾驶座那一侧,开门上车,系安全带,发动车子,一脚油门扬长而去,一连串动作做得相当流畅。

他瞄了一眼后视镜,一辆出租车在蒋意的面前缓缓停下。

真是的,他送她回学校不好吗?她非得打车。

谢源没承认,其实他刚刚站在车边给蒋意开车门的时候,脑子里根本没想到要把蒋意送回学校的事情。他当时想的只是带着蒋意和茉莉离开医院然后开车回家——没错,是回家,而不是回学校。

谢源伸手重重地掐了一下大腿,仿佛这样就能保持理智似的。

后排座位上,茉莉踮着脚趴在窗户旁边一直"嘤嘤"叫着,一边叫唤还一边回头,试图张望远处蒋意的身影。明明刚才它还在用牙齿招呼她的手指，现在却摆出一副依依不舍的模样。谢源想想就觉得茉莉实在不乖。蒋意那么一个娇气又怕疼的姑娘，平时这身细皮嫩肉哪怕磕碰一下都得喊疼半天，怎么经得住茉莉张嘴没分寸地咬？

前方路口红灯亮起。谢源踩下刹车。茉莉还在想念蒋意，一个没坐稳，爪子在玻璃车窗上打滑，留下一行狼狈的爪印，然后"咕咚"一屁股倒在座位上。茉莉蒙了。

谢源回头看见它这副呆呆的模样，忍不住翘唇笑了下。耀武扬威惯了的小家伙，偶尔吃亏被欺负了就会露出蒙蒙笨笨的模样，还挺可爱。

谢源不由自主地想到另一个喜欢耀武扬威的家伙——蒋意也会露出蒙蒙笨笨的表情吗？

谢源打住脑海里的想法，伸手胡乱地揉了揉茉莉毛茸茸的脑袋。

"别看了，她不是你的主人。"

茉莉又"嘤嘤"地哼着。

谢源顿了半晌，又问："你想她是你的主人吗？"他的语气有点儿古怪。

茉莉"嗷嗷"叫了两声，中气十足。

红灯读秒即将到零，谢源最后摸了摸茉莉的脑袋，然后收手，重新扶在方向盘上。

"想也没用。"他在跟茉莉说话，也像在跟自己说话。

大四。

当同年级的其他学生大部分还在为毕业设计、毕业论文的事情感到苦恼的时候，李恽教授已经示意蒋意和谢源可以把他们各自的科研成果整理一下，然后尝试投稿给学术会议。

会议的截稿日期在二月份，时间很紧张，而且蒋意和谢源同时还要兼顾毕业设计的开题报告，因此他们理所当然地留在学校里过寒假，就像两个坚守岗位的值班人士。

除夕那天，谢源一早就到了实验室。他拉开椅子坐下，打开显示器，喝了一口热水，然后很快进入写论文的状态中。不过他的注意力其实也没有那么集中，在他的余光里，对面工位椅背上搭着的那条橘红色围巾始终占据着他视野里的一角——那是蒋意的工位、蒋意的围巾。

谢源的记忆里存着清晰的画面：昨天她就是围着这条围巾，穿着一件薄薄的白色羊绒大衣，然后是衬衣、半身裙、短靴，很漂亮，也很冷。

她今天还会来实验室吗？

谢源握着鼠标的手指停顿着。他猜蒋意今天不会来实验室，理由也很简单：因为今天是除夕，而他认识的蒋意向来都不是一个工作狂。

然而，快到中午的时候，实验室的大门被人拉开。走廊上的风一下子涌进开满暖气的房间。谢源从显示器前面抬头，看见蒋意的脸被遮在淡蓝色口罩底下。

谢源不着痕迹地蹙眉，眼底有几分在意——她怎么突然戴口罩了？

谢源正准备开口问她。不过没等他说话，蒋意已经用实际行动解释了她戴口罩的原因：她像小猫似的眯起眼睛，然后猛地打了一个喷嚏，紧接着又一个喷嚏。答案显而易见——她感冒了。

谢源抬眸盯着她："感冒了？"

蒋意无精打采地小声"嗯"了一下："我来拿电脑充电器，拿完就走。你放心，我不会传染给你的。"

她说话鼻音很重，闷闷的，像是喉咙里堵着棉花团。

"会传染吗？"谢源接着她的话反问道。他起身靠近她，径直拿走她桌上的马克杯，然后走出门去，再回来的时候手里端着一杯冒着白气的热水。

他把热水摆在她手边，然后又问她："论文写得怎么样了？"

"就还是那样呗……昨天回去之后头很痛，我后来休息了，没有继续往下写。"她小声地吸了吸鼻子，于是谢源又抽了两张纸巾递过去。

谢源瞥她："摘口罩吧，省得到时候脑袋缺氧，直接晕了。"

他有时候说话真的很毒。

蒋意摇头："不要，我要走了。"

她抓起桌上的电脑充电器，胡乱塞进包里，然后就要走。

她这副着急欲走的模样，仿佛谢源是什么会吃人的野兽似的，倒显得像谢源在欺负人。

谢源没拦她。要是他还敢拦她，那么真的就跟恶霸没什么两样了。

他的目光扫过她修长白皙的脖颈。这么空荡荡的，看着就冷。

"蒋意，"谢源指着那条被她落下的橘红色围巾，"把围巾戴好。"

"哦。"她乖乖地把围巾戴好，然后出门走了。

实验室里又只剩下谢源一个人。他刚刚给她倒的那杯热水还摆在她的桌上，往外源源不断地冒着热气。她一口都没喝——浪费。他出门把热水倒了，顺手又替她把杯子给洗了。他就是天生伺候她的命。

除夕当晚。

谢源和爸妈去姥姥姥爷的家里过年。他们家里每年的年夜饭都开始得很早，结束得也早，他们吃完年夜饭，春晚还没有开始。谢源帮着把餐桌上的盘碟碗筷收拾了，把厨房里的洗碗机打开。

谢源把挽到小臂上的袖子放下来。

厨房里只剩下他一个人，很安静。在静悄悄的氛围里，谢源忽然觉得鼻子有一阵发痒，打了一个喷嚏。

厨房的窗户开了半扇。他打喷嚏的声音传到了外面院子里，正好被他爸听见。他爸掐了手里的烟，还要嫌弃地抬头往谢源这儿看过来。

谢源淡定地重新洗手。

他好像是被传染了。他冷静地走出厨房，进到姥姥姥爷家里的储物室里，拿出一个口罩戴上。

对啊，他怎么可能会不被她传染呢？毕竟他们天天都待在一起，如果她的感冒要传染，那么肯定最先传染给他。该死，他为什么会觉得有点儿骄傲啊？

谢源靠着储物室里的那面柜墙，拿出手机发微信："我也开始打喷嚏了。"

他等了几分钟，蒋意没有回复。

等待的时间莫名其妙地让人觉得急促。储物室门外传来春晚开场的背景音乐，手机也在这个时候终于"叮咚"弹出一条微信消息——

"你……你少冤枉我。我明明都戴口罩了，而且也没在实验室里停留很久。"

谢源看到这条消息，心情忽然变得很好。他又没说是被她传染的，况且也没怪她。她倒是直接，不仅歪曲他的意思，还把责任撇得一干二净。

"要是我明天起来感冒了，你就来实验室待着吧，反正最近这段时间也就我们两个还在实验室里。"

大四第二学期。

毕业设计的中期报告刚刚完成，大四的学生仿佛已经看见毕业的大门正在缓缓向他们敞开，很多人开始利用做毕业设计之余的时间规划他们的毕业旅行。

俞佳和许安宇就因为毕业旅行计划的事情吵了好几次。

许安宇问谢源："要不要一起去毕业旅行？"

谢源果断回绝:"不要。"

"那你要跟谁一起去毕业旅行啊?"

谢源正准备反问他:难道非得去毕业旅行吗?

不过许安宇自顾自地往下说:"看在我们俩四年室友的分儿上,我偷偷告诉你,蒋意会跟我们一块儿玩,你爱去不去。"

"她跟你们一起玩?"谢源语气显然充满质疑。

谢源压根儿没觉得蒋意会愿意和俞佳、许安宇一起去毕业旅行——难道蒋意要去当电灯泡吗?

"好多人一起。我们现在差不多已经有……"许安宇打开手机备忘录翻了翻,"五个人——两个女生、三个男生。如果你加入的话,我们男生正好能凑两个标间。"

"说了我不去。"

许安宇哼了两声:"男生里面有人暗恋蒋意的,据说甚至特意报了李恽老师的研究生。"

谢源头都没抬:"李老师这届只收两个研究生,那位男同学如果当时报的是直博的话,也许还有机会。"

许安宇真是不想再看谢源这副笃定的模样——这家伙怎么一点儿危机感都没有啊?

"那可说不准。反正你们研究生阶段的导师,不是要等到研一开学的时候才真正登录系统填报吗?在那之前,说不定人家更优秀,'啪'地一下就把你蹬下去了。"

谢源闻言轻笑了一声。

好吧,许安宇收回刚刚的话。他承认,确实没人能把谢源蹬下去。谢神终究是谢神,太强了。

不过谢源最终松口了:"算我一个吧。"

五月,学术会议的审稿意见发回来了。蒋意和谢源之前各自都投稿了一篇一作的论文,且都收到了好消息,两篇论文拿到的都是"accepted(被接收)"的结果。实验室里其他几位师兄师姐也投稿了,中了好几篇,不过也依然有需要返修或者是直接被拒绝的情况。但总体而言,他们实验室这次战绩很不错。

李恽教授大手一挥:"行,你们去坎昆参会吧。"

不过,会议的时间跟蒋意他们原本毕业旅行的计划冲突了。

由于俞佳和许安宇接下来要去新加坡留学，他们那边的时间也都安排好了，所以毕业旅行的时间既不能提前也不能往后挪。

蒋意倒是无所谓："那就不去毕业旅行喽。"

谢源也跟许安宇说了一声。

"嘿，张巡知道这个消息肯定难过死了。"

"张巡，谁啊？"谢源眯起眼睛。

他一下子就猜到，这个张巡多半就是许安宇上次提到的那个暗恋蒋意，而且还试图成为李恽教授研究生的人吧。

谁知道许安宇一本正经地纠正他："不是，上次我说的那个人是鞠明益。张巡是另一个，是后来加入的。我不是跟你说过吗？我们现在毕业旅行的人已经扩招到了三个女生、六个男生。"

谢源问："六个男生里除了他们俩之外，还有暗恋蒋意的吗？"

他忍不住想咬牙。

"呃……"许安宇顾左右而言他，"反正你们都不去了，你也没有必要再纠结这个话题了吧？"

七月初，学术会议在坎昆举行。

实验室好几个学生一块儿去，高年级博士生师兄负责这趟行程里的大小事情。他们把机票和酒店都订在一起，而其他人只需要收拾好行李，拿好护照跟着走就行。

谢源在这个暑假找了算法实习。所以临上飞机之前他还在候机大厅里戴着耳机参加线上会议，时间排得满满当当的。

这导致他坐上飞机之后很快就睡着了。

谢源睡了两个小时。当他睁开眼睛醒过来的时候，理智一点点回归，他忽然意识到自己似乎正枕着什么东西，不是很硬，但也不是很软。

谢源一顿，彻底把眼睛睁开，然后发现正被他枕着的东西是蒋意的肩膀——更准确地说，是蒋意从肩膀到锁骨的那一块区域，他的头发还蹭到了她的脖子和耳朵。

而她此刻也靠在座椅上睡着，脸颊微微倒向他坐的这一侧，时不时还会随着规律的呼吸起伏而碰到他。

谢源慢慢地把自己挪开。

半个小时后，蒋意一觉睡醒，迷迷糊糊地揉着眼睛。而谢源面无表情地给她把手擦干净，又紧接着告诉她："不要用手揉眼睛。"

他像幼儿园老师。

于是蒋意听话地不再揉眼睛,而是改成揉肩膀、揉脖颈。

"好疼。"她说。

谢源面无表情的状态一点点地破裂,他忽然感到一阵心虚——她肩膀疼,多半是因为刚刚他枕着她睡了很久吧,而她不知情。

蒋意拍拍谢源,理所当然地提出不讲理的要求:"你帮我捏捏肩膀好不好?"

谢源这会儿作为始作俑者,哪里敢说"不好"?

他很听话地就上手给她捏肩膀。

坐在前排的师兄起身往后走去洗手间,路过蒋意和谢源这排的时候,默契地和蒋意对视一眼,微微笑了一下,什么都没有说。

师兄在一个多小时之前去洗手间的时候亲眼看见,谢源睡着睡着脑袋一歪,几乎要落在蒋意的颈窝里面。

而蒋意当时淡定地翻着手里的杂志,顺手把谢源的脑袋往她的肩上轻轻一按,然后谢源就彻底枕着她的肩膀了,似乎还在睡眠里无意识地蹭了蹭,寻找到一个更舒适的位置,继续沉沉地睡着。

师兄敢打赌,蒋意这会儿说肩膀疼,多半是在跟谢源撒娇呢。

啧,小情侣。

学术会议为期一周,会议的其中一项主要活动是论文汇报分享。蒋意和谢源的汇报时间刚好在同一天,谢源在上午那场,而蒋意在下午那场。

汇报完毕,她在热烈的掌声中露出笑容,向她的观众们点头致意,然后从容地退至台侧,将她的笔记本电脑等设备整理好。

谢源坐在台下隔着一段距离看她,很自然地回想起大一第一学期的期末,程序语言设计这门课的大作业汇报展示,那时候的蒋意站在讲台上也是如此熠熠发光,浑身上下都洋溢着自信和锋芒。

人总是会反反复复被同样的场景所吸引。

十几分钟后,蒋意抱着电脑来到谢源的身边落座。

她拍拍他的胳膊,问他要水,谢源直接递过去一瓶橙汁。

谢源将瓶盖握在手里,一边看着她小口小口地喝橙汁,一边似笑非笑地问她:"迷路了?"

按理说,她汇报完从台后绕过来应该花不了这么长的时间。

蒋意轻哼,明晃晃地抱怨道:"那我迷路了也没见你来找我呀!"

"真迷路了？"

"才没有呢，骗你的。"

谢源低声说了句"幼稚"。她尤其喜欢骗他，小骗子。她知不知道，人与人之间的信任感就是这么一点点消磨殆尽的？

"这地方拢共这么大，我怎么可能会迷路嘛！我是刚刚结束之后被人拉着问问题来着，好几个人都对我论文里的方法特别感兴趣，还问我在论文里提到的未来展望的可行性呢。"

蒋意一提起她的论文就进入满眼带光的状态，谢源都看在眼里。于是，他不由自主地弯了弯嘴角。

蒋意说着说着，忽然又想到了什么："谢源，谢源，你要不要跟我一起合作呀？我们可以继续沿着我现在的思路往下做呀，而且要结合你那边的新方法。我感觉说不定能行，赶一赶可以投年底的顶会。"

拜托，把她的名字和谢源的名字分别写在论文的一作和二作上面，而且能永久留存在全世界最著名的那几个学术论文数据库里，这件事情想想就超级浪漫。

"谢源，好不好呀？"蒋意大有一种硬要让谢源同意的架势。

谢源轻咳一声掩饰内心的波动，偏偏脸上故作淡定，将自己的衬衣袖子从蒋意的指间抢救出来。真是的，难道他不答应，她就要当场把他衬衫的整条袖管都拽下来吗？她这也太霸道了。

谢源回答："要等我回去研究一下可行性。"

谢源开的不是空头支票。开完学术会议回国以后，他真的在花时间研究蒋意所提供的方法的可行性。他告诉蒋意，应该能做出东西来。

既然有可行的想法，那他们就直接动手开始做吧。

等他们做完实验、写完初稿，已经是九月份了。蒋意把论文初稿发到了李恽教授的邮箱，半个小时之后，李恽教授发来一段简单的回复："收到，待我读完后给你们答复。另外，你们两个人可以约时间跟我聊下研究生阶段的计划。祝好。"

是啊，九月开学之后，蒋意和谢源将不再是本科生，而是T大计算机系的研究生新生。

开学后的第二周，蒋意和谢源在导师填报系统里面选择了导师。

蒋意"噼里啪啦"地敲着键盘，在输入框里输完李恽教授的名字和工号之后，不忘抬头高傲地瞥了一眼谢源。

谢源接收到蒋意的这个眼神,有点儿莫名其妙:怎么了?他什么时候惹她生气了?她为什么要用这种眼神看他?

蒋意朝他勾勾手指,示意他过去。谢源放下手头的事情,两三步走过去,扫了一眼她的电脑屏幕,看见她正在填报导师。嗯,然后呢?

蒋意当着谢源的面轻轻点了下鼠标,按下提交按钮。

"你看,我去年说过,我一定会在李老师这边读研。"她理直气壮地说,然后放开鼠标,抱起手臂,扬起下巴,"可是当时你是怎么打击我的,你还记得吗?"

谢源记得——当时他说了很过分的话。他说,随便她要去哪里,保研也行,出国也行,哪怕本科毕业直接去就业,也跟他没关系。这番话轻易地惹到了蒋意,于是他们进入了旷日持久的冷战期。

直到他们捡到茉莉,战火才勉强熄灭。

谢源现在回想,确实觉得自己当初把话说得太过了。无论如何,他那时候都不该那么生气,可是内心隐隐又有模糊的念头冒出来:因为在乎,所以他才会生气,对吗?

谢源压下心里乱糟糟的想法,当即试图转移话题:"其实当时高金伦、张鹏飞他们这几个师兄都不相信我们在冷战。"

这还是张鹏飞后来才在私底下告诉谢源的话。

蒋意好奇地问:"为什么?"

谢源语塞。

因为张鹏飞他们觉得,冷战是只属于情侣之间闹矛盾的形式。如果放在普通同学之间,那就不叫冷战,那叫直接绝交。

这话不能跟蒋意说,谢源随口搪塞:"因为他们眼睛不好。"

蒋意"扑哧"笑了。

"你嘴巴好毒。"她说。

研一,实验室里组织了一次团建活动。大师兄提前研究了很久,终于选出一个大家都不怎么忙碌的时间点,实验室一行人浩浩荡荡地坐中巴车前往邻市J市。两天一夜,就当是在繁重的科研学习任务里切换一下心情。

组里有四个女生,但是有一位博士师姐临时有事来不了。房间都订好了,蒋意抽签抽到一个人住。

谢源看见抽签结果,没什么反应,眼皮却不受控制地跳了跳。

他没把这事放在心上。

当晚，谢源跑完步上楼，在酒店的走廊里往自己房间的方向走过去，突然听到某个房间里面传出一声尖叫。

谢源的心脏猛地一抖——好像是蒋意。

下午蒋意拿到的是哪个房间号？

谢源来不及多想，大步跑向传出声音的那个房间。与此同时，那个房间的门也从里面被人猛地推开。谢源眼睁睁地看见蒋意满脸惊慌地夺门而出，直到她转身回头看到他站在走廊里，惨白的脸色才一点点地红润起来，眼里的惊慌也瞬间退去了，就好像他是她最值得信任的人。

谢源有种错觉——心脏的位置仿佛天生长满褶皱，然而此刻被熨得服服帖帖。他将她拉到身边，首先用眼神检视了一遍，确认她没有明显外伤的痕迹。

"怎么了？出什么事了？"

她惊魂未定："有壁虎……房间里有壁虎。"

壁虎？所以是壁虎把她吓到了？

谢源松了一口气："现在还在里面吗？我进去帮你赶走？"

他征求她的同意。

蒋意猛烈地摇头："不要！很脏的。你也别碰。"

谢源心软了软，声音也不自觉地柔和了："那我让酒店的员工上来处理？"

蒋意"嗯"了一声。

酒店员工的动作很快，当即上楼捕住了房间里的壁虎，并且还贴心地表示可以为蒋意更换房间。

谢源看看蒋意："怎么样，要换房间吗？"

蒋意拉了拉他的胳膊："不要换房间了，万一新的房间里还有壁虎怎么办？我……我不敢睡。"

心里的那点儿柔软逐渐消失，他看着蒋意那张白皙的脸颊，觉得自己已经能够猜到她接下来要提出怎样的要求了。

"我不想待在房间里。"

然后呢？谢源的脸色一点点地沉下去。

"酒店里应该有二十四小时开放的场所吧，那边兴许人还能多点儿，我想去那儿待着。"

酒店里确实有二十四小时开放的场所，是位于七楼的酒吧。谢源必然不可能让蒋意跑到酒吧去待着。他觉得自己面对蒋意就是责任心太强，把

582

她的事都往自己身上揽。他明明已经意识到了，却偏偏还是改不了。

他跟蒋意讲道理："其实壁虎不是什么害虫。"

蒋意还是执着地摇头："不要！"

讲道理没用，谢源叹气，把裤子口袋里的手机掏出来递给她："那你先在这儿等我两分钟。我回房间换身衣服，然后带你下楼逛逛，成吗？等你什么时候困了、不惦记壁虎了，我们就回来睡觉。"

蒋意点了点头。

等谢源换完衣服回到走廊上，蒋意把他交给她的手机递回来。

"你好慢，用了五分钟。"

谢源低头一看，手机屏幕上正亮着计时器界面，五分十五秒。

谢源咬牙。她居然还给他计时，这样任性，难道就不怕他不陪她下楼了吗？但谢源怎么可能会不陪蒋意呢？随她怎么闹腾，他肯定还是会带着她下楼的。

J市靠海，海鲜最有名。他们下榻的酒店就在滨海地区，他们出门步行十分钟就到海边，海边一条街开着各种海鲜排档餐厅。

谢源提议："坐下来吃点儿东西？"

蒋意同意，并且大度地出让点菜权。

谢源点完菜回来，隔着一段距离就看见蒋意正撑着脸颊，小脑袋一点一点的，明显是困了。

谢源失笑，正要走过去坐下，就看见她的脑袋猛地往下一沉——谢源手疾眼快地伸手托住她的脸，使她免于一头磕在玻璃桌面上，否则就要变成流血事件了。谢源松了口气。

可是蒋意居然就这么直接睡着了，该不该说她的心真大？

一道道海鲜端上来，香气腾起来飘了满桌。谢源晚上跑步运动过，此时也觉得有点儿饿了，然而食物的香气没能唤醒蒋意。

谢源把垫在她脑袋底下的手指抽出来。

他要不要叫醒她？答案显而易见：不能叫。谁知道她有没有起床气，他还没想给自己找麻烦。但是他好像又不能背着她偷偷吃独食。

谢源无奈。无形之中他发现她的规矩真是多，而他得顺着她的想法来。

闲着也是闲，谢源索性戴了一次性手套开始剥虾。不知不觉间，他剥出了整整一盘的虾肉，再放就该凉了。

谢源的目光落在蒋意的脸上，他低头看见她的唇，莹润柔软透着淡淡的粉，就跟……盘子里的虾肉似的。谢源鬼使神差地拿起一只虾，递过去轻轻碰了碰她的嘴唇。

她下意识地动了动嘴唇，然后启唇，舌尖从唇边滑过，偏偏撞上了抵在那儿的虾肉。谢源戴着一次性手套的手指正捏着虾尾，自然也感受到了那一瞬间传递过来的颤动，转瞬即逝。

谢源出于本能捏紧手指，眼皮猛烈地跳动了两下。

他的动作把人弄醒了。蒋意的脑袋稍微动了动。谢源马上欲盖弥彰地把手边的海虾壳全都倒进桌边的垃圾桶里，同时又手疾眼快地把一次性手套摘下来，仿佛这样他就能跟桌上这一大盘精细剥好的虾肉划清界限似的。

蒋意醒过来，看看盘子里整齐码好的虾肉，然后看看眼前谢源这张冷静自持的脸，最后再看看他已然红透的耳朵尖，意味深长地"噢"了一声——某些人的幼稚行为一秒被拆穿。

谢源别扭地轻咳了几下，注视着蒋意伸手拿起筷子。

"这些我都可以吃吗？"她将筷子尖戳在骨碟旁边，而那双漂亮的眼睛则亮晶晶地盯着他。她指了指那盘剥好的海虾——真有礼貌。

谢源用左手食指抵唇，淡淡地"嗯"了一声——本来就是给她剥的。

海风一阵阵地吹过来，海鲜大排档的生意直到夜深都很红火。这样的氛围应当非常美好——如果没有蚊子的话。

蚊子在蒋意和谢源之间选择了亲近谢源。

"啪"，谢源面无表情地拍掉一只蚊子，已经数不清这是第几次了。

据说壁虎会吃蚊子。谢源低头瞥了一眼自己小腿上被蚊子咬出来的包，然后想起之前蒋意房间里的那只壁虎。他现在情愿跟壁虎待在一块儿，大半夜出来喂蚊子，这叫什么事？

第二天回程的路上，谢源浑身上下都是一股驱蚊水的味道。

师兄张鹏飞昨晚和谢源住的是同一个酒店房间。他这会儿看见谢源腿上堪称"壮观"的蚊子包，忍不住挠了挠头："我的天！谢源你是什么血型啊，怎么蚊子把你咬成这副样子了？而且我昨晚睡觉的时候也没觉得房间里有蚊子啊，是不是都跑你那边去咬你了？"他一脸"赚到了"的表情。

谢源沉着脸没吭声。酒店房间里面有没有蚊子他不清楚。但是他知道，昨晚他和蒋意去的那家海鲜大排档里面可以说是养着好几窝蚊子。

他回头往后扫了一眼蒋意。她今天穿了一条森绿色的连衣裙，胳膊和小腿都露在空气里，白白净净的，整个人像玉似的，浑身上下哪里有蚊子包？呵，她不是O型血吗？传闻中O型血的人最容易招蚊子咬，可是凭什么昨晚蚊子只咬他，不咬她？

研二。

李恽教授让蒋意和谢源担任他任教的"机器学习"这门本科课程的助教。

做助教意味着他们需要批改作业、带习题课、带上机课、答疑、监考等，蒋意在这其中能出多少力？谢源表示怀疑，毕竟就连她自己生活上的事情都有不少是他帮忙干的。他为了确保他不至于一个人扛起两个人的活，每天都在督促蒋意完成她的"分内事"。

大半个学期过去了，有一天师兄张鹏飞终于忍不住开口问谢源："你有没有觉得，你最近变得很黏人？"

谢源矢口否认："我？怎么可能？你开什么玩笑？"

他这边话音未落，转头就拿起手机给蒋意发微信："在哪儿？周四的习题课你那部分的题目出完了吗？"

张鹏飞撇撇嘴："行，你不黏人——你最独立坚强了。"

然后他一脸无语地转身走开。

每周三下午是答疑时间。

谢源发现，这群"叽叽喳喳"跟麻雀似的本科生似乎都更喜欢找蒋意解答疑问，而不是找他。

有好几次周三下午的答疑时间，蒋意临时有事刚好出去了一会儿，不在实验室里，这些来找人答疑的本科生们脸上就会露出明显的失望之情，而且看起来也不怎么情愿退而求其次地找谢源答疑。

不过，所幸蒋意一般几分钟之后就回来了，然后她的工位旁边就会围着一圈"小麻雀"。"小麻雀"们抱着笔记本电脑、纸质笔记簿、教材，兴高采烈地跟蒋意提出各种五花八门的问题。她也一脸好脾气地容忍各种愚蠢的问题，而谢源的桌子旁边人气很差。

反正她对谁都能伪装出好脾气，唯独就对他暴露公主病。

谢源清晰地记得，他本科刚认识蒋意的时候，也被她那副伪装出来的乖巧模样给骗到了，而且他当时上当受骗的时长很久，程度很严重。他险些连恋爱都要跟她谈了。

师兄张鹏飞还在不怕死地说："嚯，谁是好助教，简直一目了然啊！"

谢源黑着脸坐在对面，手头正在批改这些"小麻雀"的作业。

呵，要不他就用最铁面无私的评分标准来批作业好了。

一块巧克力偷偷地越过了两张桌子之间的"楚河汉界"。

谢源用余光窥见了巧克力。然后他暂时将视线从待批改的作业上移开，不由自主地看向对面的人。

蒋意正在给一个本科生讲题目，耐心地引导对方回忆起课堂上给的公式。那个本科男生流露出艰难的表情，乖乖地低头认错："抱歉，学姐，我记不太清楚了。"高高大大的男生看起来就跟冒出飞机耳、企图蒙混过关的猫猫狗狗似的。

谢源的表情算不上好。他知道蒋意对猫猫狗狗的撒娇完全没有抵抗力，长得跟猫狗似的本科生……呵。

蒋意温柔地笑笑，说道："没关系。你身边带着李老师上课的讲义吗？你把讲义翻出来，我给你标注一下……"

谢源坐在对面甚至听得火大。

他伸手拿走两张桌子之间的那块巧克力，然后发现巧克力底下还压着一张便笺纸。便笺纸上漂亮的字迹属于蒋意，这对谢源来说很好辨识。

"待会儿要不要去吃云南菜？"

谢源坐直了身子，盯着对面的蒋意看了一会儿。

她没在看他，还在给本科生讲题。她表面看着是一个尽职尽责的助教，其实还不是一心两用，正在考虑晚饭吃什么？

谢源拿笔在便笺纸底下回复道："赶不上，你身边还有这么多本科生等着答疑呢。"

这话说得醋味有点儿重，他明晃晃就是忌妒她受到学生们的喜爱嘛。

学校附近的那家云南菜餐馆很热门，晚上如果不能早到拿号的话，他们根本吃不到。

谢源把便笺纸放回两个人桌子中间，也用巧克力压住。

在本科生仰着脑袋苦思冥想问题的时候，谢源看见蒋意抽走了巧克力底下的便笺纸——搞得跟他们在课堂上背着老师偷偷写小纸条似的。

他看到蒋意边读边露出笑意。行吧，至少她这会儿笑得还有点儿真诚，应该跟她哄本科生的状态不是一码事。

很快，蒋意把回复写好了。谢源看见她把笔放下，这次索性把手伸过去，手指屈了两下，示意她写完直接把便笺纸拿给他。

蒋意微微愣了一下，但也不慌不忙地递给他便笺纸，她指尖的温度在他的掌心一触即离。

"那你来决定晚饭吃什么吧。还有，巧克力是给你吃的，你别再塞回给我了。"

她为什么要给他吃巧克力？谢源若有所思地盯着她——他又不喜欢吃零食。

"因为怕你等太久，低血糖呀！"她的文字比糖果更甜。

谢源很轻易地被哄好了，然后决定对本科生的作业宽容一点儿。毕竟他们花时间写作业也不容易，他还是给点儿参与分吧。

研二升研三的暑假，是秋招开启的时间节点。

谢源以为自己肯定能知道蒋意最后选择去哪家公司上班。毕竟秋招投递简历的时候，一直都是他在提醒她哪些公司开了秋招、什么时候投递截止之类的信息。

假如他知道了她会去哪家公司，然后呢？谢源陷入了沉思。

他意识到自己居然在思考一个离谱的问题：要不要和蒋意去同一家公司。他觉得自己疯了。人不能接二连三地犯同一个错误，难道他是嫌本科加上硕士这几年被她使唤得还不够吗？

然而，谢源最终发现，蒋意并没有给他纠结这个问题的机会。因为她没有告诉他，她最后选择了哪家公司。

这也很正常，谢源这样告诉自己。大家同为毕业生，签了哪家公司这个话题多多少少还是有点儿涉及隐私了，毕竟由这个问题再往下，大概率就要涉及年薪开了多少、有没有给股票这样更容易触及公司红线的话题。谁都不想在初入职场的时候给自己惹麻烦。

而且虽然秋招结束了，但春招还在流程中，竞争博弈关系依然存在。所以关于毕业去向保持沉默，反而成了毕业生中的共识。

等到一切尘埃落定之后，他们应该就可以开诚布公地谈论毕业去向了。

谢源签了原视科技的 offer。不知道为什么，他有一种预感，觉得蒋意很有可能也会去原视科技——但他也没有把握。

今年秋招的互联网公司里，有三家公司的势头很盛，并列在 offer 的第一梯队，原视科技就是其中之一，所以也就有略大于 33% 的概率吧。

而且，他应该希望不要和蒋意进同一家公司才对吧？不用再理会"公主病患者"的生活应该会轻松很多，谢源告诉自己，这样的新生活值得他去憧憬。

毕业聚餐前，谢源从师兄张鹏飞的口中听说，蒋意最近在操心租房子的事情。张鹏飞朝谢源努努嘴:"骑士,你怎么不去帮忙了?"

骑士?什么鬼称呼?

他言简意赅地说:"她应该要尝试自己做这些事情,因为以后我也不会再有帮她的机会了。"

张鹏飞哼了两声:"好,你们就都嘴硬呗。那你呢,你的房子找得怎么样了?你上次跟我说你要在原视科技附近租房是吧,考虑哪几个小区?"

"还没决定。"

他们两个人从茶水间往回走。走到实验室门口的时候,谢源眼睁睁看见蒋意站在实验室里,她轻轻踢了下他的椅子。

"讨厌。"她小声嘟囔的话传进他的耳中。

谢源拿着玻璃杯,脚步堪堪停顿住。

她拿他的椅子出气?他最近惹她生气了吗?他没有吧?

"她这是怎么了?"

张鹏飞"嘿嘿"地笑了笑,随口胡诌:"可能是租房不顺利吧。谢源你也是,要是有不错的房子就赶紧定下来呗,还纠结什么呢?别让中介等着急了。再说,你们还有两周就要打包退宿了不是吗?你得马上搬走了。"

谢源总觉得有什么地方不太对劲,可是仔细琢磨也没发现有什么问题。

他看着蒋意的背影,不免有些动恻隐之心。

租房的事情,他要不再帮帮她?她没什么独立生活的经验。一毕业就要自己租房子,可能着实有些为难她了。

张鹏飞像是看出了谢源的犹豫,立马说:"哎哎,该放手了哈。让蒋意自己租房子呗,人家那么聪明一个姑娘,堂堂T大计算机系本硕连读的姑娘,租个房子不是轻轻松松的事情吗?你先操心你自己的事,把你自己的房子租好。"

谢源觉得这股违和感莫名其妙地越来越强:到底是哪里出了问题?

最后在校的两周时间,谢源发现自己还是做不到袖手旁观。他试探性地开口问过蒋意,问她租房需不需要帮忙,但都被蒋意非常明确地拒绝了。

他看她也是铁了心要独自闯荡社会,于是不再插手。

但他反而有点儿烦躁。

毕业聚餐的时候,谢源内心的烦躁还没有彻底退去。

聚餐时,师兄张鹏飞又一次跟他提起蒋意的事情:"我也就纳闷儿了。你说你这几年,拿快递、买奶茶、订机票、修电脑、养猫养狗……就算是二十四孝好男友也做不到这种程度吧?"

谢源听得脸色铁青。他望了一眼旁边那桌被师姐、师妹围在中间的蒋意。她没在看他,越发显得他愚蠢又可笑。

谢源狠了狠心,说:"我跟蒋意没关系。我们没有在谈恋爱,她就是一个被宠坏的公主。"

他们当然没关系……

才怪。

番外二
谢源的爱是蒋意想要的爱情,她争取了,然后得到了

蒋意听谢源讲了很多他们以前的事情。

原来谢源在很久很久以前就喜欢她了。

明明是同一件事情,可是从不同人的视角居然会变得截然不同。大学的时候,他好像喜欢她喜欢得很辛苦。

蒋意听完谢源讲的这些事情,有些心疼他,但是很快就有点儿忍不住想翘狐狸尾巴。她滚进他的怀里,同时控制住自己的嘴角不要上扬得太过分,接着用手指捏捏这里,戳戳那里,完全把他当成任由她揉捏的东西。

谢源一眼看穿她那副骄矜又得意的小心思。

"想笑就笑吧。"他将手掌贴在她的腰侧,而后薄唇凑近她的耳边低语,"我保证不黑脸。"

于是蒋意"扑哧"笑起来:"咦,你现在怎么这么乖呀?"她掐了掐他的脸。谢源不仅没避开,表情甚至还有几分享受。

他是很乖啊,而且只对她一个人卖乖。

谢源伸手把鹅绒被扯过来,两个人在一起又继续黏糊了一会儿。蒋意慢慢地有了睡意,可是在即将陷入睡眠的时候,她的脑子里忽然想起一件事情。她撑起身体,拍拍身边的男人:"那条手链后来去哪儿了?"

谢源一脸困意,撑着精神回道:"什么手链?"

蒋意眯起眼睛:"你少给我玩装睡的这套……我说的是你大学时候买的那条手链,你刚才明明提到的,你本来想在我们暑研的时候送给我作为生

日礼物，然后顺便表白，后来没有送出手。所以，现在那条手链在哪儿？"

谢源不说话了——这确实是他刚刚亲口交代的。

谢源眼看着快要躲不过这个问题，索性直接把人往怀里搂。尽管凭着体力的优势很轻易就压制住她，可是他忘了怀里的人最爱咬人，也最擅长磨人。他如果不说，今晚恐怕她不会放他睡觉。

谢源很快举旗投降。

"我交代……"他说，"那条手链现在应该在你的首饰柜里面。"

蒋意瞪圆眼睛，第一反应是他在骗她——怎么可能在她的首饰柜里啊，他不是说没有把礼物送出来吗？

谢源自觉接下去的话有点儿丢脸，于是伸手遮住她的眼，又把人重新整个儿抱进怀里，才说："我们研究生快毕业的时候，你在整理宿舍里的东西，然后拿来好几条缠在一起的手链，让我帮你解开，记得吗？"

蒋意记不清楚了。她随口应了一声，想听下文。

"我猜你肯定记不住里面究竟有几条手链，所以当天帮你解开那些手链之后，就直接把我买的那条手链也混在里面，然后还给你。"谢源感受到掌心里，她的眼睫毛惊讶地眨动起来，擦过他的手掌，痒痒的。

"我发现，你真的有点儿傲娇呀。"她说。

谢源纠正她："我只是觉得，我留着那条手链也没用，反正本来就是要给你的，索性就……"

蒋意勾着嘴角学他说话："噢，'我留着那条手链也没用——'"

谢源脸颊发烫。

好吧，其实他当时把手链混进去的时候，心里想的是：他们要毕业了，可能会进入不同的公司工作，然后或许一连好几年都不会有机会见面。他不想这样，但也无能为力。所以他特别想要在她身边留下某个与他相关的痕迹、某个与他相关的物件。

谢源说："幸好你有很多手链。品牌、款式和我买的那条手链相似的也有好几条，所以你一直没发现。

"包括后来我们在原视科技上班的时候，我看你戴过好几次那条手链。"

蒋意气恼地说："谢源，你就是一个死傲娇！"她气呼呼地把他放在她眼前的手掌拉开，又控诉他，"你肯定特别得意！看见我毫不知情地戴那条手链的时候，你一定在心里笑话我是一个小笨蛋。"

小笨蛋……谢源笑了。

"不是小笨蛋，"他轻声哄着，"宝宝这么聪明，怎么会是小笨蛋呢？"

蒋意转过身去不睬他,嘴里小声嘀咕:"哼,亏我以前还以为,你是不开窍的笨蛋,我是欺负人的坏蛋。原来其实是反过来的,你才是大坏蛋。"

第二天早晨,蒋意起床之后的第一件事情就是在首饰柜里找手链。
到底是哪一条呢?蒋意犯难。
她的首饰太多了,她根本记不清哪条是什么时候买的。
谢源靠在柜子旁边耐心地等她,时不时给她几句提示:
"不是那条。
"这条也不是。
"这条是你在机场的免税店里买的。"他倒是都替她记得清清楚楚的。
蒋意凶凶地瞪他:"讨厌,你有说风凉话的工夫,就不能直接告诉我是哪条吗?"
谢源闻言轻笑了下,这才慢悠悠地走过来,视线在桌上的那些手链上一扫而过,然后俯身挑出一条来,搭在她的手腕上。
"我以为宝贝比较享受自己寻找答案的过程。"
果不其然,他又被她凶狠地一瞪。
"就是这条。"他替她戴上。
这条手链早该由他亲手给她戴上了,可惜中间隔了好几年。

蒋意和谢源在美渡枫林国际医院预约做婚前体检,这次谢源也要做全麻的胃肠镜检查。进检查室之前,谢源还很淡定地跟蒋意聊天儿,但是蒋意渐渐察觉到他的异样表现——为什么他今天的手指摸起来好凉?还有他的表情看起来也很紧绷。
"你是不是在紧张啊?"
谢源低低地"嗯"了一声:"有点儿。"
这是他第一次做胃肠镜检查。
"不痛的,"蒋意跟他说,"会打麻药的,然后就跟睡了一觉没什么区别。"
谢源颔首。过了一会儿,他忍不住张嘴说话,企图挽回颜面:"我没有怕疼。"
他只不过是对于之前从未经历过的事情怀有最基本的谨慎而已。
蒋意没揭穿他。他说不怕疼,那就不怕疼吧。
谢源进去做胃肠镜的时候,蒋意就坐在休息室里边看杂志边等他。

几十分钟之后,谢源的检查做完了。护士领着蒋意过去,同时笑吟吟地跟她说:"谢先生的麻醉效力还没有退掉。"换句话说,谢源可能会躺在那里一通胡言乱语。

事实证明,哪怕是谢源也克制不住麻醉将醒未醒的时候那阵危险的倾诉欲。他的临床表现是——他手里紧紧握着蒋意的手,生怕她要走开似的,然后嘴里一遍又一遍地对她强调"不要分手"。

怎么会有这么缺乏安全感的宝宝呀?蒋意弯腰摸摸他的脑袋。

谁要跟他分手啦?而且,他们明明都快要结婚了。

"老婆……"

蒋意蓦地睁大眼睛,以为自己听错了。

"老婆,"谢源又说了一遍,"抓到了。"他举起手晃了晃,给她炫耀他们两个人此时此刻正十指相扣着的手,那枚求婚戒指在她的指间闪闪发光。

她没听错,他确实在叫她"老婆"。

蒋意抑制住内心那股强烈的暖流,笑眯眯地拿起手机,点开相机,切换到录像模式,然后将手机的摄像头对着他的脸:"再叫一遍。"

谢源抬眸盯着她的眼睛,随即弯起嘴角:"老婆。"

某个家伙这会儿简直是对她有求必应。

当天晚上,蒋意把她拍的这段视频给谢源看了。

谢源整张脸都泛着红,喉结上下动了动。然后他哑声道:"难道不可以这样叫你吗?"他伸手捏捏她戴着戒指的手指,意思很明确:她戴着他的求婚戒指,那么他们就是要结婚的关系,所以他这样叫她也不算错。

蒋意抱着他的腰,蹭了蹭他的颈窝:"那你为什么不许我叫你'老公'?"

因为很危险。

他俯身在她耳边低语了几句,然后蒋意的脸颊一点儿一点儿染上绯红。

她几乎站不住,作势要推开他:"哎呀,你怎么脑子里面装的都是这种废料呀?"

谢源却不允许她走了。他把她抱过去,放在怀里。

"叫一次,好不好?"他的指尖摩挲着她的腰。

他主动求她,她反而拿乔不肯了:"嗯……不好。"

"那意意主动亲亲我,这样好不好?"

"不好。"

她好久没有这么娇气了,但是谢源尤其受用。他抚着她的长发,也怕她从他怀里掉下去，一边忍不住低低地笑起来。

"这样也不好，那样也不好，意意是不喜欢我了吗？"

他居然在撒娇！犯规！

蒋意颤了颤，连一整颗心脏几乎都是酥酥麻麻地泛起涟漪，过电般的感觉自耳后脖颈处顺着脊椎骨一路往下。她把脸埋在他的怀里。

谢源看出她是害羞了。

他其实也不是着急，只是总控制不住想要逗她。

"领证以后就改口，好不好？"

她闷在他怀里点点头。

"那什么时候领证？"他又问。

她抬起脸，控诉道："你又得寸进尺。"

谢源笑："这怎么是得寸进尺？民政局办理结婚登记很繁忙的，需要提前预约。"

蒋意非要挑他的毛病："你好像经验很丰富的样子。"

谢源把她又往怀里揽了揽："嗯，我提前跟公司里的已婚人士取过经。"

蒋意不说话了。她知道这就是谢源呀，他总是能够把所有的事情都安排得井井有条，什么都不需要她去操心。

"那就预约时间吧，"她盯着他睡裤上的抽绳，"你去预约。"

谢源听到她的答应，恨不得将她揉进怀里，但仍然努力维持着表面的镇定。他俯身吻住她的唇："好。"

蒋意和谢源的婚礼在海岛上举行。

然而就在他们结婚前的几周时间里，那座海岛上的天气一直不好。

没有阳光的海岛婚礼是不及格的，蒋意为此担心。她远在B市，每天起床之后的第一件事情就是拿起手机查看天气预报，可是晴天迟迟不来。

谢源发现这件事情后，给她吃定心丸："别担心，我们结婚那天肯定会有太阳的。"

蒋意不相信他的话。她甚至觉得，越临近结婚，谢源的脑子好像变得越来越傻了——太阳又不归他管，他还真以为谁都能乖乖听他的话呀？

因此蒋意表示她会继续担心天气的事情。谢源无奈，觉得她真是既可爱又无赖。他伸手抚了抚她的头发，把手机从她手里收走，帮她把天气预报的软件关掉。

"太阳确实不归我管，但肯定也不听你的话，对不对？"他伸出手指提了提她的嘴角,"它不会因为心疼你天天愁闷着脸不开心,然后就决定在我们结婚那天突然变出好天气。"

的确是这么一个道理。蒋意眼巴巴地望着他:"那你有没有准备 plan B 呀?"

婚礼策划那边的事情一直是谢源在跟进。蒋意就负责挑了个地点,并且提了好多要求,然后其余的事情她就没再管了。

谢源点点头。婚礼这么重要的事情,他当然会有 plan B。她不会知道,不仅有 plan B,甚至还有 plan C、plan D……

蒋意看他点头,稍微放心了一些,但内心不免有一点点遗憾。她不希望因为天气的原因而被迫放弃她最想要的海岛室外婚礼。

她捏捏谢源的手指,一本正经地说:"如果这次最后下雨而没有办成海岛室外婚礼的话,那明年或者后年我们一定要补一个。"

谢源笑着说:"好,所以别担心了,"他拍了拍她的腰,湿热的呼吸全部都落在她的耳边,"要是老婆再担心,我都恨不得马上去种太阳了。"

什么乱七八糟的? 蒋意凶凶地瞪他一眼,却没什么杀伤力。他们已经领了结婚证,有了结婚证作为保障以后,他现在根本都不怕她了,完全是一副有恃无恐的嘴脸。

结果到了婚礼那一周,海岛的天空居然真的放晴了。

蒋意和谢源提前飞抵海岛为婚礼做准备,在从机场去度假别墅的路上,当地司机都说这好几个晴天来得太不可思议了。方向盘限制了司机的肢体语言,如果可以的话,他恨不得手舞足蹈:"这简直是奇迹般的好天气。"

蒋意和谢源坐在后排,她忍不住扭头看谢源。某人故作正在看窗外的风景,实际嘴角上扬的弧度压都压不住。

蒋意没明白:他这么得意干吗? 太阳又不是他种出来的。

等到婚礼当天蒋意从付志清那里得知,原来谢源为了挑一个适合办海岛婚礼的日期,竟然亲自登门拜托了他们当年的一位高中同学,对方现在正在搞气象研究。谢源请对方帮忙选了一个最稳妥的日子。

付志清竖了个大拇指:"别人结婚是看老皇历挑日子,你和谢源结婚是请气象专家挑日子,不愧是蒋董和谢总。"

谢源走过来插在他们的谈话里:"付总,其实我们当时也结合老皇历一块儿研究了。"

然后他们就挑出来今天这个完美的日期——晴空万里,宜嫁娶。

婚礼。

蒋意挽着母亲赵宁语出场,身上的婚纱出自著名的华裔服装设计师梁思蓓之手,手中的捧花则是她的朋友们亲手为她制作的礼物。

赵宁语陪伴蒋意走到观礼席的尽头,然后停下脚步。最后的这段路,将由蒋意一个人走完。

赵宁语往谢源所在的位置望了一眼,然后终于放开握着蒋意的手。

赵宁语想起自己当年的那场婚礼。她当时很年轻,也远远不如蒋意此刻这般头脑清醒、意志坚定。她当时完全无法看见她的未来,带着那种无法控制的心情走向了蒋吉东。但是她的女儿和她不一样,她的女儿比谁都更加勇敢和强大。所以蒋意会得到幸福。

"宝贝,去吧。"赵宁语轻声说,"妈妈祝你永远幸福快乐。"

全场音乐渐渐柔和,乐器声载满细腻与爱意,在空气里缓缓流动着。

蒋意手捧鲜花望向谢源,他也正在只看着她一个人。

他已经等了很久,但依然不愿意催促她。他希望她享受这场婚礼,按照她自己的节奏。

但他也不想等太久。于是谢源朝她轻快地眨了一下左眼,试图传达自己的心声。蒋意完整接收到他这个活泼的小表情,忍不住露出明亮的笑容。

她刚刚好像在他的脸上看到了她自己的神态。所以两个人在一起,是真的会跟对方变得越来越像吧!换成好几年前的谢源,怎么可能学得会像她那样活泼地眨眼睛传情呢?

她确信他很爱很爱她。她也是,很爱很爱他。

蒋意带着所有人的祝福走向谢源。

证婚人由李恽教授担任。老爷子亲自写了一段稿子,三分钟的时长。据说他提前好几天就开始背稿,就连昨天在来的飞机上也一直复习,背得滚瓜烂熟,生怕自己年纪大、记性不好给忘了。

李恽教授很幽默,短短一段发言把台下的亲朋好友逗得频频发笑。最后,他转向身边自己的两位学生,语重心长地说:"婚姻之路就好比做科研,找到了心之所向,对方就是你将要坚持一辈子的事业。蒋意、谢源,我确定你们两个都是搞科研的好苗子,相信你们也一定是经营婚姻的好苗子。"老爷子放在结尾处的这个比喻让台下他的学生们忍不住"哈哈"大笑,张鹏飞几个人还带头热烈鼓掌。把婚姻比作科研,不愧是李恽教授啊。

蒋意转头看谢源。

谢源朝她做了个口型:"蒋同学,日后请多指教。"

白天的室外婚礼圆满结束,晚上还有一场更为轻松的余兴派对,地点安排在海边的沙滩上。

香槟、起泡酒、传统葡萄酒、鸡尾酒、烈酒……蒋意来到这场以她和谢源为主角的余兴派对,简直不敢相信这是出自谢源之手。

她穿着一条高定墨绿色高开衩长裙,挽着谢源的臂弯走在沙滩上。她越看越觉得,如果她作为甲方,给谢源这个乙方填满意度问卷,肯定全部都给满分。

他是怎么做到的?说句不合时宜的比喻,他是她肚子里的蛔虫吗?

谢源向她伸出手:"可以一起跳支舞吗?"第一支舞。

蒋意露出狡黠的笑容,却不急着把手放在他的掌心里。

"当然可以,但是我得先把这双恼人的高跟鞋脱掉。"她绝对不要穿着高跟鞋跟他在沙滩上跳舞,那样太狼狈了。

谢源闻言点头,没等她动手,就已经俯身单膝跪下去,替她解开了脚踝上的系带,为她脱下高跟鞋。

众人纷纷把艳羡的目光投过来,为这对甜蜜的爱情鸟感到高兴。

蒋意赤脚踩在沙滩上,谢源牵起她的手。

现在,他们可以跳舞了。

十点多,谢源把蒋意送回沙滩旁边他们今晚将要共度良宵的度假别墅。

从沙滩离开,他手里拿着她的高跟鞋,却没舍得让她多走一步路,直接揽过她的膝弯将她横抱起来。

"抱住我的肩膀。"他说。她如是照做,于是他满意地笑了下。

"现在我是你的了。"他啄了下她的鼻尖,低声轻哄。

她不满意地嘟哝两声:"怎么现在才是我的呀?你明明很久以前就是我的了。"

"嗯,"他放慢语速,认可了她的话,"老婆说得都对。"

蒋意笑了。她很容易就能被他哄好。

谢源把蒋意一路抱到卧室。

她问他:"现在还要回派对那边吗?"刚刚他们离开派对现场的时候,好多人都要让谢源过会儿再回去,包括但不限于蒋意的那些远房表哥表姐表弟表妹、谢源的朋友、实验室的师姐妹兄弟……用这些人的话来说,和蒋意结婚,谢源赚大了,不能这么轻易地让他抱得美人归。

谢源这会儿还没把蒋意放下,抱着她径直穿过卧室走进了旁边配套的浴室里。

"我又不傻,我老婆在这里,我为什么要回去跟他们喝酒?"谢源用一种"你是笨蛋吗"的口吻回答蒋意。

蒋意一下子被他这番实在的回答逗乐了。她摩挲着他衬衣最上面的扣子:"那万一待会儿他们打电话来找人怎么办?"

"不会给他们打搅我们的机会。"谢源说,"我把我们两个的手机都扔在楼下了,然后这栋别墅旁边我也请了安保人员,没人能把我从你身边抢走。"他真是腹黑,但是她喜欢。

"也就是说,今晚,只有我们两个人。"她抬头与他对视,刻意把语调放得很柔很软。

谢源用沉沉的鼻音回她:"嗯。"

蒋意其实今晚也给谢源准备了惊喜。她见他真的不走,反而突然有点儿手忙脚乱:他要是不离开,那么她要怎么换上给他准备的礼物啊?

她咬了咬唇,只好想办法先支开他:"谢源,我口渴了。我想喝鲜榨的果汁,你快去楼下帮我弄一杯。"

谢源没动。

她现在难道使唤不动他了吗?这才是他们婚礼之后的第一晚啊!

谢源没等蒋意发作,先弯腰凑过来弹了弹她的耳朵:"叫我什么?谢源?"他的语气有点儿危险。

"老公!"她立马改口。

谢源表情稍变,大概是没想到她这声"老公"叫得这么急切、这么果断。

"要喝什么水果榨的汁?"他问她。

"柠檬、橙子、猕猴桃、蜜瓜……"她随口报了几种水果,也不管它们放在一起搭不搭,"哎呀,你看着办嘛!"

谢源一副不疑有他的样子说:"行。"

然后他就出去了。蒋意一心惦记着她的礼物,完全没注意到谢源离开时唇边那道若有似无的笑意。

谢源刚出去,蒋意就急忙准备换下身上的裙子。但是她低估了这条裙子的更换难度——她傍晚更衣的时候,身边有专业的工作人员帮助她。这会儿她一个人，根本没办法解开背后的扣子。

于是时间一分一秒地过去，当谢源端着果汁回来的时候，蒋意还在和身上的裙子做斗争。

"你怎么走路没声音啊？"

"是你太专心了，"谢源走过来，"我帮你。"他好像比她更熟悉这条裙子，只是稍微用手指摸了一下，就找到了关窍。

"站好。"他松开她的腰，然后低头替她解开腰后的暗扣。

浴室里有一面清晰的全身镜。蒋意就站在镜子前面，看见镜子里面身后谢源的神情，他很专注，像是在做一件很一本正经的事情，完全没有分心在想别的东西。

什么啊……蒋意想要逗他的心思顿时咽下去几分。她的腰间却因为暗扣被解开而变得微微发痒发烫，像是有一阵阵酥麻的电流顺着脊骨往上又往下。

只有她想吗？她忍不住狠狠瞪了他一眼，可下一秒，他忽然抬眸看过来，骤然通过镜子与她对视。她感觉到身体里的心脏"咚咚"地加快速度。

在她开口说话之前，他俯身将她抱个满怀，吻也瞬间落在她的颈侧，密密麻麻、接连不休。

"给我准备礼物了？"他埋在她的肩窝里低声问。

他……他怎么知道的？

谢源发自内心地笑着，胸膛的震动贴着肌肤传递给她："傻瓜，你那天买那套衣服的时候，刷了我的卡，既然是要给我惊喜，至少也得换张银行卡吧？

"现在的银行 App 做得很好，每一笔支出都会标出具体的商家……"

"所以，我稍微去了解了一下……"

"不知道宝贝选了哪套……"

"意意……是想现在换给我看？"

他顿了顿："还是再过会儿？"

言外之意，反正今晚很长，他们不必心急。

是夜，情到极致。

最后蒋意其实已经很困很困了，眼皮都快要撑不住，可是脑海里面莫名其妙地总是有一根神经抻着不肯罢休。她还不想睡觉。

"谢源……老公……你睡着了吗？"

谢源翻身将她困在怀里："还没。"

他闭着眼睛，循着本能蹭了蹭她的耳后，像一只不安分的大猫。

谢源假装没有听到她刚刚又连名带姓地叫他。今晚她叫错了好几遍，他都一一讨回来了，现在都不忍心再纠正她了。

其实谢源都知道，蒋意看着胆大肆意，实际最害羞了。比如此刻，明明距离他们办完婚礼几乎已经过去了一整晚，而他们领证也有好几个月的时间，可她依然会在叫他"老公"的时候忍不住脸红。

色厉内荏的小狐狸。她明明以前那么喜欢调戏他，都不知道她那时候的胆子是哪儿借来的。

然而下一秒谢源就淡定不了了——他怀里的小狐狸翻了个身变成跟他面对面。

她扭了扭身体，然后就睡到他的枕头上来了。微亮的曦光落进卧室里面，驱散了些许暧昧浓情的黑暗，也让她眼底的狡黠无处遁形。

谢源想起来了，蒋意向来只是对于叫他"老公"这件事情很害羞而已，至于别的事情……她才不会扭扭捏捏。

她占据了主动权。谢源闷哼，然后乖乖地把脸埋下来。他的这一举动让蒋意忍不住弯了弯唇角——她很喜欢他这种向她臣服的意味。

而此时此刻谢源埋在她的怀里，也低低地笑了两声。

他知道她在想什么。所以，只要能让她喜欢，他都会心甘情愿。

蒋意和谢源在春天伊始的时候领证登记，踩着春天的尾巴办成婚礼，然后他们的蜜月旅行几乎持续了一整个夏天。当他们结束蜜月旅行回到 B 市的时候，秋意渐起，之后转眼就到了冬天。

不知不觉间，他们结婚快要满一年了。

结婚前和结婚后有什么区别呢？

蒋意不知道其他的新婚夫妇是什么样的情况。反正她觉得，在她和谢源身上，婚前婚后没什么区别。如果说非得要找出一点儿不同之处，那么她觉得谢源最近睁着眼睛说瞎话的本事越来越见长。

某家财经媒体采访 Query 公司创始人，提问的范畴稍稍超出了公司技术与经营层面，浅浅涉及了公司两位董事的爱情故事。等到这家媒体把最终版本的稿件发送到 Query 公司供他们审核确认时，蒋意眼尖发现，谢源居然在采访里大言不惭地回答说，他与太太校园恋爱多年终修成正果。

呵……

蒋意无语，当天回家就找谢源算账："你跟哪位太太校园恋爱多年修成正果？"

谢源视线停留在她脸上，内心了然。

男人左手无名指上戴着的戒指款式简单，单单一个铂金戒圈，衬得手指骨节修长分明。

"当然是 Query 的首席算法科学家蒋意——蒋总，还能是谁？说得好像我有别的太太。"他微微上扬嘴角。

她就说吧，谢源和她结婚之后变得越来越能言善辩了。

"你怎么还歪曲事实呢？谁跟你校园恋爱了？"

谢源却一本正经地胡说八道："没有歪曲事实，我记得我们之前解开了误会。大学的时候我喜欢你，你也喜欢我，这应该可以算是校园恋爱的一种形式吧？"

这当然不能算！

谢源看蒋意摆出这么一副颇有原则的模样，只好先把她拉进怀里，然后低头对她耳语，完全就是说服不成而改为哄骗——

"好吧，严格来说这不能算校园恋爱，那么稍微四舍五入一下，四舍五入之后总归能算校园恋爱吧？"

蒋意瞪他："什么叫四舍五入？你怎么不干脆四舍五入一下，我们现在直接做金婚夫妇得了？"

她被他带着越说越离谱了。

谢源把她的瞪眼和娇嗔都全盘接收下来，不气不恼，笑眯眯地把人揽在怀里，还能腾出一只手拿起手机查询金婚夫妇需要结婚满多少年。

哦，结婚五十周年算金婚。

也就是说，等到金婚的时候，他们已经是七十多岁的老头、老太太了。然后在钻石婚的时候，他们就要八十多岁了。

谢源低头看看怀里气呼呼的漂亮姑娘，思绪忍不住发散出去：等到他们八十多岁钻石婚的时候，她是不是能继续留着公主病的脾气？他的心里隐隐有些期待，反正他喜欢。

"停停停，你在想什么？你是不是在偷偷脑补我老了，变成老太太的模样？"

谢源没有偷偷脑补。他觉得他脑补得还挺光明正大的。不过他反正不承认就对了。

他知道他的意意还没有做好变成老太太的心理准备——虽然他相信，

当她老去，变成老太太，也一定是一位漂亮优雅的老太太。

谢源指指窗户外面的花园，及时转移了话题："外面大概要下雪了。"

这是今年的第一场雪。

这场初雪在夜里十一点多钟的时候下起来，很快就演变成纷纷扬扬的鹅毛大雪，地上的雪渐渐积起来。蒋意在B市生活多年，已经不再是那个看到下雪会露出满眼惊喜的南方长大的小女孩儿，但是下雪这件事情对她而言依然有着浪漫而且重要的意义，尤其是初雪。

她与谢源曾经有着一个关于初雪的约定，所以她永远都会热爱初雪。

谢源把卧室的窗帘拉开一些，白茫茫的雪光透进室内。

他赤着脚回到床边，俯身拨弄她的长发："想要出去打雪仗吗？"

她用脸颊磨蹭着他的手指，然后摇了摇头。

谢源却把她的小心机看得清清楚楚，捏捏她的耳垂，戳穿她："是不是觉得这会儿没体力了，现在下楼去打雪仗肯定赢不了我？"

蒋意慢吞吞地把他的手指掰开，然后把脸转开，不给他碰，同时默默腹诽：既然他都已经看出来了，干吗还要戳穿她？

他就不能给她留点儿面子吗？他有本事就等她睡完这一觉，养足精神，看她明天怎么欺压他。

第二天上午，蒋意睡醒的时候，身边谢源已经不在了。她起身走过去拉开卧室的窗帘，便望见底楼花园里面谢源已经在忙碌着呢。他没看见二楼的卧室窗帘开了。

雪还没停，院子里的积雪有点儿深，足够谢源一早堆出一个难看的大雪人。

蒋意笑了，尤其是在看见谢源一本正经地往雪人胖乎乎的身体上面插上两根干巴巴的枯枝充作手臂的时候——他什么审美呀？

蒋意拉上卧室的窗帘，静悄悄地下了楼。

当她来到底楼花园前面的时候，谢源背对着她，似乎全然不觉。

她扑过去，刚好把他推进厚厚的雪里面。

反正她最喜欢欺负他。

她紧紧搂住他的脖子，呼吸间的热气全部都往他的颈间钻。

谢源其实早就察觉到了她下楼的动静。他躺在雪堆里乖乖地没动，只向她展示不远处那个他一大早认认真真堆起来的大雪人："堆得怎么样？"

"丑。"她毫不客气地点评。

谢源认认真真地打量了一会儿，居然也赞同了她的观点："确实不怎么好看。"

蒋意绕着那个雪人转了一圈,看了半天。然后她指着雪人那根枯枝手臂上挂着的一个螺丝圈,也不知道是谢源从哪儿的工具箱里面找出来的。

"这是什么东西?"

"戒指。"谢源回答。

蒋意恍然大悟:"所以这个难看的雪人是你呀?"

谢源拒绝承认:"没有,我堆了一个付志清。"

蒋意"扑哧"乐了:谢源又在睁着眼睛说瞎话了。

行吧,如果谢源非要让他们的这位合伙人朋友在他们家花园里面站岗当临时保镖的话,也不是不行。

蒋意眨了眨眼睛,装作回头继续看雪人,实则趁着谢源毫无防备迅速地把手心里捏好的雪团朝谢源身上扔过去。

一场雪仗一触即发。

雪仗打着打着,蒋意体力不及谢源,于是试图凭敏捷性取胜——她一边紧紧揽着谢源的脖子,企图挂在他的背上,然后一边把碎雪往他身上泼、往他颈间塞。

谢源的嘴角很明显地往上翘了一下。

"确实是太太的本事更胜一筹。"他大方认输,讨来蒋意的开心。

既然一方认输,那么雪仗也差不多可以结束了,两个人都还没吃早饭呢。

"下来吧。"谢源拍拍她的腰,示意她可以松开他的脖子,从他身上下来了。她却摇头,一个劲地表示不肯。

"行——"谢源索性一把捞起她的腿,"那就上来。"

他把她背起来,往房子里面走去。

蒋意熟门熟路地开始提要求:"我待会儿想喝冰的咖啡。"

"嗯。"

"再给我煎一个溏心的荷包蛋。"

"好。"

"然后我们去泡温泉吧。"

"可以。"

婚前婚后,谢源对蒋意一直都是有求必应、有问必答、事事回应,所以蒋意才会觉得,婚前婚后没有什么不同。

后来，无数个日日夜夜飞驰而过。

蒋意始终是谢源捧在手心里的公主，而谢源仍然是那个偶尔会犯傲娇毛病的靠谱爱人。

有的爱过于沉重，有的爱附带条件，谢源的爱却刚刚好。

这是蒋意想要的爱情，于是她争取了，然后得到了。

番外三
他们的孩子在慢慢长大

婚后的第三年,蒋意忽然冒出想法:她和谢源的二人世界是不是可以暂时告一段落了?她有点儿想要生一个小朋友,一个与她和谢源彼此羁绊的小生命。

产生了这样的念头之后,她马上把这件事情讲给谢源听。

谢源听完沉思了一会儿,然后问:"现在吗?"

大概是因为谢源说这句话的时候表情过于一本正经,所以蒋意没有立刻反应过来他究竟是什么意思。等到终于领悟出来的时候,她已经被谢源压在怀里了,严严实实的。

她怎么感觉谢源比她还要冲动?

"你等一下……我不是说现在就生……"

谢源闻言,真的停下来等了一下,不过掌心隐隐升高的体温还是暴露出他的克制力似乎也没有那么好。

明明控制不住,可他竟然还在摩挲她的耳垂:"这就改主意了?不生了?"

蒋意恼得想咬他。谢源却一脸笑眯眯地压住她的手腕,然后伸手去抽屉里拿盒子。他的说法很随和:"都行,我们生不生小朋友,你说了算。"

折腾到后半夜,他们两个人终于能好好地讨论"要不要生孩子"这个问题了。

浴袍松松垮垮地挂在谢源的身上,他正在一丝不苟地整理着被弄乱的大床。蒋意已经被他提前安置在旁边的单人沙发椅上。她怀里抱着枕头,睡裙微微顺着大腿的肌肤往下坠，贝齿轻轻咬住枕头的一角，露出一副犹豫的表情。

谢源把床铺好，一回头就看见她这副惹人疼爱的模样。

他微微笑了一下，走过去蹲在她面前，把手伸出来。蒋意不明所以，但是很自然地也把她自己的手递给他握住。

"生孩子和养孩子这些事情非常辛苦也非常困难。"他耐心地说，"我不知道我们要不要生孩子，也不知道如果真的决定生孩子，我们能不能做得好。"连谢源都这样说。

蒋意内心稍稍感到一阵失落——她本来还指望他给她一些鼓励呢。

谢源弯了弯嘴角，伸手托住她的脸颊，大拇指轻柔抚上她的嘴唇，替她牵起嘴角露出笑。他说："但我觉得，我们可以先尝试做一些准备工作。我们了解得越多，才越有可能做出更明智的选择，对吗？"

蒋意和谢源真的开始做准备工作了。他们购买了相关的书籍，拜访了几对已经当上父母的朋友，旁听了一些生产和育儿类的课程，去了医院的产科和儿科医院，甚至还亲自上阵，帮忙照顾了他们的大学同学俞佳和许安宇的宝宝。做过这些事情之后，蒋意说："我们生吧，我现在觉得我能成为全世界最棒的妈妈。"

然后蒋意就怀孕了。

陪着蒋意去医院做检查确认怀孕的那天，谢源白天在医院把检查结果递到蒋意手心里的时候明明脸上笑得既温柔又幸福，晚上把她揽在怀里，从背后抱着她睡觉的时候，却忍不住偷偷流了眼泪。

蒋意迷迷糊糊地睡了很久，半夜难得醒来一次，稍微侧了侧脑袋，好让谢源的胳膊不至于被她压着枕上一整晚。但是她这么一动，忽然察觉到身后安静的男人似乎并没有睡着，虽然他的呼吸起伏是如此规整。

"老公，你没睡吗？"她感到他的呼吸落在她的耳边，他像是正在隐忍着什么——是什么？

蒋意翻过身去面朝他。刚怀孕的人做任何事情都如同惊弓之鸟般小心翼翼，不敢有太大的动作幅度，所以她慢慢地、轻轻地。当彻底转过去之后，她又往前挪了挪脑袋，然后仰起脸来啄吻了一下他的嘴角。

她的唇上触到温热的湿痕。

蒋意的脑袋里忽然像是装有千斤重的糨糊。

"谢源，你——"他是哭了吗？她完全不敢相信：谢源……在哭？

谢源猝不及防地被她捕捉到这一刻的心情，起初试图胡乱搪塞过去，可是蒋意执意伸手去碰他的脸。然后她一摸就摸到了他脸上的潮湿痕迹——这总不是在骗人。谢源真的在哭，而且泪流满面。

她手足无措地问道："怎么了？"

他盯着她。昏暗中他眼神里带着一贯的温柔与沉着，眼底深处有点点微光，一下明亮一下黯淡。蒋意猜想那是他尚没有来得及收回去的水泽。

谢源眨了一下眼睛，下一秒，他的眼里便就倏地露出了与眼泪正好相反的笑意。他没有回答她的问题，而是问她："辛苦吗？"

他的大掌抚着她的发顶，一下接着一下。

蒋意心想：她好像知道谢源为什么会流眼泪了。

她说："现在还没什么特别的感觉。"她低头看了看尚且平坦的小腹，六周大的胎儿在她的子宫里面，没给她这个妈妈带来太多的怀孕体会。

她又说："但是以后应该会变得越来越辛苦，"她调皮地眨眨眼，"所以你要非常认真地照顾我和宝宝，比以前还要认真。"

谢源低低地"嗯"了一声，眼里的情绪也变了，重新变得轻快起来："比以前还要认真吗？那我得好好想想，究竟哪些地方还有可以进步的空间。"

蒋意知道他在担心她，所以会哭。她心里泛起涟漪，甜甜的，就像熔化的蜜糖。

谢源小心翼翼地碰了碰她的脸，郑重地承诺道："我会照顾好你和孩子的，别担心。"

蒋意弯唇轻轻地笑了下："我知道。"

她伸手把他脸上的眼泪擦掉。究竟是谁在担心呀？明明是他担心得夜里睡不着觉，甚至还哭了。而她有他，所以一点儿也不担心。

十月怀胎，蒋意直到进产房前都还始终记着谢源最初那晚偷偷流眼泪的事情。

生产前，她躺在产床上，打进去的镇痛药物已经在发挥作用了，所以她状态还好，有力气笑眯眯地跟谢源拌嘴说："待会儿轮到我掉眼泪了，所以今天你不许哭，不许抢新手妈妈的风头。"

守在旁边的助产士，以及赵宁语和薛玉汝两位母亲都以为蒋意在开玩笑——谢源哪里像会掉眼泪的人？可是只有蒋意和谢源两个人知道，说不定过会儿蒋意生孩子的时候，谢源真的会哭。

谢源摸了摸蒋意的额头："你放心，我会忍住的。"

蒋意笑着说"好"。

众人等待的时间里，谢源的手机响了好几次。薛玉汝瞪他："意意在这里要生宝宝了，你还接什么电话？快点儿把手机拿到外面去给你爸保管。"

谢源其实是完全腾不出工夫拿手机接电话的。之后他把手机拿出来一看，未接来电里面有付志清打来的，有蒋意的闺密打来的，最后还有一个陌生号码的来电。蒋意侧头看了一眼："这是蒋沉的手机号码。"

赵宁语站在旁边，脸色淡淡的，没说什么。

蒋意没有看母亲的脸色。她现在已经足够成熟，足以得心应手地处理蒋家的事情。她握着谢源的手指，稍稍地停顿了一下，然后平静地说："老公，等我生完之后，你拿我的手机给蒋沉发条短信，跟他说一声孩子的性别，至于别的就不用说了。

"还有我姑妈蒋安南女士那边，你也说一声。"

谢源说"好"。

次日凌晨四点二十三分，蒋意顺利生下女儿。

蒋意和谢源在整个漫长的孕期里都在考虑要给孩子起什么名字。后来他们提前想好了，如果是女儿，就给她取名叫作秾爱，谢秾爱。

谢源从护士手里接过小小的秾爱，把他们的女儿抱给蒋意看。

"她好小呀，像小布丁。"蒋意在疲惫中垂眸看了看她的女儿。她看了好几眼，然后就抬眸只看着谢源了。她看见谢源的眼眶红红的——他刚刚忍住了，没有在助产士和两位刚刚升级为外婆和祖母的妈妈面前掉眼泪。但她担心再过一会儿他就快要控制不住汹涌沸腾的情绪了。

"你要抱着秾爱跟她们去新生儿科。"她拉拉他的手指，催促他。她不是要赶他走，其实是想给他一个整理情绪的空间——总得要允许刚刚当上父亲的年轻人偷偷找个角落擦眼泪吧？

谢源却摇头说他不走。他把孩子交给赵宁语和薛玉汝，然后弯腰蹲在蒋意的身边，握着她的手指，很轻，不敢用力。

他目不转睛地盯着她："让妈妈她们去吧，我在这里守着你。"然后他问她，"感觉怎么样？疼得厉害吗？想不想睡一会儿？"

蒋意摇摇头："我还好，甚至脑袋里面好兴奋，感觉现在还睡不着。你陪我说说话，要不你把我的手机拿过来，我要跟大家分享这个好消息，还要发红包呢。"

"不行，我陪你说话，哪儿也不去。你不要管其他人，先只管我。"

蒋意怀疑，谢源话里提到的"其他人"甚至可能包括他们的女儿秾爱。

明明这个小家庭里刚刚迎来第三个成员，他们却像处在一个无比纯粹的二人世界里面，谁都插不进来。

谢秾爱小朋友的成长史，基本上等同于她爸爸谢源的受难史。
零点五十分，别墅二楼主卧。
谢源在黑暗里蓦地睁开眼睛。
在他的身旁，蒋意睡得正熟，薄被的一角被压在她的腰下，睡裙堆在瓷白的肌肤边缘，丝缎的面料上存在好几处褶皱痕迹。
谢源的目光在蒋意的身上停顿数秒，直到他已经适应房间里的黑暗。然后他放轻动作，拿上手机，走出卧室，轻手轻脚地关上身后的卧室门，往婴儿房走去。
婴儿房在二楼走廊的尽头。谢源走进婴儿房，靠墙摆放的那张米白色婴儿床上只放着小宝宝，柔软透气的小毯子做成衣服的样式穿在宝宝的身上。
谢秾爱小朋友这会儿还呼呼睡着。她不和爸爸妈妈睡同一间卧室，而是由保姆阿姨守在旁边负责照看。谢源示意保姆阿姨可以去休息一会儿。
一点七分，谢秾爱小朋友逐渐表现出转醒的征兆——她开始动动小手、蹬蹬小腿，最后粉嘟嘟的小嘴巴"咕噜咕噜"地接连冒出婴儿语。
谢源想：也许她以后会是一个"叽叽喳喳"的小话痨。
他微微低头与谢秾爱小朋友四目相对。
她长得可真像蒋意，母女俩的眼睛如出一辙，明亮而活泼。
谢源不由得一阵心软，伸手把女儿从婴儿床上抱起来，温热的手掌托住她的脑袋和身体，极富耐心地轻哄着，这样一套下来总算是及时安抚住了小宝宝的情绪，没让她号啕大哭起来。
谢源已经彻底弄清楚了自家宝宝的生物钟：谢秾爱每天凌晨一点多的时候必然会醒一次，然后就很难被再次哄睡。家里请的两位保姆阿姨手持育婴师专业证书上岗，然而都对半夜哄睡谢秾爱小朋友这件事情束手无策。
结果现在每天谢源都亲自出马。他有一套经过实践证明可行的办法——开车遛娃哄睡。这还是他从 Query 公司里别的奶爸那里学来的。
这会儿谢源抱着谢秾爱小朋友下楼、进车库。好几辆车并排停着，谢源直接把女儿放在其中那辆越野车后排的婴儿安全座椅上，给她扣好安全带。小家伙显然知道爸爸要带她去兜风，眼睛弯弯地笑起来，笑得连黑色的瞳孔都瞧不见。
"怎么看你还挺享受的？"谢源刮了刮女儿的鼻子，语气难掩宠溺，"知不知道你把老爸累惨了？"

谢源开车带着谢秾爱在路上转悠了二十来分钟。之后，车子驶进车库，稳稳地停下，谢源把车熄火，然后回头看了一眼后排安全座椅上的谢秾爱。

按理说她这会儿应该犯困了。然而，车里那双圆溜溜的宝宝眼此刻依然亮晶晶的，谢秾爱小朋友兴奋地踢了踢肉乎乎的小胖腿，脚上穿的胡萝卜造型的小袜子一晃一晃的——小家伙压根儿就不困。谢源顿生挫败感。

谢秾爱小朋友在折腾人的这件事情上，也颇得她妈妈蒋意的遗传。

养娃不易啊，谢源认命般地摇了摇头。还能怎么办？这是他和蒋意的宝贝女儿，他只能宠着呗。

谢源开门下车，把副驾驶座上放着的母婴包拿下来，然后拉开后排的车门，自己坐进去，坐在女儿的宝宝座椅旁边。

母婴包里基本上什么都有。谢源每天晚上会把母婴包里的东西检查一遍，然后提前放在车上，以免半夜开车遛娃的时候手忙脚乱，找不到需要的东西。

此时，谢源从母婴包里拿出一瓶泡好的奶，打开盖子递给谢秾爱。谢秾爱小朋友喝奶不需要大人哄，自己就吃得很好。

然后谢源又从母婴包里拿出一罐易拉罐装的咖啡，这当然不是宝宝需要的东西，这是他给自己准备的，免得半夜开车犯困。

谢源单手拉开易拉罐拉环，侧头看了看女儿。

"要和爸爸碰杯吗？"他开玩笑说。

谢秾爱眨眨眼，随即露出小乳牙的牙尖，"咯咯"笑起来。

父女俩坐在车里，谢秾爱小朋友自己抱着奶瓶"咕嘟咕嘟"地喝得正欢快，谢源边喝咖啡边看着她，怕她呛到。

谢秾爱喝掉了大半瓶奶，然后举起奶瓶炫耀似的给她爸爸看。

谢源摸摸她的脑袋，柔软的胎发稍稍偏黄，贴着他的手掌，传递过来宝宝头顶的血管律动。

"真乖，行，那我们再玩十五分钟，然后必须回家去睡觉。不然妈妈待会儿醒过来发现身边没人，会着急的。"

又过了二十分钟，谢源和谢秾爱终于结束了这趟半夜兜风之旅。

谢源把睡着的谢秾爱小朋友抱回婴儿房里，后半夜继续由保姆阿姨看护她。然后谢源穿过走廊回到他和蒋意的卧室。

蒋意的睡颜美丽而毫无防备。她迷迷糊糊地贴近他，自然而然地环抱上他的腰，往他的身上埋，就像是黏人的考拉。

谢源无声地扬了扬嘴角，很享受她的"考拉行为"。他抚了抚她的头发，她随即用鼻音轻轻地"嗯"了一声。

谢源愿意付出所有一切来守护蒋意的宁静生活,什么都可以。

谢秾爱小朋友学会说话之后,确实是一个"叽叽喳喳"的小话痨。

她多半是继承了蒋意和谢源的高智商。明明只有四岁,她却已经能够熟练运用各种高级词汇来和爸爸据理力争——是的,她只和爸爸谢源据理力争,而她和妈妈蒋意则是无比投契合拍,因此自然也就不需要据理力争了。

这天谢源开车去超市买包饺子要用的食材,谢秾爱小朋友央求爸爸把她也带上。

结果到了超市,谢秾爱拉着爸爸直奔零食区。

谢源难道还能不知道女儿的脑子里面在想什么东西——一只小馋猫,见到零食就走不动道。

她指了指货架上的巧克力威化球。

谢源一脸淡定:"你这周的零食份额已经用完了,等下周再来买吧。"

谢秾爱小朋友仍然没有放弃。她眨了眨眼睛,然后开始试图蒙混过关:"我们给妈妈买,妈妈喜欢吃这个零食。"

谢源不以为然:"小坏蛋,我难道会不知道你妈妈喜欢吃什么东西?走了,别拿你妈妈做挡箭牌。"

谢秾爱根本不怕爸爸,叉着腰很不服气地说:"哼,爸爸笨笨!爸爸怎么可能比我更了解妈妈喜欢什么呢?我可是在妈妈肚子里面待过好久好久的!我就是妈妈肚子里的蛔虫,妈妈喜欢什么我全部都知道!"

谢源弹了下谢秾爱的小脑瓜:"你妈妈肚子里没有蛔虫,别说这么恶心的话。"

谢秾爱气呼呼地又说:"爸爸!这是比喻!你懂不懂比喻呀?"

四岁的小宝宝还懂比喻?谢源不跟女儿继续争论,给了一个解决方案:"你想买这包零食也行,但是要预支你下周的零食份额。"

谢秾爱纠结了,小声嘟囔:"我看电视里面说,不可以超前消费。"

行吧,她连"超前消费"这个词语都懂,现在的小朋友懂得真不少。

眼看着谢秾爱小朋友要恋恋不舍地和巧克力威化球说再见,谢源反而舍不得了。他长臂一伸,直接拿了一袋放进购物车里。

谢秾爱"咦"了一声,没懂为什么爸爸又肯买零食了。

"我爱吃,行吗?"他还是忍不住会惯着孩子,也不是一个能在孩子面前不留情面地坚持原则的父亲。

从超市回家之后,谢秾爱小朋友第一时间抱着零食跑进厨房里,把它收纳在零食柜子里面。

蒋意好奇地盯着女儿的身影,等谢源拎着袋子走进来后,戳了戳谢源,问道:"你不是出门前义正词严地说,肯定不会给她买零食吗?你也意志不坚定啦?"

她笑意盈盈,摆明了带点儿揶揄的口吻。

谢源撇清自己身上的嫌疑:"她说你爱吃。"

蒋意眨眨眼,狡黠的表情真的和谢秋爱小朋友在超市里的时候一模一样。

她走到女儿的身边,蹲下,戳戳女儿的胳膊,摆出一副有商有量的模样,满脸真诚地说:"我们宝宝怎么知道妈妈喜欢吃巧克力威化球呀?"

谢秋爱小朋友不知道妈妈蔫儿坏的心,还跟妈妈邀功取宠:"对呀,因为我是在妈妈肚子里面住过好久的宝宝呀!所以我一下子就猜到妈妈喜欢吃这个。"

蒋意的手指缠上谢秋爱的两根小辫子,她捏了捏谢秋爱的头发,随后又说:"那我可以把这袋巧克力威化球拿到办公室里去,正好平时工作累了的时候可以吃一颗。我还要告诉别人,这是我家的小宝贝给我挑的零食。"

谢秋爱的表情瞬间愣住了,她急忙试图挽回事态,拉着蒋意的手指:"哎呀哎呀!但是爸爸也说喜欢吃这个。我们还是把它放在家里嘛,这样爸爸在家里累了的时候也可以吃到。"

老父亲谢源听到这话,不知道自己该欣慰还是该无奈。蒋意努力地憋笑,继续逗女儿:"宝贝难道忘记了吗?爸爸和妈妈在同一家公司上班——Query,你去过好多次了。妈妈把零食带去公司,爸爸也能吃得到。"

谢秋爱终于忍不住说道:"我也想吃……"

蒋意受不了这么可爱的女儿跟自己撒娇,连忙把谢秋爱小朋友拉进怀里抱起来:"那就放在家里面,我们一起吃,好不好?"

谢秋爱得偿所愿,于是展露笑脸:"妈妈最好了,我最喜欢妈妈!"

谢源听见了。

蒋意戳戳谢秋爱的小脸:"那爸爸怎么办?"

谢秋爱小朋友很潇洒:"我第二喜欢爸爸!爸爸仅次于妈妈,是超棒的第二名啊!"

谢源无奈失笑。

趁着谢秋爱小朋友跑去洗手的工夫,蒋意飞快地瞥了一眼谢源。

"吃醋了吗?"她笑眯眯地逗他,说话的语气跟她刚刚逗谢秋爱的时候完全相同,简直就是逗完了孩子现在来逗老公。

谢源知道她的玩心大,也舍不得跟她抗议:"没有,我能排第二都是意外之喜了。"

蒋意用手指点了点谢源的肩膀,稍一用力就把他推进厨房,下一刻,她的唇吻上他的嘴唇。

"没关系,你在我心里肯定排第一,我最喜欢你。"

她说起"喜欢"时的语气既温柔又蛊惑人心。

谢源揽上她的腰:"嗯,我也是。"

我也最喜欢你。

谢秋爱小朋友五岁的时候,蒋意带她去C国探望赵宁语。谢源因为工作无法同行,亲自开车把妻子和孩子送到机场。

蒋意计划带着女儿在那边待两周,在车上半开玩笑地跟谢源说:"如果我和我妈吵架的话,我就马上带着秋爱买最早的机票回来。但是假如我们和我妈相处得非常融洽,那么说不定你独守空房的时间就要继续延长了。"

谢源无声地笑了下,一边打了方向灯驶进机场的停车楼,一边慢悠悠地笑道:"咱妈怎么舍得跟你吵架?我是怕你应付不来咱们家里这个。"

他后半句话指的是他们的宝贝女儿谢秋爱。说完,他侧眸瞥了一眼蒋意。果不其然,她听完他的话之后,表情瞬间变得忧心忡忡。

谢源连忙补救:"我开玩笑的。"

蒋意托着脸颊做了个抿唇撇嘴的表情。说实话,她心里确实没底,谢秋爱小朋友出生之后,基本是谢源负责带娃,秋爱还从来没有跟爸爸分开这么长的时间。

"要不让保姆阿姨买张机票明天飞过去?我记得她们都有签证的。"谢源问。

蒋意摇摇头:"我妈说,她在那边已经请好照顾孩子的工人了。"

蒋意担心的是女儿可能到了那边不适应,万一到时候自己也安抚不好孩子的情绪,那就比较棘手了。

谢秋爱小朋友倒是很有兴奋劲,坐在后排的安全座椅里把手臂举得老高,自告奋勇地说道:"我能照顾好妈妈!"

谢源把车停稳,解开安全带。下车前,他先转身伸手弹了下谢秋爱小朋友的小脑瓜,然后揉了揉她的脑袋,笑道:"妈妈还用得着你这个小不点儿操心照顾吗?"

谢秋爱不服气地哼唧一声:"爸爸,我不是小不点儿了!我明明都已经会自己系鞋带了,你上次还夸我呢。"

在小朋友的眼里,学会系鞋带仿佛是她跨入大人世界里的重要一步。

谢源把行李箱从后备厢里拎出来，又把秋爱的那只粉猪猪小书包拿下来递给她。秋爱为了证明自己不是小不点儿了，飞快地背上小书包，"嗒嗒"地跑到妈妈身边，然后"嗖"地抱住了妈妈的大腿。

蒋意招招手把谢源叫过来。谢源走近，满眼爱意地低头望着她笑："是我不好，你别担心。你看咱们家的小朋友都会自己系鞋带了，独立性应该没问题，你就放心带着她去玩吧。"

蒋意也弯了弯唇，伸手拉住他的衣襟，然后微微抬起脸，说话间温热的气息都落在他的唇畔，似近似远："是呀，多亏你对她严格要求，要不然又养出一个漂亮的小公主。"

谢源笑了。

"两周后见。"她在他的唇边印下轻吻。

"玩得开心，我会想你的。"他低语道。

谢秋爱小朋友却已经等不及了，拽着蒋意的裙摆，嘟嘴说道："爸爸快点儿！我和妈妈要赶不上飞机啦！"

谢源轻拍了下女儿的脑袋："小坏蛋。"

然后他不忘蹲下来低头亲了下女儿的额头。

蒋意和谢秋爱在当地时间上午十一点抵达机场。赵宁语亲自坐车到机场接她们，然后一行人前往赵宁语安排的中餐馆吃午饭。

赵宁语频频拿起公筷给外孙女夹菜，眼底蕴着浓浓的慈爱。秋爱在大快朵颐的同时，也像贴心小棉袄似的一直让外婆多吃一点儿。

"外婆你看，我筷子用得可熟练了。我还能用筷子夹乒乓球的！"她炫耀着说，"外婆，你要不要吃我这边的菜？我给你夹！"

蒋意吃得比较少，更多时候只是撑着脸安静地坐在旁边喝葡萄酒，然后温和地看着她的母亲和她的女儿之间的互动。

冷不丁的，一勺蟹黄豆腐被盛到了她面前的碗里。

"多吃点儿。"赵宁语对她说。

蒋意微笑着说："谢谢妈妈。"

吃完午餐，赵宁语牵着谢秋爱的小手走在前面，问外孙女这顿午餐好不好吃、晚上想吃什么菜。

谢秋爱点点头回答说："嗯！午餐超好吃！外婆，这边的菜都是甜甜的，我好喜欢吃这样甜甜的东西。我们晚上可不可以还吃这家店？"

赵宁语目光柔和地说："好，晚上还吃这家店，但是我们在家里吃，让这家店的厨师来家里做菜,好不好?晚上还有大蛋糕,你喜欢吃草莓、蓝莓还有杧果,对不对?"

谢秾爱满脸惊喜:"咦,外婆你是怎么知道的?"

蒋意走在后面保持着几步远的距离,心脏隐隐有些胀胀的麻麻的感觉。因为眼前的场景和耳边的对话让她觉得似曾相识——很多年前,母亲赵宁语是她现在的年纪,而当年的她也是谢秾爱现在的个子,那时母女俩亲密无间,仿佛永远也不会有隔阂和分歧。

原来,那些久远的、幸福的、日渐模糊的记忆,的确是曾经真实发生过的事情。此时此刻,它们在她的眼前慢慢重新变得清晰起来,就像是泛黄褪色的老照片被一点点再度上色,又变得栩栩如生、真实如新。

如果她要说感想的话——太好了。

她现在反而没觉得有多少遗憾和不甘,至少所有的事情都在慢慢往更好的方向发展。

谢秾爱停下蹦蹦跳跳的脚步,回头张望着找她:"妈妈?"

蒋意走近。谢秾爱眯起眼睛笑起来,露出两边白白胖胖的小虎牙:"妈妈,我们今天晚上可以住在外婆家里吗?外婆说我可以去喂小马,还可以给它洗澡、刷毛。"

蒋意抬头去看赵宁语,正要说话的时候,赵宁语率先开口:"朋友送过来两匹小马,现在养在家里。你让秾爱去玩吧,要不然这两匹小马养在我这儿也没什么用。家里还添了一些新的东西,你可以去看看。"

蒋意扬起唇角,没有拒绝赵宁语的提议:"好啊,反正我本来也没打算带着秾爱去住酒店。妈妈您愿意收留我们当然是最好的。"

赵宁语愣住,等她回过神来的时候,蒋意已经继续往前走了。

谢秾爱很喜欢赵宁语的家。蒋意和谢源在 B 市的房子其实也很大,有庭院有泳池,但远远比不上赵宁语的这栋房子的规模。谢秾爱每天起床之后都有做不完的活动——她可以在恒温泳池里游泳,可以骑着小马在湖畔疯跑,可以跟着赵宁语为她请的网球教练学着打网球。

赵宁语和蒋意坐在网球场边的遮阳伞下喝下午茶,看着谢秾爱在网球场上追着球跑来跑去,锻炼反应力。

蒋意鼻梁上戴着一副深色墨镜,所以赵宁语看不清她的神情,依稀只能从她微微翘起的唇角那里分辨出来她大概是高兴的。

有些话,赵宁语忽然很想说出口:"如果你爸没有蒋沉那个孩子,现在我们的日子会过得像什么样子？"

蒋意扬起眼眸看过去，说："我以为您不会做这种假设。"

因为没有意义——这是赵宁语曾经的原话。

可是现在赵宁语变了，竟然也会做这种没有意义的假设。

赵宁语没有回答蒋意的话，而是又换了一个话题："谢源他应该很宠秾爱吧，我看秾爱也很崇拜他。"

"还好，谢源比较有原则，如果秾爱不听话，他也会管教她。"

赵宁语笑了笑："确实，秾爱很有规矩，很讨人喜欢。"

风静静地吹过，一旁的服务生走上来为她们斟茶。赵宁语往杯子里加了一块方糖，然后慢慢舒展眉宇。

"我觉得我应该退休了。"她说，"我老了。"

赵宁语这些年其实保养得很好，脸上仿佛从来没有出现老去的痕迹，明明看着还像是四十多岁的模样。她却说她老了，应该退休了。

"我真希望你现在还是一个小孩子，能在这里长大。"她又说。

也许这句话不能算是玩笑，因为里面藏了太多的遗憾。

蒋意和谢秾爱在C国住了三周，比原定的计划多了一周。她们留在这里的最后几天，连谢源都在——他忙完了工作上的事情，第一时间坐飞机来到这边陪伴他的家人。

赵宁语没有再提起蒋吉东。仿佛那天午后她真的只是随意地想起了某些无关紧要的人，所以才漫不经心地问出了那句没有意义的假设。

最后到了要分别的时候，谢秾爱满脸都写着不舍。赵宁语答应她，她随时都可以过来住。

"我希望你们能够常来。"赵宁语对谢源说。

在回程的航班上，谢秾爱小朋友拿着蜡笔在画画。蒋意问她画的是什么，谢秾爱说她在画全家福。

"这是爸爸妈妈，这是我，这是爷爷奶奶，这是外婆，这是外公，这是茉莉和三三。"

蒋意替女儿把蜡笔盒子往里推了推，免得掉下桌子。

谢秾爱抬头看了她一眼，随即夸张地叹了口气："妈妈，你是不是想问我，为什么把外公画在太阳的旁边？因为外公已经去世了，到天上去了，所以我把他画在太阳的旁边。"

蒋意倒没有想问这个问题。

谢秾爱放下蜡笔，伸手托起软乎乎的小脸颊，眉眼间灵动的表情和蒋意如出一辙，又说："而且我都知道，外婆和外公很多年前就已经离婚了。所以我没有把他们两个人画在一起，外公在太阳旁边。但是我又不想让外婆孤单一个人，所以就给外婆在旁边画了两匹小马。"

她俨然是一副少年老成的模样。

其实从来没有人告诉过谢秾爱，她的外公外婆离婚很多年，但是小孩子就是自己能知道。

"妈妈，我很喜欢外婆。"

蒋意的心脏骤然一软，她捏了捏谢秾爱小朋友的耳垂，低声轻快地说："我也很爱你的外婆。"

谢秾爱仰着脑袋开心地笑了："那我和妈妈一样！"

飞机舷窗外，遥远的西边，一轮红日正在缓缓地沉入云团的背后。头等舱里，空乘人员正在陆续为乘客提供餐食。谢秾爱正抱着菜单看上面的图片。虽然她已经认识很多汉字了，但是这张菜单上面还有很多字对她来说非常陌生，所以她忍不住皱起小眉毛。

蒋意的心情很好。

她喜欢过去这三周时间的生活，并且相信她的母亲和她的女儿也与她有着同样的体验。

她拿起手机给女儿拍了一张照片，等着飞机降落之后就把这张照片发送给母亲赵宁语，她想：她的母亲会重新变得年轻起来的，每一天都会比前一天更加年轻。

她也一样。

只有谢秾爱在慢慢地长大。

（全文完）